黑 猫

爱伦·坡短篇小说集

〔美 国〕埃德加·爱伦·坡 著
〔爱尔兰〕哈利·克拉克 绘
曹明伦 译

四川文艺出版社

译者说明

1. 本书小说所据原文出自美国韦尔斯利学院奎恩教授（Patrick F. Quinn, 1919—1999）编注的 *Poe: Poetry and Tales*, New York: Literary Classics of the United States, Inc., 1984（《爱伦·坡集：诗歌与小说》）。

2. 标于每篇小说后的年份表示发表年份，而非写作年份。

梦魇般的魔力,幻觉般的体验
——《黑猫:爱伦·坡短篇小说集》中译本序

爱伦·坡(Edgar Allan Poe, 1809—1849)的文学生涯虽然始于诗歌并终于诗歌,但他却被世人尊为侦探小说的鼻祖、科幻小说的先驱和恐怖小说大师。

爱伦·坡一生写了七十篇(部)小说(含残稿《灯塔》),除十二万字的《阿·戈·皮姆历险记》和四万八千字的《罗德曼日记》(未完稿)属长篇小说之外,其余六十八篇都符合他在《创作哲学》(The Philosophy of Composition, 1846)中制订的长度标准,是"能让人一口气读完"的短篇小说。后人对爱伦·坡的小说有不同的分类,有的将其分为幻想小说、恐怖小说、死亡小说、复仇凶杀小说和推理小说。有的将其分为死亡传奇、旧世界传奇、道德故事、拟科学故事和推理故事。不过当代评论家对爱伦·坡小说的分类已日趋统一,大致分为四类,即死亡恐怖小说、推理侦探小说、科学幻想小说和幽默讽刺小说。

死亡恐怖小说是爱伦·坡小说中给人印象最深刻的一类。其中著名的篇什有《厄舍府之倒塌》《威廉·威尔逊》《瓶中手稿》《红死病的假面具》《陷坑与钟摆》《泄密的心》《丽姬娅》《椭圆形画像》《一桶蒙特亚白葡萄酒》和《黑猫》等等。这些小说的背景多被置于莱茵河畔的都市、亚平宁半岛上的城堡、荒郊野地里的古宅,以及作者心中那片变化莫测的"黑暗海洋",其情节多为生者与死者的纠缠、人面临死亡时的痛苦、人类的反常行为以及内心的矛盾冲突。这类小说气氛阴郁、情节精巧,有一种梦魇般的魔力。但这种魔力是不确定的,所以长久以来,评论家们对这些小说的看法总是见仁见智。

有人认为这些小说内容颓废，形象怪诞，基调消沉，表现的是一种悲观绝望的情绪；有人则用弗洛伊德的精神分析学或荣格的分析心理学来解读这些小说，认为爱伦·坡在这些小说中表现了一种比人类现实情感更深沉的幻觉体验。具体举例来说，过去有人认为《瓶中手稿》和《阿·戈·皮姆历险记》写的不过是惊心动魄的海上历险，而现在却有人认为前者象征人类灵魂从母体子宫到自我发现和最终消亡的一段旅程，后者则象征一段人类精神从黑暗到光明的漫长求索；过去有人认为《厄舍府之倒塌》是美国南方蓄奴制社会必然崩溃的预言，而今天则有人认为《倒塌》实际上是宇宙终将从存在化为乌有的图示。总而言之，当代西方学者认为爱伦·坡的死亡恐怖小说之解读范围非常宽泛，他们甚至从中发现了他与现代主义和后现代主义的亲缘关系。不过笔者在研读和翻译爱伦·坡的作品时有一种深切的体会，那就是他描写恐惧是想查寻恐惧的根源，他描写死亡是想探究死亡的奥秘，而这种查寻探究的目的是为了最终能坦然地直面死亡。正如他在《我发现了》的篇末所说："……当我们进一步想到上述过程恰好就是每一个体智能和其他所有智能（也就是整个宇宙）被吸收回其自身的过程，我们因想到将失去自我本体而产生的痛苦便会马上停息。"①

爱伦·坡是推理侦探小说的鼻祖，这早已是举世公认的定论。不过在爱伦·坡的时代，英语中还没有侦探小说（detective stories）这个说法，爱伦·坡自己将这类作品称为推理小说（tales of ratiocination）。一般认为他的推理小说共有四篇，即《莫格街凶杀案》《玛丽·罗热疑案》《被窃之信》和《金甲虫》。但就故事情节而论，他那篇"油腔滑调"的《你就是凶手》似乎也应归入此类。爱伦·坡在前三篇推理小说中塑造了业余侦探迪潘的形象，并创造了推理侦探小说的基本模式。尽管他的初衷只是想证明自己具有分析推理

---

① Poe, Edgar Allan. *Eureka: A Prose Poem*, in P. F. Quinn. (ed) *Poe: Poetry and Tales*, New York: Literary Classics of the United States, Inc., 1984, p. 1359.

的天赋,而不是要创造一种新的小说类别,但事实上,他这几篇小说却对推理侦探小说的兴起和发展产生了巨大的影响。福尔摩斯这位家喻户晓的大侦探实际上就脱胎于爱伦·坡的迪潘。福尔摩斯的塑造者柯南·道尔曾感叹,在爱伦·坡之后,任何写侦探小说的作者都不可能自信地宣称此领域中有一方完全属于他自己的天地。他说:"一名侦探小说家只能沿这条不宽的主道而行,所以他时时都会发现前方有爱伦·坡的脚印。如果他偶尔能设法偏离主道,独辟蹊径,那他就可以感到心满意足了。"[1]

爱伦·坡不但是侦探小说的鼻祖,而且是科幻小说的先驱。尽管严格说来他的科幻小说只有两篇,即《汉斯·普法尔登月记》和《气球骗局》,但前者比凡尔纳的《从地球到月球》早三十年问世,后者也比凡氏的《气球上的五星期》早写十九年。爱伦·坡固然不以其科幻小说著称,但他对西方科幻小说的影响却非常深远。有学者认为他是"科幻小说的奠基人"(founder of science fiction)[2],是"真正意义上的科幻小说之父"(Indeed he can in a real sense be regarded as 'the father of science fiction')[3]。著名科幻作家凡尔纳在1864年论及爱伦·坡的影响时说:"他肯定会有模仿者,有人会试图超越他,有人会试图发展他的风格,但有许多自以为已经超过他的人其实永远也不可能与他相提并论。"[4]

幽默讽刺小说是爱伦·坡小说的一个大类,就篇数而论占了他小说的三分之一,其中脍炙人口的篇什有《眼镜》《生意人》《失去呼吸》《千万别和魔鬼赌你的脑袋》《欺骗是一门精密的科学》《如何写布莱克伍德式文章》《森格姆·鲍勃先生的文学生涯》《塔尔博

---

[1] Symons, Julian. *The Tell-Tale Heart: The Life and Works of Edgar Allan Poe*, London: Faber and Faber, 1978, p. 225.

[2] Ragan, Robert. (ed) *Poe: A Collection of Critical Essays*, New Jersey: Prentice Hall, Inc., 1967, p. 8.

[3] Hammond, J. R.. *An Edgar Allan Poe Companion*, Hong Kong: Macmillan Press, 1983, p. 132.

[4] Hammond, J. R.. *An Edgar Allan Poe Companion*, Hong Kong: Macmillan Press, 1983, p. 132.

士和费瑟尔教授的疗法》以及《与一具木乃伊的谈话》等等。有些西方学者对爱伦·坡的这类小说评价不高，如西蒙斯认为他的讽刺小说滑稽有余，有潜在的虐待狂倾向，因此不能与他的其他小说相提并论；①坎利夫认为爱伦·坡的幽默小说读来令人不快（painful），从而将其"撇开"（leave out），只将其小说分为"恐怖"和"推理"两类；②哈蒙德认为爱伦·坡的幽默讽刺小说之所以已经过时，是因为他所嘲讽的对象（唯利是图的商贩、不学无术的学者、自封的文学大师和小丑般的政治家）在一百多年后的今天早已消失（have long since disappeared）。③但笔者以为，这些学者似乎都忽略了一点，即爱伦·坡所嘲讽的不仅仅是那个"事事都在出毛病的世道"，而是整个人类社会的假恶丑现象。爱伦·坡笔下有人凭剪刀糨糊当上文豪诗宗（《森格姆·鲍勃先生的文学生涯》），今天这世界仍有人凭剪刀糨糊（或者用Word的"复制"和"粘贴"功能）当上教授博导；爱伦·坡笔下有美国人因当小报编辑而顺便在十五岁时就成为与但丁齐名的文坛大家（《森格姆·鲍勃先生的文学生涯》），今天也有中国人因后来当了出版社编辑而早在十六岁时就成了翻译爱伦·坡的译坛高手；爱伦·坡笔下有设法把泥浆溅到路人鞋上"拓展业务"的擦鞋工（《生意人》），今天仍有把碎玻璃撒在路上"招揽生意"的补胎匠和用强行"拓展业务"的手段牟取暴利的各类垄断公司；爱伦·坡笔下有"怀着奏出音乐的意图而制造出无限变化之噪音"的精神病患者（《塔尔博士和费瑟尔教授的疗法》），今天仍有把公共绿地当成自家后院并在其中伴"无限变化之噪音"而翩翩起舞的华人大妈。爱伦·坡曾说"现代人已使欺骗这门科学达到了我们愚笨的祖先做梦都

---

① Symons, Julian. *The Tell-Tale Heart: The Life and Works of Edgar Allan Poe*, London: Faber and Faber, 1978, pp. 208–209.

② Cunliffe, Marcus. *The Literature of the United States*, Baltimore: Penguin Books Ltd., 1967, p. 74.

③ Hammond, J. R.. *An Edgar Allan Poe Companion*, Hong Kong: Macmillan Press, 1983, p. 132.

想不到的完善程度"(《欺骗是一门精密的科学》),而今天不乏当代人正在为更进一步完善这门"科学"而与时俱进地发挥着聪明才智。因此笔者认为,爱伦·坡的许多讽刺小说仍具有现实意义,仍能让人们发出有益于身心健康的笑声,尽管这种笑声在消逝时往往会伴着一丝苦涩。

萧伯纳在论及爱伦·坡的小说时说:"它们不仅仅是一篇篇小说,而完全是一件件艺术品。"[①]笔者以为,这批价值连城的艺术品包括爱伦·坡的各类小说。

(原载《中华读书报》2014年11月26日第十一版)

---

① Ragan, Robert. (ed) *Poe: A Collection of Critical Essays*, New Jersey: Prentice Hall, Inc., 1967, p. 12.

目 录

001　瓶中手稿
012　丽姬娅
028　厄舍府之倒塌
047　威廉·威尔逊
066　生意人
075　莫格街凶杀案
107　莫斯肯漩涡沉浮记
124　埃莱奥诺拉
130　椭圆形画像
134　红死病的假面具
141　陷坑与钟摆

156	玛丽·罗热疑案
201	泄密的心
208	金甲虫
244	黑　猫
254	长方形箱子
265	凹凸山的故事
275	过早埋葬
289	被窃之信
308	你就是凶手
321	森格姆·鲍勃先生的文学生涯
343	与一具木乃伊的谈话
359	一桶蒙特亚白葡萄酒
368	跳　蛙

瓶中手稿

> 人之将死，无密可瞒。
> ——基诺《阿蒂斯》

关于故国和家人我没有多少话可说。岁月的无情与漫长早已使我别离了故土，疏远了亲人。世袭的家产供我受了不同寻常的教育，而我善思好虑的天性则使我能把早年辛勤积累的知识加以分门别类。在所有知识中，德国伦理学家们的著作曾给予我最大的乐趣；这并非是因为我对他们的雄辩狂盲目崇拜，而是因为我严谨的思维习惯使我能轻而易举地发现他们的谬误。天赋之不足使我常常受到谴责，想象力之贫乏历来是我的耻辱，而根植于我观念中的怀疑论则任何时候都使得我声名狼藉。实际上，我担心我对物理学的浓厚兴趣已经使我的脑子里充满了流行于当今时代的一种错误思想，我是说现在的人总习惯认为任何偶发事件都与那门科学的原理有关，甚至包括那些与之风马牛不相及的事件。大体上说，这世上没有人比我更不容易被迷信的鬼火引离真实之领域。我一直认为应该这样来一段开场白，以免下边这个令人难以置信而我却非讲不可的故事被人视为异想天开的胡言乱语，而不被看作是一位从来不会想象的人的亲身经历。

在异国他乡漂泊多年之后，我又于18××年在富饶且人口稠密的爪哇岛登上了从巴达维亚港驶往巽他群岛的航船。我这次旅行只有一个原因，那就是我感到了一种像是魔鬼附身似的心神不定。

我们乘坐的是一条铜板包底、约四百吨重的漂亮帆船，是用马拉巴的柚木在孟买建造的。船上装载的是拉克代夫群岛出产的皮棉和油料，此外还有些椰壳纤维、椰子糖、奶油、椰子和几箱鸦片。货物堆放得马虎，所以船身老是摇晃。

我们乘着一阵微风扬帆出海，许多天来一直沿着爪哇岛东海岸行驶，除了偶尔遇上几条从我们要去的巽他群岛驶来的双桅船外，一路上没有什么事可排遣旅途的寂寞。

一天傍晚，我靠在船尾栏杆上观看西北方一朵非常奇特的孤云。它之所以引起我的注意，一是因为它的颜色，二是因为自我们离开巴达维亚以来，这还是第一次见到云彩。我全神贯注地望着它直到夕阳西沉，这时那朵云突然朝东西两边扩展，在水天相接处形成一条窄窄的烟带，看上去宛若长长的一溜浅滩。我的注意力很快又被暗红色的月亮和奇异的海景所吸引。此时的大海正瞬息万变，海水似乎变得比平时更透明。虽然我能清楚地看见海底，但抛下铅锤一测，方知船下的水深竟有十五㖊。这时空气也变得酷热难耐，充满了一种仿佛从烧红的铁块上腾起的热浪。随着夜晚的降临，微风渐渐平息，周围是一片难以想象的寂静。舵楼甲板上蜡烛的火苗毫无跳动的迹象，两指拈一根头发丝也看不出它会飘拂。然而，由于船长说他看不出任何危险的征候，由于我们的船正渐渐漂向海岸，所以他下令收帆抛锚。没派人值班守夜，那些多半是马来人的水手也全都满不在乎地摊开身子在甲板上睡下。我回到舱房，心中不无一种大祸临头的预感。实际上每一种征候都使我有充分的理由判定一场热带风暴即将来临。我刚才把我的担忧告诉了船长，可他对我的话却置若罔闻，甚至不屑给我一个回答便拂袖而去。但这份担忧却使我没法入睡，半夜时分我又起身去甲板。刚踏上后甲板扶梯的最上一级，一阵巨大的嗡嗡声便让我心惊胆战，那声音听起来像是水车轮子在飞速转动，而我还来不及弄清是怎么回事，就觉得整个船身在剧烈颤抖。紧接着，一排巨浪劈头盖脸向我们砸来，把船身几乎翻了个底朝天，然后从船头到船尾席卷过整个甲板。

事后看来，在很大程度上正是那阵来势凶猛的狂风使那条船没有立刻毁于一旦。因为，虽说整条船都被淹没，但由于桅杆全被那阵风折断落到了海里，船不一会儿就挣扎着浮出了水面，在排山倒海的风暴中颠簸了一阵，最后终于恢复了平稳。

我说不清到底是靠什么奇迹，我才幸免于那场灭顶之灾。当时我被那排巨浪打得昏头昏脑，待我回过神来，我发现自己被卡在船尾龙骨与舵之间。当我挣扎着站起身来，惊魂未定地四下张望时，我首先想到的就是刚才我们被滚滚巨浪席卷的情景，而最令人可怕最难以想象的是那个飞溅着泡沫把我们吞噬的巨大漩涡。过了一会儿，我听见一位瑞典老头的声音，他是在我们正要离港时登上这条船的。我用尽力气朝他呼喊，他很快就跟跟跄跄地来到了船尾。我俩不久就发现，我俩是这场灾难中仅有的幸存者。甲板上的其他人全都被卷进了大海，而船长和他的副手们也肯定在睡梦中死去，因为船舱里早已灌满了水。没有援助，我俩不能指望这条船能摆脱困境，而由于一开始我俩都以为船随时都会沉没，所以也没想到采取什么措施。当然，我们的锚链早在第一阵狂风袭来时就像细绳一样给刮断了，不然这条船早已倾覆。现在船正随波逐流飞速地漂动，阵阵涌过甲板的海浪冲刷着我俩。船后部的骨架早已支离破碎，实际上整条船已是百孔千疮；但我们惊喜地发现，几台水泵都还能启动，压舱物也基本没有移位。风暴的前锋已经过去，接下来的疾风并没有多大危险，但我们仍忧心忡忡地希望风浪完全平息；因为我们相信，既然船已破成这副模样，那随风而起的大浪将使我们不可避免地葬身鱼腹。不过，我们这种非常合乎情理的担忧看来不会马上变为现实。因为一连五天五夜（其间我们仅凭好不容易才从船头水手舱中弄来的一点椰子糖充饥）这破船一直顺着一阵虽不及第一场暴风那么猛烈但却是我平生所见的最可怕的疾风，以一种难以估计的速度飞一般地漂行。开始四天我们的航向没多大变化，一直是东南偏南正朝着新荷兰①海岸的方向。到了第五天，虽说风向已经渐渐偏北，但寒冷却令人难以忍受。一轮昏黄的太阳露

---

① 新荷兰，澳大利亚的旧称。——译者注

出水平线，只往上爬了几英尺高，没有放射出光芒。天上不见一丝云彩，然而风力却有增无减，一阵接一阵地猛吹。在我们估计的中午时分，那轮太阳又攫住了我们的注意力。它依然没放射出我们通常所称的光芒，而只有一团矇矇眬眬没有热辐射的光晕，仿佛它所有的光都被偏振过了。就在它将沉入茫茫大海之前，那团光晕的中间部分却不翼而飞，好像是被某种神奇的力量一下扑灭。最后只剩下孤零零一个暗淡的银圈，一头扎入深不可测的海洋。

我们徒然地等待第六天出现。对我来说，那一天尚未到来；就瑞典老人而言，那一天压根儿没来过。从此我俩就陷入了冥冥黑暗。离船二十步开外的东西都没法看清。漫漫长夜一直笼罩着我们，在热带司空见惯的海面磷光也划不破这种黑暗。我们还注意到，虽然暴风仍势头不减地继续怒号，但船边却不见了那种一直伴随着我们的惊涛骇浪。四周是一片恐怖、一片阴森、一片令人窒息的黑暗。迷信的恐惧悄悄爬进瑞典老人的心头，我胸中也在暗暗诧异。我们不再关心这条破得不能再破的船，只是尽可能地抱紧后桅残杆，痛苦地窥视着冥冥大海。我们没有办法计算时间，也猜不出究竟在什么位置。但我俩心里都清楚，我们已经向南漂到了任何航海家都未曾到过的海域，同时我俩都惊奇为何没碰上照理说应该碰上的冰山。现在每时每刻都可能是我俩的死期，每一个山一般的巨浪都可能把我们淹没。浪潮的起伏超越了我的任何想象，而我们没立即葬身海底倒真是个奇迹。瑞典老头说船上货物很轻，并提醒说这条船本来质地优良，但我却不能不感到已彻底失去希望，再没有什么能延缓那即将来临的死亡，并绝望地为死亡的来临做好了准备，因为这破船每往前漂行一海里，那冥冥大海就增加一分可怕的汹涌。我们时而被抛上比飞翔的信天翁还高的浪尖，被吓得透不过气来，时而又被急速地扔进深渊似的波谷，被摔得头晕目眩；波谷里空气凝滞，没有声音惊扰海怪的美梦。

我们此刻正掉进一个那样的波谷，这时瑞典老人的一阵惊呼划破了黑暗。"看！看！"他的声音尖得刺耳，"天啊！看！快看！"当他惊呼之时，我已感觉到一团朦朦胧胧的红光倾泻在我们掉进的那个深渊的顶端边缘，并把一片光影反射到我们的甲板上。我抬头一看，顿时惊得血液都停止了流动。在我们头顶一个可怕的高度，在一座险峻的浪山陡峭的边缘，正直挺挺地漂浮着一艘也许有四千吨重的巨轮。虽然它正被一个比它的船身高出一百倍的浪峰托起，但看上去它比任何一艘战舰或东印度洋上的大商船都大。它巨大的船身一片乌黑，船体上通常的雕刻图案也没减轻那种色调。从它敞开的炮门露出一排黄铜大炮，锃亮的炮身反射着无数战灯的光亮，那些用绳索固定的战灯正摇曳不定。但使我们更惊更怕的是，那条船竟不顾超乎自然的巨浪和肆无忌惮的飓风，依旧张着它的风帆。我们开始只看见它的船头，因为它刚从那幽暗恐怖的漩涡底被举向高处，并在那可怕的浪尖上滞留了片刻，仿佛是在为自己的高高在上而出神，但紧接着，它就摇摇晃晃、令人心惊肉跳地直往下坠。

不知怎么回事，我的心在这关键时刻突然恢复了镇静。我摇摇晃晃地尽可能退到船的最后部，毫无恐惧地等着毁灭的一刻来临。我们的船终于停止了挣扎，船头开始沉入水里，因此坠下的大船撞上了它沉入水中的部分，随之而来的必然结果就是，一股不可抗拒的力量把我抛到了大船上的一堆绳索中。

就在我跌入绳堆之际，那条大船已调转船头顺着风向驶离了那个深渊的边缘。由于接下来的一阵混乱，我没有引起水手们的注意。我很容易就悄悄溜到了中部舱口，舱门半开着，我很快就瞅准一个机会躲进了这个避难所。我说不清自己为何要躲藏。也许第一眼看见这船上那些水手时心中所产生的一种模糊的畏惧感就是我想躲起来的原因。我可不愿轻易相信这伙人，因为刚才对他们的匆匆一瞥就使我隐隐约约感到一些新奇、怀疑和不安。所以我想最好还是在这个避难所里替自己弄一个藏身之处。于是我掀开了一小块活动甲板，以便能随时藏身于巨大的船骨之间。

我刚刚勉强弄好我的藏身之处，就听见船舱里传来一阵脚步声，迫使我对藏身处马上加以利用。一个人摇摇晃晃走过我藏身的地方。我看不见他的脸,但却有机会打量他的全身,看上去他显然已经年老体衰。岁月的负担使他的双腿步履蹒跚,时间的重压使他的全身颤颤巍巍。他一边用一种我听不懂的语言断断续续地低声咕哝,一边在角落里一堆式样古怪的仪器和遭虫蛀的海图中搜寻什么。他的举止既显示出老人的乖戾又透露出天神的威严。他最后终于上了甲板,而我再没有见过他。

* * * * *

一种不可名状的感情占据了我的心灵。那是一种不容分析、早年的学识不足以解释,而未来本身恐怕也给不出答案的感情。对于一个我这种性质的头脑,连未来也想不出真是一种不幸。我将不再(我知道我将不再)满足于我的思维能力。不过眼下思维的模糊也不足为怪,因为引起思维的原因是那么新奇。一种新的感觉——一种全新的感觉又钻进我的心灵。

* * * * *

我踏上这条可怕的大船已经很久了,我想我的命运之光正在聚向焦点。这些不可思议的人哟!沉溺于一种我无法窥视的冥想之中,经过我身边却对我视而不见。我这样藏匿完全是愚蠢之举,因为那些人压根儿不会看见。刚才我就直端端地从大副眼皮底下走过,而不久前我曾闯入船长的卧舱,拿回纸笔,并已写下这些文字。我会经常地坚持写日记.当然,我也许没有机会亲手将这日记公诸世人,但我绝不会放弃努力。到最后关头,我会把日记手稿封进瓶里,抛入海中。

* * * * *

一件小事的发生使我开始了新的思索。难道这种事真是鬼使神差?我曾冒险登上甲板,悄悄钻进一条小艇,躺在一堆索梯和旧帆之中。我一边在寻思自己命运的奇特,一边不知不觉地用一柄柏油刷往身边整整齐齐地叠在一只桶上的帆布上涂抹。现在那张翼帆已被挂上桅杆,而我无意之间的信手涂鸦展开后竟是"发现"这两个大字。

"INCOMPREHENSIBLE MEN! WRAPPED UP IN MEDITATIONS OF A
KIND WHICH I CANNOT DIVINE, THEY PASS ME BY UNNOTICED"

* * * * *

　　我最近已把这艘大船的构造仔细观察了一番。虽说船上武器装备完善，但我并不认为这是一艘战舰。它的船形、索具和一般装备全都否定了这种猜测。然而，我虽能轻易地看出它不是一艘战舰，但恐怕却说不出它是艘什么船。我不知道这是怎么回事，但每当我看见它奇特的船形、怪异的桅桁、过大的风帆、简朴的舰首和那颇具古风的船尾，我心里总会掠过一种似曾相识的感觉，而这种感觉中常常交织着一种朦朦胧胧的回忆，一种对异国往事和悠远年代的莫名其妙的追忆。

* * * * *

　　我一直在查看这艘船的船骨。这条船是用一种我从未见过的木料建造的。这种木料有一种奇怪的特征，使我觉得它本不该用来造船。我的意思是说，且不论在那些海域航行不可避免的虫蛀，也不谈因年代久远自然而然的朽蚀，这种木材的质地也极其疏松。我这种观察也许多少显得过分好奇，但若是西班牙橡木能用某种奇异的方法来发涨的话，那这种木材倒具有西班牙橡木的全部特性。当我重读上面这句话时，脑子里突然记起一位久经风雨的荷兰老航海家的一句古怪箴言。"千真万确，"每当有人怀疑他的诚实时，他总会说，"就像确实有那么一片海洋，船在其中会像人的身体一样慢慢长大。"

* * * * *

　　大约一小时之前，我冒昧地挤进了一群水手当中。他们对我全都视若无睹，尽管我就实实在在地站在他们中间，可他们仿佛全然没有意识到我的存在。他们就像我刚上船时在中舱所看见的那个人一样，全都老态龙钟，白发苍苍。他们的双腿都颤颤巍巍，他们的肩背都伛偻蜷缩，他们的皮肤都皱纹密布，他们断断续续的声音都低沉而发颤，他们的眼睛都粘着老年人特有的分泌物，他们的苍苍白发在暴风中可怕地飘拂。在他们周围的甲板上，每一个角落都乱七八糟地堆放着最古里古怪的老式测算仪器。

* * * * *

我不久前提到过那张翼帆被挂上了桅杆。从那以后,这条船便以它上至桅顶主冠下到侧帆横桁的每一幅风帆,乘着那猛烈的暴风,一直向南继续着它可怕的航行,它的上桅横桁两端时时都被卷入人们所能想象的最惊心动魄的惊涛骇浪之中。我刚才已经离开了甲板,因为虽说那群水手似乎并没有感到什么不便,但我在那儿实在待不住了。我们这艘大船没被大海一口吞没,这对我来说真是奇迹中的奇迹。我们肯定是命中注定要在这无始无终的边缘上漂荡,而不会一头扎进那永恒的深渊。从比我所见过的可怕一千倍的波峰浪尖,我们的船却像飞翔的海鸥一滑而过;狂澜就像潜在海底的恶魔把它们的头伸到我们上方,但那些魔鬼仿佛是受到什么限制,只是吓唬我们,而不把我们吞噬。最后我只能把这一次次的死里逃生归因于唯一能解释这种结果的自然原因。我只能推测这艘船是在某种巨大的海洋潮流或强大的水底潜流的支配之下航行。

* * * * *

我已经在船长的卧舱里与他面对面见过,但如我所料,他丝毫没注意到我。虽说对旁观者而言,他的相貌可以说与普通人没什么两样,但我看他时总不免有一种既敬畏又惊奇的心情。他的身高与我不相上下,这就是说大约有五英尺八英寸。他的身体结实匀称,既不强壮也不十分瘦弱。但就是笼罩在他脸上的那种奇异的神情,就是那种令人不可思议且毛骨悚然的极度苍老的痕迹,使我胸中涌起了一种感情,一种不可名状的感情。他的额上皱纹虽然不多,但却仿佛铭刻着无数的年轮。他的苍苍白发像是历史的记载,而他灰色的眼睛犹如未来的预言。他卧舱地板上到处是奇怪的铁扣装订的对开本书、锈蚀的科学仪器和早已被人遗忘的过时的海图。他当时正用双手支撑着头,用愤然不安的眼睛盯着一份文件,我认为那是一份诏封令,总之上面盖有一方王家印鉴。他就像我上次在中舱所见的那名水手,正用我听不懂的语言和暴戾的声调低声咕哝着什么。尽管说话人就在我跟前,可他的声音却似乎从一英里开外传来。

* * * * *

这艘船和船上的一切都散发着古老的气息。水手们来来去去就像被埋了千年的幽灵在游荡。他们的眼中有一种急切不安的神情。当他们的身影在船灯灯光的辉映下横在我的前方,我心里便有一种前所未有的感受,尽管我平生专爱与古董打交道,一直沉湎于巴尔比克、塔德摩尔和波斯波利斯①残垣断柱的阴影之中,直到我自己的心灵也变成了一堆废墟。

* * * * *

现在我看一看四周,就会为我先前的恐惧不安而感到羞愧。如果先前一直伴随着我们的疾风已经吓得我发抖,那现在目睹这用飓风、台风、罡风、厉风都不足以形容的狂飙与大海厮斗,我难道不该吓得魂飞魄散?船的周围是无穷无尽的黑暗和茫茫洪涛的混沌,但在船舷两侧三海里外的地方,却不时隐隐闪现出巨大的冰壁,冰壁岩岩仡仡直插苍穹,朦胧中就像宇宙的围墙。

* * * * *

如我所料,这船果然是在一股潮流之中——假若潮流这个词可以用来称呼那在白色的冰壁旁怒吼咆哮、像飞流直下的大瀑布轰鸣着朝南奔腾的滚滚洪涛的话。

* * * * *

我认为要想象我有多恐惧是完全不可能的,但一种想探索这一海域秘密的好奇心甚至征服了我的恐惧和绝望,并将使我甘心于那种最可怕的死亡。显然我们正驶向某个令人激动的知识领域——某种从未被揭示过的秘密,这种知识和秘密的获得就是毁灭。也许这股潮流正把我们带向南极。必须承认,一个最最不切实际的假设也自有其概率。

---

① 波斯波利斯是继帕萨加第之后的古波斯都城,公元前330年至公元前316年先后遭亚历山大大帝和阿拉伯人的劫掠,从塞琉古王朝起逐渐衰落,其废墟遗址位于伊朗西南部设拉子东北约五十一公里处。——译者注

* * * * *

水手们迈着颤巍巍的步子不安地在甲板上踱来踱去,但从他们脸上的表情可以看出,他们对希望的憧憬多于对绝望的漠然。这时风仍然在我们的船尾,由于扬起了所有的大小风帆,船有时整个儿地被抛出水面!哦,这情形越来越恐怖!那堵冰墙忽而在右边,忽而在左边,我们正绕着一个巨大的圆心,围着一个像是大圆形剧场的漩涡四周头昏眼花地急速旋转,这大漩涡的涡壁伸延进黑洞洞的无底深渊。可我现在已没有时间来考虑自己的命运!圆圈飞快地缩小——我们正急速地陷入漩涡的中心——在大海与风暴的咆哮、呼号、轰鸣声中,这艘船在颤抖——哦,上帝!——在下沉!

附记:《瓶中手稿》最初发表于1831年,而在多年之后我才见到墨卡托[①]绘制的地图。在墨氏地图上,海洋从四个入口注入(北)极湾,并被吸进地腹;极本身以一块巍然耸立的黑岩为标志。

(1833)

---

① 墨卡托(G. Mercator, 1512—1594),佛兰德地图学家,首创绘制地图的圆标形投影法。——译者注

丽姬娅

> 意志就在其中，意志万世不易。谁知晓意志之玄妙、意志之元气？因上帝不过乃一伟大意志，以其专一之特性遍及万物。凡无意志薄弱之缺陷者，既不降服于天使，也不屈服于死神。
>
> ——约瑟夫·格兰维尔

我怎么也想不起来当初我是怎样，在何时，甚至具体在什么地方与丽姬娅小姐相识的。打那之后许多年过去了，由于太多的痛苦，我的记忆力衰退。或许，我现在之所以想不起上述几点，实际上是因为我所爱之人的性格、她罕见的学识、她非凡但却娴静的美色，以及她那些低吟浅唱、拨人心弦、令人入迷的话语都曾以那么平稳而隐秘的方式一点一滴地渗入我的心田，以致我从来就不曾察觉和知晓。但我相信，我和她的第一次见面以及后来的频繁交往都是在莱茵河畔一座古老衰微的大城市。关于她的家庭，我肯定听她谈起过。那毫无疑问可以追溯到非常久远的年代。丽姬娅！丽姬娅！虽说我正埋头于那些比其他任何事都更能使人遗世忘累的研究，但仅凭这三个甜蜜的字眼——丽姬娅——就能使我的眼前浮现出早已不在人世的她的身影。而此刻，当我提笔写她之时，我才突然意识到，对于这位曾是我的朋友、我的未婚妻，后来又成为我读书的伙伴，最后终于成为我钟爱的妻子的她，我居然从来就不知道其姓氏。就我的丽姬娅而言，难道这是她一个调皮的告诫？或我不该问这个问题是对我爱之深切的考验？或这仅仅是我自己的一种任性，一份往至爱至忠的神龛上奉献的浪漫？连事实本身我现在都只能模模糊糊地记起，那我全然忘却产生该事实的原委或伴随该事实的细节又有什么可奇怪的呢？而实际上，如果真有那个被叫作罗曼司的神灵，如果在崇拜偶像的埃及真有那个长有缥缈翅翼的苍白的伊什塔耳忒，如果真像人们所说是由她在主宰不吉不利的婚姻，那我的婚姻肯定是由她主宰的。

然而，对一个非常珍贵的话题，我的记忆力还没有让我失望，那就是丽姬娅的身姿容貌。她身段颀长，略显纤弱，在她弥留之时，竟至形销骨立。要描绘出她的端庄、她的安详、她的风姿，或是她轻盈袅娜的步态，那我的任何努力都将是徒劳。她来去就像一个影子。我从来就觉察不到她进入我房门关闭的书房，除非她把纤纤玉手轻轻摁在我肩上，用低低的、甜甜的嗓音说出音乐般的话语。说到她美丽的脸庞，普天下没一个少女能与之相比。那种容光焕发只有在服用鸦片后的梦幻中才能见到，一种比翱翔在德洛斯岛的女儿们①梦境中的幻象更圣洁神妙的空灵飘逸的幻影。然而她那张脸并不属于异教徒的经典著作错误地教导我们去崇拜的那种端正的类型。培根在论及形形色色的美时说过："绝色者之五官比例定有异处"。②然而，尽管我看出丽姬娅的那张脸并不符合古典规范，尽管我发现她的美堪称"绝色"并觉得那美中充满了"异点"，但我却无论如何也找不到不规范之处，觅不见我所理解的"异"。我曾端详过她高洁而苍白的额顶。那真是白璧无瑕，实际上用这个字眼来形容如此圣洁的端庄是多么平淡！那象牙般纯净的肌肤，那宽阔而恬静的天庭，左右鬓角之上那柔和的轮廓，然后就是那头乌黑、油亮、浓密而自然卷曲的秀发，真是充分解释了荷马式形容词"风信子般的"之真正含义！我曾谛视过那线条优雅的鼻子。我只在希伯来人优雅的浮雕中见过一种相似的完美，两者都有同样的光滑细腻的表面，有同样的几乎看不出曲线的鼻梁，有同样和谐的微鼓并表现出灵魂之自由的鼻孔。我曾细看过那张可爱的

---

① "德洛斯岛的女儿们"恐指希腊女神阿耳忒弥斯的一群侍女。传说阿耳忒弥斯和阿波罗一起诞生在德洛斯岛上。——译者注

② 语出《培根随笔集》第四十三篇《论美》。——译者注

嘴。那真是天地间登峰造极的杰作,短短上唇那典雅的曲线,下唇上那丝柔而性感的睡意,那会嬉笑的波纹,那会说话的韵律,还有当她露出清澈娴静但又最最粲然的微笑之时,那两排反射出每一道圣光的亮晶晶的皓齿。我曾凝望过那下颌的塑形。在那儿我发现了希腊人才有的那种阔大而不失秀媚、庄重而不失柔和、圆润中透出超凡脱俗之气,这种轮廓,阿波罗神只让雅典人的儿子克莱奥梅尼斯①在梦中见过。而当时,我还窥视过丽姬娅那双又大又圆的眼睛。

说到眼睛,我们就没法从古代找到比拟了。在我心爱之人的那对眸子里,很可能就藏着培根所暗示的那个秘密。我必须相信,那双眼睛比我们这个种族一般人的眼睛大得多。它们甚至比诺尔亚德山谷②东方部族那种最圆的羚羊般的眼睛还圆。可是只是偶尔间,在她最激昂兴奋的瞬息,她的这一特征才会稍稍引人注目。而在这样的时刻,她的美(也许在我炽热的想象中显得是这样)就是超越天堂或人间的无双之美,就是土耳其神话中天国玉女的绝世之美。那双眼睛的颜色是纯然的乌黑,眼睛上盖着又黑又长的睫毛。两道略显参差的眉毛也墨黑如黛。然而,我在那双眼睛里所发现的"异点"具有一种与其面部的塑形、韵致与光彩都不同的性质,而这终究还得从"眼神"里去找原因。啊,多苍白的字眼!单是在它窈然无际的含义之后,我们掩饰了多少对灵性的无知。丽姬娅的眼神哟!我是怎样长时间地对它沉思冥想!我又是如何用整整一个夏夜努力去把它窥测!那眼神是什么?那比德谟克利特那口井还深的东西,那深深藏在我心爱之人瞳孔里的东西,它到底是什么?我一心想要领悟那种眼神。那双眼睛哟!那双

---

① 克莱奥梅尼斯(Cleomenes),公元3世纪希腊雕塑家,其代表作有仿制的"美第奇的维纳斯"。——译者注

② 爱尔兰女作家谢里丹夫人(Frances Sheridan,1724—1766)在其小说《诺尔亚德的故事》(*The History of Nourjahad*, 1767)中所描写的一个东方山谷。——译者注

又大又亮的非凡的眼睛哟！它们于我成了丽达的双子星座[1]，我于它们则成了虔敬的星象学家。

在许许多多心理学上令人费解的异态现象中，最令人激动的莫过于这样一种现象（我相信学校里从不提及），那就是当我们竭力要追忆某件早已遗忘的往事之时，我们常常觉得自己马上就要想起来了，可结果却未能想起来。我在窥测丽姬娅那双眼睛时就常常是这样，每次我都觉得马上就会悟出那眼神的全部深意，觉得自己马上就会茅塞顿开，可终归未能贯通，以至最后又不甚了了！而（真奇怪，哦，奇怪得令人不可思议！）在极其普通的天地万物之中，我竟发现了许多与那种眼神的相似之处。我的意思是说，自从丽姬娅的美潜入我的灵魂并像供奉于一座神龛那样永驻我心之后，我从这个物质世界的无数存在中获得了一种情感，那种像我在窥视丽姬娅那双又大又亮的眼睛时所感觉到的那样的情感。但我尚不能给那种情感下定义，也不能分析它，甚至没法持续地对它进行仔细观察。让我再说一遍，我往往在观看一棵迅速生长的青藤之时，在凝望一只飞蛾、一只蝴蝶、一只虫蛹、一条流淌的小溪之时体验到那种情感。眺望大海之时，看见流星陨落之时，我感受到那种情感。从耄耋老人的目光中，我体会到那种情感。当用望远镜窥视夜空的一两颗星星之时（尤其是窥视天琴座α星旁那颗六等食变星时），我意识到那种情感。弦乐器的某种声音使我心里充满那种情感。书籍中的某些片刻使我胸中萦绕那种情感。在其他数不清的这类事例中，我清楚地记得约瑟夫·格兰维尔一部书中的一段话（也许仅仅是因为它离奇，这谁说得准？）从来都会激起我那种情感："意志就在其中，意志万世不易。谁知晓意志之玄妙、意志之元气？因上帝不过乃一伟大意志，以其专一之特性遍及万物。凡无意志薄弱之缺陷者，既不降服于天使，也不屈服于死神。"

---

[1] 据希腊神话传说，宙斯曾化作天鹅与丽达亲近，使其生下两颗蛋，一蛋孵出海伦，一蛋孵出狄俄斯库里兄弟（即卡斯托耳和波吕丢刻斯）。后来宙斯将这对孪生兄弟变成双子星座。——译者注

漫长的岁月以及后来对岁月的回顾，已使我真能看出在这位英国伦理学家的这段话与丽姬娅的某种性格之间有某种细微的联系。她思想、行为或言谈中的一种专一，或许就是那伟大意志之结果，或至少是一种反映，只不过在我们长期的交往之中，那种伟大的意志未能有其他更直接的显露罢了。在我所认识的所有女人中，外表始终安然恬静的丽姬娅其实是冷酷而骚动的激情之鹰最惨烈的牺牲品。对那种激情我不能做出评判，除非凭着那双在突然高兴之时大得不可思议、大得令我吃惊的眼睛，凭着她低声细语之中所包含的那种近乎魔幻般的甜蜜、抑扬、清晰与温和，凭着她习惯性的不经之谈中那种咄咄逼人之势（这种势头与她文静的说话方式形成对照，因而更显猛烈）。

我已经提到过丽姬娅的学识，那真是广博之至。我从不知道女人能这般博学。她精通各种古典语言，而就我所通晓的欧洲各种现代语言来说，我从来没发现她错过一词一句。实际上，就任何一个她最喜欢的题目（她之所以喜欢，仅仅是因为那在自夸博学的经院中被认为是最深奥的题目），我又何曾发现她出过差错？我妻子的这一特点只是在最近这段时间才那么格外令人激动地唤起了我的注意！我刚才说我从不知道女人有她那般广博的学识，可是，天底下哪儿又有男人能成功地研究包括伦理学、物理学和数学在内的所有学问？我当时并不像现在这样清楚地意识到丽姬娅的学识是如此广博，如此令人震惊；但我仍充分地意识到她对我拥有至高无上的支配权，怀着一种孩子气的信任。在我们婚后的前些年里，我一直由她领着去穿越我所醉心的形而上学的那个混沌世界。当她俯身于我身边，指导我研究那些很少有人研究、世人知之甚少的学问时，我是多么踌躇满志，多么欣喜若狂，心里怀着多少憧憬和希望。我实实在在地感到那美妙的远景正在我面前慢慢展开，沿着那漫长的、灿烂的、人迹罕至的道路，我最终将获得一种因为太珍奇神圣而不能不禁绝于世人的智慧！

所以，当几年后眼见我已打好基础的前程不翼而飞，乘风而去，我心中那种悲哀当然会无以复加。没有了丽姬娅，我不过是一个在黑暗中摸索的孩子。单是她的相伴，单是她的讲解，就曾使我俩潜心研究的先验论中的许多奥秘豁然开朗。没有了她眼睛灿烂的光芒，轻灵绝妙的文字变得比铅还呆板凝重。而当时那双眼睛越来越难得照射到我所读的书页上。丽姬娅病了。那双热切的眼睛闪烁出一种太辉煌的光焰；那些苍白的手指呈现出透着死亡气息的颜色；哪怕最柔和的一点感情波动，那高洁额顶的缕缕青筋也会激烈地起伏。我看出她已经命在旦夕，我内心已在悄悄地与狰狞的死神抗争。而令我惊讶的是，我多情的妻子对死亡的抗争比我还激烈。她坚强的性格中有许多东西使我一直认为，死神降临于她时绝不会给她带来恐惧，可事实并非如此。她对死神的顽强抵抗和拼命挣扎之场景绝非笔墨所能描绘。眼睁睁看着那副可怜的惨状，我心里一阵阵痛苦地呻吟。我本该对她进行安慰，我本该对她晓之以理，但是，面对她那种强烈得近乎疯狂的求生欲望（生——只求生），我知道安慰和晓之以理无异于痴人说梦。然而，虽说她的灵魂一直在进行着最激烈顽强的挣扎，但直到她生命的最后一瞬，她举止上始终如一的平静才被动摇。她的声音变得更加柔和，更加微弱，可我不愿详述那些平静的话语所包含的疯狂的意义。当我神情恍惚地侧耳倾听她说话之时，我眩晕的大脑听到的仿佛是一种来自天外的悦耳的声音，一种世人从不曾知晓的臆想和渴望。

她爱我，这一点我从不怀疑，说不定我早就轻而易举地意识到在她这样一个女人的心中，爱也一定是一种不同寻常的爱。但只是在她弥留之际，我才完全为她的爱之深切所动。她久久地紧握住我的手，想一吐她心中对我那种比激情更强烈、比忠贞更永恒、早已升华为至尊至爱的一腔情愫。我怎么配消受这一番赐恩降福的表白？我该怎么承受我心爱之人在倾诉衷情之后就要死去这一灾祸？可我实在不忍细述这个话题。让我只说一点，正是面对丽姬娅以难以想象的柔情痴恋一个，天哪！痴恋一个不值得她爱的人之事实，我才终于明白了她对即将离去的生命那么热切而疯狂地留恋的真正原因。而我所不能描述的，我所无力表达的，正是这样一种热切的企盼，正是这样一种对生命（仅仅对生命）的最强烈的渴望。

在她临死那天晚上的半夜时分，她明确地示意我坐到她身边，让我把她前几天刚写的一首诗再朗读一遍。我遵从她的吩咐朗读了那首诗：

  瞧！这是个喜庆之夜
  在最近这些寂寞的年头！
  一群天使，收拢翅膀，
  遮好面纱，掩住泪流，
  坐在一个剧场，观看
  一出希望与恐怖之剧，
  此时乐队间间断断
  奏出天外之曲。

  装扮成上帝的一群小丑，
  叽叽咕咕，自言自语，
  从舞台这头飞到那头——
  他们只是木偶，来来去去
  全由许多无形物支配。
  无形物不断把场景变换，
  从它们秃鹰的翅膀内
  拍出看不见的灾难！

  那出杂剧——哦，请相信
  将不会被人遗忘！
  因为那些抓不住幻想的人
  永远都在追求幻想，
  因为一个永远旋转的怪圈

最后总是转回原处，
因为情节之灵魂多是罪愆，
充满疯狂，充满恐怖。

可看哟，就在那群小丑之中
闯进了一个蠕动的怪物！
那可怕的怪物浑身血红
从舞台角落里扭动而出！
它扭动——扭动！真是可怕，
小丑都成了它的美餐，
天使们呜咽，见爬虫毒牙
正把淋淋人血浸染。

熄灭——熄灭——熄灭灯光！
罩住每一个哆嗦的影子，
大幕像一块裹尸布一样，
倏然落下像暴风骤雨，
这时脸色苍白的天使，
摘下面纱，起身，肯定
这是一幕叫《人》的悲剧，
而主角是那征服者爬虫。

"哦，上帝！"我刚一读完诗，丽姬娅挣扎着站起身来，高高地伸出痉挛的双臂，用微弱的声音呼喊着，"哦，上帝！哦，圣父！难道这些事情符合天道？难道这个征服者就不能被征服一次？难道我们在你心中毫不重要？有谁知晓意志之玄妙、意志之元气？凡无意志薄弱之缺陷者，既不降服于天使，也不屈服于死神。"

紧接着，仿佛被这阵感情耗尽了精力，她任凭两条雪白的胳臂无力地垂下,然后踅回她的床上,庄重地等候死神来临。在她最后的一阵叹息中,交织着几声低低的话语,我俯下身把耳朵凑到她嘴边,又清楚地听到了格兰维尔那段话中的最后一句:"凡无意志薄弱之缺陷者,既不降服于天使,也不屈服于死神。"

她死了。痛不欲生的我再也不能忍受独自一人住在莱茵河畔那座阴沉破败的城市。我并不缺少世人所谓的钱财。丽姬娅带给我的财富远比命运带给一般人的多。所以,经过几个月令人倦乏且漫无目的的游荡之后,我在美丽的英格兰一个最荒凉僻陋、渺无人迹的地方买下了一座我不想说出其名字的修道院,并对它进行了一番维修。那座宏大建筑的幽暗阴郁、周围近乎原始的满目凄凉、由那寺院和荒郊所联想到的说不尽的忧愁道不完的记忆,倒非常符合我当时万念俱灰的心情,正是这种万念俱灰的心情把我驱赶到了那异国他乡的荒郊旷野。不过,虽然修道院那被青藤绿苔掩映的凋零残颓的外表没有改变,但我却以一种孩子般的乖僻,或许还怀着一线忘情消愁的希望,让整个室内显示出一派帝王般的豪华靡丽。对这种铺张而荒唐的居室布置,我从小就有一种嗜好,而现在似乎是趁我悲伤得神志恍惚,那种嗜好又死灰复燃。哦,从那些光怪陆离的帷帘幔帐,从那些庄严肃穆的埃及木刻,从那些杂乱无章的壁饰和家具,从那些金丝簇绒地毯上怪诞的图案,我觉得一定能看出我当初的早期癫狂症!我早已成为被鸦片束缚的奴隶,我的日常生活都弥漫着我梦幻中的色彩。但我不能停下来细说这些荒唐之事。还是让我来谈谈那个该被永远诅咒的房间。在一阵突发的精神恍惚中,我从教堂圣坛前娶回了来自特里缅因的金发碧眼的罗维娜·特里梵依小姐,作为我的新娘,作为我难以忘怀的丽姬娅的替身。我领着她进了那个房间。

时至今日,那间新房里的摆设和装饰之每一细节对我都还历历在目。新娘那高贵的双亲难道没有灵魂,因为贪恋金钱竟允许他们如此可爱的女儿、一位如此可爱的少女,跨入如此装饰的一个房间?我已经说过我精确地记得那个房间的所有细节,但我却可悲地忘记了更重要的总体布局。在那种稀奇古怪的布置中，我所能记得的就是杂乱无章、毫无系统。那个房间在城堡式的修道院中一个高高的塔楼上，房间呈五边形，十分宽敞。五边形的朝南那一边以窗代墙，镶着一整块巨大的未经分割的威尼斯玻璃，玻璃被染成铅色，以至于透过窗户照在室内物件上的阳光或月光都带有一种灰蒙蒙阴森森的色泽。那扇巨窗的上部掩映着纵横交错的枝蔓，那是一棵沿塔楼外墙向上攀缘的古藤。房间的顶棚是极高而阴沉的橡木穹窿，上面精心装饰着半是哥特式半是特洛伊式的最奇妙荒诞的图案。从那阴郁的穹窿正中幽深之处，由一根长环金链垂下一个巨大的撒拉逊式金香炉，香炉的孔眼设计得十分精巧，以至于缭绕萦回的斑斓烟火看上去宛若金蛇狂舞。

一些东方式样的褥榻和金烛台放在房间的各处，还有那张床，那张新婚之床。床是低矮的印度式样，用坚硬的黑檀木精雕细镂，上方罩着一顶棺衣似的床罩。房间的五个角落各竖立着一口巨大的黑色花岗石棺椁，这些棺椁都是从正对着卢克索古城的法老墓中挖掘出来的，古老的棺盖上布满了不知年代的雕刻。可是，哦！那房间最奇妙的装饰就在于那些帷帘幔帐。房间的墙壁很高（甚至高得不成比例），从墙顶到墙脚都重重叠叠地垂着看上去沉甸甸的各式幔帐。幔帐的质地与脚下的地毯、褥榻上的罩单、床上方的华盖以及那半掩着窗户的罗纹巨幅窗帘一样，都是最贵重的金丝簇绒。簇绒上以不规则的间距点缀着一团团直径约为一英尺的怪异的图案，在幔帐上形成各种黑乎乎的花样。但只有从一个角度望去，那些图案才会产生真正的怪异效果。经过一番当时很流行但实际上古已有之的精巧设计，那些幔帐看上去真是变化万千。对一个刚进屋的人，它们只显出奇形怪状；但人再往里走，那种奇形怪状便慢慢消失；而当观者在房间里一步步移动，他就会看见四周出现无数诺曼底人迷信中的幽灵，或是出家人邪梦中的幻影。幔帐后面一股人为的循环不息的强风更加强了那种变化不定的魔幻效果，赋予室内的一切一种恐怖不安的生动。

就在这样的一座宅邸里，就在这样的一间新房中，我和罗维娜小姐度过了我们新婚蜜月中那些并不圣洁的日子,基本上还算过得无忧无虑。我不能不觉察到我妻子怕我喜怒无常的脾性。她总躲着我,而且说不上爱我,可是这反倒令我暗暗高兴。我也以一种只有魔鬼才会有的恶意嫌弃她。我又回忆起,(哦,怀着一种多么深切的哀悼!)回忆起丽姬娅,我心爱的、端庄的、美丽的、玉殒香消的丽姬娅。我沉迷于回想她的纯洁、她的睿智、她的高贵、她的飘逸,以及她那如火如荼的至尊之爱。当时我心中那团火比她的如火如荼还猛烈。在我吸食鸦片后的梦境之中,我会一声声地呼唤她的名字;在夜晚万籁俱寂之时,或白昼在深壑幽谷之间,似乎凭着对亡妻的这种追忆缅怀、神往渴慕、朝思夜想,我就能使她重返她已舍弃的人生之路。哦,她能永远舍弃么?

大约婚后第二个月一开始,罗维娜小姐突然病了,而且一病就是好久。使她形容憔悴的发烧弄得她夜夜不宁,而就在她昏沉恍惚之中,她向我谈起那塔楼上房间屋里和周围的声音和动静,我认为那不过是她病中的胡思乱想,不然也许就是房间本身那种光影变幻的结果。她的病情逐渐好转,最后终于痊愈。然而,只过了很短一段时间,第二场更严重的疾病又把她抛上了病榻,而她本来就羸弱的身子再也没能从这场罹病中完全康复。从那以后,她的病经常复发,而且发病的周期越来越短,这使得医生们大惑不解,所有的医疗手段均不见效。随着那显然已侵入膏肓以至靠人力已无法祛除的痼疾日益加重,我同时也发现她越来越容易紧张,越来越容易焦躁,常常为一些细小的动静而产生恐惧。她又开始谈起她曾提到过的幔帐间那种轻微的声音和异常的动静,而且谈得更加频繁,更加固执。

9月末的一天晚上,她对这个烦心的话题异乎寻常的强调引起了我的注意。她刚从一阵迷迷糊糊中醒来,而我刚才一直又急又怕地在留心她面部的抽搐。我坐在她那张黑檀木床旁边的一张印度式褥榻上。她半欠着身子非常认真地向我低声讲述她刚才所听见而我未能听见的声音,讲述她刚才所看见而我未能看见的情景。幔帐后风正急速

"I WOULD CALL ALOUD UPON HER NAME"

吹过，我真想告诉她（我承认，我要说的我自己也不能尽然相信）那些几乎听不见的声息和墙头轻轻变幻着的影子不过是风所造成的结果。但弥漫在她脸上的那层死一般的苍白向我表明，我想安慰她的努力将徒然无益。她眼看要晕过去，而塔楼上又唤不应仆人。这时我想起了医生吩咐让她喝的那瓶淡酒，于是起身穿过房间去取。但是，当我走到香炉映出的光亮中时，两件令人惊讶的事吸引了我的注意。我先是觉得一个虽说看不见但却能感知的物体从我身边轻轻晃过，接着我看见在香炉彩光映亮的金丝地毯的正中央有一个影子，一个模模糊糊、隐隐约约、袅袅婷婷的影子，正如那种可能被人幻想成幽灵的影子。不过我当时正处于因无节制地服用鸦片而产生的兴奋之中，所以对耳闻目睹的异象不大在意，也没把它们告诉罗维娜。我找到酒，再次穿过房间，斟了满满一杯，然后将酒凑到罗维娜唇边。但这时她已稍稍清醒了一点，自己伸手接过了酒杯，于是我在身边的一张褥榻上坐下，两眼紧紧地盯视着她。

就在这时，我清清楚楚地听到床边的地毯上响起一阵轻微的脚步声，紧接着，当罗维娜正举杯凑向嘴边之时，我看见，或说不定是我幻想自己看见，三四滴亮晶晶红艳艳的流汁，从房间空气中某个无形的泉眼中渗出，滴进了罗维娜手中的酒杯。虽说我目睹，但罗维娜并未看见。她丝毫没有犹豫地喝下了那杯淡酒，而我也忍住没把所见之事告诉她，毕竟我还认为那很有可能是一种幻觉，是由罗维娜的恐惧、过量的鸦片以及那深更半夜给我造成的病态的幻觉。

然而我不能对我的知觉隐瞒这样一个事实，就在我妻子吞下那杯滴进红液的酒后，她的病情突然急剧恶化，以致到事情发生的第三天晚上，她的侍女们已开始为她准备后事，而到第四天晚上，在那个曾接纳她作为我新娘的怪异的房间里，只剩我孤零零地坐在那儿陪伴她盖着裹尸布的尸体。服用鸦片之后所产生的影影绰绰的幻象在我眼前飞来舞去。我用不安的眼光凝视屋角那些黑色大理石棺椁，凝视幔帐上那些千变万化的图案，凝视头顶上那些缭绕萦回于金香炉的斑斓烟火。最后,当我想到前几天夜里发生的事,我的目光落到了我曾看见那个暗影的被香炉彩光映亮的地毯中央。但那儿不再有那个朦影,我不由得松了一口气,随之把目光转向床上那具苍白而僵硬的尸体。蓦然之间,无数对丽姬娅的回忆又向我涌来,于是那种说不出的悲伤又像滚滚洪水涌上我的心头,而我曾经就怀着那种悲伤看着她这样被裹尸布覆盖。夜深了,我仍怀着一腔痛苦的思绪追忆着我唯一刻骨铭心地深爱的女人,而我的眼睛则一直呆呆地望着罗维娜的尸体。

大约是在夜半时分,也可能是在半夜前后,因为我当时并没去留心时间,一声呜咽,一声低低的、柔柔的,但清清楚楚的呜咽,突然把我从冥想中惊醒。我觉得呜咽声是来自那张黑檀木床,来自那张灵床。我怀着一种迷信的恐惧侧耳细听,可那个声音没再重复。我再睁大眼睛细看那尸体,可尸体也没有丝毫动静。然而我刚才不可能听错。不管那声呜咽多么轻微,我的确听到了那个声音,而且我的灵魂早已清醒。这下我开始目不转睛地盯住那具尸体。可过了好一阵仍然没看出任何能解开刚才那谜团的迹象。但最后我终于明确无误地看见在她两边脸颊上,顺着眼睑周围那些微陷的细小血管,一股微弱的、淡淡的、几乎难以察觉的红潮正在泛起。由于一种人类的语言不足以描绘的恐惧,我坐在那儿只觉得心跳停止,四肢僵硬。但一种责任感终于使我恢复了镇静。

我不能再怀疑是我们把后事料理得过于仓促。我不再怀疑罗维娜还活着。现在需要的是马上进行抢救,但塔楼和仆人住的地方是分开的,从塔楼上没法唤来他们。要去叫仆人来帮忙,我就得离开房间好一阵,而我当时不能冒险那么做。于是我便一个人努力要唤回那缕还在飘荡的游魂。但过了一会儿,连刚才那点生气也完全消失,脸颊上和眼圈周围那点血色已荡然无存,剩下的只是一片大理石般的苍白;嘴唇变得比刚才更枯皱,萎缩成一副可怕的死相;一种滑腻腻的冰凉迅速在尸体表面蔓延,接下来便是照常的僵硬。我战栗着颓然坐回我刚才一惊而起的那张褥榻,再一次沉湎于丽姬娅那些栩栩如生的幻影。

一个小时就这样一晃而过,这时(难道真有可能?)我第二次听见从床的那方传来隐约的声音。我在极度的恐惧中屏息聆听。声音再次传来,是一声叹息。一个箭步冲到尸体跟前,我看见,我清清楚楚地看见,那两片嘴唇轻轻一动,随之微微松开,露出一排灿如明珠的牙齿。我充满于心的恐惧中又掺和进几分惊诧,一时间我觉得眼睛发花,头脑眩晕,费了好大的劲我才终于振作起来,开始履行责任感再次召唤我去履行的义务。这时那额顶上、脸颊上和咽喉上都泛起一层淡淡的红晕,一股可感知的暖流迅速传遍那整个躯体,甚至连心脏也有了轻微的搏动。罗维娜活了。

这下我更是劲头十足地埋头于这项起死回生的工作。我擦热了她的太阳穴,洗净了她的两只手,采取了每一项单凭经验而不消看医书就知道采取的措施。但我的努力终归徒然。蓦地,那红晕消逝了,搏动停止了,嘴唇又恢复了那副死相,继而整个躯体又变得冷冰冰、白森森、直挺挺,又显出枯萎的轮廓,又显出几天来作为一具死尸所具有的全部讨厌的特征。

我又一次沉溺于对丽姬娅的幻想,而又一次,(我一写到它就禁不住毛骨悚然,这到底是什么奇迹?)一声幽幽的呜咽又一次从黑檀木床传进我的耳朵。可我干吗非得历述那天夜里一次又一次的不可名状的恐怖?干吗非得细说在黎明到来之前那出复活的恐怖剧是如何一幕幕地重演;那一次次可怕的复活是如何不可避免地再次坠入一种更加不可改变、更加万劫不复的死亡;那一次次痛苦的死亡是如何展现出一番与某个看不见的对手的抗争;而那一次次的抗争又是如何伴随着尸体外观上那种我说不清道不明的急剧变化?还是让我赶快把故事讲完吧。

那个恐怖之夜的大部分时间已折腾过去,而早已死去的她又开始动弹。这次动弹比前几次都更富活力,尽管动弹是发自一次最可怕最无望的死亡。我早已放弃了努力,或说停止了抢救,只是一动不动地僵坐在褥榻上,听天由命地被一阵强烈的感情旋风所俘获。在这阵旋风中,极度的恐惧也许是最不可怕最不耗神的一种感情了。我再说一遍,那尸体又在动弹,而且比前几次更有生气。生命的色彩伴着一种罕见的元气在那张脸上泛起,那僵直的四肢也完全松弛;若不是那双眼睛依然紧闭,若不是那层裹尸布依然证明那身躯就要被送进坟墓,我说不定会幻想罗维娜已经真的完全挣脱了死神的羁绊。但即便那种幻想在当时也不甚合乎情理,可当那缠着裹尸布的躯体翻身下床,像梦游者一样闭着眼睛,迈着纤弱的步子颤颤悠悠但却实实在在、明明白白地走到房间中央之时,我至少不能再怀疑了。

我没有发抖,我没有动弹,因为那个躯体的身姿、风度和神采使我产生了无数难以言传的想象,这些想象猛然涌进我的脑际,一下子使我僵直冰冷得像一块石头。我一动不动,只是呆呆地凝视着那个幻影。我的思绪变得异常紊乱,一种难以抑制的疯狂的骚乱。站在我眼前的真是活生生的罗维娜吗?真是完完全全的罗维娜吗?真是那个来自特里缅因的金发碧眼的罗维娜·特里梵侬小姐吗?为什么,为什么我会怀疑这点?裹尸布就沉甸甸地垂在那张嘴边,难道它不是罗维娜活着时的那张嘴?还有那脸腮,上面有两朵在她生命之春天里开过的红玫瑰,不错,这很有可能就是罗维娜生前的粉面桃腮。还有那下颌,伴着她健康时有过的酒窝,这些难道不是她的?但是,难道她生病以来还在长高?是怎样一种形容不出的疯狂使我产生了那个念头?

我朝前一扑,伸手去抓她的脚!她往后一缩,躲开了我的触碰,让那层裹尸布从她头顶滑脱,溢出一头长长的、浓密的、蓬松的秀发,飘拂在房间里流动的空气中。那头秀发的颜色比夜晚的翅膀还黑!紧接着,站在我面前的身影慢慢睁开了眼睛。"那么,至少,"我失声惊呼,"至少我不会弄错,我绝不会弄错,这双圆圆的、乌黑的、目光热切的眼睛,属于我失去的爱人!属于她!属于丽姬娅!"

(1838)

厄舍府之倒塌

> 他的心儿是一柄诗琴,
> 轻轻一拨就舒扬有声。
> ——贝朗瑞

那年秋天一个晦暝、昏暗、廓落、云幕低垂的日子,我一整天都策马独行,穿越一片异常阴郁的旷野。当暮色开始降临时,愁云笼罩的厄舍府终于遥遥在望。不知为什么,一看见那座房舍,我心中便充满了一种不堪忍受的抑郁。我说不堪忍受,是因为那种抑郁无论如何也没法排遣,而往常即便到更凄凉的荒郊野地、更可怕的险山恶水,我也能从山情野趣中获得几分喜悦,从而使愁恺得到减轻。望着眼前的景象——那孤零零的房舍、房舍周围的地形、萧瑟的垣墙、空茫的窗眼、几丛茎叶繁芜的莎草、几株枝干惨白的枯树——我心中极度的抑郁真难用人间常情来比拟,也许只能比作鸦片服用者清醒后的感受:重新堕入现实生活之痛苦,重新撩开那层面纱之恐惧。我感到一阵冰凉、一阵虚脱、一阵心悸、一阵无法摆脱的凄怆、一阵任何想象力都无法将其理想化的悲凉。究竟是什么?我收缰思忖。是什么使我一见到厄舍府就如此颓丧?这真是个不解之谜。我也无从捉摸沉思时涌上心头的那些朦胧的幻觉。无奈我只能接受一个不尽如人意的结论:当天地间一些很简单的自然景物之组合具有能这样影响我们的力量之时,对这种力量的探究无疑超越了我们的思维能力。我心中暗想,也许只需稍稍改变一下眼前景象的某些局部,稍稍调整一下这幅画中的某些细节,就足以减轻或完全消除那种令人悲怆的力量。想到这儿,我纵马来到房舍前一个水面森然的小湖,从陡峭的湖边朝下俯望。可看见湖水倒映出的灰蒙蒙的莎草、白森森的枯树和空洞洞的窗眼,我心中的惶悚甚至比刚才更为强烈。

然而,我却计划在这阴森的宅院里逗留几个星期。宅院的主人罗德里克·厄舍是我童年时代的好朋友,不过我俩最后一次见面已是多年前的事了。但不久前我在远方收到了他写给我的一封信,信中急迫的请求使我只能亲身前往给予他当面答复。那封信表明他神经紧张。信中说到他身患重病;说到一种使他意气消沉的精神紊乱,说他极想见到我这个他最好的朋友、唯一的知交,希望通过与我相聚的愉悦来减轻他的疾病。信中还写了许多诸如此类的话。显而易见,他信中所求乃他心之所望,不允许我有半点犹豫,于是我马上听从了这个我依然认为非常奇异的召唤。

虽说我俩是童年时代的知交,但我对我这位朋友实在知之甚少。他为人格外谨慎,平生不苟言谈,不过我仍然得知他那历史悠远的家族从来就以一种特有的敏感气质而闻名。在过去漫长的岁月中,这种气质在许多品位极高的艺术品中得以展现,而近年来又屡屡表现于慷慨而不张扬的慈善施舍,表现于对正统而易辨的音乐之美不感兴趣,反而热衷于其错综复杂。我还得知一个极不平常的事实,厄舍家族虽历史悠久,但却不曾繁衍过任何能赓续不绝的旁系分支;换句话说,除在很短的时期内稍有过例外,整个家族从来都是一脉单传。想到这宅院的特性与宅院主人被公认的特性完全相符,想到这两种特性在漫长的几个世纪中可能相互影响,我不禁认为,也许正是这种没有旁系血亲的缺陷,正是这种家业和姓氏都一脉单传的结果,最终造成了两者的合二为一,使宅院原来的宅名变成了现在这个古怪而含糊的名称——厄舍府。在当地乡下人心目中,这名称似乎既指那座房舍,又指住在里面的人家。

前面说到,我那个多少有几分幼稚的试探的唯一结果,俯望湖面的结果,就是加深了我心中最初的诡异感。毋庸置疑,主要是我心中急剧增长的迷信意识(为什么不能称之为迷信呢?)促成了那种诡异感的加深。我早就知晓,那种迷信是一种似是而非的法则:即人类所有感情都以恐惧为其基础。说不定正是因为这个原因,当我再次把目光从水中倒影移向那座房舍本身之时,我心中产生了一种奇怪的幻觉。那种幻觉非常荒谬,我提到它只是要说明令我压抑的那种感觉是多么真实而强烈。我如此沉湎于自己的想象,以至我实实在在地认为那宅院及其周围悬浮着一种它们所特有的气息。那种气息并非生发于天地自然,而是生发于那些枯树残枝、灰墙暗壁,生发于那一汪死气沉沉的湖水。那是一种神秘而致命的雾霭,阴晦、凝滞、朦胧、沉浊如铅。

拂去脑子里那种谅必是梦幻的感觉,我更仔细地把那幢建筑打量了一番。它主要的特征看来就是非常古老。岁月留下的痕迹十分显著。表层覆盖了一层毛茸茸的苔藓,交织成一种优雅的网,从房檐蔓延而下。但这一切还说不上格外的破败凋零。那幢砖石建筑尚没有一处坍塌,只是它整体上的完好无损与构成其整体的每一块砖石的风化残缺之间有一种显而易见的极不协调。这种不协调倒在很大程度上使我想到了某个不常使用的地下室中的木质结构,由于常年不通风,那些木质结构表面上完好无损,实则早已腐朽了。不过,眼前这幢房子除了外表上大面积的破败,整个结构倒也看不出摇摇欲坠的迹象。说不定得有一双明察秋毫的眼睛,方能看出一道几乎看不见的裂缝,那裂缝从正面房顶向下顺着墙壁弯弯曲曲地延伸,最后消失在屋外那湖死水之中。

观看之间我已驰过一条不长的石铺大道,来到了那幢房子跟前。一名等候在那儿的仆人牵过我的马,我径直跨入了那道哥特式大厅拱门。另一名轻手轻脚的侍仆一声不吭地领着我穿过许多幽暗曲折的回廊去他主人的房间。不知怎么回事,一路上所看到的竟使我刚才描述过的那种说不清道不明的感情越发强烈。虽说我周围的一切(无论是天花板上的雕刻、四壁阴沉的幔帐、乌黑的檀木地板,以及那些光影交错、我一走过就铿锵作响的纹章甲胄)都不过是我从小就早已看惯的东西,虽说我毫不犹豫地承认那一切是多么熟悉,但我仍然惊奇地感觉到那些熟悉的物件在我心中唤起的想象竟是那样的陌生。在楼梯上我碰见了他家的家庭医生。我认为当时他脸上有一种狡黠与困惑交织的神情。他慌慌张张跟我打了个招呼便下楼而去。这时那名侍仆推开一道房门,把我引到了他主人跟前。

我进去的那个房间高大而宽敞。又长又窄的窗户顶端呈尖形,离黑色橡木地板老高老高,人伸直手臂也摸不着窗沿。微弱的暗红色光线从方格玻璃射入,刚好能照清室内比较显眼的物体;然而我睁大眼睛也看不清房间远处的角落,或者回纹装饰的拱形天花板深处。黑色的帷幔垂悬四壁。室内家具多而古雅,但破旧而不舒适。房间里有不少书籍和乐器,但却未能给房间增添一分生气。我觉得呼吸的空气中也充满了忧伤。整个房间都弥漫着一种凛然、钝重、驱不散的阴郁。

我一进屋,厄舍便从他平躺着的一张沙发上起身,快活而热情地向我表示欢迎。开始我还以为他的热情有点过分,以为是那个厌世者在强颜欢笑。但当我看清他的脸后,我确信他完全是诚心诚意。我俩坐了下来,一时间他没有开口说话,我凝视着他,心中涌起一种又怜又怕的感情。这世上一定还没人像罗德里克·厄舍一样,在那么短的时间内发生那么可怕的变化!我好容易才确信眼前这个脸色苍白的人就是我童年时代的伙伴。不过他脸上的特征倒一直很突出。一副苍白憔悴的面容、一双又大又亮的清澈的眼睛、两片既薄又白但曲线绝美的嘴唇、一个轮廓优雅的希伯来式但又比希伯来式鼻孔稍大的鼻子、一张不甚突出但模样好看并显出他意志薄弱的下巴、一头比游丝更细更软的头发,所有这些特征再加上他异常宽阔的额顶,便构成了一副令人难忘的容貌。现在他容貌上的特征和惯常有的神情只是比过去稍稍显著一点,但却给他带来了那么大的变化,以至于我真怀疑自己在跟谁说话。而当时最令我吃惊甚至畏惧的莫过于他那白得像死尸一般的皮肤和亮得令人不可思议的眼睛。还有他那柔软的头发也被毫不在意地蓄得很长,当那细如游丝的头发不是耷拉而是飘拂在他眼前之时,我简直不能将那副奇异的表情与任何正常人的表情联系起来。

我一开始就觉得我朋友的动作既不连贯又不协调,很快我就发现那是因为一种他竭力在克服但又没法克服的习惯性痉挛，一种极度的神经紧张。对这一点我倒早有心理准备，一是因为读了他的信，二是还记得他童年时的某些特性，三则是根据他独特的身体状况和精神气质所做出的推断。他的动作忽而生气勃勃，忽而萎靡不振。他的声音忽而嗫嗫嚅嚅（这时元气似乎荡然无存），忽而又变得简洁有力，变成那种猝然、铿锵、不慌不忙的噪声，那种沉着、镇定、运用自如的喉音。那种声音也许只有在酩酊者心醉神迷之时或是不可救药的鸦片服用者神魂颠倒之时方能听到。

他就那样向我谈起他邀我来的目的，谈起他想见到我的诚挚愿望，谈起他希望我能提供的安慰。他还相当详细地谈到了他自我断定的病情。他说那是一种与生俱来的遗传疾病，一种他对药物治疗已不抱希望的顽症——他立即又补充说那不过是一种很快就准会逐渐痊愈的神经上的毛病。那病的症状表现为他大量的稀奇古怪的感觉。当他详述那些感觉时，其中一些使我既感兴趣又感迷惑，尽管这也许是他所用的字眼和说话的方式在起作用。对于感觉的一种病态的敏锐度使他备受折磨，他只能吃最淡而无味的饭菜，只能穿某一种质地的衣服，所有花的芬芳都令他窒息，甚至一点微光都令他的眼睛难受，而且只有某些特殊的声音以及弦乐器奏出的音乐才不会使他感到恐怖。

我发现他深深地陷在一种变态的恐怖之中。"我就要死了，"他对我说，"我肯定会在可悲的愚蠢中死去。就那样，就那样死去，不会有别的死法。我怕将要发生的事并非是怕事情本身，而是怕其后果。我一想到任何会影响我这脆弱敏感的灵魂的事，哪怕是最微不足道的事，就会浑身发抖。其实我并不讨厌危险，除非在它绝对的影响之中，在恐怖之中。在这种不安的心态下，在这种可怜的境地中，我就感到那个时刻迟早会到来，我定会在与恐惧这个可怕幻想的抗争中失去我的生命和理智。"

此外我还不时从他断断续续、语义含混的暗示中，看出他精神状态的另一个奇怪特征。他被束缚于一些关于他所居住并多年不敢擅离的那幢房子的迷信观念中，被束缚于一种他谈及其想象的影响力时用词太模糊以至我没法复述的影响中——一种仅仅由他家房子之形状和实质的某些特征在他心灵上造成的影响（由于长期的忍受，他说），一种由灰墙和塔楼的外观以及映出灰墙塔楼的那湖死水最终给他的精神状态造成的影响。

不过，虽然他犹豫再三，但他还是承认那种折磨他的奇特的忧郁之大部分可以追溯到一个更自然而且更具体的原因，那就是他在这世上仅有的最后一位亲人，他多少年来唯一的伴侣，他心爱的妹妹，长期以来一直重病缠身，实际上眼下已病入膏肓。"她一死，"他用一种令我难忘的痛苦的声音说，"这古老的厄舍家族就只剩下我一个人了（一个绝望而脆弱的人）。"他说话之际，马德琳小姐（别人就这么叫她）从那房间的尽头慢慢走过，没有注意到我的存在便悄然而逝。我看见她时心里有一种惊惧交织的感情——但我却发现不可能找到那种感情的原因。当我的目光追随着她款款而去的脚步时，我只感到一阵恍恍惚惚。最后当门在她身后关上，我才本能地急速转眼去看她哥哥的神情，但他早已把脸深深地埋进双手之中，我只能看见他瘦骨嶙峋的十指比平常更苍白，指缝间正淌出滚滚热泪。

马德琳小姐的病早就使她的那些医生束手无策。根深蒂固的冷漠压抑、身体一天天地衰弱消瘦，加上那种虽说转瞬即逝但却常常发作的强直性昏厥，构成了她疾病的异常症状。但她一直顽强地与疾病抗争，始终不让自己委身于病榻。可就在我到达那座房子的当天傍晚（她哥哥在夜里极度惶遽地来向我报了噩耗），她却终于屈从于死神的淫威，我方知我恍惚间对她的匆匆一瞥也许就成了我见她的最后一眼，至少我是不会再见到活着的她了。

接下来的几天，厄舍和我都闭口不提她的名字。在那段日子里，我一直千方百计地减轻我朋友的愁苦。我们一起绘画，一起看书，或是我如痴如梦地听他那柄六弦琴如泣如诉的即兴演奏。就这样，我与他之间越来越亲密的朝夕相处使我越来越深入他的内心深处，也使我越来越痛苦地意识到我想让他振作起来的一切努力都将毫无结果,他那颗仿佛与生俱来就永无停息地散发着忧郁的心把整个精神和物质的世界变得一片阴暗。

我将永远记住我与厄舍府的主人共同度过的许多阴沉的时刻,但我却不可能试图用言辞来描述他使我陷入其中,或领着我读的那些书或做的那些事所具有的确切的性质。一种非常活跃并极其紊乱的想象力使一切都罩上了一层朦胧的光。他那些长段长段的即兴奏出的挽歌将永远回响在我的耳边。在其他曲调中,我痛苦地记得他对那首旋律激越的《冯·韦伯最后的华尔兹》①所进行的一种奇异的变奏和扩充。从那些笼罩着他精巧的幻想,在他的画笔下逐渐变得空蒙,使我一见就发抖而且因为不知为何发抖而越发不寒而栗的绘画中——从那些(似乎迄今还历历在目的)绘画中,我总是费尽心机也只能演绎出那本来就只能属于书面语言范畴的一小部分。由于那绝对的单纯,由于他构思的裸露,他那些画令人既想看又怕看。如果这世上真有人画出过思想,那这个人就是罗德里克·厄舍。至少对我来说——在当时所处的环境中——那位疑病患者设法在他的画布上泼洒出的那种纯粹的抽象,使人感到一种强烈得无法承受的畏惧,而我在观看福塞利②那些色彩肯定强烈但幻想却太具体的画时,也从未曾有过丝毫那样的畏惧感。

在我朋友那些幻影般的构思中,有一个不那么抽象的构思也许可以勉强诉诸文字。那是一幅尺寸不大的画,画的是一个无限延伸的矩形地窖或是隧洞的内部,那地下空间的墙壁低矮、光滑、雪白,而且没有中断或装饰。画面上某些陪衬表明那洞穴是在地下极深处。巨大空间的任何部分都看不到出口,也看不见火把或其他人造光源,但有一片强光滚过整个空间,把整个画面沐浴在一种可怕的不适当的光辉之中。

---

① 《冯·韦伯最后的华尔兹》是由德国作曲家赖西格尔(K. G. Reissiger, 1798—1859)为纪念冯·韦伯而作的一首弦乐独奏曲。——译者注

② 福塞利(Henry Fuseli, 1741—1825),出生于瑞士的英国画家,其画充满了"忧郁的幻想和美妙的怪诞"。——译者注

我上文已谈到过他听觉神经的病态，除了某些弦乐器奏出的曲调，所有其他音乐都令他不堪忍受。也许正是由于他那样把自己局限于那柄六弦琴，在很大程度上赋予了他弹奏出的那种古怪空幻的韵味。但他那些即兴之作的炽热酣畅却不能归结于这个原因。洋溢在他那些幻想曲的曲调和歌词（因为他常常边弹边即兴演唱）之中的炽热酣畅必定是，也的确是，精神极其镇静和高度集中的产物，而我在前文中婉转地提到过，他的沉着镇静只有当他不自然的兴奋到达顶点之时才能见到。我迄今还轻而易举地记得他那些即兴唱出的诗文中的一首。这也许是由于他弹唱的这首吟诵诗给我留下的印象最强烈，因为我当时以为自己从那潜在的或神秘的意蕴之中，第一次觉察到了厄舍心中的一个秘密：他已经充分意识到他那高高在上的崇高理性正摇摇欲坠。那首题为《闹鬼的宫殿》的诗基本上是这样的，如果不是一字不差的话：

1

在我们最绿的山谷之间，
那儿曾住有善良的天使，
曾有座美丽庄严的宫殿——
金碧辉煌，巍然屹立。
在思想国王的统辖之内——
那宫阙岿岿直插天宇！
就连长着翅膀的撒拉弗
也没见过宫殿如此美丽！

2

金黄色的旗幡光彩夺目，

在宫殿的屋顶漫卷飘扬；
（这一切——都踪影全无，
已是很久以前的时光）
那时连微风也爱嬉戏，
在那甜蜜美好的年岁，
沿着宫殿的粉墙白壁，
带翅的芳香隐隐飘飞。

3

当年流浪者来到这山谷，
能透过两扇明亮的窗口，
看见仙女们翩翩起舞，
伴和着诗琴的旋律悠悠，
婆娑曼舞围绕一个王位，
上坐降生于紫气的国君！
堂堂皇皇，他的荣耀光辉
与所见的帝王完全相称。

4

珍珠和红宝石熠熠闪光，
装点着宫殿美丽的大门，
从宫门终日飘荡，飘荡，
总是飘来一阵阵回声，
一队队厄科①穿门而出，

---

① 厄科（Echo），希腊神话中的神女，回声的化身。——译者注

她们的职能就是赞美,
用优美的声音反反复复
赞美国王的英明智慧。

5

但是那邪恶,身披魔袍,
侵入了国王高贵的领地;
(呜呼哀哉!让我们哀悼
不幸的君王没有了翌日!)
过去御园的融融春色,
昔日王家的万千气象,
现在不过是依稀的传说,
早已被悠悠岁月淡忘。

6

而今旅游者走进山谷,
透过那些鲜红的窗口,
会看见许多影子般的怪物
伴着不和谐的旋律飘游,
同时,像一条湍急的小河,
从那道苍白阴森的宫门,
可怕的一群不断地穿过,
不见笑颜——只闻笑声。

我还清楚地记得那首歌谣的暗示当时曾引起我们许多联想,厄舍的某种见解就在那些联想中清晰地显露出来;我提到这种见解与其说是因为它新颖（其实别人①也有同样的观念），毋宁说是因为厄舍对它坚持不渝。那种见解一般说来就是认为花草树木皆有灵性。但在他骚乱的幻想中，那种观念显得更大胆，在某种情况下竟伸延到了非自然生长形成的体系。我无法用语言来表达他对那种观念相信到何等程度，或迷信到什么地步。不过，他的信念（正如我前文所暗示）与他祖传的那幢灰石房子有关。他想象那种灵性一直就存在于那些砖石的排列顺序之中，存在于覆盖砖石的大量苔藓的蔓延形状之中，存在于房子周围那些枯树的间隔距离之中，尤其存在于那种经年累月始终如一的布局之中，存在于那湖死水的倒影之中。它的存在，他说，那种灵性的存在可见于（他说到此我不禁吃了一惊）湖水和灰墙周围一种灵气逐渐但无疑的凝聚。它的后果，他补充道，那种灵性的后果则可见于几百年来决定了他家命运的那种寂然无声但却挥之不去的可怕影响，而正是那种影响使他成了我所看见的他——当时的他。这种看法无须评论，而我也不想评论。

　　正如人们所能想象的，我们当时所读的书与那种幻想十分一致，而那些书多年来已形成了那位病人精神状态的一个不小的组成部分。当时我俩一起读的有这样一些书：格雷塞的《绿虫》和《我的修道院》、马基雅弗利的《魔鬼》、斯威登堡的《天堂与地狱》、霍尔堡的《尼克拉·克里姆地下旅行记》、罗伯特·弗拉德、让·丹达涅和德·拉·尚布尔各自所著的《手相术》、蒂克的《蓝色的旅程》和康帕内拉的《太阳城》。我们所喜欢的一本书是多米尼克教派教士埃梅里克·德·希罗内所著一册八开本的《宗教法庭手册》，而庞波尼乌斯·梅拉谈及古代非洲森林之神和牧羊之神的一些章节常常使厄舍如痴如醉地坐上几个小时。不过，我发现他主要的兴趣是读一本极其珍稀的四开本哥特体书，一座被遗忘的教堂的祈祷书，其书名是《在美

---

　　① 如沃森、珀西瓦尔博士和帕兰扎尼，尤其是兰达夫主教沃森。——参见《化学论文集》第五卷。——原注

因茨教堂礼拜式上为亡灵之祝祷》。

  在他通知我马德琳小姐去世消息后的一天傍晚,他告诉我说他打算把他妹妹的尸体放在府邸许多地窖中的一个中保存,等十四天后才正式安葬,这时我就禁不住想到了那本书中疯狂的仪式以及它对这位疑病患者可能造成的影响。不过,他采取这一特别措施也有其世俗的原因,对此我觉得不便随意质疑。他告诉我,他之所以决定采取那个措施,是考虑到他死去的妹妹所患之病异乎寻常,考虑到为她治病的那些医生冒昧而急切的探访,还考虑到他家墓地处所偏僻且无人守护。我不会否认,当回忆起初到他家那天在楼梯上所碰见的那个人的阴险脸色,我压根儿没想到反对他采取那个我当时认为对任何人都没有伤害,而无论如何也不算违情悖理的预防措施①。

  在厄舍的请求下,我便亲自帮他安排那临时的安葬。尸体早已装入棺材,我俩单独把它抬到了安放之处。我们安放棺材的那个地窖已经多年未打开过,里边令人窒息的空气差点熄灭我们的火把,使我们没有机会把地窖细看一番。我只觉得那个地窖又小又湿,没有丝毫缝隙可以透入光线。地窖在地下很深的地方,上方正好是我睡觉那个房间所在的位置。显而易见,那地窖在遥远的封建时代曾被用作地牢,后来又作为存放火药或其他易燃物品的库房,因为它地板的一部分和我们经过的一条长长的拱道内都被小心翼翼地包上了一层铜皮。那道巨大的铁门也采用了同样的保护措施。沉重的铁门在铰链上旋动时发出格外尖厉的吱嘎声。

  我们在那可怕的地窖里把棺材安放在架子上,把尚未钉上的棺盖打开,瞻仰死者的遗容。他们兄妹俩容貌上的惊人相似第一次引起了我的注意。厄舍大概猜到了我的心思,用低沉的声音对我进行了一番解释,从他的解释中我得知,原来死者和他是孪生兄妹,他俩之间一直存在着一种几乎令人难以理解的生理上的感应。但我们的目光并没

---

① 当时解剖用尸体缺乏,盗卖鲜尸十分普遍。——译者注

有在死者身上久留，因为我们都不免感到畏惧。如同所有强直性昏厥症患者一样，那种使她香消玉殒的疾病在她的胸上和脸上徒然留下了一层淡淡的红晕，在她的嘴唇上留下了那种令人生疑、逗留不去、看起来那么可怕的微笑。我们重新盖上棺盖，钉上钉子，关好铁门，然后跌跌撞撞地回到了几乎与地窖一样阴沉的地面。

在过了痛苦悲伤的几天之后，我朋友精神紊乱的特征有了显著的变化。他平时那种举止行为不见了。他也不再关心或是完全忘了他平时爱做的那些事。他现在总是匆匆忙忙、歪歪倒倒、漫无目的地从一个房间到另一个房间。他苍白的脸色，如果真可能的话，变得更加苍白，而他眼睛的光泽已完全消失。他那种不时沙哑的声音再也听不到了，代之以一种总是在颤抖的声音，那声音里仿佛充满了极度的恐惧。实际上我有时还感到，他那永无安宁的心中正藏着某个令他窒息的秘密，而他正在拼命积蓄能揭开那秘密的勇气。我有时又不得不把他所有的反常归结为令人费解的癫狂行为，因为我看见过他长时间地以一种全神贯注的姿势茫然地凝视空间，仿佛是在倾听某个他想象的声音。难怪他的状况使我感到恐惧，使我受到影响。我觉得他那种古怪荒谬但却给人以深刻印象的迷信之强烈影响，正慢慢地但却无疑地在我心中蔓延。

尤其是在把马德琳小姐安放进那个地窖后的第七天或第八天晚上，我在床上充分体验到了那种影响的力量。当时我辗转反侧不能入睡，而时间却在一点一点地流逝。我拼命想克服那种已把我支配的紧张不安，竭力使自己相信，我的紧张多半是（如果不全是）由于房间里那些令人抑郁的家具的使人迷惑的影响，由于那些褴褛的黑幔的影响。当时一场即将来临的风暴送来的阵风卷动了那些帷幔，使它们在墙头阵阵晃动，在床头的装饰物上沙沙作响。但我的一番努力无济于事。一阵压抑不住的颤抖逐渐传遍我全身，最后一个可怕的梦魇终于压上心头。我一阵挣扎，气喘吁吁地摆脱了那个梦魇，从枕头上探起身子凝视黑洞洞的房间，侧耳去倾听（我不知为何要去听，除非那是一种本能的驱使），倾听一个在风声的间歇之时偶尔传来的微弱而模糊的声音，我不知那声音来自何方。被一阵不可名状、难以忍受、强烈的恐惧感所攫住，我慌慌张张地穿上衣服（因为我感觉到那天晚上我再也不能安然入睡），开始在房间里急步踱来踱去，想用这种方式来摆脱我所陷入的那种可怜的心态。

我刚那样来回踱了几圈，附近楼梯上一阵轻微的脚步声引起了我的注意。我不久就听出那是厄舍的脚步声。紧接着他轻轻叩了叩门，端着一盏灯进了我的房间。他的脸色和平时一样苍白，但不同的是他的眼睛里有一种疯狂的喜悦，他的举动中有一种虽经克制但仍显而易见的歇斯底里。他那副样子使我害怕，但当时最使我不堪忍受的是那份独守长夜的孤独，所以我甚至把他的到来当作一种解救。

"你还没有看见？"他一声不吭地朝四下张望了一阵，然后突然问我，"这么说你还没有看见？但等一等！你会看见的。"他一边这样说着话一边小心地把他那盏灯遮好，然后冲到一扇窗前，猛然将其推开，让我看窗外骤起的暴风。

刮进屋里的那阵风的猛劲差点使我俩没站稳脚跟。那的确是一个狂风大作但却异常美丽的夜晚，一个恐怖与美丽交织的奇特的夜晚。一场旋风显然早已在我们附近聚集起它的力量，因为风向正在频繁而剧烈地变动，大团大团的乌云垂悬得那么低，仿佛就压在那座府邸的塔楼顶上；但浓密的乌云并没有妨碍我们看见变换方向的风从四面八方刮起，极富生气地在附近飞驰碰撞。我说，即使浓密的乌云也没有妨碍我们看见那场大风，可我们却没有看见月亮或星星，也没有看见任何闪电。但是，在那些大团大团涌动着的乌云下面，在我们眼前地面的物体之上，却有一层闪着微弱但却清晰的奇异白光的雾霭，像一张裹尸布把府邸及其周围笼罩，使一切都泛出白光。

"你不能——你不该看这个！"我哆嗦着一边对厄舍说一边轻轻用力把他从窗口拖到一张椅子上，"这些使你迷惑的景象不过是很普通的电气现象，或者也许是那湖中瘴气弥漫的缘故。让我们关上这窗户，冷空气对你的身体可没有好处。这儿有一本你喜欢的传奇小说。我来念给你听，这样我们可以一起熬过这可怕的一夜。"

我随手拿起的那本旧书是兰斯洛特·坎宁爵士的《疯狂的约会》，但我说它是厄舍喜欢的书则不过是一句言不由衷的调侃，因为平心而论，那本书语言粗俗，想象缺乏，故事也拖泥带水，其中很少有东西能引起我那位心智高尚、超凡脱俗的朋友的兴趣。不过，那是当时我手边唯一的书；而且我还有一种侥幸心理，那就是我希望正搅得我朋友不安的那份激动恰好能在我读给他听的那些荒唐透顶的情节中得以缓解（因为精神紊乱的病史中不乏同样的异常事例）。事实上，假若当时我能从他听（或表面在听）故事时表露出来的快活中所潜藏的过度紧张做出判断的话，那我说不定真可以庆幸自己的设想成功了。

我已经念到故事为人们所熟悉的那一部分，那次会面的主人公埃塞尔雷德想和平进入那个隐士的居处未获允许，于是他便开始强行闯入。记得这段情节是这样的：

> 埃塞尔雷德生性勇猛刚强，加之他眼下又乘着酒力，于是他不再与那个顽固不化且心肠歹毒的隐士多费口舌。当感到雨点淋在肩上，他担心暴风雨就要来临，便抡起钉头锤一阵猛击，很快就在门上砸出一个窟窿。他伸进戴着臂铠的手使劲一拉，顿时将那道门拉裂扯碎，那干木板破裂的声音令人心惊胆战，在那片森林中久久回响。

刚念完最后一句我猛然一惊，一时间竟没有接着往下念；因为我似乎听见（虽然我随即就断定是我因激动而产生的幻觉欺骗了我），从那座底邸中某个僻静的角落隐隐传来一个回声，那回声与兰斯洛特·坎宁爵士在书中所描写的那种破门声非常相似，只是听起来更沉闷一点。毫无疑问，正是那个巧合吸引了我的注意力；但在噼噼啪啪的窗框撞击声和窗外混杂着其他声音的越来越强的风声中,那个声音的确算不了什么,它既没有引起我的兴趣,也没有搅得我心神不宁。我开始继续念故事:

但破门而入的勇士埃塞尔雷德又恼又惊地发现,眼前并没有那个歹毒隐士的踪影,却见一条遍身鳞甲、口吐火舌的巨龙,守着一座黄金建造、白银铺地的宫殿;宫墙上悬着一面闪闪发光的铜盾,铜盾上镌刻着两行铭文——
进此殿者得此箱;
屠此龙者赢此盾。
埃塞尔雷德抢起钉头锤,一锤击中龙头,巨龙顿时倒在他眼前,发出一声临死的惨叫。那声惨叫撕心裂胆,前所未闻,令人毛骨悚然,埃塞尔雷德不得不用双手捂住耳朵。

念到这儿我又猝然停住,心中感到大为惊讶,因为无论如何也不能怀疑,这一次我的确是清清楚楚地听到了(尽管我发现不可能说出声音来自何方)一个微弱而遥远但却刺耳的、拖长的、最异乎寻常的尖叫声和摩擦声。这声音刚好与我根据书中描写所想象出来的那声巨龙的惨叫相吻合。

虽然由于这第二次最不寻常的巧合,各种相互矛盾的感情压得我喘不过气来,而其中最令我不堪承受的是极度的惊讶和恐怖,但我仍然保持着足够的镇静,以免被我朋友看出蹊跷,从而刺激他敏感的神经。我不敢肯定他是否注意到了我说的那个声音,尽管他的举止在刚才几分钟内的确发生了一个奇怪的变化。他本来是面对我坐着,可现在他已慢慢地把椅子转开,以便他的脸正对着房门,这样我虽然看见他的嘴唇在颤动,仿佛在无声地叨着什么,但我却不能看见他的整个面部。他的头耷拉在胸前,但从侧面我也能看出他正睁大着眼睛,所以我知道他没有睡着。他身体的动作也说明他并没有睡觉,因为他

的身体一直轻轻地不停地左右摇晃。把这一切看在眼里,我又继续念兰斯洛特爵士的那篇故事,情节如下:

　　那勇士从巨龙可怕的惨叫声中回过神来,想起了墙上那面铜盾,想起了祛除附在盾上的魔法。于是他搬开横在他面前的巨龙的尸体,勇敢地踏过白银地板,走向悬挂盾牌的那道墙壁;可实际上没等他走到墙根,那面铜盾便掉在了他脚下的白银地板上,发出一声铿锵的可怕巨响。

最后几个字还挂在我嘴边(仿佛当时真有一面铜盾重重地砸到了白银地板上),我听到了一声清晰而沉重的金属撞击声,不过听起来显得沉闷压抑。这下我惊得一跃而起,但厄舍却依然在椅子上摇来晃去。我冲到他的椅子跟前。他的眼睛一眨不眨地紧盯着地面,他的整个表情严肃得犹如石雕。但是,当我把手放上他的肩头,他浑身上下猛然一阵战栗,哆嗦的嘴唇露出一丝阴沉的冷笑;我看见他的嘴在急促地颤动,结结巴巴地念叨着什么,仿佛没意识到我在他眼前。我俯下身子凑近他的嘴边,终于听出了他那番话的可怕含义。

"没听见吗?不,我听见了,而且早就听见了,早就——早就听见了。许多分钟以前,许多小时以前,许多天以前我就听见了。可我不敢说!哦,可怜我吧,我是个可怜的家伙!我不敢,我不敢说!我们把她活埋了!我不是告诉过你我感觉敏锐吗?我现在告诉你,她在那空洞洞的棺材里最初弄出的轻微响动我就听见了。我听见了动静,许多天,许多天以前。但我不敢,我不敢说!可现在,今天晚上,埃塞尔雷德,哈!哈!那隐士洞门的破裂,那巨龙临死的惨叫,那盾牌落地的铿锵!嘿,还不如说是她棺材的破裂声,她囚牢铁铰链的摩擦声,她在地窖铜廊中的挣扎声!哦,我现在逃到哪儿去?难道她不会马上到这儿来?她难道不正匆匆赶来责备我做事草率?难道我没有听见她上楼的脚步声?难道我没有听出她的心在猛烈而可怕地跳动?疯狂的人哟!"

BUT THEN WITHOUT THOSE DOORS THERE *DID* STAND THE LOFTY
AND ENSHROUDED FIGURE OF THE LADY MADELINE OF USHER

念叨到这儿他突然疯狂地一跃而起,把嗓门提到尖叫的程度,仿佛正在做垂死的挣扎,"疯狂的人哟!我告诉你她现在就站在门外!"

似乎他那声具有超凡力量的呼叫真有一股魔力,随着他那声呼叫,他用手指着的那道又大又沉的黑檀木房门的两扇古老的门扉竟慢慢张开。那是风的缘故,但是,门外果真站着身披衾衣的马德琳小姐凛然的身影。她那白色的衾衣上血迹斑斑,她消瘦的身子浑身上下都有挣扎过的痕迹。她颤颤巍巍、摇摇晃晃地在门口站立了一会儿,然后随着一声低低的呻吟,她朝屋内一头栽倒在她哥哥身上,临死前那阵猛烈而痛苦的挣扎把她哥哥也一并拽倒在地,厄舍倒下时已成了一具尸体,成了他曾预言过的恐怖的牺牲品。

我心惊胆战地逃离了那个房间和那座府邸。当我惊魂未定地穿过那条古老的石铺大道之时,四下里依然是狂风大作。突然,顺着大道射来一道奇异的光,我不由得掉头去看那道光的来源,因为我知道身后只有那座府邸和它的阴影。原来那光发自一轮圆圆的、西沉的、血红色的月亮,现在那红色的月光清清楚楚地照亮了我前文说过的那道原来几乎看不见的、从正面房顶向下顺着墙壁弯弯曲曲延伸的裂缝。就在我凝望之际,那道裂缝急速变宽,随之一阵狂风卷来,那轮血红的月亮一下进到我眼前。我头昏眼花地看见那座高大的府邸正在崩溃坍塌,接着是一阵久久不息的骚动声,听起来就像是万顷波涛在汹涌咆哮。我脚下那个幽深而阴沉的小湖,悄然无声地淹没了"厄舍府"的残砖碎瓦。

(1839)

威廉·威尔逊

怎么说它呢？怎么说倔强的良心、
我人生路上的那个幽灵呢？

——张伯伦《法萝妮达》

  暂且就让我把自己叫作威廉·威尔逊吧。摊在我面前的这张白纸没必要被我的真名实姓所玷污。那姓名早已使我的家族受尽了羞辱，遭够了白眼，讨足了嫌弃。难道那义愤填膺的风还没有把这昭著的臭名扬到天涯海角？哦，天下最寡廉鲜耻的浪荡子哟！难道你对世事并非永远漠然？对世间的荣誉、鲜花和远大抱负并非永无感觉？难道在你的希望与天国之间并非永远垂着一片浓密、阴沉、无边无际的云？

  要是可能的话，我今天就不会在此记录下我近年所遭受的难以形容的痛苦和犯下的不可饶恕的罪恶。这一时期（最近这些年）我突然越发地放荡堕落，这放荡堕落的原因正是我眼下要谈的话题。人们通常是一步步走向邪恶。可所有的道德于我就像一件披风，刹那间就从我身上全部脱掉。我仿佛是迈着巨人的步伐，一下子就从寻常的缺点陷到了比埃拉伽巴路斯[①]的罪行更难饶恕的滔天大罪里。是什么命运，是什么样的一种变故使这种罪行发生，现在就容我从头道来。死神正向我走近，预告他来临的阴影已经软化了我的心。在穿过这朦胧的死亡幽谷之时，我渴望得到世人的同情，我差点说得到世人的怜悯。我唯愿他们能相信，我多少是身不由己地受了环境的摆布。我企盼他们

---

① 埃拉伽巴路斯（Elagabalus，204—222），罗马皇帝，在位时荒淫放荡，臭名昭著，终被禁卫军弑杀。——译者注

能从我正要讲述的详情里，替我在罪恶的荒漠中找到那片小小的命运的绿洲。我祈望使他们承认，承认他们所忍不住要承认的事实，尽管不久前诱惑也许真的大量存在，但至少绝没有人受到过我这样的诱惑，当然也绝没有人像我这样堕落。可难道因此就绝没有人像我这样痛苦过？难道我实际上不是一直生活在一个梦中？难道我此刻不是作为那恐怖而神秘的最疯狂的人间幻影的牺牲品在等待死神？

我生于一个历来就以其想象力丰富和性情暴躁而著称的家族。我还在襁褓中就已经显示出我完全继承了家族的禀性。随着我一年年长大，这种禀性也更加难移；由于种种原因，这种禀性成了我朋友们焦虑不安的缘由，也成了我自己名誉受损的祸根。我渐渐变得刚愎自用，喜怒无常，放荡不羁。和我一样意志薄弱且体质羸弱的父母对我日益显露的恶性基本上是无可奈何。他们那番力不从心且不得要领的努力以他们的一败涂地而告终，当然也就是以我的大获全胜而告终。从此以后我的话便成了家里的法规。到了大多数孩子还在蹒跚学步的年龄，他们就任凭我按自己的意愿行事，除了名字，我自己的所有事都由我自己做主。

每每忆及我最初的校园生活，我总会想到一座巨大而不规则的伊丽莎白时代的房子，想到一个薄雾蒙蒙的英格兰村镇，想到镇上那许许多多盘根错节的大树和所有那些年代久远的房舍。实际上，那历史悠久的古镇真是个梦一般的抚慰心灵的地方。此刻我仿佛又感到了它绿荫大道上那股令人神清气爽的寒意，仿佛又闻到了它茂密的灌木丛所散发的那阵芳香，仿佛又怀着朦胧的喜悦被它那深沉而空灵的教堂钟声所感动，那钟声每隔一小时便突然幽幽鸣响，划破阴暗岑寂的空气，而那座有回纹装饰的哥特式尖塔就静静地嵌在那空气之中。

也许在我眼下的各种体验之中，唯有细细地回想那所学校和有关那所学校的往事才能够给我带来快活。虽然我现在正深深陷入痛苦（痛苦，唉！实实在在的痛苦），但读者将会原谅我在东拉西扯的闲聊中去寻求痛苦的减轻，不管这减轻是多么细微和短暂。再说照我看来，这些东鳞西爪甚至荒唐可笑的闲聊若是与某个时间和地点相连，倒会显出意想不到的重要性，因为就是在那个时间和那个地点，我第一次模模糊糊地听到了那个后来一直完全把我笼罩的命运对我提出的忠告。那就让我来回忆一下吧。

我已经说过那幢房子非常古老而且极不规则。房子周围的场地很宽，由一道顶上抹了泥灰并插着碎玻璃的又高又结实的砖墙围着。那道狱墙般的高壁就成了我们领土的疆界，墙外的世界我们一星期只有两天能看见：每个星期六下午我们被允许由两名老师领着，集体到附近的田野进行一次短时间的散步；每个星期日早晚各一次，我们排着同样的队列到镇上唯一的那座教堂做礼拜。我们的校长就是那座教堂的牧师。每次我从教堂后排的长凳上望着他迈着庄严而缓慢的步子登上布道坛时，我心里说不出有多么惊讶和困惑！那牧师的表情是多么庄重而慈祥，那身长袍是多么似是而非又似非而是，那头假发是多么硬、多么密，发粉敷得多么匀！这难道会是他，会是那个昨天还板着副面孔、穿着被鼻烟弄脏的衣服、手握戒尺在学校执行清规戒律的人？呵，真是格格不入，荒谬绝伦，令人难以理解！

那堵阴沉的高墙一角开着一道更阴沉的大门。门扇上星罗棋布地饰满了螺钉，门顶上参差不齐地竖立着尖铁。那道门是多么令人生畏！除了上述的三次定日定时的出入，那道门平时从不打开；所以每当它巨大的铰链发出吱嘎声响，我们就会发现许许多多的奥秘，许多值得认真观察也更值得严肃思索的事物。

宽阔的校园形状极不规则，有许多大片大片的幽僻之处，其中最大的三四片就构成了学校的运动场。运动场地面平坦，铺着又细又硬的沙砾。我清楚地记得运动场内没有树木，没有长凳，也没有任何类似之物。当然，运动场是在那幢房子的后面。房子的正前方有一个小小的花坛，种着黄杨之类的灌木，但实际上，除了在第一次进校和最后毕业离校的时候，除了父母亲友来接我们、我们高高兴兴回家过圣诞节或是施洗约翰节的时候，我们很少经过那块圣地。

但那幢房子！那是座多么古怪的老式建筑！它在我眼里真是一座名副其实的迷宫！它那些迂回曲折的走廊仿佛没有尽头。它那种莫名其妙的分隔常令人找不到出路。任何人在任何时候都很难说清自己到底是在它两层楼的楼上还是楼下。从任何一个房间到另一个房间都肯定会碰到三四级或上或下的台阶。还有它那些多得令人难以想象的偏门旁屋，那真是门门相通，屋屋相连，以至我们对那幢房子最精确的概念跟我们思考无穷大时所用的概念相去不远。在我寄读那所学校的五年期间，我从来就未能够弄清楚分给我和另外十八九名同学住的那间小寝室到底在那幢房子的哪一个偏僻角落。

我们的教室是那幢房子里最大的一间，我当时忍不住认为那是天下最大的一间。房间很长，狭窄，低得令人压抑，有哥特式的尖窗和橡木天花板。教室远端令人生畏的一角有个八九英尺见方的凹室，那是我们校长、牧师布兰斯比博士"定时祈祷"时的圣所。那凹室构造坚固，房门结实，当那位"校长兼牧师"不在的时候，我们大家宁愿死于酷刑也不肯去开那门。教室的另外两个角落还有两个类似的隔间，虽说远不及那个凹室令人生畏，但仍然令人肃然起敬。一个是"古典语文"老师的讲坛，另一个是"英语和数学"教师的讲坛。教室里横三竖四、歪七扭八地摆着许多陈旧的黑色长凳和课桌，桌上一塌糊涂地堆着被手指翻脏的课本，桌子表面凡是刀子下得去的地方都被刻上了缩写字母、全名全姓和各种稀奇古怪的花样图案，以至那些桌子早已经面目全非。教室的一头放着一只盛满水的大桶，另一头搁着一只大得惊人的钟。

就在那所古老学校厚实的围墙之内，我度过了我生命的第三个五年，既没有感到过沉闷，也不觉得讨厌。童年时代丰富的头脑不需要身外之事来填充或娱乐，学校生活明显的单调沉闷之中却充满了我青年时代从奢侈之中、成年时代从罪恶之中都不曾再感到过的那种强烈的激动。但我必须认为，在我最初的智力发育中有许多异乎寻常甚至过分极端之处。对一般人来说，幼年时代的经历到成年后很难还有什么鲜明的印象。一切都成了灰蒙蒙的影子,成了一种依稀缥缈的记忆,一种朦胧的喜悦和虚幻的痛苦之模糊不清的重新糅合。但我却不是这样。想必我在童年时就是以成年人的精神在感受那些今天仍留在我脑子里的记忆,那些像迦太基徽章上镌刻的题铭一样鲜明、深刻、经久不灭的记忆。

但事实上,依照世人的眼光来看,那儿值得记忆的事情是多么少啊!清晨的梦中惊醒、夜晚的就寝传唤、每天的默读背诵、定期的礼拜和散步,此外就是那个运动场和运动场上的喧闹、嬉戏和阴谋诡计。可这一切在当时,由于一种现在早已被遗忘的精神幻术,曾勾起过多少斑驳的情感,曾引起过多少有趣的故事,曾唤起过多少令人精神振奋的激动!"啊,那个铁器时代是多么欢乐的时代!"[1] 说实话,我与生俱来的热情和专横很快就使我在校园里成了个著名人物,而且慢慢地但却越来越自然地,我在所有那些比我大不了多少的同学中间占据了支配地位,其他所有人都听我摆布,除了一个例外。那个例外虽然并不与我沾亲带故,但却和我同名同姓。这一巧合其实也不足为奇,因为我虽然出身高贵,但我的姓名却非常普通,依照约定俗成的时效权利,这姓名自古以来就被平民百姓广泛采用。因此在这篇叙述中我把自己叫作威廉·威尔逊,一个与我的真名实姓相差无几的虚构的名字。在按校园术语称之为的"我们这伙人"当中,唯有我那位同名者敢在课堂上的学习中与我竞争,敢在运动场的嬉闹中与我较量,敢拒绝盲目相信我的主张,不肯绝对服从我的意志。实际上,他敢在任何方面对我的独断专行横加干涉。如果人世间真有至高无上的专制,那就是孩子群中的大智者对其智力略逊一筹的伙伴们的专制。

威尔逊之不逊成了我窘迫不安的原因。最令我难堪的是,尽管在公开场合我坚持对他和他的自负进行虚张声势的威胁,但私下里我却意识到自己怕他,并且不得不承认,他那么轻而易举就和我并驾齐驱,

---

[1] 语出伏尔泰讽刺长诗《俗世之人》(*Le Mondain*, 1736)第二十一行。——译者注

恰好证明了他之优秀；为了不被他压倒，我已经进行过不懈的努力。不过他的优秀（甚至他与我并驾齐驱）其实也只被我一个人所承认；由于某种无法解释的视而不见，我们那些同学似乎没有半点察觉。实际上，他与我的竞争、他同我的较量，尤其是他对我意志的横加干涉，从来都不曾公开，而是在私下里进行。他好像既没有需要我去征服的野心，也没有能促使我去超过的激情。说不定他和我作对的唯一动机就是使我受挫、令我吃惊、让我丢脸；尽管有时我禁不住怀着一种又惊又恼的窘迫心情发现，他对我的伤害、羞辱或反驳之中竟包含着一种极不相称且讨厌之至的深情厚谊。我只能认为这种异常的表现是由于他极度的自负，由于他俗不可耐地以庇护人和保护者自居。

也许正是威尔逊行为中的后一个特征，加之我们同名同姓而且碰巧同一天入校，这才使得学校高年级同学中流传开了我俩是兄弟的说法。那些高年级学生对低年级同学的事往往不进行非常认真的查问。我前面已说过或早就说过，那个威尔逊与我们家丝毫也不相干。但假若我俩真是兄弟，那肯定应该是孪生兄弟，因为后来我离开布兰斯比博士的那所学校，曾偶然听说我那位同名者生于1813年1月19日。这真算得上是个惊人的巧合，因为那天恰好是我的生日。

看起来也许有点奇怪，虽然威尔逊的作对以及他那令人难以容忍的抵触情绪不断给我带来忧虑，但我对他却一点也恨不起来。诚然我俩几乎每天都争吵，诚然他当众让与我胜利的棕榈而事后又千方百计让我感到胜利本该归他；但我所具有的一种自尊心和他所具有的一种名副其实的尊严使我俩之间总保持着那种所谓的"泛泛之交"，而我俩性格和情趣上的许多相同之处则在我心中唤起了一种感情，也许仅仅是我俩各自所处的位置阻止了这种感情化为友谊。实际上很难解释，甚至很难形容我对他的真实感情。那是一种错综复杂的混合感情，一种说不上仇恨的意气用事的怨恨，三分尊重、五分敬仰、七分畏惧，其中又糅合进许许多多令人不安的好奇。另外对道德学家我得加上一句，大可不必说威尔逊和我是最难分开的朋友。

毫无疑问，正是因为这种存在于我俩之间的微妙关系，我对他的攻击（许许多多公开或隐蔽的攻击）成了一种善意的取笑或恶作剧（用逗乐的方式使他苦恼），而没有成为真正的敌对行为。不过我的这一手并非每次都成功，甚至连我最周密的计划也有失败的时候；因为我那个同名者具有与其个性相称的稳重和严谨，而当他自己开始冷嘲热讽之时，那真是滴水不漏，无懈可击，绝不会露出破绽让对手反唇相讥。实际上我只能找到他一个弱点，而对这个可能是因为先天疾病而造成的生理缺陷，不到我那种智穷才竭的地步，谁也不忍心去加以利用。我对手的弱点就在于他的咽喉或者说发音器官，这使得他的嗓音在任何时候都只能提到悄声细语的高度。对他这个可怜的缺点，我从来就没放过加以利用的机会。

威尔逊的报复可谓多种多样，而其中有一种曾搅得我不知所措。他那聪明的头脑当初是如何发现那漂亮的一手的，这问题过去常常使我烦恼，而且我迄今也未能找到答案；可他一经发现，就常常用那一手来烦我。我过去一直讨厌我这个没有气派的姓名，它实在太普通，即使不说它贱。我一听到那几个字眼就仿佛听见恶毒的话语；而当我入学那天得知又有一个威廉·威尔逊到校，我不禁因他与我同名而怒火中烧，并且对那个名字加倍讨厌，因为一个陌生人也叫那名字，那名字的呼喊频率就会增加一倍，而那个陌生人会经常出现在我眼前，由于这讨厌之至的巧合，他在学校日常活动中的所作所为将不可避免地常常与我的行为混淆。

就这样，随着我与对手在心理或生理两方面的相似之处一个接一个地被证实，我的烦躁不安也变得越来越强烈。我当时尚未发现我俩同岁这一惊人的事实，但我已看出他个子同我一般高，并意识到我们连身材相貌都出奇地相似。高年级同学中关于我俩是亲戚的谣传也令我气愤。总而言之，除了提到我俩之间性情、相貌或身份的相似，还没有什么事能使我如此不安（尽管我总是小心翼翼地掩饰这种不安）。但除了我与他的关系之外，事实上，我毫无理由认为我与他的相似已成了别人议论的话题，甚至没理由认为同学们对此已有所察觉。他已从各方面有所察觉，并且和我一样确定，这倒是显而易见的事实；但正如我前面所说，他之所以能从那么多方面发现这令人烦恼的一点，这只能归因于他非同寻常的观察能力。

他竭力完善对我言谈举止的模仿，并且把他的角色扮得令人叹服。我的衣着服饰很容易就被他如法炮制。我的步态举止他没费功夫就据为己有。甚至连我的声音，尽管他有那个天生的缺陷，也没有逃脱被他盗用的命运。我洪亮的声音他当然望尘莫及，可我的语调竟被他模仿得惟妙惟肖，而他那种独特的悄声细语慢慢也就成了我语调的回声。

那幅最精美的肖像（因为公正地说，那不能被称为漫画）当时使我有多么烦恼，此刻我不敢冒昧地加以描述。那时我唯一的安慰就在于这样一个事实：显然只有我一个人注意到了那种模仿，而我不得不忍受的也只有我那位同名者狡黠而奇怪的冷笑。他似乎满足于在我心中造成了预期效果，只为已经刺痛了我而暗暗得意，而全然不在乎他心智的成功很可能为他赢得公众的喝彩。事实上在其后提心吊胆的几个月中，全校竟无一人察觉他的计划，无人发现他的成功并和他一齐嘲笑，这一事实对我来说一直是个不解之谜。也许是他模仿的浓淡相宜使其不那么容易被人识破，或更有可能的是，我之所以平安无事是因为那个模仿者巧妙娴熟的风格，他不屑于模仿形式（在一幅画中，迟钝的人看到的只是形式），而是以我特有的沉思和懊恼来展示原作的全部精神实质。

我已经不止一次地谈到了他那副以我的庇护人自居的讨厌面孔，谈到了他常常多管闲事地对我的意志横加干涉。那种干涉往往具有令人讨厌的劝谕性。他不是直截了当地提出忠告，而是含沙射影地给予暗示。我怀着一种矛盾的心理接受他的劝告，随着年岁增长，那种矛盾也越发尖锐，但在事隔多年后的今天，就让我公平地对待他一次。我承认，尽管他当时看上去年幼无知且经验不足，但我不记得他所给予的暗示中有过任何他那种年龄容易有的谬误或愚蠢；我承认，即便他综合能力不比我强，世故人情不比我精，但至少他的道德意识远远比我敏锐；而且我还要承认，假若当初我对那些包含在那个意味深长的悄声细语里的忠告不是那么深恶痛绝，不是那么嗤之以鼻，不是那么常常抵制的话，那说不定我今天就会是一个更善良的人，因而也是一个更幸福的人。

可事实上我终于对他那种令人厌恶的监督反感到了极点，而且一天比一天公开地对他那种我认为难以容忍的傲慢表示出怨恨。我说过，在我俩同学的前几年中，我对他的感情说不定很容易转化成友谊；但在我寄居学校的最后几个月里，虽说他以往那种对我横加干涉的举止已经无疑地有所减少，可我的感情却几乎与之成反比，明确无误地具有了几分敌意。我想他有一次看出了这点，从此对我就避而远之，或是表面上对我避而远之。

如果我没记错，我大约就在那段时间里跟他有过一次激烈的争吵，在争吵中他一反常态地毫无戒心，说话举止都表现出一种与他性格极不相符的直露坦率。当时，我从他的音调、神态和外表之中发现了（或者说我以为发现了）一种开始令我不胜惊讶、接着又使我极感兴趣的东西，它使我脑子里浮现出我襁褓时代的朦胧幻象，许许多多在记忆力出现之前就存在的纷乱庞杂的印象。我与其去描述那种使我压抑的感觉，倒不如说我费了一番劲才使我不再认为我与站在我眼前那人相识于某个非常遥远的时期，某个甚至无法追溯的悠远的年代。不过那种幻觉倒也与它来得突然一样，很快就消逝了。我在此提到它，仅仅是为了明确我与我那位奇特的同名者在那所学校最后一次谈话的日期。

那幢有无数房间的巨大而古老的房子有几个彼此相连的大房间，那儿住着全校绝大部分学生。然而（像设计得那么笨拙的建筑所不可避免的一样）那幢房子里有许多角落、壁凹和其他零星的剩余空间，具有经济头脑的布兰斯比博士把它们也都改装成了寝室，尽管这些寝室只有壁橱那么大，里边只能容一个人居住。在这样一间小寝室中，就住着威尔逊。

在我五年学校生活快结束之时，也就是在刚才提到的那场争吵之后的一天晚上，趁同学们蒙头酣睡之际，我悄悄翻身下床，提着灯偷偷穿过一条条狭窄的通道，从我的房间去我那位对手的寝室。我早就心怀恶意地想出了一招要拿他寻开心的恶作剧，可一直没找到适当的机会下手，现在我就要去把我的计划付诸实行，我决意要让他感到我心中对他的怨恨到底有多深。来到他那间小寝室门前，我把手中有灯罩的灯放在门外，无声无息地溜了进去。我往前迈了一步，听到了他平静的呼吸声。确信他已睡着，我转身取了灯，再一次走到那张床前。在实行我计划的过程中，我轻轻地慢慢撩开了遮住卧床的帘子，当明亮的灯光照在那熟睡者身上，我的目光也落在了他的脸上。我定睛一看，顿时只觉得四肢麻木，浑身冰凉，心跳加剧，两腿发颤，一种不可名状、难以忍受的恐惧攫住了我的整个心灵。我喘着气把灯垂低，尽量凑近那张脸。难道这，这就是威廉·威尔逊那副容貌？我看见的的确是他的容貌，但想象中他并非这个样子，这使我像发疟疾似的一阵颤抖。那副容貌上有什么使我如此惊慌失措？我两眼凝视着他，脑子里却闪过许多不连贯的念头。他清醒而活泼的时候看起来不像这样，肯定不像这样。同一个名字！同一副面孔！同一天进入同一所学校！接下来就是他锲而不舍并毫无意义的模仿，模仿我的步态、嗓音、习惯和举止！可难道人间真有这种可能，难道我此刻所目睹的仅仅是那种可笑的模仿之习以为常的结果？我不寒而栗，毛骨悚然，灭灯悄悄地退出那房间，并立即离开了那所古老的学校，从此再也没返回那里。

无所事事地在家里过了几个月之后，我成了伊顿公学的一名学生。对于在布兰斯比博士那所学校里发生的事，那短短的几个月已足以淡化我的记忆，或至少使我回忆时的心情发生了实质性的变化。那出戏的真相（悲剧情节）已不复存在。我这下能有时间来怀疑当时我的意识是否清楚，而且每每忆及那事我都忍不住惊叹世人是多么容易轻信,并暗暗讥笑我天生具有的想象力竟如此活跃。这种怀疑也不可能被我在伊顿公学所过的那种生活抹掉。我一到伊顿就那么迫不及待,那么不顾一切地投入的轻率而放荡的生活,就像漩涡一样卷走了一切,只剩下过去生活的沉渣,所有具体的或重要的印象很快就被淹没,脑子里只剩下对往日生活的最轻淡的记忆。

但是我此刻并不想回顾我无耻放荡的历程,一种巧妙地躲过了校方监督的藐视法律的放荡。三年的放浪形骸使我一无所获,只是根深蒂固地染上了各种恶习,此外就是身材有点异乎寻常地长高。一次,在散漫浪荡了一星期之后,我又邀了一伙最不拘形迹的同学到我的房间偷偷举行酒宴。我们很晚才相聚,因为我们打算痛快地玩个通宵。夜宴上有的是酒,也不乏别的刺激,也许还有更危险的诱惑;所以当东方已经显露出黎明的曙光,我们的纵酒狂欢才正值高潮。玩牌醉酒早已使我满脸通红,当我正用亵渎的语言坚持要与人干一杯时,我突然注意到房门被人猛地推开了一半,接着从门外传来一个仆人急切的声音。他说有人正在门厅等着要同我谈话,而且显然迫不及待。

当时酒已使我异常兴奋,那冷不防的打扰非但没让我吃惊,反而令我感到高兴。我歪歪斜斜地出了房间,没走几步就到了那座建筑的门厅。又矮又小的门厅里没有点灯,而除了从半圆形窗户透进的曚眬曙光,没有任何灯光能照到那里。当我走到门边时,我看见一个年轻人的身影,他的个子与我不相上下,他身上那件式样新颖的白色克什米尔羊绒晨衣也同我当时穿的那件一样。微弱的曙光使我看到了这些,但却没容我看清他的脸。我一进屋他就大步跨到我跟前,十分性急地抓住我一条胳膊,凑到我耳边低声说出几个字眼——"威廉·威尔逊"。

我一下子完全清醒过来。

陌生人那番举动的方式,他迎着曙光伸到我眼前的手指颤抖的那种方式,使我心中充满了极度的惊讶;但真正使我感到震动的还不是那种方式,而是那个独特、低沉而嘶哑的声音里所包含的告诫;尤其是他用悄声细语发出那几个简单而熟悉的音节时所有的特征、声调和语调，像一股电流使我的灵魂猛然一震，许许多多的往事随之涌上心头。不待我回过神来，他已悄然离去。

虽说这一事件并非没有对我纷乱的想象力造成强烈的影响，但那种强烈毕竟是短暂的。我的确花了几个星期来认真调查，或者说我被裹进了一片东猜西想的云中。我并不想假装没认出那个人，那个如此穷追不舍地来对我进行干涉、用他拐弯抹角的忠告来搅扰我的怪人。但这个威尔逊究竟是谁？他是干什么的？他从哪儿来？他打算做什么？对这一连串问题我都找不到答案，只查明他家突遭变故，使他在我逃离布兰斯比博士那所学校的当天下午也离开了那所学校。但很快我就不再去想那个问题，而一门心思只想着要去牛津大学。不久我果然到了那里。我父母毫无计划的虚荣心为我提供了全套必需品和固定的年金，这使我能随心所欲地沉迷于我已经那么习惯的花天酒地的生活，使我能同大不列颠那帮最趾高气扬的豪门子弟攀比阔气。

那笔供我寻欢作乐的本钱使我忘乎所以，我与生俱来的脾性更是变本加厉，在我疯狂的醉生梦死之中，我甚至不顾最起码的礼仪规范。但我没有理由停下来细述我的骄奢淫逸。我只需说在所有的浪荡子中，我比希律王还荒淫无耻，而若要为那些数不清的新奇的放荡行为命名，那在当时欧洲最荒淫的大学那串长长的恶行目录上，我加上的条目可真不算少。

然而几乎令人难以置信，正是在那所大学里，我堕落得完全失去了绅士风度，竟去钻研职业赌棍那套最令人作呕的技艺，而一旦精通了那种卑鄙的伎俩，我便常常在一些缺心眼的同学中玩弄，以此增加我本来已经够多的收入。不过事实就是如此。我那种有悖于所有男子汉精神和高尚情操的弥天大罪无疑证明了我犯罪时肆无忌惮的主要原因（假若不是唯一原因）。事实上在我那帮最放荡的同伙之中，谁都宁愿说自己头昏眼花，也不肯怀疑威尔逊有那种品行，那个快活的、坦率的、慷慨的威廉·威尔逊，那个牛津大学最高贵、最大度的自费生，他的放荡（他的追随者说）不过是年轻人奇思异想的放纵，他的错误不过是无与伦比的任性,他最狠毒的恶行也只不过是一种轻率而冒昧的过火行为?

我就那样一帆风顺地鬼混了两年,这时学校里来了一位叫格伦迪宁的青年,一个新生的贵族暴发户。据说他与希罗德·阿蒂库斯[①]一样富有,钱财也一样来得容易。我不久就发现他缺乏心计,当然就把他作为了我显示技艺的合适对象。我常常约他玩牌,并用赌棍的惯用伎俩设法让他赢了一笔可观的数目,欲擒故纵地诱他上我的圈套。最后当我的计划成熟之时,我(抱着与他决战的企图)约他到自费生普雷斯顿先生的房间聚会。普雷斯顿与我俩都是朋友,但公正地说,他对我的阴谋毫无察觉。为了让那出骗局更加逼真,我还设法邀请了另外八九名同学,我早就精心策划好玩牌之事要显得是被偶然提到,而且要让我所期待的那个受骗上当者自己提出。我简单布置好这件邪恶勾当,该玩的花招伎俩无一遗漏,而那些如出一辙的花招伎俩是那么司空见惯,以至唯一值得惊奇的就是为何还有人会稀里糊涂地上当。

我们的牌局一直延续到深夜,我终于达到了与格伦迪宁单独交手的目的。我们所玩的也是我拿手的二人对局。其他人对我俩下的大额赌注很感兴趣,纷纷抛下他们自己的牌,围拢来观战。那位暴发户早在上半夜就中了我的圈套,被劝着哄着喝了不少的酒,现在他洗牌、发牌或玩牌的动作中都透出一种极度紧张,而我认为他的紧张并不全是因为酒醉的缘故。转眼工夫,他就欠下了我一大笔赌债,这时他喝了一大口红葡萄酒,然后完全按照我冷静的预料提出将我们本来已大得惊人的赌注再翻一番。我装出一副不情愿的样子,直到我的再三不肯惹得他出言不逊,我才以一种赌气的姿态依从了他的提议。这结果当然只能证明他已经完全掉进了我设下的陷阱。在其后不到一个小时的时间内,他的赌债又翻了四番。酒在他脸上泛起的红潮早就在慢

[①] 希罗德·阿蒂库斯(Herodes Atticus, 101—177),希腊著名学者,生于雅典一个富家,以乐善好施闻名于世。——译者注

慢消退，可现在看见他的脸白得吓人仍令我不胜惊讶。我说我不胜惊讶，因为我早就打听到格伦迪宁的钱财不可计量。我想他输掉的那笔钱对他虽然不能说是九牛一毛，但也不会使他伤筋动骨，不至于对他产生那么强烈的影响。他脸色白成那副模样，最合理的解释就是他已经不胜酒力。与其说是出于什么不那么纯洁的动机，不如说是想在朋友们眼里保住我的人格，我正要断然宣布结束那场赌博，这时我身边一些伙伴的表情和格伦迪宁一声绝望的长叹使我突然明白，我已经把他毁到了众人怜悯的地步，毁到了连魔鬼也不忍再伤害他的地步。

现在也很难说清我当时该怎么办。我那位受害者可怜巴巴的样子使在场的每一个人都露出尴尬而阴郁的神情。屋子里一时间鸦雀无声，寂静中那伙人中的尚可救药者朝我投来轻蔑或责备的目光，我禁不住感到脸上火辣辣的。我现在甚至可以承认，当随之而来的那场意外突然发生时，我焦虑不堪的心在那一瞬间竟感到如释重负。那个房间又宽又厚的双扇门突然被推得大开，开门的那股猛劲儿像变戏法似的，熄灭了房间里的每一支蜡烛。在烛光熄灭前的刹那间，我们刚好能看见一个陌生人进了房间，他个子和我不相上下，身上紧紧地裹着一件披风。可现在屋子里一团漆黑，我们只能感觉他正站在我们中间。大家还未能从那番鲁莽所造成的惊讶中回过神来，那位不速之客已开口说话。

"先生们，"他用一种低低的、清晰的、深入我的骨髓而令我终生难忘的悄声细语说，"先生们，我不为我的行为道歉，因为我这番冒昧是在履行一种义务。毫无疑问，你们对今晚在双人牌局中赢了格伦迪宁勋爵一大笔钱的这位先生的真正品格并不了解。因此我将向你们推荐一种简捷而实用的方法，以便你们了解到非常有必要了解的情况。你们有空时不妨搜搜他左袖口的衬里，从他绣花晨衣那几个大口袋里或许也能搜出几个小包。"

他说话时屋里非常安静，静得连掉根针在地上也许都能听见。他话音一落转身便走，去得和来时一样突然。我能够，或者说我需要描述我当时的感觉吗？我必须说我当时感到了所有要命的恐惧吗？无疑我当时并没有足够的时间做出反应。大伙儿七手八脚地当场把我抓住，烛光也在突然之间重新闪亮。一场搜查开始了。他们从我左袖口的衬里搜出了玩双人对局必不可少的花牌，从晨衣口袋里找到了几副与牌局上用的一模一样的纸牌，只不过我这几副牌术语上被称为圆牌，大牌的两端微微凸出，小牌的两边稍稍鼓起。经过这样一处理，按习惯竖着切牌的上当者将发现他抽给对手的常常都是大牌，而横着切牌的赌棍则肯定不会抽给他的受害人任何一张可以计分的大牌。

他们揭穿我的骗局后若真是勃然大怒，也会比那种无言的蔑视或平静的讥讽令我好受。

"威尔逊先生，"我们的主人一边说一边弯腰拾起他脚下的一件用珍稀皮毛缝制的华贵的披风，"威尔逊先生，这是你的东西。"（那天天冷，我出门时便在晨衣外面披了件披风，来到赌牌的地方后又把它脱下放到一边）"我想就不必再从这件披风里搜出你玩那套把戏的证据了（他说话时冷笑着看了看披风的褶纹）。实际上我们已有足够的证据。我希望你能明白，你必须离开牛津。无论如何得马上离开我的房间。"

虽说我当时自惭形秽，无地自容，但若不是我的注意力被一个惊人的事实所吸引，那我早就会对那种尖酸刻薄做出强烈的反应。我当时穿的那件披风是用一种极其珍稀的毛皮做成，至于有多珍稀、多贵重，我不会贸然说出。那披风的式样也是我独出心裁的设计，因为我对那种琐碎小事的挑剔已到了一种虚浮的地步。所以当普雷斯顿先生将他从双扇门旁边地板上拾起的那件披风递给我时，我惊得近乎恐怖地发现我自己那件早已经搭在我胳膊上（当然是在无意识之间搭上的），而递给我的那件不过是我手中这件的翻版，两件披风连最细小的特征也一模一样。我记起那位来揭我老底的灾星进屋时就裹着一件披风，而屋里其他人除我之外谁也没穿披风。我还保持着几分镇定，于是我从普雷斯顿手中接过那件披风，不露声色地把它重在我手中那一件之上，然后带着一种毅然决然的挑衅神情离开了那个房间。第二天早晨天还未亮，我便怀着一种恐惧与羞愧交织的极度痛苦的心情，匆匆踏上了从牛津到欧洲大陆的旅途。

我的逃亡终归徒然。我的厄运似乎乐于把我追逐，并实实在在地表明他对我神秘的摆布才刚刚开始。我在巴黎尚未站稳脚跟就发现那个可恶的威尔逊又在对我的事情感兴趣。岁月一年年流逝，而我却没感到过安定。那条恶棍！在罗马，他是多么不合时宜又多么爱管闲事地像幽灵一样插在我与我的雄心之间！在维也纳也如此，在柏林也这般，在莫斯科也同样没有例外！实际上，在哪儿我会没有从心眼里诅咒他的辛酸的理由呢？我终于开始惊恐地逃避他那不可思议的暴虐，就像在逃避一场瘟疫，但我逃到天涯海角也终归徒然。

我一次次地在心里暗暗猜想，我一次次地对着灵魂发问："他是谁？他从哪儿来？他到底要干什么？"但是我从来找不到答案。现在我又以十二万分的精细，彻底审视他对我进行无理监督的形式、方法和主要特征。可就是从这儿也很少能找到可进行推测的根据。实际上能引人注目的就是，在最近他对我挡道拆台的无数事例中，他没有一次不是要挫败和阻挠我那些一旦实现就会造成灾难性后果的计划和行动。其实，这一发现对一种显得那么专横的权力来说，不过是一种可怜的辩护！对一种被那么坚决而不客气地否认的自封的天赋权力来说，不过是一种可怜的补偿！

我还被迫注意到，长期以来，我那位施刑者虽然小心而奇妙地坚持穿和我一样的衣服，但他每次对我的意志横加干涉时都应付得那么巧妙，以至我在任何时候都未能看清他那副面孔。不管他威尔逊会是什么样的人，他这样做至少是矫揉造作，或者愚不可及。难道他真以为我居然会认不出在伊顿公学警告我的、在牛津大学毁了我名誉的、在罗马阻挠我一展宏愿的、在巴黎遏止我报仇雪恨的、在那不勒斯妨碍我风流一番的，或在埃及不让我被他错误地称为贪婪的欲望得到满足的那个凶神和恶魔就是我中学时代的那个威廉·威尔逊，那个我在布兰斯比博士那所学校时的同名者、那个伙伴、那个对手、那个既可恨又可怕的对手?这不可能!但还是让我赶紧把这幕剧的压轴戏唱完吧。

我就那样苟且偷安地屈服于了那种专横的摆布。我注视威尔逊的高尚品格、大智大慧、无所不在和无所不能之时所惯有的敬畏心情,加上我注意他天然生就或装腔作势的其他特征之时所具有的恐惧心理,一直使我深深地意识到自己的软弱与无能,使我(尽管极不情愿)盲目地服从他独断专行的意志。但最近一些日子我饮酒无度,酒精对我天性的疯狂影响使我越来越不堪任人摆布。我开始抱怨,开始犹豫,开始反抗。难道我认为自己越来越坚定,而我那位施刑者却越来越动摇?这仅仅是我的一种幻觉?即便就算是幻觉,我现在已开始感觉到一种热望的鼓舞,最后终于在心灵深处形成了一个坚定不移且孤注一掷的决心,那就是我不再甘愿被奴役。

那是在罗马,18××年狂欢节期间,我参加了一个在那不勒斯公爵迪·布罗利奥宫中举行的化装舞会。我比平常更不节制地在酒桌边开怀畅饮了一通,这时那些拥挤不堪的房间里令人窒息的空气已使我恼怒。挤过那乱糟糟的人群之困难更使得我七窍生烟,因为我正在急切地寻找老朽昏聩的迪·布罗利奥那位年轻漂亮且水性杨花的妻子(请允许我不说出我那并不高尚的动机)。她早就心照不宣地告诉了我她在化装舞会上将穿什么样的服装,现在我瞥见了她的身影,正心急火燎地朝她挤去。就在此时,我感到一只手轻轻摁在我肩上,那个低低的、该死的、我永远也忘不了的悄声细语又响在我耳边。

在一阵绝对的狂怒之中,我猛转身朝着那位妨碍我的人,一把揪住他的衣领。果然不出我所料,他打扮得和我一模一样,身上披一件蓝色天鹅绒的西班牙披风,腰间系一条猩红色皮带,皮带上悬着一柄轻剑。一副黑丝绸面具蒙着他的脸。

"无赖!"我用沙哑的声音愤然骂道,我骂出的每一个字都像是往我心中那团怒火浇的一瓢油,"无赖!骗子!该死的恶棍!你不该!

"IN MY DEATH, SEE BY THIS IMAGE, WHICH IS THINE OWN, HOW UTTERLY THOU HAST MURDERED THYSELF"

你不该对我穷追不舍!跟我来,不然我就让你死在你站的地方!"我拽着并不反抗的他挤过人群,从舞厅来到了隔壁的一间客厅。

我一进屋就猛然把他推开。他跌跌撞撞地退到墙边,这时我发着誓关好了房门,转身命令他拔出剑来。他略为踌躇了片刻,然后轻轻叹了口气,终于默默地抽剑摆出防御的架势。

那场决斗的确非常短暂。各种各样的刺激早已使我疯狂,我觉得自己握剑的手有千钧之力。眨眼工夫,我就奋力把他逼到墙根,这下他终于得任我摆布,我凶狠而残暴地一剑剑刺透他的心窝。

这时有人试图扭开门闩。我急忙去阻止被人闯入,随之又转身朝着我那位奄奄一息的对手。可人世间有什么语言能描述我当时看见那番情景时的那种惊异,那种恐怖?就在我刚才掉头之间,那个小客厅的正面或者说远端,在布置上发生了一个重大的变化。一面大镜子(在我开初的慌乱之中显得如此)正竖立在刚才没有镜子的地方,而当我怀着极度恐惧的心情朝它走过去时,我的影子,我那面如死灰、浑身溅满鲜血的影子也步履踉跄地朝我走来。

我说显得如此,其实并非如此。走过来的是我那个对手,是威尔逊,他正带着临死的痛苦站在我面前。他的面具和披风已被扔在地板上。他衣服上没有一根纤维不是我衣服上的纤维。他那张脸上所有显著而奇妙的特征中没有一丝纹缕,甚至按照最绝对的同一性,不是我自己的!

那就是威尔逊,但他说话不再用悄声细语,当时我还以为是我自己在说话:

> 你已经获胜,而我输了。但从今以后你也就死去,对这个世界、对天堂和希望也就毫无感觉!你存在于我中,而我一死,请看这个影子吧,这是你自己的影子,看你多么彻底地扼杀了自己。

(1839)

生意人

> 条理乃生意之灵魂。
> ——谚语

我是个生意人。我是个有条理的人。条理终究是必不可少的东西。不过我打心眼儿里最瞧不起的就是那些对条理不求甚解却夸夸其谈的古怪的白痴，那些只注意"条理"二字的字面意思，但却玷污其精神实质的白痴。那些家伙总是用他们认为有条理的方法做最无章法的事情。我想这里边有个绝对似非而是的悖论。真正的条理只适应于平凡而清楚的事务，而不可用于超出常规的事情。有谁能把明确的概念赋予这样的说法，诸如"一个有条不紊的花花公子"或"一种井然有序的扑朔迷离"？

要不是在我很小的时候发生过一件幸运的事，说不定我对这个问题的看法也会和你们一样不那么清楚。当有一天我正发出不必要的吵嚷声之时，一位好心的爱尔兰老保姆（我在遗嘱里将不会忽略她）抓住我两只脚后跟把我倒提起来，在空中晃荡了两三圈，让"这个尖叫的小恶棍"止住了眼泪，然后把我的头重重地撞在床柱上。啊，这一撞决定了我的命运，撞出了我的运气。我头顶上顿时隆起一个疙瘩。后来证明那疙瘩是一个条理器官，它有多漂亮，人们在夏天总会看到。从此我对秩序和规律的欲望就把我造就成了一个杰出的生意人。

如果说这世上有什么我可憎恶的，那就是天才。你们那些所谓的天才全都是著名的蠢材。越是伟大的天才越是著名的蠢材，这个规律没有例外。尤其是你不可能把一个天才培养成一个生意人，正如你不可能从一个守财奴口袋里掏出钱，或是从松果里提炼出肉豆蔻一样。

天才们往往总是不顾"事物的合理性"而突然改弦易辙去从事某项异想天开的职业，或进行某种滑稽可笑的投机，去做那种无论如何也不能被视为生意的生意。因为你单凭他们从事的职业就可以辨认出他们。假若你看出一个人在做进出口贸易，或从事加工制造，或经营棉花烟草，或处理任何与此相似的业务；假若你发现某人是布匹商或制皂人，或在干任何与此类似的差事；假若你察觉某人自封是律师、铁匠或医生，或任何诸如此类的角色，那你马上就可以把他视为天才，然后再根据比例运算法则把他视为蠢材。

现在，无论从哪个方面看我都不是一个天才，而是一个有板有眼的生意人。我的现金日记簿和分类账将很快证明这一点。那些账簿记得非常清楚，尽管这是我自诩；我有精确而严谨的习性，时钟欺骗不了我。再说，我的生意与我同胞们的日常习惯从来都很合拍。在这一点上我并不觉得自己辜负了意志非常薄弱的父母。毫无疑问，若不是我的保护天使及时赶来搭救，我最终肯定会被他们造就成一名古怪的天才。在传记中真实最为重要，而在自传中更容不得半句假话，但我却几乎不奢望读者能相信我下面陈述的事实，不管我陈述得多么庄重。大约在我十五岁那年，我可怜的父亲把我推进了被他称为"一名做一大堆生意的受人尊敬的小五金代销商"的账房！做一大堆无聊的事！但他这个愚蠢之举的后果是我两三天后就不得不被人送回了我那个大门装饰了门钉的家，当时我发着高烧，头痛欲裂，痛点就在我头顶那个条理器官的周围。那头痛差点要了我的命。我在无法确诊的危险中过了六个星期，医生们对我已经绝望，放弃了所有治疗措施。但是，虽说我经受了不少痛苦，可我大致上是个幸运的孩子。我终于逃脱了成为"一名做一大堆生意的受人尊敬的小五金代销商"的厄运，我非常感激那个已成为我救星的头顶上的疙瘩，以及当初赋予我这颗救星的那个好心的爱尔兰女人。

大多数孩子长到十一二岁便离家出走，可我却一直等到十六岁。若不是碰巧听到母亲说要我独自开一家杂货店，到那时我还不觉得我该离开家呢。杂货店！只消想象一下吧！我当即决定离家出走，去尝试做一门体面的生意，不用再奉承两位古怪老人的反复无常，不用再冒最终被造就成一个天才的危险。在第一阶段的尝试中，我的这一计划进行得非常顺利，到我十八岁的时候，我发现自己已在服装流动广告界做着一门涉及面广且有钱可赚的生意。

我之所以能够履行这门职业的繁重义务，仅仅是凭着我对已形成我主要心理特征的条理化的执着。一种一丝不苟的条理不仅体现在我的账目中，而且表现在我的行为上。以我而论，确保人成功的是条理而不是金钱，至少我绝不是靠雇我的那个裁缝而发迹的。我每天上午9点约见那名裁缝并要出当日所需服装。10点钟时我行进在某个时髦的队列中，或者出现在某个公共娱乐场所。我以精确的规律性转动我漂亮的身体，以便我身上服饰的每一个部分能被人逐一看清，我那种转动的规律性令做这门生意的所有行家都赞叹不已。到中午时我一定会把一名主顾带到我的老板"裁剪及请再来先生"家中。我一讲到这些就无比自豪，但同时眼里也滚动着泪花，因为那家裁缝店的两位老板原来是最卑鄙的忘恩负义之徒。我与他们争吵并最后分手，其原因是因为一笔小账，而那笔账无论如何也不会被真正熟悉这门生意行情的绅士认为是漫天要价。不过在这一点上我感到骄傲和欣慰，因为我能让读者自己做出判断。我的账单如下：

裁剪及请再来先生联合成衣店
支付流动广告人彼得·普洛费特

		金额$
7月10日	常规街头行走并领客上门	00.25
7月11日	同上	00.25
7月12日	撒谎一个，二级；毁损黑布料按墨绿色布料售出	00.25
7月13日	撒谎一个，一级；特别质量和尺寸；推荐水磨缎	

	为绒面呢	00.75
7月20日	购新式纸衬衫领或称假前胸，以衬托彼得呢外套	00.02
8月15日	穿双衬短摆上衣（温度计在阴凉处显示华氏106度）	00.25
8月16日	单腿站立三小时，以展销新式背带裤，每腿每小时12.50美分	$00.37\frac{1}{2}$
8月17日	常规街头行走并领回顾客一名（肥胖大个儿）	00.50
8月18日	同上（中等个儿）	00.25
8月19日	同上（小个儿并出低价）	00.06
		$\$2.95\frac{1}{2}$

这张账单上有争议的主要款项就是两美分买那个衬衫假胸的天公地道的出价。我以名誉担保，这并非不合理的高价。那是我所见过的最匀称最漂亮的衬衫假胸；而且我有充分的理由相信它的衬托促成了三件彼得呢外套的销售。然而，那家成衣店年长的那位合伙人只允许我出价一美分，并擅自向我演示了以何种方法可以用一张大页书写纸做出四个那样的假胸。但不用说我坚持的是原则。生意就是生意，做生意就应该像做生意的样子。骗我这一美分，骗我这百分之五十，没有任何规矩，也没有任何条理。我当即结束了与"裁剪及请再来先生"的雇佣关系，独自投身于"眼中钉"行业，一种最有利可图、最值得尊敬、最不受约束的普通职业。

我的诚实、条理和严格的经营习惯在这儿又一次发挥作用。我发现自己生意做得很红火，很快就成了交易所中众所瞩目的人。其实我从不涉足于华而不实的业务，而是墨守成规一步步地慢慢发展。若不是在经营那个行业的一宗日常业务时发生了一点小小的意外,那我无疑今天还在做那种生意。每一个聪明人都知道,无论任何时候,一旦一位年迈而有钱的吝啬鬼,一个挥金如土的败家子,或一家濒临破产的公司动了要建一幢大楼的念头,那这天下还没有什么东西能打消他们的主意。而这一事实正是"眼中钉"行业主要的经营项目。所以,上述那些人的建楼计划刚一开始酝酿,我们从事"眼中钉"行业的人就在拟议中的建楼地址稳稳地占住一个相宜的角落,或是在相邻或相对的地方占一个最好的位置。这事完了我们就等待,等到那大楼修到一半,我们便雇请一名有风格的建筑师在紧挨着大楼的地方匆匆搭起一座虚有其表的建筑:或是幢新英格兰农舍,或是间荷兰式塔房,或是一个猪圈,或是任何有独创性的奇棚怪屋,管他像爱斯基摩人①的、克卡普人的还是霍屯督人的。当然,在利润少于购地盖房成本总额百分之五百的情况下,我们无论如何也不能拆掉那些建筑。我们能吗?我问这个问题,并请教其他生意人。回答是如果认为利润低于百分之五百就能拆,那一定是疯了。可当时偏偏就有那么一家卑鄙的公司请求我做那样的生意。那样的生意!我当然没有接受他们荒唐的报价,但我觉得自己有义务在当天晚上用烟灰去涂黑他们那座大楼。就为了这个,那群丧心病狂的恶棍把我送进了监狱;而当我出狱之时,"眼中钉"行业的绅士们未能避免地与我断绝业务往来。

我后来为生计所迫,冒着风险去做的"挨打"生意,这使我娇弱的身体感到多少有点不适应,但我怀着一颗适应的心开始了这项工作,并且一如既往地发现当年那位可爱的老保姆赋予我的有条有理、一丝不苟的习性使我获益匪浅。我若是在遗嘱中把她漏掉,那我一定是个最卑鄙的小人。如我所言,凭着我对那种买卖规矩章法的观察,凭着我记下的那些脉络分明的账簿,我使得自己能克服重重困难,最终体面地在那个行当中站稳了脚跟。说实话,在任何行道都很少有人

---

① 因时代局限,原文如此。即今因纽特人。——编者注

能像我这样舒舒服服地做生意。我只需从我的日记簿里抄下一两页就可以避免我在这里自吹自擂,就可以避免那种品格高尚的人应该避免的恶习。请看,日记簿毕竟不会撒谎。

1月1日(元旦):街头偶遇斯纳普,步履踉跄。备忘:潜在主顾。稍后又遇格拉夫,酩酊大醉。备忘:也是潜在主顾。二位绅士均记入分类账,并各自开立流水账户。

1月2日:见斯纳普在交易所,迎上猛踩其脚。他握紧拳头,把我击倒。妙!重新爬起。在索价上与代理人巴格有细小分歧。我拟索要伤害赔偿金一千美元。但巴格说那样被人一拳击倒,我们至多只能索赔五百美元。备忘:务必辞退巴格,此人毫无条理。

1月3日:上剧院寻格拉夫,见他就座于一边厢,在第二排一胖一瘦二女士中间。用剧场望远镜观察那伙人,直到看见那胖女士红着脸对格拉夫说悄悄话。我起身过去,然后进入包厢,将鼻子凑到他伸手可及之处。他没扯我的鼻子,初试未果。擤鼻再三,仍未成功。于是坐下朝瘦女士眨眼,此时心满意足地感到他抓住我的后颈把我提起,并把我抛进正厅后排。颈关节错位,右腿严重撕裂。欣然回家,喝香槟一瓶,在那位年轻人账上记下五千美元欠款。巴格说索价合理。

2月15日:私了斯纳普先生一案。入日记账金额:五十美分(参见账目)。

2月16日:格拉夫一案败诉,那条恶棍给了我五美元。支付诉讼费四美元二十五美分。纯利润(参见日记账)七十五美分。

于是,在很短的一段时间内我就有了一笔不少于一美元二十五美分的净收入,这还仅仅是斯纳普和格拉夫两笔生意,而我在此庄严地向读者保证,以上抄录是从我的日记簿里信手拈来的。

但与健康相比,金钱犹如粪土,这是一个古老而颠扑不破的谚语。我觉得"挨打"生意对我娇弱的身体要求太苛刻,最后还发现我完全被揍变了形,以致我已不能准确地知道如何处理业务,以致朋友们在大街上碰见我竟全然认不出我就是彼得·普洛费特。这下我想最好的办法就是改行另谋生路。于是我把注意力转向"溅泥浆"行业,而且一干就是好几个年头。

这一行业最糟的一点就是许多人对此都趋之若鹜,因而竞争异常激烈。每一个发现自己的头脑不足以保证自己在流动广告界、"眼中钉"行业或是在"挨打"的营生中获取成功的笨家伙,都想当然地以为他能成为"溅泥浆"业的一把好手。可最令人难以接受的,就是那种认为"溅泥浆"无须动脑筋的错误观念,尤其是那种认为"溅泥浆"就用不着条理的荒唐见解。我所做的只是小本经营,可我讲究条理的老习惯使我经营得非常顺利。我首先是十分慎重地选定了一个街口,而除了那个街口我绝不把扫帚伸到城里的其他任何地方。我还小心翼翼地使自己手边拥有了一个漂亮的小泥坑,那泥坑我随时都能就位。单凭这两点我就在顾客中建立起了良好的信誉,而我告诉你们,这已经使我的生意成功了一半。接下来是人人抛给我一个铜子儿,然后穿着干干净净的裤子通过我的街口。由于我这一行的经营特点被人们充分理解,所以我从未遇到过欺诈的企图。如果我被人哄骗,我将不堪承受。我做生意历来童叟无欺,所以也没人装疯卖傻赖我的账。当然我没法阻止银行的欺诈行为,它们的暂停营业给我的生意带来灾难性的不便。可这些银行不是个人,而是法人;众所周知,法人既没有让你踢一脚的身体,也没有供你诅咒的灵魂。

就在我财源滚滚之时,我受到一种不幸的诱惑,把生意扩展为"狗溅泥浆"业。这一行虽说与老本行大致类似,但无论如何也不那么受人尊重。固然我的经营场所非常理想,位于市中心的黄金口岸,而且我备有第一流的靴油和鞋刷。我那条名叫庞培的小狗也长得肥头大耳,而且极其精明,不易受骗。它从事这一行当已有很长时间,请允许我说它是精于此道。我们日常的经营程序是,庞培自己先滚上一身稀泥，然后蹲在商店门口，直到发现一位穿着双锃亮皮靴的花花公子朝它走近。这时它开始向那人迎过去，用它的身子在那双威灵顿长靴上磨蹭一两下。于是那位花花公子破口大骂，然后就四下张望找一名擦靴匠。我就在那儿，在他的眼前，带着第一流的靴油和鞋刷。那只是一种一分钟买卖，转眼之间六美分就到手。这种生意我们稳稳当当做了一段时间。实际上，我并非贪婪之辈，可庞培却是条喂不饱的狗。我答应给它三成红利，但它坚持要对半分成。这我不能接受，于是我俩吵了一架，然后分道扬镳。

接下来我做了一阵在街头演奏手摇风琴的营生，而且可以说我干得相当不赖。那是一种一看就会的买卖，不需要任何特殊的技艺。你可以让你的手摇风琴只发出一种风鸣声，而要做到这一点你只需把那玩意儿拆开，用榔头狠狠地敲上三下或者四下。这样一来那玩意儿的音质顿时改善，其经营效果会远远超出你的想象。然后你就只需背着那玩意儿沿街行走，直到你看见路面上铺着鞣料废渣，看见门环上缠着鹿皮。这下你可以停下来摇响你的风琴，装出你是想使它不再发声，可实际上尽量让它吱嘎到世界末日。不一会儿就会有一扇窗户打开，有人会抛给你六个美分，并附上一句"让那玩意儿住声，赶快滚开"之类的话。我知道有些同行一直是拿到那笔钱就能承受"滚开"，但对我来说，我觉得投入的成本太高，不允许我在低于十美分的情况下就轻易"滚开"。

干那一行我做成过不少买卖，可不知为什么我总觉得不甚满意，于是我最终放弃了那一行当。其实我当时处于没有真正爱上那一行的不利位置，而且美国的街道太泥泞，具有民主作风的居民太霸道，再说到处都是那些爱恶作剧的该死的孩子。

我停业赋闲了几个月，但最后终于怀着极大的兴趣成功地在"假邮政"行业中占有了一席之地。开办这种邮政责任轻松，而且并非完全无利可图。譬如，我一大早就得准备好我的假信邮包。在每封信里面我都得信手涂鸦几笔（就我能想得出的足以令人莫名其妙的话题),然后签上汤姆·多布森,或博比·汤普金斯,或诸如此类的名字。把信一封封折好封好,再盖上各种假邮戳,诸如新奥尔良、孟加拉、植物学湾或任何远在天边的地方,最后我便立即踏上当天的邮路,显出一副匆匆忙忙的样子。我通常专挑大房子投递假信并接收包裹。那些人付投递费从不含糊,尤其是付双倍邮资更不犹豫,人就是这样的白痴。在他们来得及打开信之前,我早就轻而易举地转过了一个拐角。干那一行的不足之处就是我走路太多,而且走得太快,投递区域的变换也太频繁。此外就是我感到良心自责。我不忍心听见无辜者被人辱骂,全城对汤姆·多布森和博比·汤普金斯的那种咒骂听起来真叫人不寒而栗。我怀着厌恶的心情洗手不再做那门生意。

我做的第八种也是最后一种生意一直是"养猫"。我发现这是一种非常令人惬意又有钱可赚的生意,而且真的一点也不麻烦。尽人皆知,这个国家已经是猫害成灾,以至前不久有一份万人签名的除猫请愿书被送到国会,正赶上国会休会前那令人难忘的最后一轮会议。在当今时代国会的信息异常灵通,已通过了许多明智而有益的法案,而《禁猫法》的通过更是锦上添花。在众议院最初通过的这项法案中,政府提供一笔资金收购猫头(每个四美分),但参议院成功地修正了该项法案的主要条款,结果用"猫尾"代替了"猫头"字样。这一修订显而易见是那么精当,以至众议院一致同意。

总统刚一签署那项法案,我就倾尽全部资本购进雄猫和雌猫。开始我只能喂它们老鼠(价格便宜),可人们执行起那项神圣的法令来是那么雷厉风行,以至我终于认为慷慨才是上策,于是我让那些猫纵情享受牡蛎和海龟。按照法定价格,它们的尾巴现在为我带来可观的收入;因为我发现借助马卡沙生发油,我一年可以收割三次。我还高兴地发现那些猫很快就适应了新变化,现在它们都宁愿让它们的尾巴被剪掉。所以我认为自己是一个成功的生意人,我正期待着在哈德逊河畔廉价买一幢别墅。

(1840)

莫格街凶杀案

塞壬唱的什么歌,或阿喀琉斯混在姑娘群中冒的什么名,虽说都是费解之谜,但也并非不可揣度。

——托马斯·布朗爵士

被人称为分析的这种智力特征,其本身就很难加以分析。我们领略这种特征仅仅是据其效果。我们于其他诸事物中得知:若是一个人异乎寻常地具有这种智力,他便永远拥有了一种乐趣之源。正如体魄强健者为自己的体力而陶然,喜欢那些能运用其体力的活动一样,善分析者也为其智力而自豪,乐于从事解难释疑的脑力活动。只要能发挥其才能,他甚至能从最微不足道的小事中感到乐趣。他偏爱猜谜解惑,探赜索隐,在他对一项项疑难的释疑中展示他那种在常人看来不可思议的聪明程度。他凭条理之精髓和灵魂得出的结果,实在是有一种全然凭直觉的意味。

解难释疑的能力可以凭研究数学而大大加强,尤其是凭研究它那门最高深的分支——高等数学。高等数学因其逆运算而一直被错误地认为是最杰出的分析,然而计算本身并不是分析,譬如下象棋的人算棋就无须分析。由此可见,下象棋凭智力天性的看法完全是一种误解。我现在并非在写一篇论文,而是非常随意地用一些凭观察而获得的知识作为一篇多少有点离奇的故事的开场白,因此我愿意趁此机会宣称,较强的思考能力用在简单而朴素的跳棋上,比用在复杂而无聊的象棋中作用更加明显,更加见效。象棋中各个棋子皆有不同的古怪走法,并有不同的可变化的重要性,而人们往往把这种复杂误以为是深奥(不足为奇的谬见)。下象棋务必全神贯注,若稍有松懈,一着不慎，其结果将是损兵折将或满盘皆输。象棋的走法不仅多种多样而且错综复杂，出错的可能性因此而增多；十局棋中有九局的胜者都赢在比对手更全神贯注，而不是赢在比对手聪明。跳棋与象棋正好相反，它只有一种走法而且很少有变化，因而疏漏的可能性很小，相对而言也无须全神贯注，对局者谁占优势往往取决于谁更聪明。说具体一点，假设一局跳棋双方只剩四个王棋，这时当然不存在疏漏之虞。显而易见（如果棋逢对手），胜利的取得仅在于某种考究的走法，在于某种智力善用之结果。若不能再用通常的对策，善分析者往往会设身处地地去揣摩对手的心思，这样倒往往能一眼看出能诱他误入歧途或忙中失算的仅有几招（有时那几招实在简单得可笑）。

惠斯特牌一向因其对所谓的计算能力有影响而闻名，而那些智力出众者素来爱玩惠斯特而不下无聊的象棋也为众人所知。毫无疑问，在这类游戏中再没有什么比玩惠斯特更需要分析能力。整个基督教世界最好的象棋手或许也仅仅是一名最好的棋手，可擅长玩惠斯特就意味着具有在任何更重要的斗智斗法的场合取胜的能力。我说擅长，是指完全精通那种囊括了获取正当优势的全部渠道的牌技。这些渠道不可悉数，而且变化无穷，并往往潜伏在思想深处，一般人完全难以理解。留心观察就能清楚记忆，就此而言，专心致志的棋手都是玩惠斯特的好手，只要他能把霍伊尔牌谱中的规则（以实战技巧为基础的规则）完全弄懂。于是记忆力强和照"规则"行事便普遍地被认为是精于此道的要点。但偏偏是在超越规则范围的情况下，善分析者的技艺才得以显示。他静静地做大量的观察和推断。但也许他的牌友们也这么做，所以所获信息之差异与其说是在于推断的正误，不如说是在于观察的质量。必要的是懂得观察什么。我们的牌手一点不限制自己，也不为技巧而拒绝来自技巧之外的推论。他观察搭档的表情，并仔细地同两位对手的表情逐一比较。他估计每人手中牌的分配，常常根据每人拿起每张牌时所流露的眼神一张一张地计算王牌和大牌。他一边玩牌一边察言观色，从自信、惊讶、得意或懊恼等等不同的表情中搜集推测的依据。他从对手收一沓赢牌的方式判断收牌人是否会再赢一沓同样花色的牌。他根据对手出牌的神态识别那张牌是否声东击西。总之,对手偶然或无意的只言片语,失手掉下或翻开一张牌及其伴随的急于掩饰或满不在乎,计点赢牌的沓数以及那几沓牌的摆法,任何窘迫、犹豫、焦急或惶恐,全都逃不过他貌似直觉的观察,都向他提供了真实情况的蛛丝马迹。两三个回合下来他便对各家的牌胸有成竹,从此他的每张牌都出得恰到好处,仿佛同桌人的牌都摆在了桌面上似的。

分析能力不可与单纯的足智多谋混为一谈,因为虽说善分析者必然足智多谋,但足智多谋者却往往出人意料地不具有分析能力。常凭借推断能力或归纳能力得以表现的足智多谋,被骨相学家(错误地)归之于某一独立器官,并认为是一种原始能力,但这种能力是那么经常地见于其智力在别的方面几乎等于白痴的人身上,以至这一现象引起了心理学者的普遍注意。实际上,在足智多谋和分析能力之间存在着一种比幻想和想象之间的差别还大得多的差异,不过两者之间有一个非常类似的特征。其实可以看出,足智多谋的人总沉湎于奇思异想,而真正富于想象力的人必善分析。

在某种程度上,读者可以把下面这个故事看作是对上文一番议论的注解。

18××年春天和初夏我寓居在巴黎,其间结识了一位名叫C. 奥古斯特·迪潘的法国人。这位年轻绅士出身于一个实际上颇有名望的高贵家庭,但由于一系列不幸的变故,他当时身陷贫困,以致意志消沉,不思振作,也无意重整家业。多亏债主留情,给他留下了一小部分财物;他就凭来自那份薄产的收入,精打细算维持起码的生活,除此倒也别无他求。实际上书是他唯一的奢侈品,而在巴黎,书是很容易到手的东西。

我与他初次相遇是在蒙马特街一家冷僻的图书馆里,当时我们都在寻找同一本珍奇的书,这一巧合使我俩一见如故。此后我们就频频会面。他以法国人那种一谈起自己的家庭就少不了的坦率,把他的一段家史讲得很详细,我则怀着极大的兴趣听得津津有味。我对他的阅读面之广大为惊讶,而更重要的是,我感到他炽烈的热情和生动新奇的想象在我的心中燃起了一把火。当时我正在巴黎追求我自己的目标,我觉得与他那样的人交往对我来说是一笔无价的财富。我真诚地向他袒露了我的这一感觉。最后我俩商定,在我逗留巴黎期间,我俩将住在一起。由于我当时的境况多少不像他那般窘迫,他同意由我出钱在圣日耳曼区一个僻静的角落租下了一幢式样古怪、年久失修、摇摇欲坠的房子。那房子因某些迷信而长期闲置,我俩对那些迷信并未深究,只是把房子装饰了一番,以适应我俩共有的那种古怪的忧郁。

倘若我们在这幢房子里的日常生活为世人所知,那我俩一定会被人视为疯子,不过也许只被视为于人无害的疯子。我们完全离群索居,从不接纳任何来客。实际上我一直小心翼翼地没把我俩的隐居处告诉我以前的朋友,而迪潘多年前就停止了交友,在巴黎一直默默无闻。我俩就这样避世蛰居。

我的朋友有一个怪诞的习性(除了怪诞我还能称为什么呢),他仅仅因为黑夜的缘故而迷恋黑夜,而我也不知不觉地染上了他这个怪癖,就像染上他其他怪癖一样。我完全放任自己心甘情愿地服从他的奇思狂想。夜神不可能总是伴随我们,可我们能够伪造黑夜。每当东方露出第一抹曙光,我们就把那幢老屋宽大的百叶窗统关上,再点上两支散发出浓烈香味、放射出幽幽微光的小蜡烛。借着那点微光,我们各自沉浸于自己的梦幻之中——阅读、书写,或是交谈,直到时钟预报真正的黑夜降临。这时我俩便手挽手出门上街,继续着白天讨论的话题,或是尽兴漫步到深更半夜,在那座繁华都市的万家灯火与阴影之中,寻求唯有冷眼静观方能领略到的心灵之无限激动。

每当这样的时候,我就不能不觉察并赞佩迪潘所独具的一种分析能力,不过我早就从他丰富的想象力中料到他具有这种能力。他似乎也非常乐意对其加以运用,如果恰好不是炫耀的话。他毫不含糊地向我承认这为他带来乐趣。他常嬉笑着向我夸口,说大多数人在他看来胸前都开着一扇窗户,他还惯于随即说出我当时的所思所想,以此作为他那个断言直接而惊人的证据。这种时候,他显得冷冰冰、高深莫测,两眼露出心不在焉的神情,而他那素来洪亮的男高音会提到最高音。若不是他言辞的审慎和阐释之清晰,那声音听起来真像是在发火。看到他心绪这般变化,我常常会想到那门有关双重灵魂的古老哲学,并十分有趣地幻想有一个双重迪潘——有想象力的迪潘和有分析能力的迪潘。

别以为我刚才所说的是在讲什么天方夜谭,或是在写什么浪漫传奇。我笔下已经写出的这位法国人的言行,纯然是一种兴奋的才智,或者说一种病态的才智之结果。不过我最好举一个例子来说明他在那一时期的观察特点。

一天晚上,我俩在罗亚尔宫附近一条又长又脏的街上漫步。显然当时我俩都在思考问题,至少已有十五分钟谁也没吭一声。突然,迪潘开口说了这句话:"他是个非常矮小的家伙,这一点没错,他更适合去杂耍剧院。"

"那当然。"我随口应答,一开始并没有意识到迪潘所言与我心中所思完全不谋而合这一蹊跷之处(因为我当时正想得出神)。转眼工夫我回过神来,才不由得感到大吃一惊。

"迪潘,"我正颜道,"这真叫我难以理解。不瞒你说,我都被弄糊涂了,几乎不敢相信自己的感觉。你怎么可能知道我正……"我故意留下半句话,想弄清他是否真的知道我正在想谁。

"……想到尚蒂耶。"他说,"干吗说半句话?你刚才正在想他矮小的个子不宜演悲剧。"

这正是我刚才心中所想到的问题。尚蒂耶原来是圣德尼街的一个修鞋匠,后来痴迷于舞台,曾在克雷比雍的悲剧《泽尔士王》中试演泽尔士一角,结果一番苦心换来冷嘲热讽,弄得自己声名狼藉。

"看在上帝的分上,"我失声嚷道,"请告诉我诀窍(如果有诀窍的话),告诉我你能看透我心思的诀窍!"说实话,我当时竭力想掩饰自己的惊奇,可反倒比刚才更显诧异。

"诀窍就是那个卖水果的,"我朋友答道,"是他使你得出结论,认为那个修鞋匠个子太矮,不配演泽尔士王和诸如此类的角色。"

"卖水果的!你可真让我吃惊!我并不认识什么卖水果的。"

"就是我们走上这条街时与你相撞的那个人。这大约是十五分钟之前的事。"

这下我记起来了,刚才我俩从C街拐上这条大街时,的确有个头上顶着一大筐苹果的水果贩子冷不防地差点把我撞倒。可我不能理解的是,这和尚蒂耶有什么关系。

迪潘脸上没有丝毫糊弄人的神情。"我给你解释一下,"他说,"听完解释你也许就完全清楚了。我们先来回顾一下你刚才的思路,从我开口说话追溯到那卖水果的与你相撞。这段时间你思维的主要环节是:尚蒂耶、猎户星座、尼科尔博士、伊壁鸠鲁、石头切割术、铺路石和那个卖水果的。"

很少有人在其一生中没有过这样的消遣,那就是回顾自己的思路是怎样一步步到达某个特殊的结论。这样的回顾往往非常有趣,而初次进行这种回顾的人常常会惊于发现自己最初的念头或思路的最后终点竟会相差十万八千里,完全风马牛不相及。所以,当听完迪潘那番话并不得不承认他所言句句是真时,我心中当然是万分惊讶。

他继续道:"如果我没记错,我们走出C街之前一直在谈马。那是我们刚才谈论的最后一个话题。当我们拐上这条街时,一位头顶大筐的水果贩子从我俩身边匆匆擦过,把你撞到了一堆因修人行道而堆起来的铺路石块上。你踩上了一块松动的石块,滑了一下,稍稍扭了脚脖子,你显得有点生气或是不高兴,嘴里嘀咕了几声,回头看了看那堆石块,然后不声不响地继续行走。我并非是特意要留神你的举动,只是近来观察于我已成了一种必然。

"后来你两眼一直盯着地面,面带怒容地看那些坑洼和车辙(结果我看出你还在想那些石块),这样一直走到那条名叫拉马丁的小巷,就是那条正尝试用交搭铆接的砌石铺地面的小巷。这时你脸上露出了喜色,我还看见你嘴唇动了一动,我毫不怀疑你念叨的是'石头切割术',一个非常适用于那种铺砌法的术语。我知道你不可能在念叨'石头切割术'这个词的时候不联想到'原子'这个同根词,从而进一步想到伊壁鸠鲁的原子说;因为我俩不久前讨论过这个题目,当时我向你说起那个杰出的希腊人那些模糊的推测是多么奇妙但又多么不为人知地在后来的宇宙进化星云学说中得到了证实,我觉得你免不了会抬眼去望望猎户座中那团大星云,我当然料到你会那样做。你果然抬眼望了,这下我确信自己摸清了你的思路。而在昨天的《博物馆报》上发表的那篇针对尚蒂耶的讽刺长文中,那位挖苦修鞋匠一穿上厚底戏靴就改了名的讽刺家引用了一句我俩经常爱提到的拉丁诗句:

第一个字母已失去它原来的发音。

我曾告诉过你,这句诗说的是猎户星座,现在拼作Orion,但从前拼作Urion;由于我解释时也有几分挖苦,我想你对此不会轻易忘记。所以这非常清楚,你不会不把猎户星座和尚蒂耶这两个概念连在一起。从你嘴角掠过的那种微笑,我看出你的确把它们合二为一。你想到那位怪可怜的鞋匠成了牺牲品。在此之前你一直弯着腰在走路,可那会儿我看见你挺直了腰板。这下我肯定你想到了尚蒂耶矮小的身材,于是我打断了你的思路,说他(那个尚蒂耶)是个非常矮小的家伙,他更适合去杂耍剧院。"

那件事发生不久后的一天,当我俩在读一份黄昏版的《法庭公报》之时,下面一则短讯吸引了我们的注意力。

离奇血案:今晨3点左右,圣罗克区的居民被一阵可怕的尖叫声惊醒,声音明显地是从莫格街一幢房子的四楼发出,人们知道那幢楼房里只住着一位姓莱斯巴拉叶的夫人和她的女儿卡米耶·莱斯巴拉叶小姐。邻人试图以正常途径进门未果，稍后用一撬棍撬开大门，八九位邻居在两名警察陪同下入内。此时尖叫声已停，但当众人冲上一楼楼梯时，听出有两个或两个以上粗野的声音在争吵，争吵声似乎从楼上传出。当人们登上二楼时，那些声音也听不见了，这时整座楼房一片沉寂。人们分头匆匆搜寻一个个房间。当搜寻者进入四楼一个朝后的大套间时（该套间房门反锁，人们是破门而入），室内的景象令每个人都又惊又怕。

房间里乱七八糟，家具全被砸碎，并被扔得满地都是。屋里只有一个床架，床垫早被拉开，抛在了屋子中央。一张椅子上搁着一把沾满血迹的剃刀。壁炉前的地板上有两三束又长又密的灰白头发，头发也沾满鲜血，仿佛是被连着头皮一块儿扯下的。人们在地上找到四枚金币、一只黄玉耳环、三把大银匙、三把小铜匙，另外还发现两只袋子，里面大约装有四千金法郎。屋角一个衣柜的抽屉全被拉开，虽说抽屉里仍有许多衣物，但显然已经遭到过搜劫。在床垫下（不是在床架下）发现一只小铁箱。铁箱开着，钥匙还插在箱盖上。箱里只有几封旧信和一些无关紧要的票据。

屋里不见莱斯巴拉叶夫人的踪迹；但壁炉里异乎寻常的大量烟灰使人们搜查了烟囱，（说来可怕！）从烟囱里拖出了卡米耶的尸体，她原来头朝下脚朝上地硬被人往那狭窄的烟道里塞上去一大截。尸体尚有体温。细看可见遍体擦伤，这无疑是被塞进和拉出烟道所致。死者面部有许多严重的抓伤，喉部有深紫色瘀痕并有深凹的指甲印，似乎受害人是被掐死的。

在对该楼各处的彻底搜寻均无进一步发现之后，搜寻者来到了屋后一个石块铺地的小院。院内躺着老夫人的尸体，她的喉部被完全割断，当搜寻者试图抬起尸体时，头与尸体分离。老夫人的身体和头部均血肉模糊，尤其是身体早已不成人形。

本报认为，这桩可怕的疑案目前尚无丝毫头绪。

第二天的报纸登载了如下详情。

莫格街悲剧：针对这个离奇而恐怖的事件（"事件"一词在法国尚不含我们已赋予该词的轻薄之义），许多有关人士已被传讯，但传讯结果仍未使案情明朗。现将重要证词摘引如下。

波利娜·迪布尔，洗衣女工，证实她认识两位死者已有三年，其间一直为她们洗衣。那位老夫人和她女儿似乎相处和睦，非常相亲相爱。她们信用很好。说不出她们的生活方式或生活来源。认为莱斯巴拉叶夫人靠算命谋生。据说有储蓄。每次取衣送衣从不曾见过房子里有旁人。确信她们未雇有用人。除了四楼之外，其他各楼好像都没有家具。

皮埃尔·莫罗，烟草零售商，证实他将近四年来一直向莱斯巴拉叶夫人零售烟草和鼻烟。出生在该城区，并一直居于附近。死者母女俩住进那幢其尸体被发现的楼房已逾六年。此前房子被一名珠宝商租用，他曾把楼上的房间转租给三教九流。房子本是莱斯巴拉叶夫人的财产。她后来不满意房客如此糟蹋房屋，便不再出租，自己住了进去。老夫人很傻气。证人在六年中只见过她女儿五六次。母女俩过着一种离群索居的生活，传闻很有钱。听邻里说莱夫人算命，但不相信。极少见任何外人出入那幢房子，除了那母女俩，只有一位搬运工来过一两回，一名大夫去过七八次。

众证人，均为邻居，提供了同上相似的证词，都说不见有人常去那房子。莱夫人及其女儿是否有什么亲朋好友不得而知。房子正面的百叶窗很少打开。屋后的窗户则总是关着，除了四楼那个大套间。那房子是幢好房子，不算太旧。

伊西多尔·米塞，警察，证实他于当日凌晨3点左右应召到现场，发现有二三十人正在设法进入那幢楼房。最后终于用一把刺刀（不是用撬棍）撬开了大门。撬门并不太难，因为那是一道折门或说双扇门，上下都没有加栓。楼上尖叫声直到撬门时还在继续，随后戛然而止。它们听起来像是某个人（或某些人）极度痛苦的惨叫，声音又响又长，不是又短又急。证人率众上楼。在一楼楼梯平台听到两个发怒的声音在大声争吵，一个声音粗哑，另一个非常尖厉，是一种非常奇怪的声音。粗哑声讲的是法语，能听出个别字眼。确信不是女人的声音。能听清的字眼是"该死"和"见鬼"。尖厉声讲的是一种外国话。不能肯定是男人还是女人的声音。不能分辨声音内容，但认为讲的是西班牙语。该证人对那个房间和死者尸体的描述与本报昨日描述相同。

亨利·迪瓦尔，邻居，职业为银匠，证实他是最先进屋者之一。总体上确证了米塞的证词。他们一进楼房就重新关闭了大门，以免围观者进入，因为虽是深更半夜，观者仍蜂拥而至。这名证人认为那个尖厉之声是一个意大利人的声音。认定讲的不是法语。不能肯定那是男人的声音。说不定是女人的声音。证人不谙意大利语。不能分辨词义，而是凭语调确信说话者乃意大利人。认识莱夫人及其女儿。曾与二位死者多次交谈。确信那个尖厉的声音不是受害的母女俩的声音。

奥登赫梅尔，饭店老板。该证人自愿提供证词。不会讲法语，通过译员接受讯问。阿姆斯特丹人。尖叫声传出时正经过那幢楼房。尖叫声持续了好几分钟，恐怕有十分钟。声音拖得很长而且大声，非常可怕，非常凄惨。是最先进楼的一员。除一点不同外，在其他各方面均确证了原有证词。确信那个尖厉之声是男人的声音，法国男人。不能辨别词义。声音很大而且急促，发音长短不均匀，说话时显然是又怒又怕。那声音刺耳，与其说是尖厉不如说是刺耳。不能称之为尖厉的声音。那个粗哑的声音不住地说"sacré""diable"，还叫了一声"mon Dieu"①。

朱尔·米尼亚尔，银行家，在德洛兰街开有米尼亚尔父子银

---

① 法语，意思分别为"该死""见鬼"和"我的天哪"。——译者注

行。证人系老米尼亚尔。莱斯巴拉叶夫人有些财产。有年春天在他银行开了个账户（是八年前）。经常存入小笔款子。八年间从未取款，直到遇害前三天才亲自来银行提清全部存款共计四千法郎。这笔钱付的是金币，由一名银行职员送去她家。

阿道夫·勒邦，米尼亚尔父子银行职员，证实那天中午时分由他提着分装成两袋的四千法郎陪送莱斯巴拉叶夫人回家。门开后，莱斯巴拉叶小姐出来从他手中接过一只钱袋，而老夫人则接过了另一只。于是他鞠了一躬就告辞了。当时未见街上有旁人。那是条背街，很僻静。

威廉·伯德，裁缝，证实他为进入楼房的人之一。他是英国人。在巴黎已居住两年。最先冲上楼梯的就有他。听到了吵架的声音。粗哑的声音是一个法国人的声音。当时听懂一些字句，但现在全忘了。只记得清楚地听见"该死"和"我的天哪"。当时似乎有一种几个人搏斗的声音，一种厮打格斗的声音。那个尖厉声嗓门很大，比粗哑声更大。确信那声音不是英国人的声音。像是德国人的声音。很可能是女人的声音。证人不懂德语。

上述四名证人又经传讯，证实发现莱小姐尸体那个套间的门当时是反锁着的。他们到达门边时屋内静寂，没听见呻吟或其他任何声音。破门而入后未见任何人影。套间内外间的窗都关着并从里面牢牢拴上。两个房间之间那道门关着，但未上锁。外间通往走道的门锁着，钥匙插在门内锁孔。四楼走道尽头临街一面的一个小房间开着，门半开半掩。那里面堆满了旧床破箱和诸如此类的杂物。那些东西都经过仔细的搬动和搜查。整幢楼没有一个角落没被小心翼翼地搜过。所有烟囱上上下下也都扫过。那是一幢四层楼的房子，外加阁楼（屋顶室）。屋顶上一扇天窗被钉得很死，看上去多年未曾开过。从听到争吵声到撞开四楼套间门之间有多久，证人们各说不一。说短者是三分钟，说长者有五分钟。开房门花了不少工夫。

阿方索·加西奥，棺材店老板，证实他居住在莫格街。西班牙人。进入楼房的人之一。未上楼。胆小，怕吓出毛病。听到了吵架声。粗哑声是法国人的声音。未能听清说些什么。尖厉声是英国人的声音，确信这点。证人不懂英语，而是凭语调断定。

阿尔贝托·蒙塔尼，糖果店老板，证实他当时在最先上楼梯的人当中。听到了那两个声音。粗哑声是个法国人的声音。听清了几个字眼。说话人好像是在劝告什么人。未能听清尖厉声说些什么。说得急促而且音调起伏不匀。认为是一个俄国人的声音。大体上确证其他证词。证人是意大利人，从未与俄国人交谈过。

几名证人再经传讯，证实四楼各房间的烟囱都很窄小，人体不可能穿过。他们扫烟道用的是柱形扫帚，和扫烟囱人专用的扫帚一样，该楼每一个烟囱都用这种扫帚扫过。该楼房没有后楼梯，他们上楼时不可能有任何人下楼。莱斯巴拉叶小姐的尸体在烟囱里塞得太紧，以至他们四五个人一齐用劲才拖下来。

保罗·迪马，医生，证实当天清晨被请去验尸。当时两具尸体都躺在发现莱斯巴拉叶小姐的那个房间里的床架的麻布底垫上。那位年轻小姐遍体瘀痕和擦伤。她被塞进烟囱这一事实足以说明伤痕的原因。咽喉严重掐伤。颏下有几处深度抓伤，并有一串显然是指印的青黑色斑点。死者面部完全变色，眼珠突出。舌头被部分咬穿。胸部发现一大团瘀痕，显然是由膝盖压迫所致。依照迪马先生的看法，莱斯巴拉叶小姐是被一人或数人掐死。那位老夫人的尸体支离破碎。右腿和右臂的全部骨骼都或轻或重碎裂。左胫骨和左侧全部肋骨均粉碎性折断。整具尸体可怕地瘀血变色。很难解释这些伤害是如何造成。除非有一臂力过人之壮汉双手挥动大木棒、粗铁棍，或抡起一把椅子或任何又大又沉的钝器，方能对人体造成如此伤害。女人使用任何凶器都不可能造成这种重伤。证人见到死者时，死者头部与身体已完全分离，头颅严重破损。咽喉显然是被某种利器割断，大概是一把剃刀。

亚历山大·艾蒂安，外科医生，和迪马先生一道被请去验尸。与迪马先生陈述相同，见解一样。

尽管还传讯了其他几名证人，但没有任何进一步的重要发现。一桩案情如此神秘莫测、扑朔迷离的谋杀案，在巴黎可谓史无前例，如果这真是一桩谋杀的话。面对这一异乎寻常的奇案，巴黎警方正不知所措，处境尴尬。然而，此案目前尚无任何明显的线索。

该报黄昏版又发消息，说圣罗克区依然人心惶惶。那幢房子再次被仔细搜查，有关证人再次被警方传讯，结果仍属徒劳。然而消息后附加的短讯提到，阿道夫·勒邦已被逮捕入狱，不过除了报上已详载过的事实，并未有任何证据说明他有罪。

迪潘似乎对这一事件的进展特别感兴趣，至少我从他的神态中这么判断，因为他对此事一直未加评论。直到勒邦被捕的消息公布之后，他才问我对这桩凶杀的看法。

我只能附和整个巴黎的见解，认为这是一个不解之谜。我看不出有任何可能找到凶手的办法。

"我们绝不能凭调查的表象来判定方法。"迪潘说，"素来因聪明干练而被交口称誉的巴黎警察确实干练，但也仅仅是干练而已。除了目前所用的方法，他们在破案中毫无绝招。他们大肆炫耀有许多锦囊妙计，但并非不是常常用得驴唇不对马嘴，结果总使人想到儒尔丹先生要睡衣，以便更清楚地听音乐①。他们破案的成绩也常常令公众惊讶，但那多半是单凭不辞劳瘁的苦干。而当单凭克尽厥职不奏效时，他们的方略也就宣告失败。譬如，维多克②是个推测的能手，也

---

① 语出莫里哀喜剧《贵人迷》第一幕第二场。——编者注（译者按：儒尔丹是该剧主人公，是一个一心要挤入贵族阶层的富商。）

② 欧仁·弗朗索瓦·维多克（Eugène-François Vidocq，1775—1857），法国名探，曾为拿破仑组建国家警察总队，后来自己开办了一家私人侦探所。——编者注

是个百折不挠的男人，但由于缺乏受过教育的头脑，所以不断地因过分的调查而一错再错。他看事物靠得太近，反而有损于他的想象力。他也许能把一两个方面看得特别清楚，但与此同时却必然会忽略事物的全面。这样，事情在他看来就显得太深邃。真相并非总是在井里。其实对于越是重要的真知，我倒越认为它一定浅显易得。其深邃在于我们去寻它的那些幽谷，而不在它被找到的那些山顶。这种错误的模式和原因在对天体的注视中显得最为典型。侧目看星星，就是斜着眼看，即朝向星星的是视网膜的外侧（因为外侧对弱光比内侧更敏感），这时候最能够欣赏到星星的璀璨，一种我们正眼看它时会相应变暗的璀璨。正眼看星星时，大部分星光实际上仅仅是落在了眼睛上，可侧目看星星，则会有一种更精确的领略。过分的深究会搅乱并削弱我们的思想；一种过于持久、过于专注、过于直接的凝视，甚至有可能使金星也从夜空黯然消失。

"至于那桩凶杀案，在我们形成看法之前先让我们自己来进行一番调查，一种能为我们提供消遣的调查。"（我认为消遣这个词用得很怪，但没吱声）"再说，勒邦曾经帮过我一个忙，对此我不能忘恩负义。我们应该去亲眼看看那幢房子。我认识警察局局长G，得到必要的允许不成问题。"

得到允许之后，我俩立即前往莫格街。那是里舍利厄街和圣罗克街之间的一条糟糕的街道。我们到达那里已是下午较晚的时候，因为那个区离我们住的区很远。那幢房子很容易就被找到，因为在它的街对面，还有许多人毫无目的但却满心好奇地在凝望它那些紧闭的窗户。那是一幢普通的巴黎式楼房，有一个门道，门道一侧是一间装有玻璃的小屋，小屋窗上的一个滑动窗格说明那是间门房。进楼之前我们沿街面行，拐进一条小巷，然后再转弯经过房子的后面。在这期间，迪潘十分仔细地把那房子和四邻周围都查看了一遍，我看不出这番细查有什么目的。

我们原路折回，再次来到楼前，揿响了门铃，出示了证件，警方的守卫人员让我们进了房子。我们径直上楼,来到发现莱斯巴拉叶小姐尸体的那个套间,两名死者的尸体仍然放在那里。按常规做法,屋里仍保持着那副乱七八糟的模样。我看到的和《法庭公报》上所描述的没什么出入。迪潘仔细检查了每一样东西,连受害人的尸体也没漏掉。然后我们查看了其他房间,最后来到屋后那个小院,整个过程一直有一名警察陪着我们。我们查完现场离开时已经天黑。回家途中,我那位朋友进一家报馆耽误了片刻。

我已经说过我那位朋友突发的奇思异想真是层出不穷,对他那些怪念头Je les ménageais[①](我在英文中找不到合适的说法)。他回家后闭口不谈那桩凶杀案,这就是他的脾性。直到第二天中午他才突然问我,在凶杀现场是否观察到什么特别情况。

他对"特别"二字的强调中有某种意味,竟使我莫名其妙地猛然一抖。

"没有,没有什么特别的,"我说,"至少跟咱们从报上看到的情况差不多。"

"恐怕那份《公报》还没有领略到这桩惨案中那种异乎寻常的恐怖性。"他应答说,"不过别去管那份报纸的无稽之谈。在我看来,这个谜之所以被认为无法解开,倒正是因为那本该使它被认为容易解开的理由,我指的是因为其特征所具有的超越常规的特性。警方感到尴尬,因为表面上毫无动机,不是说凶杀本身的动机,而是指杀人手段那么残忍的动机。他们还大惑不解,因为从表面上看来,楼上除了莱斯巴拉叶小姐再没发现旁人是个事实,凶手逃离现场必然被上楼者看见也是个事实,而这两个事实无论如何也不可能统一。那个房间被折腾得乱七八糟,姑娘的尸体被倒塞进烟囱,老夫人的尸首支离破碎,这一切加上我刚才提到的事实以及其他我无须提及的事实,已足以使警方夸耀的聪明无法施展,使他们那份干练不能奏效。他们已陷入

---

① 法语:我一向都很宽容。——译者注

那个严重但寻常的谬误，错把异常混同于深奥。可正是要凭着那些超越常规的异常，理性方能摸索出探明真相的途径，假若那途径果真存在的话。例如在我们眼下进行的调查中，该问的与其说是'出了什么事'，不如说是'出了什么从未出过的事'。实际上我将解开此谜或已经解开此谜的那种轻而易举，与警方眼中此谜显然不可解的看法刚好成正比。"

我盯着迪潘，暗自惊讶。

"我此刻正在等候。"他两眼望着房门继续说道，"我在等一个人，尽管此人也许并非本案的凶手，但他肯定与这场凶杀有几分牵连。他可能对这场残杀中最令人发指的那部分一无所知。我期待我的推测完全正确，因为我揭开整个谜底的希望就建立在这个推测上。我期待那个人来这儿，来这个房间，随时随刻。当然，他有可能不来，但他多半会来。若是他来了，就有必要把他稳住。这是手枪，如果必要的话，咱俩都知道如何使用。"

我取了手枪，几乎不知道自己在做什么，或是几乎不相信自己所听到的，而迪潘还在继续往下说，很像是在自言自语。我已经谈到过他在这种时候那副心不在焉的神态。他说话的对象是我，说话的声音也不大，但他所用的却是那种通常跟老远的人说话时所用的高音调。他的眼睛只茫然地盯着墙壁。

他说："上楼的人所听到的争吵声不是那两个女人的声音，这一点已被证人充分证实。这就排除了我们对是否那位老夫人先杀死女儿，然后再自杀的怀疑。我提到这一点主要是为了探讨作案的手段，因为莱斯巴拉叶夫人的力气完全不可能把她女儿的尸体塞进烟囱并塞成其被发现时的那个样子，而她自己身上的那种伤势也完全排除了她自杀的可能。所以，凶杀是由第三者所为，而这个第三者的声音便是人们所听到的争吵声。现在让我来谈谈有关争吵声的证词，不是全部证词，而只谈证词中的特别之处。你注意到什么特别之处没有？"

我注意到虽然所有证人都一致认定那个粗哑声是一个法国人的声

音,但说到那个尖厉声,或按其中一名证人的说法是刺耳声,他们的认定就莫衷一是。

"那本身就是证据,"迪潘说,"但并不是证据的特异之处。你还没有注意到奇特的地方,可这里有一点值得注意。如你所言,证人们对那个粗哑声意见相同,在这一点上他们众口一词。但说到那个尖厉声,特异之处不在于他们莫衷一是,而在于当一个意大利人、一个英国人、一个西班牙人、一个荷兰人和一个法国人试图形容那个声音时,每个人都说那是一个外国人的声音。每个人都确信那不是他一名同胞的声音。每个人都没有把那个声音比拟成他所熟悉的任何语言的声音,而是恰恰相反。那名法国警察认为那是一个西班牙人的声音,而'要是他懂西班牙语就会分辨出几个字眼'。那个荷兰人确信那是一个法国人的声音,可我们发现证词说他'不懂法语,通过译员接受讯问'。那位英国人认为那是一个德国人的声音,可他'不懂德语'。那个西班牙人'确信'那是一个英国人的声音,但他完全'凭语调断定,因为他压根儿不懂英语'。那位意大利人认为那是一个俄国人的声音,但他'从未与俄国人交谈过'。此外,另一名法国人与那位法国警察的说法不同,他肯定那是一个意大利人的声音,但他不谙意大利语,而是像那个西班牙人一样'凭语调确信'。瞧,那个声音该有多么稀奇古怪,居然能诱出如此言人人殊的证词!连欧洲五大区域的人都没法从它的声调中听出点熟悉的东西!你可以说那也许是一个亚洲人或非洲人的声音。巴黎的亚洲人或非洲人都不多,但我们先不去否定这种推断,我现在只想要你注意三点。有一位证人说那声音'与其说是尖厉不如说是刺耳'。有两名证人描述那声音'急促而不均匀'。没有一个证人提到从那声音里听出了什么字眼,或者说像什么字眼的声音。

"到此为止,"迪潘继续说,"我不知道我刚才所言对你自己的理解有何影响;但我毫不犹豫地说,正是从证词的这一部分(关于粗哑声和尖厉声的部分)所做出的合理推断,其本身就足以引发出一种怀疑，而这怀疑将指明进一步调查这桩疑案的方向。我说'合理推断'，但这并没有充分表达我的意思。我想说的是，这种推断是唯一恰当的推断，而那种怀疑则是这推断必然引出的唯一结果。但那种怀疑是什么，我暂且不表。我只要你记住，在我自己看来，那种怀疑足以使人信服地使我在调查那个套间时有一个明确的方式，一个确定的倾向。

"现在让我们想象又回到了那个套间。我们首先该探寻什么呢？凶手逃离现场的途径。咱俩谁也不相信超自然的怪事，这样说一点也不过分。莱斯巴拉叶母女俩不会被幽灵杀害。凶手是有血有肉的，其逃离也是有形有迹的。那如何逃走呢？幸运的是这问题只有一种推论方法，而这种方法必然把我们引向一个明确的结论。让我们来逐一审视凶手可能的逃路。非常清楚，人们上楼时凶手正在后来发现莱斯巴拉叶小姐的那个房间，或至少在那个套间里的另一个房间。所以，我们只需从这两个房间去寻找凶手的逃路。警方已经全面彻底地检查过那两个房间的地板、天花板和墙壁。没有什么秘密出口能逃过他们的检查。但我信不过他们的眼睛，自己又查了一遍。所以，绝对没有秘密出口。两个房间通往过道的门都锁得严严实实，钥匙都插在房内。我们再看那些烟囱，虽然壁炉上方的烟道口也有通常的八九英尺宽，但整个烟道连一只个头稍大一点的猫也钻不过去。这样，上面所说的地方都绝对不可能成为逃路，那我们就只好来看看窗户了。从前面那个房间的窗户逃走不可能不被街上的人群看见。因此，凶手一定是从后面那个房间的窗户逃走的。现在，既然我们已经如此毫不含糊地得出了这个结论，那作为推论者，我们就不应该因为看上去不可能而对它予以否定。我们只能够去证明那些看上去的'不可能'实际上并非不可能。

"那个房间有两扇窗户。其中一扇未被家具遮掩，整体均可被看见。另一扇的下半部分被紧靠它的床架的一头挡住。前一扇窗户被发现从里边拴得牢牢实实,任何人使尽浑身力气也休想把它提起①。它窗框的左沿被钻有一个大孔,一颗粗实的长钉十分吻合地横插在孔内,孔外几乎只露出钉头。打量另一扇窗户,可见同样的一颗铁钉同样严丝合缝地横插于孔内,即便用力也同样提不起那扇窗户,这就使警察完全相信凶手不是从窗口逃走的。所以,他们认为拔出插钉开一下窗户是多此一举。

"我的检查则多少更为挑剔,这挑剔的理由我刚才已谈过,因为我知道,那所有看上去的不可能必须被证明为实际上未必不可能。

"我开始沿着这思路琢磨,由果溯因。凶手准是从这两扇窗户中的一扇逃走的。因此,他们不可能从里边重新拴上窗框,像后来我们所发现的那样。由于这一事实显而易见,警方停止了往这方面继续追究。然而,窗框既然被拴上,那它们必有能拴上的动力。这个结论没有漏洞。于是我走到那个没被遮掩的窗口,稍稍用力拔出了插钉,然后试图推上窗框。不出我所料,我用尽力气也推不上。我这才知道窗户肯定暗装有一道弹簧。不管插钉的情况显得有多么神秘,但关窗自有动力这一想法的证实,至少使我确信我的前提是正确的。一番仔细的搜寻使我很快就找到了那个暗装的弹簧。我按了按弹簧并满足于这一发现,便忍住了没有去提起窗框。

"我重新插上钉子并把它仔细观察了一番。一个人出窗之后可以再把窗户关上,那弹簧也会自动碰上,不过这钉子不可能重新插好。这结论很清楚,我的侦察范围再次缩小了。凶手一定是从另一扇窗户逃走的。那么,假定两扇窗户的弹簧可能相同,那两扇窗户的插钉就一定有不同之处,至少在插法上有不同之处。我踏上那个床架的麻布底垫,仔细看了看第二扇窗户露在床头板上方的部分。我把手伸到床头板后面,很容易就发现并按动了弹簧,如我所料,那弹簧与前一扇窗户的弹簧完全相同。我再看插钉,它和另一颗一样粗实,其插法看

---

① 西方建筑的窗户一般为上下开闭。——译者注

上去也没什么不同,孔外几乎只露出钉头。

"你会说我这下迷惑了,可要是你这么认为,那你就肯定误解了归纳推理的性质。借用一个打猎术语,我从来没有'失却嗅迹'。猎物的嗅迹片刻也没有丢失。整根链子不少一个环节。我已经追到这个秘密的终点,这终点就是那颗插钉。我说它在各方面看上去都与另一颗插钉没什么不同,这是事实,但与线索就要在此终结这一重要性相比,这个事实绝对毫无意义(尽管它也许显得非常明确)。我说'这颗插钉肯定不对劲儿'。我伸手一拔,那钉头连着一小截钉身随着我的手指出了钻孔,而另一截钉身却仍在孔内,原来这颗钉断成了两截。断口是旧的(因为表面已经生锈),断开显然是由一柄榔头的一击造成的,那一击也把钉头部分嵌在了底窗窗框上。于是我小心地把钉头重新插入我刚才抽出的孔内,它看上去又像一颗完好的钉子,看不出裂缝。我按了一下弹簧,轻轻把窗往上提开几寸,钉头随着窗框上升,同时仍牢牢地嵌在孔内。我放下窗户,那颗钉又显得完好无损。

"到此为止,这个谜总算解开了,凶手是从床头那扇窗户逃走的。窗户在凶手逃出后自动落下(或许是凶手故意关上),并由那道弹簧牢牢固定;窗户推不上去是因为那道弹簧,警察却误以为是因为那颗插钉,于是认为没必要进一步探究。

"接下来是凶手如何下楼的问题。对这个问题,我在和你一道绕那幢房子转悠时就已经心中有数。离我们所说的那扇窗户大约五英尺半的地方竖着一根避雷针。任何人从这根避雷针都不可能够着窗口,更不用说进入窗口。但我注意到四楼的百叶窗式样特别,巴黎木匠称之为'火印窗'。这种式样现在很少采用,但却常见于里昂和波尔多的一些老式建筑。这种窗样子像普通的门(单门,而不是双扇门),只是窗的上半部被做成或铸成花格式样,这就可以被人当作绝妙的把手。我们所谈论的那些百叶窗宽度足有三英尺半。当我们从屋后望去时,它们正半开着,这就是说,它们与墙面恰好成直角。除我之外,警方可能也查看过房子的背面,若是这样,那他们在看那些宽宽的火印窗时（他们肯定会看），没有注意到我说的那个宽度，或者无论如何也没有把它作为应当考虑的因素。事实上，由于他们已先入为主地认为那窗口不可能成为凶手的逃路，他们的查看自然而然就非常草率了。然而，在我看来却非常清楚，床头那扇窗户的百叶窗如果打开到足以与墙面成直角的程度，那它离那根避雷针的距离尚不足两英尺。还有一点也非常清楚，凭着异常的矫捷和足够的勇气，从避雷针进入那个窗口是可以办到的。要越过那两英尺半的空中距离（我们现在假定那扇百叶窗完全敞开），盗贼可以用一只手先紧紧抓住窗上花格，然后松开抓避雷针的另一只手，再用脚稳稳地顶住墙，大着胆子用力一蹬，这样他就可以使那扇百叶窗转动并关上。如果我们假定当时内窗也开着，那他甚至可以顺势跳进房间。

"希望你特别记住，我刚才说要完成那么危险而困难的一跳需要异常的矫捷。我的意图是想让你明白，第一，从窗口进入房间也许是可能的；第二，也是主要的，我希望你能牢记并领悟那种异乎寻常，那种能够完成这一动作的几乎不可思议的敏捷。

"毫无疑问，你会用法律语言说，'为了证明我的案例'，我应该宁可低估凶手的能力，也不该充分强调他所需要的敏捷。这在法律上是惯例，但却不是推理的习惯。我的最终目标只是弄清真相。我的直接目的则是要你把下列事实并列起来：我刚才所说的异乎寻常的敏捷，那个特别尖厉（或刺耳）而且不均匀的声音，关于那声音的国籍众证人莫衷一是，从那个声音中辨不出一个音节。"

迪潘最后这段话使我脑子里倏地掠过一个模糊的概念，我好像隐隐约约明白了他的意思。我似乎差一点就要恍然大悟，但最终还是无力完全理解，就像人们有时觉得自己马上就会回忆起某事，可结果还是未能记起来。我的朋友继续他的推理。

"你一定注意到了，"他说，"我已经把话题从逃出去的方式转移到了溜进去的方法。我这是故意向你暗示，进出都是以同一方式，在同一地方。现在让我们来看看室内。让我们来看看房间里的情况。

报上说那个衣柜的抽屉遭到过搜劫，尽管许多衣物还留在里边。这是一个悖理的结论。它只是一种猜测，一种非常愚蠢的猜测，仅此而已。我们怎么会知道抽屉里发现的衣物不是抽屉里本来装的全部东西呢？莱斯巴拉叶夫人和她的女儿过着一种离群索居的生活，不会见客人，很少外出，用不着许多衣装。抽屉里的那些衣装至少像是那母女俩所有的最好的衣装。如果盗贼偷了衣服，那他干吗不偷最好的？干吗不全都偷走？简而言之，他干吗对四千金法郎弃之不顾，却劳神费力去偷一堆衣裳？金币被弃之不顾。银行家米尼亚尔先生所提到的那笔钱几乎是原封不动地被发现在地板上的那两个钱袋里。所以，我希望你从你的思维中排除动机这个错误的概念，即警方根据证词中送钱上门那一部分所产生的关于动机的概念（送钱上门，收款人在收到钱三天内被谋杀），比这蹊跷十倍的巧合在生活中随时都在悄悄地发生在我们每一个人的头上。一般说来，巧合是那种受过教育却不懂概率论的思维者思路上的障碍。而多亏有了概率论，人类对一些最辉煌的目标之探究才获得了最辉煌的例证。就眼下这个实例而言，假如金币丢了，那三天前送去金币之事实就不仅仅是一个巧合。它就可以用来证实我们所说的动机。但是，面对这个实例的真实情况，如果我们还认为金币是杀人动机，那我们也必须想象凶手是一个踌躇不定的白痴，他居然把他的金币连同动机一并抛弃。

"现在请牢牢记住我提醒你注意的几点：那个奇怪的声音，那种异常的敏捷，还有就是那么格外残忍的凶杀却令人吃惊地没有动机。现在就让我们来看看这残杀本身。一个女人被一双手掐死，然后头下脚上地被塞进烟囱。一般的凶手不会采用这种手段杀人，尤其是不会这样处理尸体。单凭尸体被向上塞进烟囱的做法，你就得承认这里边有超越常规的蹊跷。即便我们把凶手视为一名最卑劣的歹徒，其做法也超越了我们对人类行为的一般概念。再想想，把尸体往一个狭窄的烟道里向上塞那么紧，以至几个人合力才勉强拖下，这需要多大的力量才能做到！

"且让我们来看看那股最不可思议的力量的其他迹象。壁炉前的地板上有两三束（密密的两三束）灰白头发。头发是被连着头皮一块儿扯下的。你知道要从头上连根拔掉二三十根头发也得费很大的劲儿。你和我都亲眼见到了那几束头发。它们的发根（惨不忍睹！）还粘着头皮上的碎肉片，由此可见那股劲儿有多大，说不定能一次扯掉五万根头发。那位老夫人不仅仅是咽喉被割断，而是整个头部与身体分离，凶器却不过是把剃刀。我希望你也注意到这暴行中残酷的兽性。至于莱斯巴拉叶夫人身上的瘀伤，我就不多说了。迪马先生和他那位可敬的助手艾蒂安先生已经宣布那些伤是由某种钝器造成，而在这一点上那两位先生完全正确。钝器显然就是铺在后院的那些石块，死者正是从床头那扇窗户被扔下后院的。不管这一点现在看来有多简单，但警方却像忽略百叶窗宽度那样把它给忽略了，因为他们的思路已被那两颗插钉牢牢钉死，认为窗户绝不会有打开过的可能性。

"除了以上所说的情况，如果你现在又适当地想到了那个房间的异常凌乱，那我们就已经可以把下列概念串起来了：惊人的敏捷，超人的力量，残酷的兽性，毫无动机的残杀，绝对不符合人性的恐怖手段，再加上一个分不清音节、辨不出意义、在几个国家的人听来都像是外国话的声音。这下产生了什么结论呢？我的话对你的想象力产生了什么作用呢？"

迪潘问我这个问题时，我感到一阵毛骨悚然。"一个疯子，"我说，"是一个疯子干的，一个从附近疗养院逃出来的发了狂的疯子。"

"从某些方面来看，"他答道，"你的猜测也不无道理。但疯子即便在最疯狂的时候，其声音也和人们上楼时所听到的那种声音不相符。疯人也有国籍，不管他们的言辞多么不连贯，但通常都有连贯的音节。再说，疯子的毛发也不像我现在手中的这种。这一小撮毛发是我从莱斯巴拉叶夫人捏紧的手指间发现的。告诉我你对此如何理解。"

"迪潘！"我大惊失色地说，"这种毛发太少见。这不是人的毛发。"

"我也没说它是,"他说,"不过在我们确认它是什么之前,我希望你看看我描出的这幅草图。这幅草图摹画的就是证词中有一部分所说的'深紫色瘀痕和深凹的指甲印',也就是(迪马先生和艾蒂安先生在证词)另一部分所说的'一串显然是指印的青黑色斑点'。

"你会发现,"我的朋友一边说一边把那幅草图摊在我们面前的桌子上,"这幅草图说明那双手掐得多么牢实。没有一点滑动过的痕迹。每个指头都一直(可能一直到受害者死亡)保持在它最初嵌进肉里的位置。现在你来试试把你的手指同时摁在你所见的这些指印上。"

我试了试,可我的指头却对不上那些指印。

"我们这样试验也许不公平,"他说,"这张纸被摊成了平面,但人的脖子是柱形。这儿有根木柴,跟人脖子差不多粗细。把草图包在上面,再试试。"

我又试了试,可这次甚至比刚才更显困难。"这,"我说,"这不是人的手印。"

"那现在就来读读居维叶①教授的这段文章吧。"迪潘答道。

那是一段从一般习性和解剖学上对东印度群岛的褐色大猩猩的详细描述。那种哺乳动物以其巨大的体格、惊人的力量、非凡的灵敏、异常的凶残和爱模仿的嗜好而为世人所知。我突然间明白了那桩凶杀的恐怖所在。

我读完那段文章后说:"这里对足趾的描述与这张草图完全吻合。我看除了这儿提到的那种大猩猩外,再没有什么动物的趾印能合上你画下的指印。这撮深褐色毛发也与居维叶描述的那种动物的毛发相同。但是,我仍然不能理解这可怕之谜的一些细节。另外,证人们所听见的争吵声是两个,而其中一个被无可非议地确认为是一个法国

---

① 居维叶(Georges Cuvier, 1769—1832),法国动物学家,著有《动物界》等书。——译者注

人的声音。"

"不错,那你一定记得证人们几乎异口同声地说那声音里有句话是'我的天哪!'证人之一(糖果店老板蒙塔尼)已经正确地认为那句话在当时的情况下好像是一种劝告或告诫。所以,我已经把解开此谜的希望主要寄托在了这句话上。一个法国人知晓这一惨案。可能(实际上远远不止可能)他在这场血腥的残杀中是无罪的。那只猩猩说不定就是从他那里逃出。他说不定一直追到了那个房间窗下,但由于随后发生的使人不安的事情,他绝不可能重新捕获那只猩猩。猩猩现在还逍遥自在。这不能再猜下去了(除了猜测我现在还没权利用别的名称),因为我这些想法所依据的思考几乎尚未足够深刻到可以由我自己的理智做出判断,因为我还不能自称可以让别人了解我的想法。所以我们就把这些想法称作猜测,把它们作为猜测来谈论。假若那个法国人真像我所猜测的在那桩暴行中无罪的话,那我昨晚在回家路上去《世界报》报馆登的这则启事就会把他引到我们这儿来(那是一份航运界的报纸,很受水手们欢迎)。"

他递给我一张报纸,我读到了这则启事:

招领:某日清晨(即凶杀案当日清晨)在布洛涅树林捕获一体大、褐色婆罗洲猩猩。失主(据悉为一艘马耳他商船上的水手)一经验证无误并偿付少量捕获及留养费用,即可将其领回。认领处为圣日耳曼区×街×号,请上四楼。

"你怎么可能知道那人是一名水手,"我问,"而且属于一条马耳他商船?"

"我并不知道。"迪潘说,"我并不肯定。不过这儿有一小根缎带,从这式样和油腻腻的样子来看,它显然是喜欢蓄长辫的水手们系头发用的。况且这个结除了水手,尤其是马耳他商船上的水手,很少有人会打。我是在那根避雷针柱脚下拾到这缎带的。它不可能属于那两位被害人。说到底,即便我凭这根缎带就认定那个法国人是一条马耳他商船上的水手这一推断错了,这对我在报上登的那则启事也仍然没有妨害。如果我真错了,他也只会认为我是被某种表象迷惑,绝不会费神来追究。但假若我对了,我的目的也就达到了。那法国人虽知自己在那桩凶杀中是无罪的,但他仍会自然而然地犹豫是否回应那则启事,是否认领那只猩猩。他会这样来说服自己:'我是无辜的。我穷,我的猩猩值一大笔钱,对我这种处境的人来说算得上是一笔财产。我干吗要因为毫无根据的危险而失去它呢?它就在这儿,伸手可及。它是在布洛涅树林被人发现的,那地方远离凶杀现场。人们怎么能怀疑那桩凶杀是一头畜生所为呢?警察对此案茫然无知,他们迄今尚未找到一丝线索。就算他们查出了那头畜生,也不可能证明我知道那场凶杀,或是因为我知情就定我有罪。最重要的是,我已被人知道。刊登启事那人就认定我是那头畜生的主人。我不清楚他对我到底知道多少。如果我不去认领那份已经知道是属于我而且又值一大笔钱的财产,我至少会使那畜生容易遭人怀疑。我现在既不能让人注意到我,也不能让人注意到那头畜生。我要去应那则启事,认领回那只猩猩,然后把它关起来直到事情过去。'"

这时我们听见楼梯上响起了脚步声。

"准备好手枪,"迪潘吩咐道,"但没有我的信号不要开枪,也别把枪亮出来。"

房子的大门一直开着,来人没按门铃就进到屋里,然后往楼梯上走了几步。然而,他这时似乎又犹豫起来。接着我们听见他下楼的声音。迪潘正飞快地冲向房间门边,此时我们又听见他朝楼上走来。这一次他没有打退堂鼓,而是毅然决然地上了楼,敲响了我们的房门。

"请进!"迪潘的声音里透出高兴和热情。

进来的是个男人。他显然是名水手,高大,魁梧,健壮,一副天不怕地不怕的样子,并不招人讨厌。他那张被太阳晒黑的脸有一大半被他浓密的胡须遮住。他手里拎着根粗实的橡木棍,但除此之外好像没带别的武器。他局促地鞠了一躬,用法语问我们"晚上好",他的法语虽略带几分讷沙泰勒①口音,但仍然足以听出他原籍是巴黎。

"请坐,朋友,"迪潘说,"我想你是为那只猩猩来的。说实话,我真有点羡慕你有这只猩猩,一个非常漂亮的家伙,肯定也非常值钱。你看它有几岁了?"

水手长长地松了口气,露出一种如释重负的神情,然后放心大胆地回答:

"我也说不清楚,但它至多四岁或五岁。你们把它关在这儿吗?"

"哦,不,我们这儿没有关猩猩的设备。它这会儿在迪布尔街一家马车行的马厩里,就在附近。你明天一早就能把它领走。你当然是打算领它回去?"

"的确如此,先生。"

"让它走我还真有点舍不得。"迪潘说。

"我并不想让你白辛苦一场,先生,"水手说,"我也不能那么奢望。我是诚心诚意要付一笔酬金以感谢你替我找到那家伙。这么说吧,只要合情合理,你要什么都行。"

"那好,"我朋友答道,"这当然非常公平。让我想想!我该要什么呢?哦!我会告诉你。我要的报酬是这个。我只要你尽可能地告诉我莫格街凶杀案的全部经过。"

迪潘说最后一句话时声音很低,很平静。他也以同样的平静走到门边,锁上房门,把钥匙放进衣袋。然后他从怀里掏出手枪,不慌不忙地放在桌上。

那位水手的脸骤然间涨得通红,好像是憋得透不过气来。他惊得一跃而起,双手紧握木棍,但很快他又颓丧地坐下,浑身发抖,面如死灰。看他一声不吭坐在那儿,我对他不由得生出恻隐之心。

"我的朋友,"这时迪潘用温和的口气说,"你不用害怕,实在不

---

① 讷沙泰勒,法国北部一小城,在鲁昂以北五十公里处。——译者注

用害怕。我们丝毫没有伤害你的意思。我用一名绅士和法国人的名誉向你担保，我们并不想伤害你。我清楚地知道在莫格街惨案中你是无罪的。但也不可否认你与此案多少有些牵连。从我所说的你肯定已经明白，对此案的真相我早已有了了解的渠道，你做梦也不可能想到的渠道。事情就是这样。你没有犯任何你能避免的错，你当然也就无可指责。虽然你当时尽可神不知鬼不觉地盗走那些金币，可你却分文未取。你没有什么值得隐瞒。你也没有理由隐瞒什么。反之，你在道义上有责任把你所知道的和盘托出。一个无辜的人现在因被控犯有那桩谋杀罪而遭关押，只有你才能说清那桩凶杀的真正凶手。"

那水手听完迪潘这番话，在很大程度上定下神来，只是不再像刚才那样放心大胆。

"老天做证，"他略为踌躇了一下说，"我一定把我所知道的全都告诉你们，不过我并不指望你们能完全相信我的话。如果我那么指望，那我一定是个大傻瓜。但我是无罪的，我即便为此而送命也要说出全部真相。"

他的叙述大致如下。他不久前曾航行到东印度群岛。包括他在内的一伙人在婆罗洲登陆，远足到密林深处游览。他与一位伙伴共同捕获了那只猩猩。伙伴死了，猩猩就归他一人所有。返航途中那猩猩难以驯服的野性使他费了不少周折，但他终于成功地把那家伙带到了巴黎，安全地关进了自己家里。为了不招惹邻居们讨厌的好奇心，他一直小心翼翼地没让猩猩露过面，想等到猩猩脚上一处在甲板上被碎片扎破的伤口愈合后再作打算。他的最终目的是要卖掉猩猩。

就在血案发生的那天晚上，准确地说是那天清晨，当他与一些水手玩了一通后回家时，他发现那畜生已闯出了与他卧室相邻的小房间，正待在他的卧室里，在此之前，那家伙一直如他想象的那样十分安全地被关在那个小房间里。那猩猩拿着一把剃刀，满脸肥皂泡，正坐在一面镜子前试着要刮脸，毫无疑问它曾从小房间的钥匙孔里窥视过主人刮脸的动作。看见那么凶猛的动物拿着那么危险的武器并且能那么熟练地使用，他一时间吓得不知如何是好。不过他已经习惯于用鞭子驯服那畜生，即便在它兽性大发的时候，于是他又取出鞭子。那猩猩一见鞭子便猛然跳出卧室，冲下楼梯，从一扇偏巧开着的窗户窜到了街上。

这名法国水手绝望地紧追不舍；那只还握着剃刀的猩猩不时停下来回头看看，朝着追赶它的主人手舞足蹈，待主人快追上时，它调头又跑。他们就这样追追停停持续了好一阵。当时大街上阒无一人，因为时间已将近凌晨3点。当那只猩猩顺着莫格街后面的一条小巷逃窜时，从莱斯巴拉叶夫人家四楼卧室开着的窗户射出的灯光吸引了它的注意力。冲到那幢房子背后，它看见了那根避雷针，于是它异常敏捷地顺杆而上，抓住了当时完全敞开的百叶窗，凭借百叶窗的旋转，趁势跃上了窗边的床头。这整个过程前后还不到一分钟。猩猩跃进房间时，又顺势把百叶窗给踢开了。

当时那名水手是又高兴又担心：高兴的是他这下很有希望抓住那只猩猩，因为它除了原路退回，几乎不可能逃出它自己钻进的那个陷坑，而它再顺着避雷针杆下来则会被截获；担心的是那家伙很有可能在那个房间里胡作非为。这种担心促使那水手一直追到楼下。爬上一根避雷针杆本来不难，对一名水手来说更是轻而易举，但当他爬到与那窗户一般高时，才发现窗户还隔着老远，他根本跃不过那段距离，他所能做的就是尽量探出身子去看一看房间里的情形。这一看差点没吓得他从避雷针杆上摔下来。就是在那个时候，可怕的尖叫声划破了黑夜，把莫格街的居民从睡梦中惊醒。身着睡衣的莱斯巴拉叶夫人和她的女儿当时显然正在整理上文提到过的那个铁箱里的票据，铁箱当时被推到了房间中央，打开着，里面的东西全摊在地板上。被害人肯定是背朝着那扇窗户而坐，从那只猩猩进入房间到屋里传出尖叫声之间这段时间来看，母女俩当时大概并没有立即发现猩猩，她们自然而然地以为百叶窗的响动是由于风吹的缘故。

当水手朝里看时，那只猩猩已抓住莱斯巴拉叶夫人的头发（头发披散着,因为她刚梳过头),正模仿着刮脸的动作,在她脸前挥舞着那把剃刀。莱斯巴拉叶小姐躺在地板上一动不动,早已吓昏过去。老夫人的尖叫和挣扎(其间她的头发被扯下)使也许本无恶意的猩猩勃然大怒。它有力的臂膀使劲一挥,差点没完全割下她的脑袋。喉腔喷出的鲜血使猩猩的大怒变成了疯狂。它龇牙咧嘴,眼冒凶光,扑到那位姑娘的身上,用它可怕的双爪掐住她的脖子,直到那姑娘窒息而死。这时它疯狂而错乱的目光扫向床头,认出了它主人那张几乎吓变形的脸。毫无疑问它还记得鞭子可怕的滋味,它的疯狂顿时变为恐惧。自知难逃鞭子的惩罚,它似乎想掩盖它血腥的罪行,紧张不安地在屋里跳来窜去;这下房间被弄得乱七八糟,家具被摔得七零八落,床垫也被拖离了床架。最后它先抓起那姑娘的尸体,塞进了后来发现尸体的壁炉烟囱;然后抓起老夫人的尸体,从那个窗口一头扔了下去。

就在猩猩拖着那具支离破碎的尸体走向窗口时,那水手吓得缩回身子,连爬带滑下到底,一溜烟跑回了家。生怕被那桩血案牵连,他也就心安理得地不再关心那只猩猩的下落。证人们在楼梯上听见的只言片语就是那个法国人惊吓时发出的声音,其间混杂着那只猩猩凶猛的叫声。

我几乎没有什么可补充的了。那只猩猩肯定是在人们破门而入之前又利用那根避雷针逃出了房间。它肯定是在逃出时又把窗户给关上了。它的主人后来把它重新捕获,以一个很高的价钱卖给了巴黎植物园①。在我们去那位警察局局长的办公室讲述了事情真相(加上迪潘的一些评注)之后,勒邦随即获得了释放。不管那位局长对迪潘多么有好感,他也未能完全掩饰住情况的急转直下使他产生的懊恼,忍不住冷嘲热讽了两句,说什么任何人都搅和进他的公务不太恰当。

---

① 巴黎植物园(Jardin des Plantes)的前身是17世纪路易十三王朝时代开辟的"皇家草药园",1794年植物园中又附设了一个小型的动物园,饲养着不少珍稀的动物,但人们仍习惯将包括动物园的该园称为巴黎植物园,如奥地利诗人里尔克的名诗《豹——在巴黎植物园》。——译者注

GNASHING ITS TEETH, AND FLASHING FIRE FROM ITS EYES, IT FLEW UPON THE BODY OF THE GIRL

"让他说去吧。"迪潘说,他认为没有必要搭理,"让他发发议论,这样他心里好受些。我在他的城堡里赢了他,这我就满足了。但话说回来,他未能解开这个谜一点也不奇怪,绝非他所想象的不可思议,因为我们这个当局长的朋友其实多少有点狡诈过分而造诣不足。他的智慧之花没有雄蕊。就像拉威耳娜①女神像有头无身,或至多像一条鳕鱼只有头和肩膀。不过他毕竟是个不错的家伙。我尤其喜欢他的能言善辩,他正是凭这点赢得了足智多谋的名声。我说的是他那种否认事实、强词夺理的本领。"

(1841)

---

① 拉威耳娜(Laverna),罗马的盈利女神,也被认为是窃贼的庇护神。——译者注

莫斯肯漩涡沉浮记

> 神造自然之道犹如天道,非同于吾辈制作之道;故自然之博大、幽眇及神秘,绝非吾辈制作之模型所能比拟,自然之深邃远胜德谟克利特之井。
>
> ——约瑟夫·格兰维尔

我们当时登上了最高的巉崖之顶。那位老人一时间似乎累得说不出话来。

"不久前,"他终于说道,"我还能像我小儿子一样利索地领你走这条路;可大约三年前我有过一次世人从未有过的经历,或至少是经历者从未有人幸存下来讲述的那种经历。我当时所熬过的那胆战心惊的六小时把我的身子和精神全都弄垮了。你以为我是个年迈的老人,可我不是。就是那不到一天的工夫使得我黑发变成了白发,手脚没有了力气,神经也衰弱了,结果现在稍一使劲就浑身发抖,看见影子就感到害怕。你知道吗?我现在从这小小的悬崖往下看都有点头昏眼花。"

这"小小的悬崖",他刚才还那么漫不经心地躺在悬崖边上休息,以至他身体的重心几乎是挂在崖壁上,仅凭他一只胳臂肘支撑着又陡又滑的岩边以保持身子不往下掉。这"小小的悬崖"是一道由乌黑发亮的岩石构成的高峻陡峭的绝壁,从我们脚下的巉岩丛中突兀而起,大约有一千五百或一千六百英尺高。说什么我也不敢到离悬崖边五六码的地方去。实际上,看见我那位同伴躺在那么危险的地方我都紧张得要命,以至我挺直身子趴在地上还紧紧抓住身旁的灌木,甚至不敢抬眼望一望天空。与此同时,我总没法驱除心中的一个念头:这山崖会被一阵狂风连根吹倒。过了好一阵我才说服了自己,鼓足勇气坐起来并朝远处眺望。

"你一定得克服这些幻觉,"那位向导说,"因为我领你上这儿来,就是要让你尽可能地看看我刚才所说的那件事发生的地点,以便我给你讲那番经历时那地方就在你眼皮底下。"

"我们现在,"他以他独特的格外详细的讲述方式继续道,"我们现在是在挪威海边,在北纬68度,在诺尔兰这个大郡,在荒凉的罗弗敦地区。我们脚下这座山叫赫尔辛根,也称云山。请把身子抬高一点,要是头晕就抓住草丛。就这样,朝远处看,越过咱们身下的那条雾带,看远方大海。"

我头昏眼花地极目远望,但见浩浩汤汤一片汪洋。海水冥冥如墨,使我一下想起了那位努比亚地理学家①所记述的黑暗之海洋。眼前景象之凄迷超越了人类的想象。在我们目力所及的左右两方,各自延伸着一线阴森森的黑崖,犹如这世界的两道围墙,咆哮不止的波涛高卷起狰狞的白浪,不断地拍击黑崖,使阴森的黑崖更显幽暗。就在我们置身于其巅峰的那个岬角对面,在海上大约五六英里远之处,有一个看上去很荒凉的小岛;更确切地说,是透过小岛周围的万顷波澜,那小岛的位置依稀可辨。靠近陆地两英里处又矗起一个更小的岛屿,荒坡濯濯,怪石嶙峋,周围环绕着犬牙交错的黑礁。

较远那座荒岛与陆地之间的这片海面有一种非常奇异的现象。虽然当时有一阵疾风正从大海刮向陆地,猛烈的疾风使远方海面上的一条双桅船收帆停下后仍不住颠簸,整个船身还不时被巨浪覆盖,但这片海面上却看不见通常的波涛,只有从逆风或顺风的各个方向流来的海水十分短促地交叉涌动。除了紧贴岩石的地方,海面

---

① 指摩洛哥地理学家易德里希(Muhammad al-Idrisi, 1100—1165),他写的《世界地理志》之拉丁语译本于1619年在巴黎出版,书名被译为《努比亚地理志》(*Geographia Nubiansis*),从此他也被讹传为努比亚人。——编者注(译者按:爱伦·坡在《埃莱奥诺拉》和《未来之事》开篇也提到这位地理学家和那片黑暗的海洋。)

上几乎没有泡沫。

"较远的那座岛,"老人继续道,"挪威人管它叫浮格岛。中途那座是莫斯肯岛。往北一英里处是阿姆巴伦岛。再过去依次是伊弗力森岛、霍伊荷尔摩岛、基尔德尔摩岛、苏尔文岛和巴克哥尔摩岛。对面远处(在莫斯肯岛和浮格岛之间)是奥特荷尔摩岛、弗里门岛、桑德弗利森岛和斯卡荷尔摩岛。这些名称便是这些小岛准确的叫法,但至于人们为什么认为非得这么叫,那就不是你我能弄懂的了。你现在听见什么了吗?你看见海水有什么变化吗?"

我们当时在赫尔辛根山顶已待了大约十分钟,我们是从罗弗敦内地一侧爬上山的,所以直到攀上绝顶,大海才骤然呈现在我们眼前。老人说话之际,我已经听到了一种越来越响的声音,就像美洲大草原上一大群野牛的悲鸣。与此同时我还目睹了水手们所说的大海说变就变的性格,我们脚下那片刚才还有风无浪的海水眨眼之间变成了一股滚滚向东的海流。就在我凝望之时,那股海流获得了一种异乎寻常的速度。那速度每分每秒都在增大,海流的势头每分每秒都在增猛。不出五分钟,从海岸远至浮格岛的整个海面都变得浊浪滔天,怒涛澎湃;但海水最为汹涌的地方则在莫斯肯岛与海岸之间。那里的海水分裂成上千股相互冲撞的水流,突然间陷入了疯狂的骚动,跌宕起伏,滚滚沸腾,嘶嘶呼啸,旋转成无数巨大的漩涡,所有的漩涡都以水在飞流直下时才有的速度转动着冲向东面。

几分钟之后,那场景又发生了一个急剧的变化。海平面变得多少比刚才平静,那些漩涡也一个接一个消失,但在刚才看不见泡沫的海面,现在泛起了大条大条带状的泡沫。泡沫带逐渐朝远处蔓延,最后终于连成一线,又开始呈现出漩涡状的旋转运动,仿佛要形成另一个更大的漩涡。突然,真是突如其来,那个大漩涡已清清楚楚地成形,其直径超过了半英里。那漩涡的周围环绕着一条宽宽的闪光的浪带,但却没有一点浪花滑进那个可怕的漏斗。我们的眼睛所能看到的那漏斗的内壁,是一道光滑、闪亮、乌黑的水墙,墙面与水平面大约呈45度角,以一种令人眼花缭乱的速度飞快地旋转,并向空中发出一种可怕的声音,一半像悲鸣,一半像咆哮,连气势磅礴的尼亚加拉大瀑布也从不曾向苍天发出过这种哀号。

一时间山崖震颤,岩石晃动。我紧张得又一下趴到地上,紧紧抓住身边稀疏的荒草。

"这,"我最后终于对老人说,"这一定就是著名的梅尔斯特罗姆大漩涡了。"

"有时候人们也这么叫,"他说,"但我们挪威人称它为莫斯肯漩涡,这名字来自海岸和浮格岛之间的莫斯肯岛。"

一般关于这大漩涡的记述,未能使我对眼前所见的景象有任何心理准备。约纳斯·拉穆斯[①]的记述也许是最为详细的,但也丝毫不能使人想象到这番景象的宏伟壮观或惊心动魄,想象到这种令观者心惊肉跳、惶恐不安的新奇感。我不清楚那位作者是从什么角度和在什么时间观察大漩涡的,但他的观察既不可能是从赫尔辛根山顶,也不可能是在一场暴风期间。然而他的描述中有几段特别详细,我们不妨把它们抄录在这里,尽管要传达对那种奇观异景的感受,这些文字还嫌太苍白无力。

他写道:"莫斯肯岛与罗弗敦海岸之间水深达三十六至四十㖊;但该岛至浮岛(浮格岛)之间水深却浅到船只难以通过的程度,即便在风平浪静的日子,船只也有触礁的危险。当涨潮之时,那股强大的海流以一种疯狂的速度冲过罗弗敦和莫斯肯岛之间;而当它急遽退落时所发出的吼声,连最震耳欲聋最令人害怕的大瀑布也难以相比。那种吼声几海里之外都能听见。那些漩涡或陷阱是那么宽,那么深,船只一旦进入其引力圈就不可避免地被吸入深渊,卷到海底,在乱礁丛中撞得粉碎。而当那片海域平静之时,残骸碎片又重新浮出海面。但只有在无风之日涨落潮之间的间歇,才会有那种平静之时,而且最多

---

① 约纳斯·拉穆斯(Jonas Ramus, 1649—1718),挪威学者。——译者注

只能延续十五分钟,接着那海流又渐渐卷土重来。当那股海流最为狂暴且又有暴风雨助威之时,离它四五英里之内都危机四伏。无论小船大船,只要稍不留意提防,不等靠拢就会被它卷走。鲸鱼游得太近被吸入涡流的事也常常发生,这时它们那种徒然挣扎、奢望脱身时所发出的叫声非笔墨所能形容。曾有一头白熊试图从罗弗敦海岸游向莫斯肯岛,结果被那股海流吸住卷走,当时它可怕的咆哮声,岸上都能听见。枞树和松树巨大的树干一旦被卷入那急流,再浮出水面时一定是遍体鳞伤,仿佛长了一身硬硬的鬃毛。这清楚地表明海底怪石嶙峋,被卷入的树干只能在乱石丛中来回碰撞。这股海流随潮涨潮落或急或缓,通常每六个小时一起一伏。1645年六旬节的星期日清晨,这股海流的狂暴与喧嚣曾震落沿岸房屋的砖石。"

说到水深,我看不出那个大漩涡附近的深度如何能测定。"四十㖊"肯定仅仅是指那股海流靠近莫斯肯岛或罗弗敦海岸那一部分的深度。莫斯肯漩涡之中心肯定是深不可测,而对这一事实的最好证明莫过于站在赫尔辛根山最高的巉崖之顶朝那旋转着的深渊看上一眼,哪怕是斜眼匆匆一瞥。从那悬崖之巅俯瞰那条咆哮的冥河,我忍不住窃笑老实的约纳斯·拉穆斯竟那么天真,居然把鲸鱼、白熊的传闻当作难以置信的事件来记载;因为事实上在我看来,即便是这世上最大的战舰,只要一进入那可怕的吸力圈,也只能像飓风中的一片羽毛,顷刻之间便消失得无影无踪。

我曾经读过那些试图说明这种现象的文章。记得当时还觉得其中一些似乎言之有理,现在看来则完全不同,难以令人满意。人们普遍认为这个大漩涡与法罗群岛那三个较小的漩涡一样,"其原因不外乎潮涨潮落时水流之起伏与岩石暗礁构成的分水脊相碰,水流受分水脊限制,便如瀑布直落退下,于是水流涌得越高,其退落就越低,结果就自然形成涡流或漩涡。其强大吸力通过模拟实验已为世人所知"。

以上见解乃《大英百科全书》之原文①。基歇尔②等人推测莫斯肯漩涡之涡流中心是一个穿入地球腹部的无底深渊,深渊的出口在某个非常遥远的地方,而有一种多少比较肯定的说法是认为那出口在波的尼亚湾。这种推测本来并无根据,但当我凝视着眼前的漩涡,我的想象力倒十分倾向于同意这种说法。当我对向导提起这个话题,他的回答令我吃了一惊,他说虽然一说起这话题几乎所有挪威人都接受上述观点,但他自己并不同意这种见解。至于前一种见解,他承认自己没有能力去理解。在这一点上我与他不谋而合,因为不管书上说得多么头头是道,可一旦置身于这无底深渊雷鸣般的咆哮声中,你便会觉得书上所言完全莫名其妙,甚至荒唐透顶。

"你现在已好好地看过了这大漩涡,"老人说道,"如果你愿意绕过这巉崖爬到背风的地方,避开这震耳欲聋的咆哮,我将给你讲一段故事,让你相信我对莫斯肯漩涡应该有几分了解。"

我爬到了他所说的地方,他开始讲故事。

"我和我的两位兄弟曾有一条载重七十吨的渔船,我们习惯于驾船驶过莫斯肯岛,在靠近浮格岛附近的岛屿间捕鱼。海中凡有漩涡之处都是捕鱼的好地方,只要掌握好时机,再加上有胆量去一试。不过在罗弗敦一带所有渔民之中,只有我们三兄弟常去我告诉你的那些岛屿间捕鱼。通常的渔场在南边很远的地方。那儿随时都能捕到鱼,没有多少危险,所以人们都情愿去那儿。可这边礁石丛中的好去处不仅鱼种名贵,而且捕捞量大,所以我们一天的收获往往比我们那些胆小的同行一个星期所得到的还多。事实上,我们把这营生作为一种玩命的投机,以冒险代替辛劳,以勇气充当资本。

"我们通常把船停在沿这海岸往北大约五英里处的一个小海湾里;遇上好天气,我们就趁着那十五分钟平潮赶快驶过莫斯肯漩

---

① 有趣的是,如今的《大英百科全书》等辞书在"莫斯肯漩涡"这个词条中都要提及爱伦·坡对此漩涡的描述。——译者注

② 基歇尔(Athanasius Kircher, 1601—1680),德国学者。——译者注

涡的主水道，远远地在那大漩涡的北边，然后调头南下，直驶奥特荷尔摩岛或桑德弗利森岛附近的停泊地，那儿的涡流不像别处那么急。我们通常在那儿停留到将近第二次平潮，这时我们才满载鱼虾起锚返航。若是没遇上一阵那种能把我们送去又送回的平稳的侧风，那种我们有把握在我们回来之前不会停刮的侧风，那我们绝不会扬帆出海去进行这种冒险。而对风向的预测我们很少出错，六年间我们因为没风而被迫在那儿抛锚过夜的事只发生过两次，天上一丝风也没有的情况在我们这儿十分少见；还有一次我们不得不在那边渔场上逗留了将近一个星期，差点没被饿死，那是因为我们刚到渔场不一会儿就刮起了狂风，狂风使水道怒浪滔天，那狂暴劲儿叫人想都不敢想。不管怎么说，那次我们本该被冲进深海（因为那些漩涡使我们的船旋转得那么厉害，结果连锚都缠住了，我们只得拖着锚随波逐流），但幸好我们漂进了那些纵横交错的暗流中的一条，今天漂到这儿，明天漂到那儿，最后顺流漂到了弗里门岛背风的一面，在那儿我们侥幸地抛下了锚。

"我们在'渔场那边'遭遇的艰难，我真是难以向你一言道尽。那是个险恶的地方，即便在好天也不太平，但我们总能设法平安无事地避开莫斯肯漩涡的魔掌。不过也有过吓得我心都提到嗓子眼的时候，那就是我们通过主水道的时间碰巧与平潮时间前后相差那么一分钟左右。有时起航之后才发现风不如我们预测的那么强劲，我们只好缩短我们本来该绕的圈子，这时候那海流就会把船冲得难以控制。当时我哥哥已有一个十八岁的儿子，我也有两个健壮的男孩。在刚才说到的那种需要划桨加速的时候，或是在到达渔场后撒网捕鱼的时候，孩子们都可以成为很好的帮手。可不知什么缘故，尽管我们自己就在玩儿命，但却没勇气让孩子们去冒风险，因为那毕竟是一种可怕的危险，而我说这话是千真万确。

"再过上几天，我下面要给你讲的那件事就已经发生三年了。那是18××年7月10日，这一带的人们永远都忘不了那个日子，因为就在那天,这里刮过一场从来没有过的最可怕的飓风。然而在那天上午,实际上一直到下午很晚的时候,天上还一直吹着轻柔而稳定的西南风,头顶上也一直艳阳高照,所以连我们中最老的水手也没料到会骤然变天。

"我们三人(我的两个兄弟和我)大约在下午两点左右到达那边的岛屿之间,并很快就使鱼舱几乎装满了好鱼。我们都注意到那天捕的鱼比以往任何时候都多。7点整,根据我表上的时间,我们开始满载返航,以便趁平潮之机驶过那涡流的主水道,我们知道下次平潮是在8点。

"我们乘着从右舷一侧吹来的劲风驶上归途,以极快的速度行驶了好一阵,压根儿没想到有什么危险,因为事实上我们看不出任何值得担忧的迹象。可突然之间,从赫尔辛根山方向吹来的一阵风使我们吃了一惊。这种情况异乎寻常,我们以前从未遇过,我不由得感到了一点不安,虽然我不清楚不安的缘由。我们让船顺着那阵风,但由于流急涡旋,船完全没法前进;我正想建议把船驶回刚才停泊的地方,这时我们朝后一望,但见整个天边已被一种正急速升腾的黄铜色的怪云笼罩。

"与此同时,刚才阻挠我们的那阵风也渐渐消失,我们完全没有了前行所需的风力,一时间只能随波逐流。可这种情况并未延续多久,甚至不够我们细想一下当时的处境。不出一分钟,风暴降临我们头上。不出两分钟,天空布满了乌云。乌云遮顶加上水雾弥漫,我们周围顿时变得漆黑一团,以致同在一条船上也彼此看不见对方。

"要描述当时那场飓风可真是痴心妄想。整个挪威最老的水手也不曾有过那种经历。我们趁那飓风完全刮来之前赶紧收起了风帆,可第一阵风头就把我们的两根桅杆都刮倒在船外,仿佛它们早就被锯断了似的。主桅把我弟弟也带进了海里,因为他为安全起见把自己绑在了桅杆上。

"我们的船是海上航行的船只中最轻巧的一种。它有一层十分平滑的甲板，只在靠近船头的地方有一个小小的舱口，而我们一直习惯于在驶过大漩涡之前钉上扣板将其密封，以防止汹涌的海水灌入。要不是采取了那样的措施，恐怕我们早就沉到了海底，因为有一阵子我们完全被埋在水下。我说不上我哥哥是如何逃过那灭顶之灾的，因为我根本没机会去弄明白。至于我自己，当时我一放下前帆就趴倒在甲板，用双脚紧紧抵住船头狭窄的舷边，双手则死死抓住前桅杆下一个环端螺栓。我那样做仅仅是由于本能的驱使，那毫无疑问也是我当时最好的选择，因为我慌得没工夫细想。

"正如我刚才所说，有一阵子我们完全被埋在水下，其间我一直屏住呼吸，并紧紧抓住那个螺栓。待我实在不能再坚持时我才跪起身来，但抓螺栓的手一点也没放松，因此我保持了神志清醒。接着我们的小船晃了一阵，就像狗从水中出来时晃动身子，这样多少总算从水下钻出了水面。我正试图驱散刚向我袭来的一阵恍惚，以便定下神来考虑对策，这时我觉得有人抓住了我一条胳臂。那是我哥哥，我高兴得心里直跳，因为我刚才以为他肯定已掉下船去，可我的高兴转眼之间就变成了恐惧，因为他把嘴凑近我的耳朵，惊恐地喊叫出了那个名字：'莫斯肯漩涡！'

"没有人会知道我当时是什么心情。我浑身上下直打哆嗦，就像发一场最厉害的疟疾。我清楚他嚷出的那个名称所包含的意义，我知道他想让我明白的是什么。随着那阵驱赶我们的狂风，小船正飞速驶向莫斯肯漩涡，我们已毫无希望得到拯救！

"你知道我们每次穿过这漩涡的主水道，总是远远地从漩涡北边绕一个大圈，即便在最好的天气也不例外，然后还得小心翼翼地等待平潮，可现在我们却直端端地被驱向那大漩涡本身，并且是在那样的一场飓风之中！'自然，'我暗想，'我们到达漩涡时会正赶上平潮。这样我们也许还有一线生机。'但紧接着我就诅咒自己是个十足的白痴，居然会怀着从大漩涡生还的希望。我知道得非常清楚，就算我们是一条比有九十门大炮的战列舰还大十倍的船，这一次也是在劫难逃。

"这时风暴的头一阵狂怒已经减弱，或者是因为我们顺风行驶而觉得它不如刚才凶狂，但不管怎样，刚才被狂风镇服、压平、只翻涌着泡沫的海面现在卷起了一排排山一样的巨浪。天上也起了一种奇异的变化。虽说周围仍然是一片漆黑，可当顶却骤然裂开一个圆孔，露出一圈晴朗的天空——我所见过的最清澈明朗的天空，呈一种深沉而晶莹的湛蓝。透过那孔蓝天涌出一轮圆月，圆月闪射着一种我从不知月亮有过的光华。月光把我们周围的一切照得清清楚楚。可是，天哪，它照亮的是一番什么景象！

"我当时试了一两次要同我哥哥说话，可我弄不明白是怎么回事，震耳欲聋的喧嚣声越来越猛，我对着他的耳朵扯开嗓门喊叫也没法使他听到我的声音。不一会儿他朝我摇了摇头，面如死灰地竖起一根手指，仿佛是说：'听！'

"开始我还弄不懂他的意思，但紧接着一个可怕的念头倏然掠过脑际。我从表袋里掏出怀表。指针没有走动。我借着月光看了一眼表面，不禁'哇'的一下哭出声来，随之把怀表扔进了大海。表在7点钟时就已经停走！我们已经错过了平潮期，此时的大漩涡正在狂怒之中！

"当一条建造精良、结构匀称且载货不多的船顺风而行之时，被强风掀起的海浪似乎总是从它的船底一滑而过。这对不懂航海的人来说显得非常奇怪，可用海上的行话来说，那就叫骑浪。对啦，在此之前我们就一直骑浪而行；但不久一个巨大的浪头紧紧贴住了我们的船底，并随着它的涌起把我们托了起来，向上，向上，仿佛把我们托到了空中。我真不敢相信浪头能涌得那么高。然后伴随着一顿、一滑、一坠，我们的船又猛然往下跌落，跌得我头昏眼花，直感恶心，就像是在梦中从山顶上往下坠落。但当我们被托起之时，我趁机朝四下扫了一眼，而那一眼就完全足够了。我一眼就看清了我们的准确位置。莫斯肯大漩涡就在我们正前方大约四分之一英里处，但它已不像平日所见的莫斯肯涡流，而像你刚才所见到的水车沟一样的漩涡。如果我当时不知道我们身在何处，不知道我们正面临什么，那我一定完全认不出那地方。事实上那一眼吓得我当即闭上了眼睛，上下眼皮像抽筋似的自己合在了一起。

"其后可能还不到两分钟，我们突然觉得周围的波涛平息了下来，包围着小船的是一片泡沫。接着小船猛地朝左舷方向转了个直角，然后像一道闪电朝这个新的方向猛冲。与此同时，大海的咆哮完全被一种尖厉的呼啸声吞没。要知道那种呼啸声，你可以想象几千艘汽船的排气管同时放汽的声音。我们当时是在那条总是环绕着大漩涡的浪带上。当然，我以为下一个时刻马上就会把我们抛进那个无底深渊。由于我们的船以惊人的速度在飞驶，我们只能朦朦胧胧地看见下面。可小船并不像要沉入水中，而是像一个气泡，滑动在水的表面。船的右舷靠着漩涡，左舷方则涌起我们刚离开的那片汪洋。此时那片汪洋像一道扭动着的巨墙，横在我们与地平线之间。

"说来也怪，真正到了那漩涡的边上，我反倒比刚才靠近时平静了许多。一旦横下心来听天由命，先前使我丧魂失魄的那种恐惧倒消除了一大半。我想当时使我平静下来的正是绝望。

"这听起来也许像在吹牛，但我告诉你的全是实话。我开始想到以这样的方式去死是多么壮丽，想到面对上帝的力量如此叹为观止的展现，我竟然去考虑自己微不足道的生命，这是多么可鄙，多么愚蠢。我确信，当时这种想法一闪过我脑子，我的脸顿时羞得通红。过了一会儿，我终于被一种想探究那个大漩涡的强烈的好奇心所迷住。我确实感到了一种想去勘测它深度的欲望，即使为此而牺牲生命也在所不惜，可我最大的悲伤就是我永远也不可能把我即将看到的秘密告诉我岸上那些老朋友。毫无疑问，这些想法是一个面临绝境的人脑子里的胡思乱想。后来我常想，当时也许是小船绕着漩涡急速旋转使得我有点神志恍惚了。

"使我恢复镇静还有另一个原因；那就是风停了，风已吹不到我们当时所处的位置，因为正如你现在亲眼所见，那圈浪带比大海的一般水位低得多,当时海面高高地耸在我们头顶,像一道巍峨的黑色山梁。假若你从未在海上经历过风暴,那你就没法想象风急浪高在人心中造成的那种慌乱。风浪让你看不清,听不见,透不过气,让你没有力气行动也没有精力思考。可我们当时基本上摆脱了那些烦恼,就像狱中被宣判了死刑的囚徒被允许稍稍放纵一下,而在宣判之前则禁止他们乱说乱动。

"说不清我们在那条浪带上转了多少圈。我们就那样绕着圈子急速地漂了大约一个小时,说是漂还不如说是飞,并渐渐地移到了浪带中间,然后又一点一点向浪带可怕的内缘靠近。这期间我一直没松开那个螺栓。我哥哥则在船艉抓住一只很大的空水桶,那水桶一直牢固地绑在船艉捕鱼笼下面,飓风头一阵袭击我们时,甲板上唯一没被刮下海的就是那只大桶。就在我们贴近那漩涡边缘之时,他突然丢下那只桶来抓环端螺栓。由于极度的恐惧,他力图强迫我松手。因为那个环并不大,没法容我们兄弟俩同时抓牢。当我看见他这种企图,我感到了前所未有的悲伤,尽管我知道他这样做时已神经错乱,极度的恐怖已使他癫狂。不过我并不想同他争那个螺栓。我认为我俩谁抓住它结果都不会有什么不同,于是我让他抓住那个环,自己则去船艉抓住那个桶。这样做并不太难,因为小船旋转得足够平稳,船头船艉在同一水平面,只是随着那漩涡巨大的摆荡,前后有些倾斜。我勉强在新位置站稳脚跟,船就猛然向右侧一歪,头朝下冲进了那个漩涡。我匆匆向上帝祷告了两句,心想这下一切都完了。

"当我感觉到下坠时那种恶心之时,我早已本能地抓紧木桶并闭上了眼睛。有好几秒钟我一直不敢睁眼,我在等待那最后的毁灭,同时又纳闷怎么还没掉到水底做垂死的挣扎。可时间一刻一刻地过去。我仍然活着。下坠的感觉消逝了,小船的运动似乎又和刚才在浪带上旋转时一样,只是现在船身更为倾斜。我壮着胆子睁开眼再看一看那番情景。

"我永远也忘不了我睁眼环顾时那种交织着敬畏、恐惧和赞美的

THE BOAT APPEARED TO BE HANGING, AS IF BY MAGIC, . . . UPON THE INTERIOR SURFACE OF A FUNNEL

心情。小船仿佛被施了魔法，看起来就像正悬挂在一个又大又深的漏斗内壁表面上，而若不是那光滑的内壁正以惊人的速度在旋转，若不是它正闪射着亮晶晶的幽光，那水的表面说不定会被误认为是光滑的乌木。原来那轮皓月正从我刚才描述过的那个乌云当中的圆孔把充溢的金光倾泻进这个巨大的漩涡，光线顺着乌黑的涡壁，照向深不可测的涡底。

"一开始我慌乱得根本无法细看，蓦然映入眼中的就是这幅可怕而壮美的奇观。但当我稍稍回过神来，我的目光便本能地朝下望去。由于小船是悬挂在涡壁倾斜的表面，我朝下方看倒能够一览无遗。小船现在非常平稳，那就是说它的甲板与水面完全平行，但由于水面以45度多一点的角度倾斜，小船看起来几乎要倾覆。然而我不能不注意到我几乎并不比在绝对水平时费劲就能抓紧水桶、固定身体。现在想来，那是因为我们旋转的速度。

"月光似乎一直照向那深深漩涡的涡底，可我仍然什么也看不清楚，因为有一层厚厚的雾包裹着一切，浓雾上方悬着一道瑰丽的彩虹，犹如穆斯林所说的那座狭窄而晃悠的小桥，那条今生与来世之间唯一的通路。这层浓雾，或说水沫，无疑是那个漩涡巨大的水壁在涡底交汇相撞时形成的，可对水雾中发出的那种声震天宇的呼啸，我可不敢妄加形容。

"我们刚才从那条涌着泡沫的浪带上朝漩涡里的猛然一坠，已经使我们沿着倾斜的水壁向下滑了一大段距离，但其后我们下降的速度与刚才完全不成比例。我们一圈又一圈地随着涡壁旋转，但那种旋转并非匀速运动，而是一种令人头昏目眩的摆动，有时一摆之间我们只滑行几百英尺，而有时一摆之间我们却几乎绕涡壁转了一圈。我们每转一圈所下降的距离并不长，但也足以被明显地感知。

"环顾承载着我们的那道乌黑的茫茫水壁，我发现漩涡里卷着的并非仅仅是我们这条小船。在我们的上方和下面都可以看到船只的残骸、房屋的梁柱和各种树干，另外还有许多较小的东西，诸如家具、破箱、木桶和木板等等。我已经给你讲过那种使我消除了恐惧的反常的好奇心。现在当我离可怕的死亡越来越近之时，我那种好奇心似乎也越来越强烈。我怀着一种不可思议的兴趣开始观察那许许多多随我们一道漂浮的物体。我肯定是神经错乱了，因为我居然津津有味地去推测它们坠入那水沫高溅的涡底的相对速度。有一次我竟发现自己说出声来，'这下肯定该轮到那棵枞树栽进深渊，无影无踪了'，可随之我就失望地看到一条荷兰商船的残骸超过那棵枞树，抢先栽进了涡底。我接着又进行了几次类似的猜测，结果没有一次正确。这一事实，我每次都猜错这一事实，终于引得我思潮起伏，以致我四肢又开始发抖，心又开始怦怦乱跳。

"使我发抖心跳的不是一种新的恐惧，而是一种令人激动的希望。这希望一半产生于记忆，一半产生于当时的观察。我想起了那些被莫斯肯漩涡卷入又抛出、然后漂散在罗弗敦沿岸的各种各样的东西。那些东西的绝大部分都破碎得不成样子，被撞得千疮百孔，被擦得遍体鳞伤，仿佛是表面上被粘了一层碎片，但我也清楚地记得有些东西完全没有变形走样。当时我只能这样来解释这种差异，我认为只有那些破碎得不成样子的东西才被完全卷到了涡底，而那些未变形的东西要么是涨潮末期才被卷进漩涡，要么是被卷进后因某种原因而下降得太慢，结果没等它们到达涡底潮势就开始变化，或是开始退潮，这就视情况而定了。我认为无论是哪种情况，这些东西都有可能被重新旋上海面，而不遭受那些被卷入早或沉得快的东西所遭受的厄运。我还得出了三个重要的观察结论：其一，一般来说物体越大下降越快；其二，两个大小相等的物体，一个是球形，另一个是其他任何形状，下降速度快的是球形物；其三，两个大小相等的物体，一个是圆柱形，另一个是其他任何形状，下降速度慢的是圆柱形物体。自从逃脱那场劫难以来，我已经好几次同这个地区的一名老教师谈起这个话题，我就是从他那儿学会了使用'圆柱形'和'球形'这些字眼。他曾跟我解释（虽然我已经忘了他解释的内容）为什么我所看到的实际上就是各种不同漂浮物的必然结果,他还向我示范圆柱形浮体在漩涡中是如何比其他任何形状的同体积浮体更能抵消漩涡的吸力,因而也就更难被吸入涡底[①]。

"当时还有一种惊人的情况有力地证明了我那些观察结论,并使得我迫不及待地跃跃欲试。那种情况就是当我们一圈一圈地旋转时,我们超过了不少诸如大木桶或残桁断桅之类的东西,我最初睁开眼看漩涡里那番奇观时,有许多那样的东西和我们在同一水平线上,可后来它们却留在了我们上面,似乎比原来的位置并没有下降多少。

"我不再犹豫。我决定把自己牢牢地绑在我正抓住的那个大木桶上,然后割断把它固定在船艉的绳子,让它和我一道船入水。我用手势引起我哥哥的注意,指给他看漂浮在我们船边的一些大木桶,千方百计让他明白我打算做什么。我最后认为他已经明白了我的意图,但不管他明白与否,他只是绝望地向我摇头,不肯离开他紧紧抓住的那个螺栓。我当时不可能强迫他离船,而且情况紧急,刻不容缓;于是我只好狠狠心让他去听天由命,径自用固定木桶的绳索把自己绑在桶上,并毫不犹豫地投入水中。

"结果与我所希望的完全一样。因为现在是我在给你讲这个故事,因为你已经看到我的确劫后余生,因为你已经知道了我死里逃生的方法,因而也肯定能料到我接下去会讲些什么,所以我要尽快地讲完我的故事。大约在我离船后一个小时,早已远远降到我下面的那条船突然飞速地一连转了三四圈,然后带着我心爱的哥哥,一头扎进了涡底那水沫四溅的深渊,一去不返。而绑着我的那只大木桶,只从我跳船入水的位置朝涡底下降了一半多一点的距离,这时漩涡的情形起了巨大的变化。涡壁的倾斜度变得越来越小。旋转的速度变得越来越慢。水沫和彩虹渐渐消失,涡底似乎开始徐徐上升。当我发现自己又升回海面之时,天已转晴,风已减弱,那轮灿灿明月正垂悬西天,我

---

① 参见阿基米德《论浮体》(*De Incidentibus in Fluido*)第二部分。——原注

就在能望见罗弗敦海岸的地方,就在刚才莫斯肯漩涡的涡洞之上。当时是平潮期,但飓风的余威仍然使海面卷起小山般的波涛。我猛然被推进了大漩涡的水道,在几分钟内就顺着海岸被冲到了渔民们捕鱼的'渔场'。一条渔船把我打捞上来,当时我已累得精疲力竭,恐怖的记忆(既然危险已过去)使我说不出话来。救我上船的那些人都是我的老伙计和经常见面的朋友,可他们居然仅仅把我当作一名死里逃生的游客。我前一天还乌黑发亮的头发当时就已经白成了你现在所看见的这个样子。他们还说我脸上的神情都完全变了。我给他们讲了我那番经历。他们并不相信。现在我讲给你听,可我并不指望你会比那些快活的罗弗敦渔民更相信我的故事。"

(1841)

埃莱奥诺拉

> 灵魂安于特殊形体的保护。
>
> ——拉蒙·卢尔

我生于一个以想象力丰富和感情炽热而著称的家族。人们历来认为我疯狂。不过，疯狂到底是不是最高的智慧？许多辉煌成就和全部远见卓识是否就来自这种思想疾病，来自以正常智力为代价而得以升华的这种精神状态？这样的问题迄今尚无答案。白日做梦者知晓许多只在夜晚做梦的人无法知晓的事理。他们在阴郁的梦幻中瞥见未来，醒来时激动地发现他们已经接近那个巨大的秘密。渐渐地，他们明白了一些善良的智慧，知晓了更多纯粹是邪恶的知识。尽管没有舵轮也没有罗盘，他们还是驶入了那片"不可名状的光"的浩瀚海洋，而且就像那位努比亚地理学家[①]的探险，"他们已进入黑暗的海洋，欲发现那片海洋中有什么"。

因此我们可以说我疯狂。至少我承认我的精神生活中有两种性质不同的状态：一种是清晰而无疑的状态，它属于构成我生命第一时期的那些事件的记忆；另一种是朦胧而疑惑的状态，它属于现在，属于构成我生命第二纪元的那些事的回想。所以，对我就要讲述的第一时期的事，请读者尽管确信不疑；而对我会谈起的第二纪元的事，则只相信可信之处，或全然不信。如若你们对我第二纪元的事不能不信，那就像俄狄浦斯一样去解开这个斯芬克斯之谜。

我青年时代所爱的她，我此刻平静而清楚地为之写下这些回忆的

[①] 参见本书《莫斯肯漩涡沉浮记》相关脚注。——译者注

她，是我早已去世的母亲唯一的妹妹的独生女儿。埃莱奥诺拉就是我这位表妹的芳名。我们曾长期共同生活，在热带地区的阳光下，在那个"多色草山谷"中。没有向导谁也进不了那个山谷，因为它在遥远的崇山峻岭之间，四周环绕着悬崖峭壁，其最可爱的幽深处终年照不进阳光。那山谷周围没有进出的道路，要去我们幸福的家，必须用力拨开成千株森林树木的绿叶，必须践踏上万朵姹紫嫣红的香花。我，我表妹，还有她母亲，就那样过着远离尘嚣的生活，全然不知山谷外边的世界。

从我们那片群山环抱的领地北边，从山外某个混沌的地方，缓缓流来一条狭窄而幽深的小河，除了埃莱奥诺拉那双眼睛，没有什么能比那小河更清澈晶莹。小河蜿蜒曲折，静静流过，流向比它的发源地更混沌的山边，最后从山间穿一幽暗的峡谷逶迤而去。我们把那条小河叫作"宁静之河"，因为它的水流似乎能使人宁静。它的河床悄然无声，河水的流动是那么潺湲，以至河底那些我们喜欢凝视的珍珠般的卵石从来就纹丝不动，只是心满意足地躺在它们各自本来的位置，永远闪烁着灿烂的光芒。

小河的两岸，无数逶迤而来汇入小河的粼粼溪流的两岸，以及从这些岸边向下延伸到河流深处有卵石的地方的河床溪底，都和整个山谷里一样铺着一层密密的、矮矮的、平平的、柔嫩而芬芳的青草，只是从河岸到周围山地的绿色地毯上到处都点缀着黄色的金凤花、白色的延命菊、紫色的紫罗兰和鲜红色的长春花，那超凡绝伦的美向我们的心底大声诉说着上帝的爱和上帝的荣耀。

在青草地上各处的小树林里，犹如数不清的梦幻，生长着一棵棵奇异的树，它们又细又高的树干不是向上直立，而是朝着只有在正午才能窥视一下山谷中央的阳光优雅地倾斜。它们的树皮闪现着交替变换的黑色或银色的斑点，而且除了埃莱奥诺拉那张脸庞，没有什么能比那些树皮更光滑；所以要不是从树端整整齐齐伸出的巨大绿叶在颤巍巍地迎风嬉戏，人们说不定会以为那是一条条在向主宰它们的太阳顶礼膜拜的叙利亚巨蟒。

在爱情尚未进入我们心中之前的十五年里,我和埃莱奥诺拉常常手拉手地在山谷里漫游。那是在她将满十五岁而我将满二十岁那年的一天黄昏,我们坐到了那些巨蟒般的树下,相互依偎在对方怀里,静静地观看宁静之河的水面映出的我俩的倒影。在那美妙的一天剩下的时间里,我俩都默默无言,甚至第二天我俩也很少说话,说话时声音也还在颤抖。我们已经从水中引来了爱神厄洛斯,现在我们感到他已经在我们心中激起了我们祖辈那种火一般的热情。那种数百年来一直使我们家族闻名的激情与那种同样使我们家族驰誉的想象力一道蜂拥而至,并一道为"多色草山谷"带来了一种狂喜极乐。山谷里的一切都发生了变化。以前从不开花的树上突然绽开一种奇异而漂亮的星形花朵。绿色的草地变得更青翠,而在白色的延命菊一朵朵消失的地方,十朵十朵地开出鲜红的长春花。我们漫步的小径也出现生机,因为从不见踪影的火烈鸟在我们面前炫耀其火红色的羽毛,随之而来的还有各种快活而斑斓的小鸟。金色和银色的鱼儿开始在小河里嬉游,小河渐渐发出淙淙水声,水声变得越来越清晰,最后汇成一种比埃俄罗斯的竖琴声还柔和甜蜜的曲调。除了埃莱奥诺拉那副嗓子,没有什么能比那曲调更动听。还有那一大片我们常见于金星附近的云彩,现在也飘离金星,带着它全部鲜红和金黄的灿烂,静静地停在了我们头顶,然后一天天下降,越来越低,直到它的边缘栖息在群山之巅,把阴沉的山顶变得壮观而瑰丽,仿佛把我们永远关进了一个魔幻般的富丽堂皇的囚笼。

埃莱奥诺拉的美是天使之美,但她是一个天真烂漫的人间少女,犹如她在花间度过的短促人生一样纯洁无瑕。她毫不掩饰燃烧在她胸中的爱之炽热,当我们在"多色草山谷"漫步之时,她同我一起探讨爱最深奥的真谛,并谈论起山谷中所发生的巨大变化。

后来有一天,她含着眼泪说到了那终将降临于人类的最后的劫变。从那以后她就老想着这个悲伤的话题,我们无论谈论什么她都会插进这个题目,就像在设拉子那位诗人①的诗行间,同样的意象被发现反复出现在诗句的每一种令人难忘的变化之中。

她早已发现死神的手指触到了她的胸房,发现自己犹如蜉蝣,仅仅是为了死亡才被赋予天生丽质。不过只是在她感到一种担忧时,坟墓才使她产生恐惧,而在一天傍晚薄暮时分,她在宁静之河边向我诉说了她的担忧。她忧心忡忡的原因是怕我在把她葬于"多色草之谷"之后,我会永远离开那快乐的幽谷,会把对她的一腔恋情转移到山外俗世中某位少女身上。我听完她的诉说,当即匆匆跪在她脚下,对她和上帝立下了一个誓言,我今生绝不会同今世的任何女人结婚,我无论如何也不会忘记可爱的她,不会忘记她曾使我幸福的至爱深情。我请求全能的主为我庄严的誓言做证。倘若日后我自食其言,必遭我对他和她(极乐世界的一位圣女)立下的誓言中所包含的那个惩罚,在此我不能把那种惩罚之极其恐怖用文字记录下来。我这番话使埃莱奥诺拉晶莹的眼睛变得更晶莹,她一声长叹,仿佛释去了心头的重负,接着她浑身发颤,很伤心地哭了,但她接受了我的誓言(因为她毕竟还是个孩子),那誓言使她能安然面对死亡。不久之后她平静地死去,临死前她对我说,由于我为安慰她的灵魂所做的一切,她死后灵魂将来照顾我,如果允许她那样做,她会在夜晚未眠时分有形地回到我身边;但如果那样做超越了极乐世界的灵魂之能力,那她至少会让我常常感到她存在的迹象,会在晚风中对着我叹息,或是让天使香炉里的香弥漫我呼吸的空气。这些话之余音还挂在她嘴边,她就结束了她纯洁的生命,同时也结束了我生命的第一时期。

至此我已把第一时期原原本本地讲完。但由于我在时间之路上经过了痛失心上人这一关,我觉得在我生命的第二纪元中总有一片阴影笼罩着我的头脑,因而我不相信下面的记录完全正确。不过还是让我

---

① "设拉子那位诗人"指古波斯诗人哈菲兹(Hafiz, 1320—1389),他诗中永恒的意象即美酒、美人和爱情。——译者注

往下讲吧。沉闷的日子年复一年地过去,我依然住在"多色草山谷",但山谷中的一切已经历了第二次变化。星形花缩进树枝再也不见踪影,绿色的草地渐渐不再青翠,鲜红的长春花一朵朵凋谢,取而代之的是十朵十朵开放的黑眼睛似的紫罗兰,这些紫罗兰总是不安地扭动,总是承负着沉甸甸的露珠。我们漫步的小径也失去了生机,因为高大的火烈鸟不再向我们炫耀火红的羽毛,而是悲伤地离开那幽谷飞进了深山,与它做伴的那些快活而斑斓的小鸟也随它而去。金色和银色的鱼儿顺着小河穿过峡谷离开了我们的领地,从此再也不来装点那可爱的小河。而那比埃俄罗斯的竖琴声还柔和甜蜜的曲调,那除了埃莱奥诺拉的嗓音比什么都动听的曲调,也渐渐地变回成淙淙水声。水声越来越低,小河终于完全恢复了昔日的肃穆岑寂。最后,那一大片云彩也冉冉升起,把群山之顶重新抛回过去的混沌,云彩飘回金星闪烁的地方,带走了"多色草山谷"全部的富丽堂皇和壮观瑰丽。

但是,埃莱奥诺拉许下的诺言未被忘记,因为我常常听见天使们的香炉摇晃的声音,山谷中也总是漂浮着一阵阵圣洁的芳香。有时当我心情沉重的时候,吹拂我额顶的柔风会带来一阵轻柔的叹息,夜晚的空气中常常充满了隐隐约约的呢喃,而有一次,哦,只有一次!我从死一般的沉睡中被唤醒,觉得刚才有两片无形的嘴唇吻在我的唇上。

但尽管如此,我心里那份空虚仍无法填满。我渴望那种曾充溢我心间的爱。最后山谷中的一切都使我痛苦,因为它们总使我想起埃莱奥诺拉,于是我永远地离开了山谷,来到了山外喧嚣而浮华的世界。

* * * * *

我发现自己来到了一座陌生的城市,那里的一切说不定会抹去我长久以来对"多色草山谷"那些美梦的记忆。堂堂宫廷的靡丽豪华,刀剑甲胄的碰撞铿锵,以及红颜粉黛的千娇百媚,使我着迷,令我陶醉。但我的心依然忠于它的誓言,我在夜深人静之时仍能感到埃莱奥诺拉存在的迹象。可突然间那些迹象不再显现,我眼前的世界变得一团漆黑；接着我惊于那把我攫住的火热的欲望，惊于那把我缠住的可怕的诱惑，因为从一个非常遥远且无人知晓的国度，一位少女来到了我侍奉的那位国王的王宫。她的美顷刻就俘虏了我怯懦的心。怀着最热烈最卑微的爱慕，我心甘情愿地拜倒在她的脚下。与我含泪跪在飘逸的埃芒迦德脚边，向她倾诉我满腔爱慕之情时的那种炽热、那种痴狂、那种心醉神迷相比，我对山谷中那位年轻姑娘的恋情又算得了什么呢？哦，圣女般的埃芒迦德就是辉煌！置身于那种光芒中，我心里再装不下别人。哦，天使般的埃芒迦德就是神圣！当我凝视她那双似曾相识的眼睛深处时，我只想到那双眼睛，只想到她。

我结婚了，毫不惧怕我曾祈求过的诅咒，惩罚的痛苦也没有降临到我头上。而有一次，但又是在寂静的夜晚，那早已弃我而去的轻柔叹息透过窗格传来，叹息声变成了熟悉而甜蜜的嗓音，那嗓音说：

"安心睡吧！因为有爱之神主宰一切。当你倾心于名叫埃芒迦德的她时，你对埃莱奥诺拉立下的誓言即被解除，其原因待你日后升天就可知晓。"

(1841)

椭圆形画像

为了不让身负重伤的我在露天过夜,我的随从佩德罗贸然闯入了那座城堡,那是自古以来就矗立在亚平宁半岛群山间的城堡中的一座,堂皇而森然,丝毫不亚于拉德克利夫夫人①想象中的那些城堡。城堡主人显然是不久前才临时外出。我们主仆二人在一套最小而且装饰也最不豪华的房间里安顿下来。这套房间位于城堡内一座偏僻的塔楼。房间里装饰品不少,但都破烂陈旧。室内墙上挂着壁毯,装饰着许多绘有不同纹章的战利品,此外还有许多镶在图案精美的金色画框里的现代绘画。这些绘画不仅挂在主要的几面墙上,而且也挂在由于城堡的奇特建筑式样而必然形成的许多墙隅凹角上。也许是我初发的谵妄使我对那些画产生了浓厚的兴趣,所以我让佩德罗关闭了那个房间阴暗的百叶窗(因为当时天色已晚),点燃了我床头高架烛台上的所有蜡烛,并完全拉开了卧床四周加有缘饰的黑色天鹅绒帷幔。我希望安排好这一切,这样即使我不能入睡,至少也可以交替着看看墙上那些绘画,再读读在枕边找到的一本评介这些画的小册子。

我久久地读那本小册子,专心地看那些绘画。几个小时在愉悦中飞驰而去,不知不觉就到了半夜时分。烛台的位置不合我心意,我不愿唤醒正酣睡的随从,便自己费力地伸手把烛台挪动了一下,好让更多的烛光照在书上。

但这一挪动却产生了一种完全没料到的效果。许多蜡烛的光线(因为蜡烛很多)这下射进了一个刚才一直被一根床柱的阴影遮暗的

---

① 拉德克利夫夫人(Ann Radcliffe, 1764—1823),英国作家,擅长写哥特式神秘小说,常以欧洲山区的城堡、寺院作为故事背景。——译者注

壁龛。于是我在明亮的烛光中看见了一幅先前完全没注意到的画。那是一位刚成熟为女人的年轻姑娘的肖像。我对那副肖像只匆匆瞥了一眼,就紧紧闭上了眼睛。我为何如此,一开始连我自己也不明白。但就在我双目紧闭之时,我找到了为何闭眼的原因。那是一种下意识的冲动行为,为的是能有思索的时间,从而去弄清我的视觉没有骗我,去平息我的想象力,以便更冷静更确切地观看。没过一会儿,我的目光又重新凝视在那幅画上。

我不能也不会怀疑这下我完全看清了,因为最初照上画布的烛光似乎已经驱散了刚才悄悄笼罩着我意识的梦一般的恍惚,并一下子把我完全惊醒。

我已经说过,那幅肖像画的是一位年轻姑娘。画面上只有头部和胸部,是以那种术语称之为"半身晕映像"的画法完成,颇具萨利①擅长的头像画之风格。画面上的双臂、胸部乃至灿灿发梢,都令人不易察觉地融入构成整幅画背景的朦胧但深沉的阴暗部分。画框是椭圆形的,华丽地镀了一层金,以摩尔人的风格装饰得极其精致。作为一件艺术品,其最令人叹为观止的还是肖像本身。但刚才那么突然又那么强烈地打动我的,既不可能是作品精湛的画技,也不可能是画中人不朽的美貌。而最不可能的是,我那已从半睡眠状态中醒来的想象力会把画中的头像当作活着的姑娘。可我马上就明白,那构图、画法以及画框的特点当时很可能一下子就已经否定了我这种看法,并且不容我再抱有一丝一毫的怀疑。也许有整整一个小时,我一直半坐半倚在床头,两眼目不转睛地凝视着那幅肖像,心里认认真真地思量着那些特点。最后在弄清了那种效果的真正奥秘之后,我才心满意足地躺进了被窝。我已经在一种绝对栩栩如生的表情中发现了那幅画一开始让我吃惊、最后又使我困惑、把我征服、令我丧胆的魔力所在。怀着深深的敬畏之情,我把烛台挪回了原处。当那使我极度不安的原因又被遮

---

① 萨利(Thomas Sully, 1783—1872),美国画家,擅长画优雅的女性肖像。——译者注

离我的视线之后,我开始急切地查阅那本评述这些绘画及其由来的小册子。翻到介绍这幅椭圆形画像的部分,我读到了下面这段含糊而离奇的文字:

"她是位美貌世上罕见的姑娘,而她的欢快活泼比她的美貌还罕见。当她与画家一见钟情并成为了他的新娘,不幸的时刻也随之降临。那位画家感情炽烈,工作勤奋,不苟言笑,并早已在他的艺术中拥有了一位新娘。她,一位美貌世上罕见的姑娘,她的欢快活泼比她的美貌还罕见。她的微笑是那么粲然。她嬉戏作乐就像只小鹿。她热爱一切,珍惜一切;只憎恨那成了她情敌的艺术,只害怕那些夺去她爱人笑脸的调色板、画笔和其他画具。甚至当听到画家说他想替自己的新娘画像,姑娘也觉得那是一件非常可怕的事。但她是一位婉约柔顺的新娘,她非常温顺地在这又暗又高的塔楼房间里一连坐了好几个星期,房间里只有从头顶上方照射到灰白画布上的一点光亮。但那位画家以自己的工作为荣耀,每天每夜每时每刻都沉湎于绘画。他本是个感情炽烈、倜傥不羁、喜怒无常的人,现在又完全陷入自己的冥想之中,以致他未能察觉那孤楼上如此惨淡的光线正在摧残他新娘的身心健康,而除了他谁都能看出新娘越来越憔悴。但她依然微笑,依然静静地坐着,没有半句抱怨的话,因为她看见那位画家(他很出名)在他的工作中获得了极大的乐趣,怀着燃烧的激情夜以继日地画着那么爱他的她,然而她精神日渐萎靡,身体日渐衰弱。事实上,一些前来看画的人都悄声说这肖像画得酷肖,说这是一个非凡的奇迹,说这不仅证明了画家深厚的功力,而且证明了他对画中人深深的爱恋。但最后当这项工作即将完成之时,其他人不再被允许上那座塔楼,因为那画家的工作热情已近乎疯狂,他的目光很少从画布上移开,哪怕是看上一眼他妻子的容颜。他竟然没有察觉到,他涂抹在画布上的那些色彩就来自坐在他身边的妻子脸上。好几个星期已经过去,整幅画眼看就要大功告成,只剩下嘴唇欠一笔修饰,眼睛的色彩尚未点缀,这时姑娘的精神又变得神采奕奕,犹如火苗在烛孔里的最后闪烁。于是最后一笔修饰了,眼睛的色彩也点上了。那画家神魂颠倒地在自己亲手画成的肖像前待了一阵,但紧接着,就在他继续凝视之时,他开始浑身发抖,既而脸色苍白,目瞪口呆,最后大声惊呼:'这就是生命!'可当他蓦然回首看他心爱的人时,她已经死去。"

(1842)

红死病的假面具

红死病蹂躏这个国度已有多时。从不曾有过如此致命或如此可怕的瘟疫。鲜血是其象征，是其标志——血之殷红与血之恐怖。有剧烈的疼痛，有突发的头晕，接着便是随毛孔大量出血而来的死亡。患者身上，尤其是脸上，一旦出现红斑，那便是隔离其亲友之救护和同情的禁令。这种瘟疫从感染、发病到死亡的整个过程，前后也就半个小时。

但普洛斯佩罗亲王快活，无畏，而且精明。眼见其疆域内的人口锐减一半，他便从宫中召集了一千名健壮而乐观的骑士淑女，并带着他们退隐到一座非常偏远的城堡式宅院。那是一座宽敞而宏伟的建筑，是亲王那与众不同但令人敬畏的情趣之创造。宅院四周环绕着一道坚固的高墙。大门全用钢铁铸就。亲王的追随者们带来了熔炉和巨锤，进宅院之后便熔死了所有门闩。他们决心破釜沉舟，不留退路，以防因绝望或疯狂而产生想出去的冲动。宅院内的各种必需品非常充裕。有了这样的防御措施，那些绅士淑女们便可以藐视瘟疫的蔓延。墙外的世界能够自己照料自己。在这种时候去忧心忡忡是庸人自扰。亲王早就做好了寻欢作乐的一切安排。宅内有插科打诨的小丑，有即席吟诵的诗人，有表演芭蕾的舞女，有演奏音乐的乐师，而且还有美女和酒浆。所有的欢乐和平安都在墙内。墙外则是红死病的天下。

就在这种隔离生活的第五个月或第六个月将近之时，也就是墙外的瘟疫最猖獗的时候，普洛斯佩罗亲王为他的一千名追随者举行了一场异常豪华的假面舞会。

那假面舞会的场面真可谓骄奢淫逸。不过先容我讲讲举行舞会的场所。那一共是七个房间，一组富丽堂皇的套房。但在一般宫殿里，这样的套房只需把各间的双扇门推开到墙边，便能形成一条笔直的长廊，整个套房也就几乎一览无遗。可这组套房的情况却迥然不同，正如从亲王追奇逐异的嗜好中就可以料到的一样。这七个房间的布局极不规则，所以一眼只能看到一个房间。套房中每隔二三十米便是一个转角，每拐过一个转角都有一种新的效果。每个房间左右两边墙上的正中都有一扇又高又窄的窗户，窗户面对一条封闭的回廊，回廊绕这组套房蜿蜒迂回。这些窗户都镶有染色玻璃，其色彩随各房间装饰物的主色调之不同而变化。譬如说最东边的那个房间悬挂的饰物均为蓝色，那它的窗户则晶蓝如碧。第二个房间的饰物壁毯皆为紫色，其窗格玻璃就紫如青莲。第三个房间整一片绿色，它有的便是两扇绿窗。第四个房间的家具装饰和映入的光线都是橘色。第五个是白色。第六个是紫罗兰色。第七个房间四壁从天花板到墙根都被黑丝绒帷幔遮得严严实实，帷幔的褶边沉甸甸地垂在同样是黑丝绒的地毯上。但只有这个房间窗户的颜色与饰物的色调不配。它窗玻璃的颜色是殷殷猩红，红得好像浓浓的鲜血。在散布于或悬垂于这七个房间的大量贵重装饰品中，却没有一盏灯或一个烛台。这组套房中没有任何日光、灯光或者烛光。但在环绕这组套房的回廊里，每一扇窗户跟前都立着一个三角支架，每一个三角支架上都放着一盆火，火光透过染色玻璃照亮里面的房间，从而产生出绚丽斑斓、光怪陆离的效果。但是在西间或黑色房间里，火光透过红色玻璃照射在黑色帷幔上的效果却可怕到了极点，凡进入该房间的人无不吓得魂飞魄散，以至宅院中几乎无人有足够的胆量进入那个房间。

　　同样也是在那个房间里，靠西墙立着一座巨大的黑色时钟。其钟摆伴随着一种沉闷、凝重而单调的声音左右摆动。每当分针在钟面上走满一圈，报点的时刻到来之时，从巨钟的黄铜壁腔内便发出一种清脆、响亮、悠扬、悦耳但音质音调又非常古怪的声音。结果每隔一小时，乐队的乐师们就不得不暂时中止他们的演奏，侧耳去听那个声音。于是跳华尔兹的男男女女停止旋转，狂欢的人群一下子仓皇失措。钟点声继续鸣响之际,可见轻浮浅薄者一个个脸色发白,年长者和稳重者则以手覆额,仿佛是在出神或者沉思。但待钟声余音寂止,人群中又顿时充满轻松的笑声,乐师们你看我、我看你,相视而笑,像是在自嘲方才的紧张和傻气。他们还彼此低声诅咒发誓,下次钟响时绝不会再这样忘情失态;可在六十分钟之后(那包含了似箭如梭的三千六百秒),黑色巨钟又一次鸣响,于是又出现和前次一样的仓皇失措、神经紧张和沉思冥想。

但尽管如此,整个化装舞会仍不失为一次靡丽放荡的狂欢。亲王的情趣别有风味。他对色彩和效果独具慧眼。他的构思大胆热烈,而他的思想却闪耀着野蛮的光辉。大概会有人认为他疯狂。他的追随者却觉得并非如此。要确信亲王的确没疯,那必须听他说话,与他见面,同他接触。

因这次舞会场面盛大,七个房间的活动装饰大部分由他亲自指点,而正是他个人的情趣嗜好使舞会参加者的化装各具特色。请相信他们全都奇形怪状。舞会上充满了灿烂光彩、横生妙趣、朦胧幻影,充满了自《爱尔那尼》[①]一剧上演以来所见过的所有舞台效果。有人装扮成肢体与面具不相称的怪物。有人穿戴着只有精神病患者才能想出的怪装。有许多人装扮得漂亮,许多人装扮得荒唐,许多人装扮得怪诞,有一些人装扮得可怕,还有不少人装扮得令人恶心。事实上,来往穿梭于那七个房间之间的简直是一群梦。他们(这群梦)从一个个房间扭进扭出,随房间之不同而变幻着色彩,并使乐队疯狂的伴奏似乎就像是他们舞步的回声。可是不一会儿,黑房间里的那个黑钟又一次鸣响。于是一时间一切都静止不动,除了钟声,一切都悄无声息。那些梦也各自凝固成他们站立的样子。但等钟声余音散尽(钟声延续的时间并不长),随之又荡漾起一阵略微克制的笑声。音乐又重新响

---

① 《爱尔那尼》(*Hernani*)是法国作家雨果所著悲剧,1830年曾在巴黎上演,后由意大利作曲家威尔第改编成四幕歌剧,1844年首演于威尼斯。——译者注

起，那些梦又复活，并比先前扭得更欢，在扭动中随着被回廊上火光映亮的彩色玻璃窗而变幻色彩。但现在参加假面舞会的人当中已没有人敢进入七个房间中最西头那间，因为已近深更半夜，从那血红色窗棂透进的火光更红，那些阴森森的黑色帷幔令人毛骨悚然。对于那些站立于黑色地毯上的人，那黑色巨钟沉闷的钟摆声听起来比那些在其他房间作乐的人所听到的更显得阴沉压抑。

此时其他房间里挤得比肩接踵，一颗颗充满活力的心在兴奋地跳动。正当纵情狂欢达到高潮之时，黑色的巨钟鸣响了午夜钟声。于是如我刚才所描述，音乐停止了演奏，舞者停止了旋转，一切都像先前一样陷入一种不安的休止。但这一次钟声要响十二下，因此，也许碰巧有更多的思想会潜入狂欢者中那些善思者更长一点的沉思冥想之中。也正因为如此，人群中有许多人直到最后一声钟响完全消失，才有空注意到一个先前未引起过任何人注意的戴着假面具的身影。关于这位新来者的消息不胫而走，人群终于响起一阵表示不满和惊讶的喊喊喳喳或嘟嘟囔囔的声音，最后这种声音里渐渐流露出惊恐、畏惧和厌恶的意味。

在我所描述的这样一个光怪陆离的假面舞会上，按理说一般人的出现不可能引起如此轩然大波。事实上，那天晚上的装束面具几乎没有限制，但大家注意到的那个身影比希律王还希律王，他的装束和面具甚至超越了亲王那几乎没有限制的礼仪限度。最无动于衷的心也不可能没有能被情感拨动的弦。甚至对那些视生死为儿戏的迷途浪子而言，也总有那么一些事他们不能视为儿戏。实际上，当时所有参加假面舞会的人似乎都深深感到那个陌生人的装束和举止既无情趣可言也不合礼仪。陌生人身材又高又瘦，从头到脚都藏在一块裹尸布里。他那如僵尸面孔的假面具做得足以乱真，以至凑上前细看也一定很难辨出真假。不过对这群疯狂的寻欢作乐者而言，这一切虽不值得赞赏，但说不定还可以容忍。但那位陌生人太过分了，他居然装扮成红死病之象征。他的裹尸布上溅满了鲜血，他的额顶以及五官也洒满了猩红色的恐怖。

当普洛斯佩罗亲王看见这个幽灵般的身影（缓慢而庄重地在跳华尔兹的人群中高视阔步，仿佛是想将其角色扮演得更逼真），他显然大为震惊。开始只见他一阵猛烈地颤抖，说不出是因为恐惧还是厌恶，但随之就见他气得满脸通红。

"是谁如此大胆？"他声嘶力竭地问站在他身边的随从，"谁敢用这种无礼的嘲弄来侮辱我们？快抓住他，揭开他的面具，让我们看看日出时吊死在城墙上的到底是个什么家伙！"

普洛斯佩罗亲王嚷出这番话时，正站在东头的房间里。他洪亮的声音清楚地传遍了七个房间，因为亲王生性粗野豪放，而音乐也早已随着他的挥手停止了演奏。

亲王当时正站在蓝色房间，身边围着一群面如死灰的随从。他刚开始嚷叫时，这帮随从还稍稍朝那位不速之客逼近了两步，不料那个在不远之处的不速之客竟也迈着从容而庄重的步伐朝亲王走来，他的狂妄傲慢已在所有人的心中唤起了一种不可名状的敬畏感，所以没有一个人敢伸手去抓他，结果他畅通无阻地从亲王身边不足一米的地方走过。这时，所有的人仿佛都情不自禁地从房间中央退缩到了墙边。那陌生人如入无人之境，继续迈着那种从一开始就使他显得与众不同的庄重而平稳的步伐，从蓝色房间进入紫色房间，从紫色房间进入绿色房间，从绿色房间进入橘色房间，再从橘色房间进入白色房间，在一个抓他的行动开始之前，他甚至已快要进入紫罗兰色房间。可是就在此时，为自己刚才的胆怯而恼羞成怒的普洛斯佩罗亲王飞身冲过了六个房间，尽管那些被恐惧攫住的随从没有一人紧随其后。亲王高举一柄出鞘短剑，心急火燎地追到了离那退却的身影只有一米左右的地方。只听一声惨叫，那柄明晃晃的短剑掉落在黑色的地毯上，紧接着普洛斯佩罗亲王的尸体也面朝下倒在了上边。这时一群狂欢者才鼓起玩命的勇气，一哄而上冲进了那个黑色房间。可当他们抓住那个一动不动地直立在黑色巨钟阴影中的瘦长身影时，他们张口结舌地发现，

THE DAGGER DROPPED GLEAMING UPON THE SABLE CARPET

他们死死抓住的那块裹尸布和僵尸般的面具中没有任何有形的实体。

这下红死病的到来终于被承认。它就像一个小偷,趁黑夜溜了进来。狂欢者一个接一个倒在他们寻欢作乐的舞厅之血泊里,每一个人死后都保持着他们倒下时的绝望姿势。随着最后的欢乐结束,那个巨大的黑钟也寿终正寝。三角支架上的火盆全部熄灭。黑暗、腐朽的红死病开始了对一切漫漫无期的统治。

(1842)

陷坑与钟摆

> 就在这儿，那群贪婪而邪恶的暴徒
> 曾长久地对无辜者的鲜血怀着仇恨，
> 如今祖国已解放，死亡之狱被摧毁，
> 死神曾猖獗之处将出现健康的生命。
>
> ——为巴黎雅各宾俱乐部原址所建之
> 市场大门而作的四行诗

我真虚弱。由于那种漫长的痛苦，我已经虚弱不堪；而当他们终于替我松绑，并允许我坐下之时，我觉得我的知觉正在离我而去。那声宣判，那声可怕的死刑宣判，便是传进我耳朵的最后一个清晰的声音。从那之后，法官的声音就仿佛消失在一种梦一般模糊的嗡嗡声中。它使我想到了天旋地转这个概念，这也许是在恍惚中由此而联想到了水车的声音。这种情况只延续了一会儿，因为很快我就什么也听不见了。不过我暂时还能看见，只是所看见的是一种多么可怕的夸张！我看见了那些黑袍法官的嘴唇。它们在我看来非常苍白，比我写下这些黑字的白纸还白，而且薄得近乎荒诞。那么薄的嘴唇居然能说出斩钉截铁的词句，做出不容更改的判决，对人类的痛苦表现出冷酷的漠然。我看见那个决定我命运的判决无声地从那些嘴唇间流出。我看见那些嘴唇说话时可怕的扭动。我看见它们形成了我名字发音的口型。我为此一阵战栗，因为没有随之而来的声音。在一时间因恐怖造成的谵妄之中，我还看见遮住房间四壁的黑色幔帐轻得几乎不为人察觉的波动。然后我的目光落在了桌上的七支长蜡烛上。开始它们还呈现出一副仁慈博爱的模样，宛如一群会拯救我的白色小天使。可转眼之间我突然感到一阵恶心，感到我身上的每一根纤维都猛然一震，就好像我碰到了伽伐尼电池组的导线，与此同时，那些天使都变成了头顶冒着火苗的毫无意义的幽灵，我看出不可能指望它们来拯救。随即一个念头像一支优美的曲调悄悄地溜进了我的想象：坟墓中的安眠一定非常美妙。那念头来得悄然而隐秘，似乎过了好一阵我才充分意识到它的来临。但正当我终于完全感觉到它并接受它时，那些法官的身影突然像变戏法似的从我眼前消失；七支长长的蜡烛化为乌有，它们的火苗完全熄灭。随之而来的便是一片黑暗中的黑暗，所有的感觉仿佛都被灵魂坠入地狱时的那种飞速下降所吞没。然后就是那个沉寂而静止的冥冥世界。

　　我当时虽已昏迷，但仍然不能说我全部的知觉都已丧失。剩下的到底是一种什么状况，我现在无意下定义，甚至不想加以描述，但我并非完全失去了知觉。在沉睡中？不是！在谵妄中？不是！在昏迷中？不是！在死亡中？也不是！即使长眠于坟墓中也不会完全失去知觉，否则对人类便无不朽可言。从睡眠之最深处醒来的过程中，我们冲破一层梦的丝网。可转眼之间（也许那层丝网太薄），我们不再记得梦中所见的一切。从昏迷中苏醒过来有两个阶段：第一阶段是心理或精神存在意识的苏醒，第二阶段是生理存在意识的苏醒。看来情况很可能是这样的，如果我们苏醒到第二阶段时尚能回忆起第一阶段的印象，那我们就会发现这些印象有助于我们忆及在此之前的那个昏迷之深渊。那个深渊是怎么回事？至少，我们该如何区别那个深渊的阴影和坟墓的阴影？但即使我刚才称之为第一阶段的印象未被随意记起，可难道它们不会在很久以后自动冒出来，哪怕我们会惊于它们从何而来？从不曾昏迷过的人绝不会看到奇异的宫殿和在煤火中显现的非常熟悉的面孔，绝不会看到许多人也许看不到的暗淡的幻影在半空中飘浮，绝不会沉湎于某种奇花的芬芳，他的大脑也不会为某种以前没引起过他注意的韵调的意义而感到困惑。

　　在我经常有意识地去回忆那种昏迷状态的努力中，在我认真地去追忆我昏迷时所陷入的那种表面上的虚无状态之特征的努力中,也有过一些我认为是成功的时刻,有过一些我居然唤起了记忆的很短很短的瞬间。而其后清醒的理智使我确信,那些短暂的记忆只可能与当时那种表面上的无意识状态有关。这些少量的记忆隐隐约约地证明,当时一些高大的身影把我抬起,并默默无声地抬着我往低处走去,下降,继续下降,直到我感到那下降没有止境,感到一种可怕的眩晕向我压来。记忆还证明当时我心中有一种说不出的恐惧,因为当时心脏静得出奇。接着突然有一种一切都静止不动的感觉,仿佛那些抬我的人(一群可怕的家伙)在下降的路上已经超过了没有止境的界线,由于精疲力竭才停下来歇一会儿。在那之后,我还记起了晦暝与潮湿,然后一切都是疯狂,一种忙于冲破禁区的记忆的疯狂。

突然,我的心灵恢复了运动和声音,心一阵骚乱地运动,耳朵听到了心动的声音。接着是一阵短时间的空白。然后又有声音,又有运动,并有了触觉,一种弥漫我全身的刺痛的感觉。接着是一种没有意志的纯粹的存在意识,这种状态延续了较长时间。然后突然之间,意志恢复,恐惧感苏醒,并产生了一种急于了解我真实处境的意图。接着是一种想重新失去知觉的强烈欲望。然后是心智完全复活,行动的努力也获得成功。随之而来的便是对审判、法官、黑幔、判决、虚弱和昏迷的清楚回忆。接着就是昏迷之后那遗忘中的一切,那在后来经过许多努力才使我模模糊糊地回忆起来的一切。

到此为止,我尚未睁开眼睛。我感觉到自己仰面躺着,手脚没被捆绑。我伸出一只手,它无力地垂落在某个潮湿而坚硬的表面。我让手保持在那个位置。与此同时,我竭力去猜想自己身在何处,处境会怎样。我极想睁开眼睛,但又不敢。我害怕向周围看第一眼。这并不是说我害怕见到什么吓人的东西,而是因为我唯恐睁开眼睛会什么也看不见。最后我终于心一横,猛然把眼睛睁开。结果我所担心的得到了证实,包裹着我的是永恒之夜的黑暗。我困难地喘息着。那沉沉黑暗似乎压得我喘不过气来。空气也湿闷得令人难以忍受。我仍然静静地躺着,开始尽力运用我的理智。我回想起了这次宗教法庭审判的全过程,并力图以此推断出我当时的真实处境。死刑判决已经宣布,那对我来说仿佛已是很久以前的事情。但我从来没有认为自己真已死去。不管我们在小说中读到些什么,那类想象与真实情况都完全不相符。可我究竟在哪儿?情况到底怎样?我知道,被宗教法庭判处死刑的异端通常是被捆在火刑柱上烧死,而我受审的当天夜里就已经执行过那样一次火刑。难道我已被押回原来那个地牢,等待将在数月后举行的另一次火刑?我马上就看出这不可能。受害者从来都是被立即处死。再说我原来那间地牢和托莱多城①所有的死牢一样是石头地面,而且也并非一丝光都没有。

一个可怕的念头突然令我血流加快,心跳加剧,一时间我又陷入昏迷。待我重新醒来,我蓦地一跃而起,浑身忍不住瑟瑟发抖。我伸出双手上下左右乱摸了一阵。我什么也没摸到,但我仍然不敢挪动一步,生怕会被墓壁挡住去路。我浑身直冒冷汗,豆大的汗珠凝在我的额顶。这种悬疑不安的痛苦终于使我不能承受。于是我小心翼翼地向前挪动脚步,双臂朝前伸得笔直,两眼睁得几乎要突出眼窝,希望能看见一丝微弱的光线。我朝前走了好几步,可周围仍然只有黑暗与空虚。我稍稍松了一口气。看来很清楚,至少我待的地方还不是命运最可怕的那个归宿。

就在我继续小心翼翼往前摸索之时,心里不由得回忆起许许多多关于托莱多城的恐怖传闻。其中也谈到了地牢中的一些怪事,一些我认为不过是无稽之谈的怪事,但那些事毕竟稀奇古怪,可怕得没人敢公开谈论,只有在私下悄悄流传。难道他们是想让我在这个伸手不见五指的地下世界里饿死?或是还有什么更可怕的死法在等着我?我对那些法官的德行了如指掌,所以我并不怀疑我面前只有死路一条,而且知道我会比一般人更痛苦地死去。我一心想知道的,或使我感到迷

---

① 西班牙历史名城,位于马德里西南71公里处。——译者注

惑的，只是我具体的死法和时间。

我伸出的手终于碰到一个坚固的障碍物。那是一面墙，摸上去好像是用石头砌成，给人一种光溜溜、黏糊糊、冷冰冰的感觉。这下我顺着墙走，迈出的每一步都带着某些古老的故事灌输给我的谨慎和疑惧。但这样并不能使我弄清那间地牢的大小，我很可能走完一圈回到原处但自己却并不知道，因为那面墙摸起来始终是一个样。于是我伸手去掏我那把小刀，我记得我被带上法庭时那把小刀还在我衣兜里。可小刀不见了，我的衣服也被换成了一身粗布长袍。我本想将那把小刀插进石壁上的某条细缝，以便确定我起步的位置。尽管在心慌意乱中，那事开始显得像是一个无法克服的困难，但它毕竟是一件容易的事。我从长袍边上撕下一条布带，将其摊平横铺于地上，与墙面形成直角。这样我在绕墙走完一圈时就不可能不踩到这条布带。至少我当时心里是这么想的。但我没去考虑地牢的大小，也没有想到自己的虚弱。地面又湿又滑，我踽踽着朝前走了一会儿，然后一个趔趄摔倒在地上。我极度的疲乏诱使我就那样躺着，而且睡意很快就向我袭来。

醒来时我伸出一条手臂，发现身边有一块面包和一壶水。我当时又饥又渴，没有去想是怎么回事就狼吞虎咽地把面包和水都送进了肚里。很快我又开始绕着地牢摸索前行，虽然很吃力，但终于回到了那条布带的位置。摔倒之前我已经数了五十二步，醒来后到触到布带我又数了四十八步。这样一共是一百步；两步可折合一码，于是我推测那间地牢的周长为五十码。但我在摸索绕行的过程中摸出那面墙有许多转角，所以我不能断定那个地窖是什么形状，当时我已不能不认为那是个地窖。

我这番探究几乎没有目的，当然更不会有什么侥幸心理，只不过是一种朦朦胧胧的好奇心驱使我探究下去罢了。我放弃了那面墙壁，决定从地牢中央横穿而过。开始我每一步都走得极其小心，因为那地面虽然感觉上很坚实，但却非常容易使人滑倒。不过我终于壮起胆子把步子迈得更平稳匀称，力图尽可能笔直地走到对面尽头。我这样毫不迟疑地朝前走了十一二步，这时我刚才因撕布带而扯碎的长袍残边拖曳在我两腿之间。最后我一脚踩住袍边，重重地朝前一头栽倒。

在刚刚摔倒的那阵狼狈之中，我没有马上意识到一个多少有点令人吃惊的情况，但在随后的几秒钟内，当我还趴在地上之时，那情况就引起了我的注意。当时的情况是这样的：我的下巴搁在了黑牢的地面上，但我的嘴及其以上面部却没有碰到任何支撑物，尽管它们的水平位置明显比下巴更低。同时我的前额仿佛是浸在一种阴冷的雾气中，一股霉菌的异味也直往我鼻孔里钻。我伸手一摸，这才浑身一震地发现我正好摔倒在一个圆坑的边上，当然，那圆坑有多大当时我没法确定。在靠近坑沿的坑壁上摸索了一阵，我终于从坑壁上抠出一小块碎片，并让它掉进那个深渊。开始好几秒钟我听到它下落时碰撞坑壁的声音，最后终于听见它阴沉地掉进水里并引起一阵沉闷的回声。与此同时，头顶上也传来一阵好像是急速地开门又关门的声响，其间一道微弱的光线倏地划破黑暗，接着又骤然消失。

我已看清了替我安排好的死亡，并暗暗庆幸那使我免于坠入陷坑的及时的一跤。若摔倒之前我再多走一步，那我就早已不在人世了。我侥幸逃脱的那种死法，与我以前听说但认为荒诞不经、难以置信的关于宗教法庭处死人的传闻相同。死于宗教法庭暴虐的人有两类死法，一类是死于直接的肉体痛苦，一类是死于最可怕的精神恐惧。他们为我安排的是第二类死法。当时长久的痛苦早已使我神经脆弱，以致我听到自己的声音都禁不住发抖，所以无论从哪方面看，他们为我安排的死法都是对我最恰当不过的折磨。

我战战兢兢地摸索着回到墙边，横下一条心，宁死也不再冒险去受那些陷阱的惊吓，我当时想象那个地牢遍地都是陷阱。在另一种精神状态下，我说不定会有勇气跳进那样的一个深渊，在瞬间结束我的痛苦，可当时我却是个十足的懦夫。另外我总忘不了以往读到的关于那些陷坑的描述，它们最可怕之处并非是让你一下就死去。

纷乱不安的心情使我清醒了好几个小时，但最后我又昏睡过去。

再次醒来时，我发现身边和上次一样有一块面包和一壶水。我口渴难耐，便将那壶水一饮而尽。谅必是水里放了麻醉药，因为水一下肚我就感到一阵不可抗拒的困倦。我陷入一种沉睡，一种犹如死亡的沉睡。我当然不知道我究竟睡了多久，但当我再一次睁开眼时，身边的一切竟然清晰可见。凭着一道我一时说不出从何而来的黄中透绿的强光，我终于看出了那间牢房的大小和形状。

我刚才把它的大小完全弄错了。那间牢房的周长顶多不过二十五码。这个事实一时间又使我枉费了一番心机。真是枉费心机，因为身陷我那种绝境，还有什么事比牢房的大小更微不足道呢？可我偏偏对这种微不足道的事产生了强烈的兴趣，并绞尽脑汁一心要找出我先前量错的原因。最后我终于恍然大悟。我先前丈量时刚数到第五十二步就摔倒了，而当时我离那条布带肯定只差一两步。事实上，我几乎已经绕地牢走完一圈。然后我睡着了，而待我醒来时，我肯定是往后走了回头路，这样就把地牢的实际周长差不多多估计了一倍。当时我脑子里一片混乱，所以没注意到我出发时墙是在左边，而当我碰到布带时墙是在右边。

关于地牢的形状我也大错而特错。先前一路摸去我发现许多转角，于是乎我便断定其形状极不规则。由此可见，绝对的黑暗对一个刚从昏迷中或睡眠中醒来的人有多大的影响！那些转角不过是由墙上间隔不等的一些微微凹陷所形成。地牢大致上是四方形。我先前以为的石墙，现在看来是用一些巨大的铁板或某种其他金属板镶成，那些镶缝或接合处便形成了那些凹处。这个金属牢笼的内壁表面被拙劣地涂满了各种既可怕又可憎的图案，即起源于宗教迷信的那种阴森恐怖的图案。相貌狰狞的骷髅鬼怪以及其他更令人恐惧的图像布满并玷污了地牢四壁。我注意到那些鬼怪图轮廓倒还清晰，只是色彩似乎因褪落而显得模糊，好像是因为空气潮湿的缘故。我还注意到了地面，它是用石头铺成的。地面当中就是那个我先前侥幸没有坠入的圆形陷坑，不过牢房里只有那么一个陷坑。

这一切我看得不甚清楚,而且费了不少力气,因为在睡着之时,我身体所处的情况发生了很大变化。现在我是直挺挺地仰面躺在一个低矮的木架上,一条类似马肚带的长皮绳把我牢牢地缚在木架上边。皮绳一圈又一圈地缠绕我全身,只剩下头部能够活动,另外我的左手能勉强伸出,刚好够得着我身边地上一个瓦盘里的食物。我惊恐地发现那个水壶已经不见了。我说惊恐,因为难以忍受的焦渴正令我口干舌燥。这种干渴显然是我的迫害者们故意造成的结果,因为那盘中盛的食物是一种味道极浓的肉块。

我朝上打量地牢的天花板。它离我有三四十英尺高,其构造与四壁大致相仿。我全部的注意力都被其中一块镶板上画的一个异常的身影吸引住了。那是一幅彩色的时间老人画像,跟一般的画法没多大不同,只是他手里握的不是一柄镰刀,开始晃眼一看,我还以为他手里握着的是一个巨大的钟摆,就像我们在老式钟上所看见的那种。但是这个钟摆外形上的某种奇异之处引起了我更多的注意。当我目不转睛地朝上盯着它看时(因为它的位置在我的正上方),我觉得我看见它在动。我的这种感觉很快就被证实了。它的摆动幅度不大,当然速度也慢。我盯着它看了一会儿,心里有点害怕,但更多的是惊奇。最后它单调的摆动终于让我看厌了,于是我移开目光去看牢里其他东西。

一阵轻微的响动引起了我的注意。我朝地上一看,只见几只硕大的老鼠正横穿过地板。它们是从我右边视线内的那个陷阱里钻出来的。就在我注意它们之时,它们正成群结队地匆匆朝我逼近,肉香的诱惑使它们都瞪着贪婪的眼睛。我费了极大的精力才把它们吓退。

大约过了半个小时,甚至也许会是一个小时(因为我现在对时间只有个大致上的概念),我又抬眼朝头顶望去。这一看顿使我大惊失色,惶恐不安。那钟摆摆动的幅度已增大到将近一码。作为必然结果,它摆动的速度也大大加快。但最使我恐慌的是我意识到它明显地往下坠了一截。我这下注意到(不用说我当时有多么恐惧),那钟摆的下端犹如一柄闪闪发亮的月牙形钢刀,从一角到另一角的长度大约有一英尺，两角朝上，朝下的边显然像剃刀一般锋利。也像剃刀一样，那看上去又大又沉的钟摆越往上越细，形成一个完整的宽边锥形结构。锥形的上端悬挂在一根结实的铜棒上，整个结构摆动时在空气中划出咝咝的声音。

我再也不能怀疑这个由那些善于折磨人的僧侣独出心裁地为我安排的死法。宗教法庭的那些家伙已知道我发现了陷坑，那个预定要让我这种胆大包天、不信国教的人饱尝恐惧滋味的陷坑，那个传闻说是作为宗教法庭极端惩罚的象征地狱的陷坑。我偶然摔那一跤使我免于坠入那个深渊，而我知道，让受刑人惊魂不定，把受刑人诱入陷坑是那些稀奇古怪的地牢死刑之重要组成部分。既然我没能自己掉进陷坑，那即使推我下去也达不到那邪恶计划的预期效果，于是（没有选择余地）一种不同的更温和的死法正等待着我。温和！我居然想到用这个字眼，这使我禁不住微微苦笑。

现在来讲我当时数钢刀摆动次数时的那种比死还可怕的漫长恐惧又有何益！一丝丝，一线线，以一种仿佛要过几个世纪才能觉察到一点的速度，那钟摆慢慢地下降！几天过去了，也许是好多天过去了，那钟摆才终于降到我能感觉到它扇出的微风的高度，那锋利钢刃刻毒的气息才钻进我的鼻孔。我祈祷，我千遍万遍地祈求上苍让它降得快一些。我变得极度疯狂，拼命挣扎，想抬起身去迎住那柄可怕的弯刀的摆动。然后我突然变得平静，静躺着笑看那闪光的死亡，就像个孩子笑看一件稀罕的玩具。

我又完全昏迷了一次。这一次时间很短，因为当我醒来时，丝毫也察觉不出钟摆有所下降。不过昏迷的时间也可能很长，因为我知道那些恶棍会发现我昏迷过去，而他们能随意停止钟摆的摆动。这次醒来我还觉得非常虚弱，简直是觉得自己已虚弱不堪，仿佛是长时间处于饥饿状态。即便是处在痛苦之中，需要食物还是人之天性。我费了很大的劲才把左手伸到皮绳所允许的地方，拿了一点老鼠吃剩的肉。我刚把其中一点放进嘴里，脑子里突然闪过一个尚未成形但却令人欣喜的念头,希望的念头。可我与希望还有什么关系?如我所说,那是一个尚未成形的念头,人们有许多这种最终绝不会完全成形的念头。我觉得那念头令人欣喜,带给人希望,但我同时也感到它在形成的过程中就消失了。我拼命想找回那念头,并使它完全成形,但终归徒然。长期的痛苦几乎已耗尽我正常的思维能力。我成了个笨蛋,一个白痴。

钟摆的摆动方向与我竖躺的身体成直角。我看出那月牙形的锋刃将按预计的那样划过我的胸部。它将会擦到我的囚袍,它将会一遍又一遍地从囚袍上擦过。尽管它可怕的摆动幅度(已达三十英尺甚至更大)和它发出嗖嗖声的下降力度足以劈开那些铁壁,但它磨穿我的囚袍仍然需要好几分钟。我这个念头到此为止。我不敢接着再往下想。我紧紧地抓住这个念头不放,仿佛只要紧紧抓住这个念头,我就能阻止那柄钢刀下降。我强迫自己去想象那月牙形的锋刃擦过囚袍时的声音,去想象那摩擦声作用于神经所产生的那种独特的毛骨悚然的感觉。我就这么想象这些无聊的细节,直到想得我牙根发颤。

下降,钟摆悄悄地慢慢下降。我从比较它的摆动速度和下降速度之中感到了一种疯狂的快感。向右,向左,摆得真远,像坠入地狱的灵魂在尖叫,像一头悄悄接近猎物的老虎一步一步接近我的心脏!随着一种念头或另一种念头在脑子里占上风,我忽而大笑,忽而怒号。

下降,钟摆无疑而且无情地下降!它的摆动离我的胸口只剩下三英寸!我拼命挣扎,疯狂挣扎,想挣开左臂。我左臂只有肘关节以下能够自由活动。我能够吃力地把左手伸到那个盘子和嘴边,但不能伸得更远。若是我能挣脱肘关节以上的束缚,我就会抓住并努力阻止那个钟摆。我说不定还会去阻止一场雪崩!

下降,仍然不停地下降,仍然不可避免地下降!钟摆的每一次摆动都引起我一阵喘息、一阵挣扎。每一次摆动都引起我一阵痉挛性的畏缩。怀着由毫无意义的绝望所引发的渴望,我的眼睛紧随着钟摆向外或向上的摆动,而当它朝下摆来时又吓得紧紧闭上。尽管死亡会是一种解脱,哦,多么难以形容的解脱!但一想到那钟摆再稍稍下坠一点,其锋利而发亮的刀刃就会切入我的胸膛,我的每一根神经就禁不住颤抖。正是希望使得我神经颤抖,使得我身子畏缩。正是希望,那战胜痛苦的希望,甚至在宗教法庭的地牢里也对死囚犯窃窃私语。

我看出,那钟摆再摆动十一二次,其刀刃就将触到我的囚袍。随着这一观察结果,我绝望的神志突然变得既清醒又冷静。多少个小时以来,也许是多少天以来,我第一次开始了思考。我突然想到,束缚我的皮绳或马肚带是完整的一条,此外没有别的绳子把我捆住。那剃刀般锋利的弯刃划过这根皮绳的任何一处都会将其割断,这样我的左手就有可能使我的整个身子摆脱束缚。但要是那样的话,那可真正是钢刀已架在了脖子上,稍稍一挣扎都会碰上那刀口!再说,难道那些刽子手事先会没料到并防止这种可能性?而且绕过我胸口的皮绳会不会在钟摆摆动的轨道中呢?唯恐我这线微弱的并且似乎也是最后的希望破灭,我尽力抬起头去看那条皮绳绕过脚部的情形。皮绳横七竖八地紧紧缠绕着我的手脚和身体,唯独避开了刀刃将划过的地方。

我的头几乎尚未放回其原来的位置,我脑子里突然闪出一个念头,准确地说是我上文提到的那个尚未形成的脱身念头的一半,也就是先前我把食物送到焦灼的嘴边时模模糊糊地飘忽在我脑子里的那半个念头的另一半。现在整个念头呈现出来了,朦胧、依稀、模糊,但却完整。我以一种产生于极度绝望的精力,立即着手实现这一想法。

几个小时以来,我躺在上面的那个矮木架周围一直挤满了老鼠。它们大胆,猖獗,贪婪,一双双血红的眼睛死死地盯住我,仿佛一旦等我不再动弹就会蜂拥而上把我吞噬。我不由得暗想:"它们在陷坑里习惯吃什么食物?"

虽然我竭尽全力驱赶它们,但它们还是把盘子里的食物吃得只剩下一点肉末。我的左手一直习惯性地在盘子周围挥舞,可后来这种无意识的动作再也不起作用。那些讨厌的家伙在贪吃盘中肉时其尖牙常咬着我的手指。现在我把盘中剩下的那点油渍渍香喷喷的肉末全部涂在那根皮绳上我左手可及的地方，然后从地板上缩回左手，屏住呼吸一动不动地躺着。

　　一开始，那些贪婪的小动物对这一变化（我一动不动）感到又惊又怕，纷纷惶恐地向后退缩，许多甚至逃回了那个陷坑。但这种情况转瞬即逝。我没有低估它们的贪婪。见我始终一动不动，一两只最大胆的老鼠又窜上木架，闻了闻那根涂了肉末的皮绳。这一闻好像是总攻的信号。成群结队的老鼠一下子又匆匆涌出陷坑。它们死死缠住了木架，蜂拥而上，并有数百只跳上了我的身子。钟摆有节奏的摆动一点也不妨碍它们。它们一边躲闪着不让钟摆撞上，一边忙着啃那根涂了肉末的皮绳。它们压在我身上，一堆一堆重重叠叠地挤在我身上。它们在我脖子上扭动。它们冰凉的尖嘴触嗅我的嘴唇。我几乎被它们压得喘不过气来。我心里涌起一种不可名状的厌恶感。一种黏糊糊滑腻腻的感觉使我的心直发颤。但只一会儿工夫我就感到那场斗争即将结束。我明显地觉察到那根皮绳已经松弛。我知道它被老鼠咬断的地方不止一处。我以一种超人的毅力继续躺着一动不动。

　　计算上我没出错，那阵难受我也没白熬。我终于感到自由了。那根皮绳已断成一截一截的，挂在我身上。但钟摆的锋刃已压到我胸上。它已经划破了囚袍。它已经割破了下面的亚麻衬衫。它又摆荡了两个来回，一阵剧烈的疼痛顿时传遍我每一根神经。可脱身的时刻也已经到了。我的那些救助者随着我的手一挥便纷纷逃去。我以一种平稳的动作，小心地一侧，慢慢地一缩，滑离了那根皮绳的束缚，逃离了那个钟摆的锋刃。至少我一时间获得了自由！

　　自由！可仍在宗教法庭的魔掌之中！我刚从那可怕的木架上滑到牢房的石头地面，那可憎的钟摆就停止了摆动。接着我看见它被一种无形的力量往上拉，穿过天花板不见了。这对我是一个刻骨铭心的教训。我的一举一动都无疑受到监视。自由！我只不过是逃脱了一种痛苦的死法，随之而来的将是比死亡还痛苦的折磨。想到这儿，我神经质地环顾囚我于其中的几面铁壁。显而易见，某种异常，某种一开

"THEY SWARMED UPON ME IN EVER-ACCUMULATING HEAPS"

始还令我回不过神来的变化，已经发生在这间地牢。在好一阵恍恍惚惚战战兢兢的出神之中，我徒然地绞尽脑汁去东猜西想。在这段时间里，我第一次意识到了那道照亮地牢的黄中透绿的光线之来源。光从一条沿着整个地牢墙脚延伸的宽约半英寸的缝隙中透进，这样看起来墙壁仿佛完全是与地面分开的，实际情况也的确如此。我拼命想从那条缝隙看到外边，结果当然是枉费心机。

当我放弃那企图从地上站起来时，我突然看出那牢房发生了什么样的变化。我先前曾注意到，墙上那些鬼怪图的轮廓虽然清晰，可色彩却显得模模糊糊。但现在这些色彩已显现出并越来越鲜明地显现出一种令人吃惊的最光彩夺目的灿烂，这使得那些鬼怪图更显恐怖，连比我神经健全的人见了也会毛骨悚然。那些鬼怪突然间都长出了我先前不曾看见过的眼睛，现在这些可怕而又极富生气的魔眼正从四面八方瞪着我，而且都闪出一种火一般的光焰。我无论如何想象也没法认为那火是我的幻觉。

幻觉！我甚至连呼吸都觉得铁板烧红的气息直往我鼻孔里钻！地牢里弥漫着一种令人窒息的气味！那些盯着我受煎熬的眼睛变得越来越亮！一种比血更浓艳的红色在那些血淋淋的恐怖画上蔓延。我气喘吁吁！我上气不接下气！这毫无疑问是我那些刽子手们的阴谋。哦！最无情的家伙！哦！最凶残的恶棍！我从那炽热的铁壁往地牢当中退缩。想到马上就要被活活烧死，那陷坑的阴凉似乎倒成了我灵魂的安慰。我迫不及待地冲到那可怕的坑边，睁大眼睛朝下张望。从烧着的牢顶发出的火光照亮了陷坑的幽深之处。可是，我所看见的一时间差点使我疯狂，我的心灵拒绝去领悟我所见的是何意义。但最后那意义终于闯入了我的心灵，在我发抖的理智上烙下了它的印记。哦！无以言表！哦！真正的恐怖！哦！除此之外任何恐怖都算不上恐怖！我一声尖叫，逃离坑边，双手捂着脸失声痛哭。

温度急剧升高，我又一次抬眼张望，浑身不由得像发疟疾似的一阵战栗。地牢里又发生了第二次变化，这一次显然是形状的变化。

像刚才一样,我一开始也是无论如何也弄不明白到底出了什么事。但这一次我很快就回过神来。宗教法庭因我两度脱险而加快了报复,这次再也不可能让我与死神周旋。地牢本来是四方形的。可我现在看见那铁壁的四角有两个成了锐角,另外两个成了钝角。这可怕的变化随着一种低沉的轰隆声或呼啸声飞速加剧。转眼之间,地牢已经变成了一个菱形。但变化并没有到此为止,我也一点不希望它到此为止。我可以把那火红的四壁拥抱进我的胸膛,作为一块永恒的裹尸布。"死亡,"我说,"除了死于那陷坑,我接受任何死亡!"白痴!我难道会不知道把我逼进陷坑正是这火烧铁壁的目的?难道我能忍受铁壁的炽热?即便能忍受,难道我能经得起它的压力?此时那菱形变得越来越扁,其变化速度快得不容我思考。菱形的中心,当然也就是最宽处,已刚好在那张着大口的深渊之上。我缩离陷坑,可步步逼近的铁壁不可抗拒地把我推向深渊。最后,地牢坚实的地面已没有供我因烧灼而扭曲的身体的立足之地。我不再挣扎,但我灵魂之痛苦在一声响亮的、长长的、绝望的、最后的喊叫中得以发泄。我感觉我正在深渊边摇晃。我移开了目光。

忽闻一阵乱哄哄的鼎沸人声!一阵嘹亮的犹如许多号角吹响的声音!一阵震耳的好像无数雷霆轰鸣的声音!一只伸出的手臂抓住了我的胳膊,就在昏晕的我正要跌进那深渊之际。那是拉萨尔将军[①]的手。法国军队已进入托莱多城。那个宗教法庭落在了它的敌人手中。

(1842)

[①] 指拉萨尔伯爵(Comte de Lasalle, Antoine Charles Louis, 1775—1809),拿破仑麾下将军,半岛战争(1808—1814)初期曾率法军攻占过托莱多城。——译者注

玛丽·罗热疑案[1]
——《莫格街凶杀案》续篇

想象中的一些事件往往与真实事件并行。它们很少重合。人与环境总是去改动想象中的事件,这就使其看上去并不完美,因而导致的结果也同样不完美。宗教改革即如此,想的是新教,来的却是路德宗。

——诺瓦利斯[2]《道德论》

即使在最冷静的思索者当中,也很少有人未曾偶然遇到过这样的经历:那就是,因为惊于某些表面上看来是那么不可思议,以至理智没法将其视为纯属巧合的巧合,从而陷入一种朦朦胧胧但又毛骨悚

---

[1] 《玛丽·罗热疑案》最初发表时,作者认为不需要现在所增补的这些脚注,但本故事所依据的那场悲剧已过去多年,所以作者认为最好还是加上这些脚注,并对故事的总体构思做一简单介绍。几年前,一位名叫玛丽·塞西莉亚·罗杰斯的年轻姑娘在纽约市郊被杀害,尽管她的惨死在当时引起了强烈而长久的轰动,但直到本故事写成并发表之时(1842年11月),她的死因仍未查明。在本故事中,作者在假托叙述巴黎一女店员之死时虽然只参考了真实的玛丽·罗杰斯谋杀案中那些无关紧要的事实,但作者在每一细节上都一直追随着该案的本质。因此,根据这篇小说得出的全部论据都适用于那个真实的案件,而对该案真相之探究乃本文之目的。

《玛丽·罗热疑案》是在远离上述惨案现场的地方写成的,除了报纸所提供的事实,作者对该案未进行过其他形式的调查。因此,作者错过了许多如果他当时在那里并勘查过现场便可加以利用的材料。然而,记录下下面这个事实也许仍不算冒昧:两名证人(其中之一即这篇小说中的德吕克太太)于这篇小说发表很久以后,在不同时间所提供的证词都不仅充分证实了这篇小说的推论,而且还完全证实了这一推论所依据的全部假设的主要细节。——原注

[2] 诺瓦利斯(Novalis, 1772—1801),真名冯·哈登贝格(Georg Philipp Friedrich Freiherr von Hardenberg),德国早期浪漫诗人及散文家,力图把哲学、科学和诗歌结合起来,用隐喻解释世界。——译者注

然的对超自然现象的半信半疑。这种心情（因为我所说的这种半信半疑绝不会具有充分的思维能力）很难被彻底抑制，除非借助于机缘学说，或按其专门术语的说法，借助于概率计算法。由于这种计算法本质上纯然是数学的，因此，就让我们破例把科学之严谨精密运用于推测中最扑朔迷离的捕风捉影。

以时间先后而论，人们会发现，我现在应约公之于众的这些离奇的细节将构成一系列几乎不可理解的巧合之主脉，这些巧合的支脉或尾脉将被读者从最近发生于纽约的玛丽·塞西莉亚·罗杰斯谋杀案中看出。

大约一年前，当我在一篇名为《莫格街凶杀案》的小说中尽力描述我的朋友C. 奥古斯特·迪潘爵士心智上一些非常惊人的特性时，我压根儿没想到我今天会旧话重提。描述那种性格是我动笔的初衷，而这一初衷已通过我所举出的那些能证明迪潘特有癖好的事例而得以实现。我本可以举出其他一些事例，但我没必要进一步证明。然而，惊于最近某些事情出人意料之进展，我便进一步写出了这些细节，这也许会使我的叙述含有一种逼供的意味。但既然已听说了最近发生的一切，我若对多年前的所见所闻还保持沉默，那倒真是咄咄怪事。

莱斯巴拉叶母女俩惨死的案件一了结，迪潘爵士马上就不再去想那事。他故态复萌，又重新沉醉于喜怒无常的冥思苦索。总爱出神发呆的我欣然与他的脾性保持了一致。我们继续住在圣日耳曼区我们的寓所，把未来抛在九霄云外，平静地蛰伏于现实之中，将身边沉闷的世界编织进我们的梦幻。

但这些梦幻并非全然不被惊扰。不难想象，我朋友在侦破莫格街一案时所扮演的角色并不是没在巴黎警方的心目中留下难以磨灭的印象。迪潘这个名字在巴黎警界早已是无人不知，无人不晓。除我之外，迪潘从来没向任何人解释过他解谜所用的那种简单的归纳推理法，甚至包括那位警察局局长，所以，他破案之事几乎被人视为奇迹也就不足为奇，而他的分析能力为他赢得直觉敏锐的声誉也不足为怪。其实他的坦率本可以纠正好奇者的这种偏见,但他的惰性使他不愿去谈论一件他早已不再感兴趣的事。就这样,他发现自己成了警方眼中的要人,巴黎警察局想请他协助侦破的案子也着实不少。其中最引人注目的一件就是一位名叫玛丽·罗热的年轻姑娘被谋杀的案子。

这件事大约发生在莫格街惨案两年之后。玛丽是寡妇埃丝苔尔·罗热的独生女儿,她的教名和家姓都与那位不幸的"卖雪茄的姑娘"之姓名相仿[①],读者一看便会引起注意。玛丽自幼丧父,从那之后,直到本文所讲述的凶杀案发生之前十八个月内,她一直随母亲住在圣安德烈街[②],罗热太太在那儿经营一个膳宿公寓,由玛丽帮着照料。母女俩就这样过着日子,直到玛丽二十二岁那年,她迷人的美貌引起了一位香料商的注意。那位叫勒布朗[③]的香料商在罗亚尔宫的底层开有一家商店,其顾客多半是出没于那一带的流氓恶棍。勒布朗先生意识到,雇漂亮的玛丽来照料那个商店将使他有利可图,而他慷慨的提议被那位姑娘迫不及待地接受,尽管罗热太太多少有几分犹豫。

香料商果然如愿以偿,女店员的活泼与魅力很快就使那家香料店为众人所知。玛丽在那家商店干了大约一年,有一天突然从店中消失,害得她那帮倾慕者一个个心慌意乱。勒布朗先生说不出她的去向,罗热太太又急又怕。报纸很快就抓住了这个题目,警方正准备进行认真调查,可在过了一星期之后的一天早晨,玛丽又出现在那家香料店她通常站的柜台后面。她平安无恙,只是隐隐约约显出一种悲哀的神情。除了私人问候之外,所有的询问都理所当然地是自讨没趣。勒布朗先生仍然宣称对情况一无所知。玛丽母女俩对所有探问都一概答称上星期她是在乡下一位亲戚家里度过。事情就这样烟消云散,渐

[①] "卖雪茄的姑娘"即上文提及的纽约姑娘玛丽·塞西莉亚·罗杰斯,其英文教名和姓氏Mary Rogers与巴黎少女玛丽·罗热的法文姓名Marie Rogêt相仿。——译者注

[②] 拿骚街。——原注(译者按:作者在脚注中对应于正文里的地名和人名分别为纽约及纽约附近地区之地名和玛丽·塞西莉亚·罗杰斯案件有关人士的姓名。)

[③] 安德森。——原注

渐被人们所淡忘。至于那位姑娘,她借口要摆脱人们的好奇心对她的冒犯,事过不久就辞掉了香料店那份工作,回到圣安德烈街她母亲家里躲了起来。

大约在她辞职回家三年之后,她的朋友们惊恐地发现她突然第二次失踪。三天过去,毫无她的音信。到第四天,有人发现她的尸体漂浮在塞纳河[①]上,就在圣安德烈街区对岸离鲁尔门[②]那片僻静地区不太远的河边。

凶杀之惨无人道(因为一看就知道是凶杀)、死者之年轻漂亮,尤其是她生前风流的名声,使得敏感的巴黎人对这一事件大为关注。我记不得还有什么同类事件引起过那么普遍而且那么强烈的轰动。一连几个星期,人们只谈论这一撩拨人心的话题,连当时重大的政治问题都被抛到了一边。警察局局长非常难得地不遗余力,巴黎的警力当然也就全部派上了用场。

尸体刚被发现时,人们猜测凶手将很快落入法网,因为警方马上就雷厉风行地开始了调查。直到一个星期之后,警方才认为有必要悬赏缉拿,而即便如此,赏金也被限制在一千法郎。与此同时,调查仍在继续进行,虽说不一定有功劳,但却不乏苦劳。被调查询问的人可谓不计其数,结果终归徒劳无功。由于这桩疑案一直没有线索,公众的情绪变得越来越激愤。十天之后,警方认为最好把原来的悬赏金额增加一倍。又过了一个星期,案情仍毫无进展,巴黎人历来对警方抱有的偏见终于酿成了几起严重的骚乱。这下警察局局长亲口许诺两万法郎,"要把那位凶手绳之以法",如若查明凶手不止一人,则"每缉获一名凶犯"赏两万法郎。在这份悬赏公告中,警方还许诺对举报同伙并出庭做证的同案犯免予追究。这份公告所贴之处,一个市民委员会又附上了一份非官方告示,宣称除警察局局长许诺的赏金外,他们

[①] 哈德逊河。——原注
[②] 哈德逊河对岸新泽西州的威豪肯区。——原注

再提供一万法郎。这样整笔赏金已高达三万法郎。如果我们考虑到那位姑娘卑微的身份,再考虑到类似这桩凶杀案的暴行在各大城市都屡见不鲜,那这笔赏金的数目的确高得有点惊人。

现在谁也不怀疑这桩神秘的谋杀案很快就会大白于天下。但是,虽然警方也逮捕了一两伙似乎能使案子水落石出的嫌疑犯,但却查不出他们与那桩凶杀案有任何牵连,最后只好把他们立即释放。从发现尸体算起已过了三个星期,其间警方没找到任何有价值的线索。看起来虽然有点奇怪,但在那三个星期过去之前,这桩闹得巴黎满城风雨的事的确丝毫也没有传进迪潘和我的耳朵。当时我俩都全身心地埋头于各自的研究,差不多有一个月,我俩谁也没出门,也没会过客,连看我们那份日报也只是匆匆浏览一下头版上的政论文章。第一个带给我们谋杀案消息的正是巴黎警察局局长G先生本人。他于18××年7月13日午后登门拜访,和我们一直谈到当天深夜。他缉拿凶手的一番努力失败,这使他大为光火。这有关他的信誉,他以巴黎人特有的气派这么说,甚至有关他的名誉。现在公众对他都拭目以待,只要这桩疑案的侦破能有所进展,他不惜付出任何代价。他结束开场白时用一种不无滑稽的口吻把他觉得应该被称为迪潘的机智恭维了一番,然后向迪潘提出了一个直截了当而且的确慷慨大方的建议。至于那建议的具体内容,我觉得不便随意泄露,它与我叙述的事件毫无关系。

我朋友把那番恭维悉数奉还,但是欣然接受了那个提议,尽管那提议所答应的好处完全是靠不住的。协议一经达成,局长马上开始滔滔不绝地阐释他自己的见解,并插入大段大段的他对我们尚未获得的证据的评论。他口若悬河地讲了许多,而且当然是讲得博大精深,尽管其间我曾冒昧地偶然暗示过天色已晚的问题。迪潘一直稳稳地坐在他习惯坐的那张扶手椅上,完全是一副洗耳恭听的样子。整个会谈期间他始终戴着眼镜。我偶尔朝那两块绿镜片下瞥了一眼,这一眼已足以使我相信,由于他一言不发,那位局长告辞之前那漫长的七八个小时丝毫没影响他的酣睡。

第二天上午我去警察局取了一份案情证词的正式记录，又到各家报馆把刊载有这桩惨案消息的各种报纸一张不少地搜集了一份。经过一番去伪存真，报道的概况大致如下：

18××年6月22日（星期日）上午9点钟左右，玛丽·罗热离开了圣安德烈街她母亲的住处。临走前她只告诉过一位名叫雅克·圣厄斯塔什①的先生，说她要去德罗梅街她姑妈家待一天。德罗梅街是一条又短又窄但人口稠密的街道，离塞纳河不远，从罗热太太的膳宿公寓到那儿，抄最近的路大约要走两英里。圣厄斯塔什是玛丽认可的求婚者，就寄宿在罗热太太的膳宿公寓。他本该在黄昏时分去接他的未婚妻并陪她回家。但午后下起了瓢泼大雨。他心想她准会留在她姑妈家过夜（因为以前碰到这种情况她也在外过夜），所以他认为没有必要去履行诺言。罗热太太是个年逾古稀且体弱多病的老人，那天天黑时有人听见她表露"恐怕她再也见不到玛丽了"的担心，不过这句话在当时并没有引人注意。

到星期一方知道那姑娘不曾去过德罗梅街。直到那一天过去尚无她的音信，人们才开始分头到城里城外几个地方去寻找。然而，到她失踪后的第四天，人们仍未打听到任何关于她的下落。就在那一天（6月25日，星期三），一位叫博韦②的先生和他一个朋友到圣安德烈街对岸的鲁尔门一带打听玛丽的下落，听说塞纳河上的渔夫刚从河中捞起一具漂浮的尸体。博韦见到尸体后犹豫了一阵，然后才确认是香料店那位女郎。他朋友倒是一眼就认出了死者。

死者面部充血。一些发黑的血浆从嘴角溢出。嘴里未见一般溺死者通常都有的白沫。细胞组织尚未变色。喉部有瘀伤和手指掐过的痕迹。双臂弯曲至胸前，已经僵硬。右手掌紧握，左手掌半开。左腕有两道环形擦伤，显然是两根绳子或一根绳绕两圈捆绑所致。右腕部分及

---

① 佩恩。——原注
② 克罗姆林。——原注

整个背部也有严重擦伤,但双肩擦伤最为严重。渔民将尸体拖上岸时曾使用过绳子,但那些擦伤不是由此造成。死者颈部肌肉肿胀,可并无创伤或殴打所致的瘀伤。脖子上发现一根系得很紧的饰带,紧得深陷进肉里不易被看见,只是在左耳下方留了一个结。单是这根饰带就足以致命。验尸报告确认死者死亡前有过性行为。报告说她曾遭受野蛮的轮奸。尸体发现时的状态不难被其朋友辨认。

死者的衣服破碎凌乱。从套裙裾边一直到腰部被撕成一条宽约一英尺的长带,长带未被撕离套裙,而是顺着腰间绕了三圈,在背后系成了一个结。紧贴套裙下边的是一件细布衬裙,一块宽约十八英寸的布带从这件衬裙上被整幅撕下,撕得匀称而且撕得很小心。这条宽布带被发现松松地缠在死者脖子上,并打了一个死结。在这条布带和那根饰带上边还系着两端连着一顶无檐女帽的帽带。帽带的结不是女人通常系的那种,而是一个活结或称水手结。

尸体被认出后未按常规送到陈尸所(这一做法被认为多余),而是在离打捞地点不远的地方匆匆埋掉了。由于博韦先生的多方奔走,这一事件被尽可能地掩盖起来,在好几天内都不为公众所知。然而,一家周报[①]终于披露了这桩凶杀,结果尸体被掘出重新检验,但除了上面所记录的,再没有什么新的发现。不过这次将死者的衣服送给她母亲和朋友们辨认过,大家一致确认那些衣服是那姑娘离家时所穿的。

这时公众的反应越来越强烈。有几人被捕而随之又被释放。圣厄斯塔什尤其被警方怀疑,一开始他说不清玛丽离家的那个星期日他到过些什么地方,但后来他向G先生提交了一份宣誓书,其中令人信服地说明了他那天每一个小时的行踪。时间一天天过去,警方仍一无所获,上千种自相矛盾的传闻开始散布,记者们也纷纷发表高见。其中最引人注目的说法是玛丽·罗热还活着,塞纳河上发现的那具尸体是另一位不幸的姑娘。我想最好还是把持这种见解的文章摘几段让读者

---

① 《纽约信使》周刊。——原注

自己读读。这些段落均逐字逐句译自《星报》①,一份总体上还算办得不错的报纸。

18××年6月22日,星期日上午,罗热小姐以去德罗梅街看她姑妈或别的什么亲戚为由,离开了她母亲家。从那之后便没有人能证明看见过她。她一去就无影无踪或音信杳然……迄今为止,尚无任何人声称在她跨出其母亲家大门之后的当天看见过她。……那么,尽管我们还没有玛丽·罗热在6月22日星期日上午9点之后还活在这世上的证据,但我们已经证明在当日9点之前她还活着。星期三中午12点,鲁尔门附近河岸边发现一具漂浮女尸。即使我们假定玛丽·罗热在离开她母亲家后三小时内就被抛进河中,那从她离家到发现她的尸体也只有三天时间,恰好三天。但是,若认为这桩凶杀(如果她真被杀害的话)能发生得那么早,以至凶手居然能在半夜之前将她的尸体抛进河中,那我们就太愚蠢了。犯这种血腥罪行的人通常都选择深更半夜而不是光天化日。……由此可见,如果河上发现的尸体真是玛丽·罗热,那尸体在水中的时间就只有两天半,或最多三天。而所有的经验都已证明,凡溺死者或被杀害后立即抛入水中的人,其尸体需要六至十天腐烂到一定程度,然后才会浮出水面。即便尸体上方的水面上有大炮开火,那也只有至少浸泡过五六天的尸体才能浮起,如若任其漂浮,随即又会下沉。那么我们要问,究竟是什么原因使这具尸体背离自然之常规呢?……如果说这具尸体以其血肉模糊的状态在岸上被一直放到星期二晚上,那岸上就应该发现凶手的一点蛛丝马迹。而且就算尸体在岸上放了两天才被抛入水中,它是否能那么快就浮出水面仍然得加个问号。何况任何犯下了我们所假定的这桩谋杀罪的家伙都断然不可能不给尸体缚上重物就将其沉

---

① 《纽约乔纳森兄弟报》,由H.黑斯廷斯·韦尔德先生主编。——原注

入水中，毕竟用这种办法沉尸灭迹并不是什么难事。"

接着该报撰稿人继续论证那具尸体浸泡于水中"绝不仅仅只有三天，至少也有五个三天"，因为尸体已经腐烂到连博韦也费了好大劲儿才认出的地步。可对博韦认出尸体这一事实，该报却进行了充分的驳斥。且让我再往下翻译这篇文章：

> 那么，博韦先生凭什么确信那具女尸肯定是玛丽·罗热的尸体呢？他卷起过死者的衣袖并说他发现了使他确信的特征。公众一般都以为他所说的特征是指某种疤痕。其实他只摸了摸那条手臂，并觉得上面有汗毛。我们认为只需稍动动脑筋就会发现这不足为凭，正如在衣袖里摸到了一条胳膊一样不足为据。博韦先生星期三没有返回城里，只是在当晚7点托人捎信给罗热太太，说关于她女儿的调查尚在继续进行。如果我们承认罗热太太是由于上了年纪再加上悲恸因而不能过河去（这完全可以被接受），那肯定有什么人应该认为自己有必要过河去参加调查，如果他们认为那是玛丽的尸体的话。可事实上谁也没过河去。圣安德烈街没人说起或听说这件事，甚至住在那同一幢楼里的人对此也毫无所闻。玛丽的情人及未婚夫，那位寄宿在她母亲家里的圣厄斯塔什先生，宣誓做证说直到第二天早晨博韦先生到他房间告诉他时，他才知道他未婚妻的尸体已经找到。对这样一条消息，有关人却无动于衷。这不能不让我们感到震惊。

由此可见，这家报纸极力要造成一种玛丽的亲友对她之死态度漠然的印象，从而与亲友们相信那是她尸体之假定形成矛盾。这等于是向读者暗示：玛丽是因为卷入了一场于她不利的风流韵事而离开巴黎，她的出走得到了亲友们的默许，亲友们后来得知塞纳河上发现了一具跟她有几分相像的女尸，他们便趁此机会让公众相信玛丽已经死去。不过《星报》未免操之过急。事实清楚地证明并不存在那种想象的漠然。那位老太太的身体极其虚弱，加之连日来过分焦虑，听到消息后也只是心有余而力不足。圣厄斯塔什闻讯后也绝不是无动于衷，而是悲恸得死去活来，连神志都变得恍恍惚惚，以至于博韦先生不得不说服了一名亲友对他加以照料，并阻止了他去参加开棺验尸。更有甚者，尽管验尸后死者由公家出资重葬的新闻是由《星报》发布，但它同时又刊载消息说，一孔私人墓穴之慷慨馈赠被死者家属断然谢绝，而且死者家属没有一人参加葬礼。如我方才所言，《星报》刊载这一切都是为了加深它企图造成的那种印象，然而这一切都被证明为子虚乌有。在紧接着的一期报纸上，该报又试图让博韦遭到怀疑。那位撰稿人说：

> 请注意现在情况发生了一个变化。我们获悉当某次一位B夫人在罗热太太家时，欲出门的博韦先生对B夫人说有一位警察马上要来，并吩咐她在他回来之前务必什么也不要对警察说，而是把事情留给他本人去对付。照事情目前的情况来看，博韦先生似乎对整个事件都胸中有数但又讳莫如深。没他的允许别人不得越雷池一步，因为你随意迈步将对他不利。……由于某种原因，他决意除自己外不让任何人插手此事，而按照死者的一些男性亲友的说法，他是用一种奇特的方式把他们挤到了一边。他好像极不喜欢让死者的亲友见到尸体。

根据下面这个事实，对博韦的怀疑似乎显得可信。在那位姑娘失踪的前几天，曾有人上博韦的办公室找他，当时博韦不在，来人看见门上锁孔里插着一朵玫瑰，门边的记事板上写着"玛丽"这个名字。

就我们从报上所能搜集到的材料来看，普遍的印象似乎都认为玛丽死于一伙歹徒之手。这伙歹徒将玛丽挟持到河对岸，对她施以暴行然后把她杀害。然而《商报》①这份有广泛影响的报纸却非常认真地反对这种普遍的看法。我从其专栏文章中引用一两段如下：

> 就老在鲁尔门一带搜寻凶手的行迹而论，我们认为这场追踪一直是南辕北辙。像死者那样一位名声在外的年轻女郎，不可能一连走过三个街区都不被一个认识她的人看见。而任何熟人只要看见过她就一定会记得，因为认识她的人对她都感兴趣。再说她出门之时正是街上人来人往之际……她居然能走到鲁尔门或者德罗梅街而没被十个以上的熟人认出，这样的事情绝不可能发生。然而，迄今尚无一人声称在她母亲家门之外看见过她，而除了关于她表示过要外出的证词之外，没有任何证据能证明她确实出了家门。她的套裙被撕出一条长带缠在她腰间，这样便可把尸体像包裹一样搬运。假若凶杀是在鲁尔门附近发生，那凶手完全用不着费这番手脚。发现尸体漂在鲁尔门附近这一事实并不能证明尸体就是在那里被抛入水中……从那个不幸姑娘的衬裙上撕下的一条两英尺长一英尺宽的布带被扎在她的颏下，并且绕过她的脑后，这样做很可能是为了防止她喊叫。由此可见，凶手是一帮身边没带手绢的家伙。

然而，在那位警察局局长拜访我们之前的一两天，警方曾获得一个重要报告，这个报告的内容似乎至少能推翻《商报》那番议论的主要部分。报告说一位德吕克太太的两个儿子在鲁尔门附近的树林里游玩时偶然钻进了一片密集的灌木丛，那儿有三四块大石头堆得像把有靠背和脚踏的椅子。上边的一块石头上有条白色裙子，另一块石头上有一方丝织围巾。在那儿还找到一柄女用阳伞、一双手套和一张手绢。手绢上绣着"玛丽·罗热"的名字。周围的荆棘上发现有衣裙的碎

---

① 纽约《贸易报》。——原注

片。地面被踏平,灌木枝被折断,一切都证明那儿曾有过一场搏斗。从灌木丛到河边的篱笆围栏被推倒,地上有重物拖过的痕迹。

一家名叫《太阳报》①的周报就这一发现发表了如下评论,但仅仅是重复巴黎各报的共同看法:

> 被发现的物品遗留在那里显然至少已有三四个星期,由于雨水浸泡,那些东西全都生霉,而且被霉菌粘连在一起。有些东西的周围和上边都长出了野草。伞上的绸面质地结实,但其线头全部朽脆。上端折叠部分完全发霉腐烂,被人一撑开就撕破了……被荆丛撕下的几块套裙布片一般有三英寸宽六英寸长,其中一块是裙边,上面有缝补过的痕迹。另外有一块是从裙子上撕下的,但不是裙边。它们看上去像是一条条被撕下来挂在荆丛上似的,距地面大约有一英尺高。所以毋庸置疑,这桩骇人听闻的凶杀案之现场已被发现。

这一发现又引出了新的证据。德吕克太太证明道,她一直在正对鲁尔门离河边不远的地方经营一个路边客栈。那附近没有人家,特别僻静。通常星期日都有城里的浪荡子成群结队地划船过河到那儿游玩作乐。就在出事的那个星期天下午3点左右,一个年轻姑娘来到了客栈,由一位肤色黝黑的小伙子陪着。他俩在客栈里待了一阵子,然后离开客栈往附近的密林走去。德吕克太太注意过那位姑娘的装束,因为那件套裙与她死去的一位亲戚所穿过的一件套裙相似。她还特别留意过那条围巾。这对青年男女刚走,客栈里来了一帮无赖之徒,他们吵吵嚷嚷地吃喝了一通,没有付账便顺着那对青年男女离去的方向而去,大约傍晚时分他们又返回客栈,然后匆匆忙忙划船过河。

那天天黑不久,德吕克太太和她的大儿子曾听到客栈附近传来

---

① 费城《星期六晚邮报》,由C. I. 彼得森先生主编。——原注

一个女人的尖叫。那声音凄厉但很短促。德吕克太太后来不仅认出了在灌木丛中找到的那条围巾,而且还认出了尸体上的那件套裙。接着有一位名叫瓦朗斯[①]的马车夫也宣誓做证,他在那个星期日曾看见玛丽·罗热乘渡轮到塞纳河对岸,有一个皮肤黝黑的年轻人陪着她。瓦朗斯认识玛丽,不可能把她认错。在灌木丛中找到的那些物件都逐一被玛丽的亲属确认。

我按照迪潘的吩咐从报上搜集到的证词和材料中还包括这样一条,但这一条看起来似乎非常重要。好像是上面所说的衣物刚被发现不久,人们就在如今被公认为是凶杀现场的地方发现了已经昏迷或奄奄一息的玛丽的未婚夫圣厄斯塔什,并在他身边找到一个贴着"鸦片酊"的空玻璃瓶。他呼出的气息证明他已服毒。他一声没吭就死去了。从他身上发现一封信,信中简短地述说了他对玛丽的爱以及他殉情自杀的意图。

迪潘仔细读完我做的案情摘要后说:"几乎用不着由我来告诉你,这是一桩远比莫格街血案还复杂的案子。此案有一个要点与那桩血案不同,尽管这也是一起残忍的血案,但却是一件普通案子。全部案情毫无特别之处。你会看到,人们一直认为这个谜容易解开,正是因为它平淡无奇,而它本该被认为难以解开,也正是因为它司空见惯。就因为它平常,所以警方一开始认为没必要悬赏。G手下那帮警探马上就能够弄清这样一桩暴行为何会发生,又怎样发生。他们会设想出作案方式(多种方式),作案动机(许多动机);而由于这许许多多的方式和动机不可能每一个都是真正的方式和动机,于是他们便理所当然地认为其中之一必定是真的。然而,这些不同的设想中所包含的共同的容易性和每个设想都呈现出的各自的可能性,本来就应该被视为此案难破之暗示,而不应该被看成是容易破案的信号。我以前曾说过,正是凭着那些超越常规的现象,理性方能摸索出探明真相之

[①] 亚当。——原注

途径,假若那条途径果真存在的话。而对于我们眼下所面对的这种情况,该问的与其说是'出了什么事?'不如说是'出了什么从未出过的事?'在对莱斯巴拉叶夫人①那幢房子进行调查时,G手下那帮警探就是被这种特别搞得垂头丧气,狼狈不堪,而这种异常对一个思维缜密的智者来说,却能提供最确切的成功之兆。可面对这桩香料店女郎的案子,同样的一名智者说不定就会完全丧失信心,因为满眼皆是司空见惯、屡见不鲜的情况,除了让警察局那帮家伙空欢喜一场之外,这些情况不说明任何问题。

"在莱斯巴拉叶夫人及其女儿的那桩案子里,我们刚一开始调查就确信是桩凶杀案。自杀之可能即刻就被排除。这次我们也是从一开始就排除了自杀的嫌疑。在鲁尔门发现的那具尸体是那么惨不忍睹,使我们对这一要点没有质疑的余地。但是,有人已经暗示被发现的尸体不是玛丽·罗热,这就是说,现在悬赏缉拿的和我们私下与警察局局长达成协议追查的并非杀害玛丽的那名或那伙凶手。我俩对那位局长先生都很了解,对他不宜过分相信。如果我们从被发现的这具尸体开始调查,并由此追查出一名凶手,那我们有可能会发现这具尸体是另外什么受害人,而不是玛丽。而若是我们从活着的玛丽着手追踪并最终找到了她,但我们又可能发现她并没有遇害。无论是哪一种情况,我们都将白忙一场。所以,为了我们自己的利益,如果这不是为了伸张正义的话,我们必不可少的第一步就该是确定被发现的那具尸体是不是失踪的玛丽。

"《星报》的论调对公众很有影响,而这家报纸自命不凡,这从它关于这个案子的一篇文章开头一句就可见一斑。它说:'今天好几家晨报都在谈论星期一《星报》那篇毋庸置疑的文章。'在我看来,这篇文章除了作者那份热情之外,看不出有什么毋庸置疑的地方。我们应该记住,一般说来,我们那些报纸的目的首先在于引起轰动,

---

① 参见《莫格街凶杀案》。——原注

在于哗众取宠，而不在乎追求事实真相。只有当两者看起来相吻合之时，追求事实真相才可能被顾及。只发表普通见解的报纸得不到公众的信任（无论其见解是多么有根有据）。在公众眼里，唯有与众不同的尖刻才算深刻。无论在推论中还是在文学中，正是这种惊世之言能最迅速而且最普遍地受到赏识。而无论是于推论还是于文学，这种惊世之言都最没有价值。

"我要说的是，正是玛丽·罗热还活着这一想法的惊人之处和戏剧效果，而不是这一想法的真实可能性，使《星报》对此大做文章，以确保其迎合公众的口味。现在让我们来审视一下它议论的要点，同时尽量避免它开始阐释其论点时的那种毫无条理。

"该作者的首要意图是想证明，由于从玛丽失踪到发现那具浮尸之间的时间很短，所以被发现的尸体不是玛丽的尸体。于是，把那段时间缩短到最低限度立刻就成了该推论者的直接目的。因为急于要达到这一目的，他一下笔就迫不及待地来了个纯粹的假定。他说：'若认为这桩凶杀（如果她真被杀害的话）能发生得那么早，以至凶手居然能在半夜之前将她的尸体抛进河中，那我们就太愚蠢了。'我们马上要问，而且当然要问：何以见得？为什么认为那姑娘离开其母亲家后五分钟内遇害就太愚蠢？为什么认为那姑娘是在当天任何一个假定的时间遇害就太愚蠢？凶杀无论何时都可能发生。但是，如果这桩凶杀发生在星期日上午9点到夜里11点45分这段时间里的任何时候，那都会有足够的时间'在半夜之前将她的尸体抛进河中'。所以，这个假定实际上等于是说，这桩凶杀压根儿不是发生在星期日。可如果我们允许《星报》这样假定，那我们就可以容许它信口雌黄。以'若认为这桩凶杀……'开始的那段议论，不管它在《星报》上是怎样措辞用句，我们都不难想象它在作者头脑中是以这种方式存在的：'即便那位姑娘真的被杀害，但若是认为凶杀能发生得那么早，以至凶手居然能在半夜之前将她的尸体抛进河中，那是愚蠢的看法，那样认为是愚蠢；与此同时，如果（像我们决意要认为的那样）认为尸体是在半夜之后才被扔进河里,这也是愚蠢的。'这样说已够逻辑混乱,但还不像报上那句话完令人莫名其妙。"

迪潘继续说:"如果我的目的仅仅是要证明《星报》的那段议论站不住脚,那我完全可以对它置之不理。可我们必须对付的,不是《星报》,而是由此探明事实真相。照正被谈论的这个句子的现状来看,它字面上只有一个意思,就是我刚才清楚地陈述的那个意思,但重要的是,我们应该透过其字眼去寻找这些字眼显然想表达但又没表达出来的意思。那位撰稿人的意图本来是要说,这桩凶杀无论是发生在那个星期日白天或晚上的任何时候,凶手都未必敢冒险在半夜之前把尸体搬运到河边。我真正要抨击的正是这个假定。这个假定设想凶杀是发生在这样的一个地点,并发生在这样的一种情形下,以至把尸体搬运到河边成了一种必然。可是,那桩凶杀案说不定就发生在河边,或发生在河面。这样,把尸体抛进水中无论在白天和晚上的任何时候都可能被作为最明显而且最干脆的匿尸手段。你会明白我这里并非在暗示事情就是这样发生,也不说明这与我的见解一致。我所说的迄今与案情真相尚无关系。我只是要提醒你注意《星报》文章开头的那种片面性,从而注意它全部语气中的暗示。

"规定了这么一个期限来适应其先入之见,又假定了如果那是玛丽的尸体,那么它在水中的时间就很短,那位撰稿人继续写着:

> 所有的经验都已证明,凡溺死者或被杀害后立即抛入水中的人,其尸体需要六至十天腐烂到一定程度,然后才会浮出水面。即便尸体上方的水面上有大炮开火,那也只有至少浸泡过五六天的尸体才能浮起,如若任其漂浮,随即又会下沉。

"《星报》的这番论断被巴黎各报一致默认,唯有《箴言报》[①]

---

① 《纽约商业广告报》,由斯通上校主编。——原注

一家除外。该报单单针对'溺死者的尸体'这一部分竭力进行反驳，引证了五六起公认为是溺水者的尸体在比《星报》所坚持的期限更短的时间内浮出水面的事例。《箴言报》的意图是要全盘否定《星报》的论断，可它却用几个特殊的事例去驳斥一个总体论断，这未免太缺乏哲学修养。即便它能引证五十个而不是五个实例来证明尸体只需两三天就能浮出水面，那在《星报》的那条普遍规律被驳倒之前，它的五十个实例仍然只能被视为那条规律的例外。而一旦承认那条规律（《箴言报》并未否认规律，只是强调了那些例外），就等于容许《星报》的论断继续有效存在。因为《星报》论断之着眼点并不在于争论尸体是否能在三天内浮出水面的问题，所以除非上述那种幼稚的例证多得足以形成一条针锋相对的规律，这种可能性的争论只会对《星报》有利。

"你马上就能看出，如果真有那么一条规律，那所有对这一要点的争论都应该立即将矛头直指那规律本身，为此我们必须审视那条规律的基本原理。一般说来，人体既不比塞纳河中的水轻多少，也不会比它重多少。这就是说，人体在自然状态下，其比重略等于躯体所排开的淡水体积。骨骼小而肉和脂肪多的躯体比骨骼大但肉和脂肪少的躯体更轻，女人的躯体通常比男人的更轻，而河水的比重多少要受到海潮的影响。但即使抛开海潮的因素也可以这么说，就是在淡水里也极少有人体会自动下沉。几乎每个掉进河里的人都能够浮在水面，只要他能允许水的比重与他身体的比重恰好保持平衡，换句话说，就是只要他能允许自己的整个身体尽可能地浸入水中。对不会游泳的人来说，正确的姿势应该是像在岸上走路时那样垂直，头尽量后仰并浸入水中，只让嘴和鼻孔露出水面。这样我们就会发现自己可以毫不费力地浮在水面。可显而易见，人体的重量与所排开的水的体积必须平衡得恰到好处，而任何一点微弱的力量都会打破这种平衡。譬如说把一条胳膊伸出水面，那条胳膊就会失去浮力的支撑，结果身体增加的重量就足以使整个头部淹进水中，而偶然借助于一块小小的木头，我们就可以直起头来四下张望。不会游泳的人在水里挣扎时总不免举起双臂，同时还竭力像平常一样直着脖子，结果嘴和鼻孔就浸入水中。而在水面之下呼吸的结果又使水进入肺腔，胃里也会大量进水。肺和胃里原有的空气现在被水置换，身体因此而变得更重。这种变化通常就足以使人体下沉，但那种骨骼小而肉和脂肪特别多的人会例外。那种人即便被淹死也不会下沉。

"沉入河底的尸体一直要等到其比重小于被它排开的水的比重时才能重新浮起。这种结果可由尸体的腐烂或其他原因造成。尸体的腐烂会产生气体，气体使腹腔、胸腔和细胞组织扩张，并使全身呈现出一种十分可怕的肿胀。这种肿胀使尸体的体积增大但重量并不相应增加，因而尸体肿胀到一定程度，其比重就会小于它排开的水的比重，随即便可浮出水面。但尸体的腐烂受制于不同的环境，其腐烂之快慢受无数媒介的影响，譬如天气的冷暖、水中含矿量的多少或水的纯度、水域的深浅、水流的急缓、尸体的温度，以及死者生前有无疾病等等。因此，我们显然没法确定尸体要多少时间才能腐烂到能浮出水面的程度。在某些条件下，这种结果可在一小时内产生；在另一些条件下，也许永远也不会产生这种结果。有些化学注剂可保持动物尸体永不腐烂，二氯化汞就是其中一种。不过尸体除了腐烂之外，胃腔也经常因其中的植物性物质酸性发酵而允满气体（其他腔体器官也可因其他原因产生气体），这样也足以使尸体肿胀到能浮出水面的程度。水面大炮开火所起的只是震荡作用。这种作用一方面可以让尸体摆脱淤泥或其他沉淀物的羁绊，使其在其他条件已成熟的情况下上浮，另一方面可震掉细胞组织在腐烂过程中产生的黏性物质，从而允许腔体在空气的作用下膨胀。

"弄清了这个问题的基本原理，我们就能轻而易举地来审视《星报》的那番论断。这家报纸说：'所有的经验都已证明，凡溺死者或被杀害后立即抛入水中的人，其尸体需要六至十天腐烂到一定程度，然后才会浮出水面。即便尸体上方的水面上有大炮开火，那也只有至少

浸泡过五六天的尸体才能浮起，如若任其漂浮，随即又会下沉。'

"现在来看，这整段文章就必然是一堆矛盾百出且语无伦次的废话。所有的经验并没有证明'溺水者的尸体'需要六至十天才能腐烂到能浮出水面的程度。科学和经验都证明，沉尸浮出水面的时间是而且必然是不确定的。此外，如果一具沉尸因水面大炮开火的震动而浮出水面，它也不会因'任其漂浮就随即下沉'，而是要等到它腐烂得再也盛不住体内所产生的气体时才会下沉。不过我希望你能注意到'溺死者的尸体'和'被杀害后的遇害人的尸体'这两者之间的区别。虽然那位作者也承认这种区别，可他在议论中却把它们混为一谈。我已经说明了溺水者是如何使自己身体的比重大于被其排开的水的比重，说明了他完全可以不下沉，除非他在水中挣扎，把双臂伸出水面，并由于在水下呼吸而让水置换掉肺里原有的空气。但'被立即抛入水中的遇害人'的尸体既不会挣扎也不会呼吸，因此这种尸体一般说来根本不会下沉。对这一事实《星报》显然是一无所知。这种尸体要等腐烂到相当程度，腐烂到肌肉大部分与骨骼脱离的时候，这时，而且只有到这时，它才会从水面上消失。

"现在，对于因为浮尸在三天内被发现就认为不可能是玛丽的尸体的那个论断，我们又该如何看呢？假若那是个溺死的女人，那她也许压根儿就没往下沉，或是下沉后又在一天内或更短的时间内浮了起来。但没人认为她是溺死的。而若是她在被抛入水中之前就已经死去，那任何时候都可能发现她浮在水面。

"《星报》还说：'如果说这具尸体以其血肉模糊的状态在岸上被一直放到星期二晚上，那岸上就应该发现凶手的一点蛛丝马迹。'初看这句话很难领会推论者的意图。其实他表示的意思是他预见到了这一假想有可能成为其论断之反证，即：假若尸体在岸上放了两天，那就会腐烂得更快，比浸泡在水中腐烂得更快。他以为那样尸体就有可能在星期三浮出水面，并认为只有在那种情况下，这样的事才可能发生。于是乎他赶紧证明尸体没有被放在岸上，因为要是那样的话，

'岸上就应该发现凶手的一点蛛丝马迹'。我猜你会为这种推论而感到好笑。你无论如何也弄不明白，为什么尸体放置岸上的持续时间能作用于增加凶手的踪迹。我也弄不明白。

"我们那份报纸接着说：'何况任何犯下了我们所假定的这桩谋杀罪的家伙都断然不可能不给尸体缚上重物就将其沉入水中，毕竟用这种办法沉尸灭迹并不是什么难事。'请注意这段话里可笑的思维混乱！没有谁（甚至包括《星报》）对发现的死者是被谋杀表示过异议。尸体上暴行的痕迹太明显了。我们那位推论者的目的不过是要证明那具尸体不是玛丽的尸体。他希望证明的是玛丽没有被杀害，而并非想证明发现的那名死者不是他杀。可他的一番议论却只证明了后者。这儿有一具没缚重物的尸体，而凶手沉尸不可能不缚上重物，所以这具尸体并非凶手所抛。如果说这段话证明了什么，那这就是它所证明的一切。死者身份的问题甚至就不了了之，而《星报》煞费了一番苦心，结果反倒否认了它刚刚承认过的一个事实。它前文曾说：'我们确信被发现的浮尸是一名被杀害的女性的尸体。'

"我们那位推论者不仅仅是在这个例证上不能自圆其说，他在其主论的那一段里也不知不觉地自己跟自己过不去。我已经说过，他明显的目的就是要尽可能地缩短从玛丽失踪到发现浮尸之间的时间。可我们却发现他极力强调那姑娘离开她母亲家后便无人再见过她这一点。他说：'我们还没有玛丽·罗热在6月22日星期日上午9点之后还活在这世上的证据。'因为他的论证本来就是片面的，所以他至少应该对这一点视而不见，因为若是知道有谁看见过玛丽，比方说在星期一或是星期二，那议论中的那段时间就可以被大大缩短，而根据他的推论，那具浮尸是那位女店员的尸体之可能性也就会大大减少。不过，看见《星报》那么信心十足地坚持认为这一点有助于它总的论断，这倒使人觉得非常有趣。

"现在让我们再来看看《星报》针对博韦辨认尸体的那段议论。关于手臂上汗毛的说法，《星报》显然是别有用心。博韦先生不是白痴,他在辨认尸体时不可能只简单地说手臂上有汗毛。哪一条手臂都有汗毛。《星报》那种笼统的说法不过是对证人原话的歪曲。博韦先生肯定谈到过那汗毛的某种特征,谈到过其颜色、疏密、长短或生长部位之特征。

"该报揶揄道:'说她脚小,脚小的何止万千。她的吊袜带压根儿算不上证据,她的鞋子也不足为凭,因为同样的鞋子和袜带都成包成箱地出售。她帽子上的饰花也同样随处都能买到。博韦先生一再坚持的一点是,那副吊袜带带子被缩短,而且吊扣上移。这一点丝毫也不说明问题,因为大多数女人都宁愿把吊袜带买回家后再依照自己腿的尺寸调节吊扣,而不愿在商店里试好再买。'从这儿已很难认为那个推论者是在认真讨论问题了。如果博韦先生在寻找玛丽的尸体时发现了一具身材相貌都与她大体相同的尸体,那他就有正当理由认为他要找的尸体已经找到(完全用不着再考虑什么衣着的问题)。要是除了身材相貌酷似,他还在其手臂上发现了他曾在活着的玛丽的手臂上看见过的汗毛特征,那他的认定就会理所当然地得到加强,而这种确信之增强很可能就与汗毛特征的特异或异常程度成正比。如果玛丽的脚小,而那具尸体的脚也小,那么尸体即玛丽的可能性就不仅仅是成算术比例增加,而是以几何比例或累积比例增长。若是再加上那双鞋正好像她失踪那天人们所知道她穿的那双,那即使这种鞋在商店里'成包成箱'地出售,你也仍然可以认为那种可能性已经接近于确实无疑。由于处在确证的位置,其本身本来不足为据的东西反倒会成为更确凿的证据。所以,只要那顶帽子上的花和失踪那位姑娘所戴的相同,我们就不用再找别的证据。只要有一朵花,我们就不用再找别的证据。那如果有两朵、三朵或者更多的花呢?那每一朵花就可以使证据增加一倍。证据的增长不是一个一个相加,而是以百位数或千位数去相乘。现在假定我们发现那名死者腿上的吊袜带正好是失踪的那位姑娘所用的那种,我们再要往下追究就已经有点可笑了。可这副吊袜带还被发现缩紧了吊带,并且是以玛丽通常在出门之前上移吊扣的那种方式缩紧的。这下还有谁怀疑,那他不是装疯就是卖傻。《星报》说什么吊袜带的缩短是常有的事,这只能证明它将错就错,固执己见。吊袜带本身具有的伸缩性证明缩短吊袜带并非常有的事。它本身所具有的调节功能只能在很少的特殊情况下才需要再调节。严格地说,玛丽那副吊袜带需要像上面说的那样缩紧,这肯定是一种少有的情况。单是那副吊袜带就足以证明她的身份。可人们不单是发现那具尸体系着那位失踪女郎的吊袜带,不单是发现它穿着她的鞋子,或戴着她的帽子,或插着她帽子上那种花,或脚和她一样小,或手臂有她一样的标记,或身材相貌都与她大体相像,而是发现那具尸体有她所有的每一点,有她所有的一切。如果证明《星报》那位撰稿人对死者之身份是真正抱有怀疑,那在这种情况下也大可不必送他去接受精神病检查。他不过一直认为重复那些律师们的废话是明智之举,而大多数律师只满足于重复那一本本四四方方的法规法典。在此我想说明一下,被法庭驳回的许多证据在智者看来都是最好的证据。因为法庭只遵循确认证据的一般原则,即被普遍接受和记入法典的原则,而不愿转向特殊的事例。绝对不顾与原则冲突之例外,坚定不移地恪守原则,这种惯例无论时间怎样延续,也是能最大限度探明真相的一种可靠方法。因此这种惯例在总体上是明智的,但可以肯定,它仍然会在个别事例上酿成大错①。

"关于博韦有嫌疑的暗示,你也许很乐意能一下子排除。对这位热心绅士的真正秉性你已经有所了解。他是个爱管闲事的人,精明不足,风流有余。他这种好事之徒遇上这真正的热闹事,自然难免热心

---

① 据某一客体之特性所立之理论,有可能随着其客体之不同而难以自圆其说;据事物之起因设置论题者,有可能随着其结果的不同而弃题废论。所以各国法学都一再表明,法律一旦成为一门科学和一种制度,那它也就不再公正。对分类原则之盲从已导致法律出错,对这些错误,只消看看立法机构是如何经常被迫出面恢复其法律丧失之公正便可得知。——兰多[译者按:此注乃爱伦·坡之原注。兰多即美国法理学家及文学家霍勒斯·B. 华莱士(Horace Binney Wallace, 1817—1852),他曾以笔名威廉·兰多(William Landor)出版其长篇小说《斯坦利》(*Stanley*, 1838),原注引文即出自该小说第二卷第七十八章。]

过头，所以容易招惹过分精明的人或居心不良的人对他生疑（如你的摘要所示）。博韦先生与《星报》那位撰稿人单独进行过几次交谈，他无视撰稿人那番理论，大胆说出自己的想法，坚持认为那具浮尸千真万确是玛丽的尸体，结果冒犯了那位撰稿人。《星报》说：'他一口咬定说那是玛丽的尸体，可除了本报已加以评论的那些细节，他提不出任何令人信服的证据。'现在无须再谈论不可能提出'令人信服'的有力证据这一事实，我们也许注意过这样的情况，一个人可以非常清楚地表明他相信某事，但却不能提出任何让别人也相信的理由。没有什么比谈对人的印象更说不清的事了。谁都认识自己的邻居，可很少有人对说出认识的理由有所准备。《星报》那位撰稿人无权因博韦先生说不出相信的理由就大动肝火。

"博韦先生的招疑之处更符合我假设的那种风流好事之徒，而不符合那位撰稿人说他有罪的暗示。只要接受这种更富善意的解释，我们就不难理解报上说的那些情况，如锁孔里那朵玫瑰、记事板上写的'玛丽''把男性亲友挤到一边''不喜欢让他们见到尸体'，吩咐B夫人在他（博韦）回来之前不要同警察谈话，以及他决意'除自己之外不让任何人插手此事'等等。在我看来，博韦毫无疑问是玛丽的追求者之一，而玛丽也肯定向他卖弄过风情。他巴不得让别人认为玛丽和他最亲热，最知心。对这一点我不想再说什么，至于《星报》所说的玛丽的母亲及其亲友对她的死态度冷漠，一种与他们相信那具尸体就是玛丽的假定相矛盾的冷漠，这已被事实证明是无稽之谈。现在让我们认为证明死者身份的问题已圆满解决，我们将以此为基础继续探讨案情。"

"那么，"我问，"你认为《商报》的看法怎么样？"

"就其要旨而言，《商报》的看法比其他已经发表的有关见解更值得注意。它从前提所引出的推论既明智又精辟，但它的前提至少有两个不足之处。《商报》意在暗示玛丽是在离她母亲家不远的地方被一伙下流的歹徒挟持。它强调说：'像死者那样一位名声在外的年轻女郎,不可能一连走过三个街区都不被一个认识她的人看见。'持这种看法的肯定是一位久居巴黎的人,一位从事社会活动的人,而且是一位日常行程大部分局限于公务机关附近的人。他知道他从自己的办公室出来走上十二个街区,很少有不被人认出并向他打招呼的时候。他知道他有多少熟人,也知道有多少人认识他。他把自己的知名度与那位香料店女郎的名气进行比较,觉得二者没多大差别,于是马上得出结论,她走在街上也会像他一样容易被人认出。这一结论只有在玛丽平时也像他那样按部就班、一成不变地来往于同一区域的条件下才能成立。他总是在一定的时间来往于一个限定的区域,那里有许多人由于情况与他相同而对他感兴趣,进而认识他本人。但一般说来,玛丽通常行走的路线应该被认为是没有定准的。而在这个特例中,不难理解她非常有可能走了一条与她平时习惯走的路线截然不同的路。我们设想存在于《商报》心目中的那种对等只有在两个人横穿全城的情况下才能被证明。在那种情况下,假定他俩的熟人一样多,那他们可能与熟人相遇的次数也就机会均等。在我看来,我倒相信玛丽无论何时,无论从哪条路从她的住处到她姑妈家而没遇上她认识的人或被认识她的人看见的情况不仅是可能的,而且是完全可能的。要全面而正确地看这个问题,那我们必须牢牢记住,即使对全巴黎最出名的人而言,认识他的人与巴黎的总人口相比也少得可怜。

"但不管《商报》的看法显得多么有说服力,只要我们一考虑到那姑娘出门的时间,那种说服力就会大为减色。《商报》说'她出门之时正是街上人来人往之际',可实际情况并非如此。那是上午9点钟。的确,每天上午9点钟时巴黎的街上都挤满了人,但是唯有星期日除外。星期日上午9点,大多数人都还在家里为上教堂做准备。细心的人不会不注意到安息日上午8点到10点巴黎的街头有多冷清。从10点到11点,街上会比肩接踵,但在上面所说的那段时间里绝不会人来人往。

"就《商报》而言,它在另一点上似乎有一个观察失误。它说:'从那个不幸姑娘的衬裙上撕下的一条两英尺长一英尺宽的布带被扎在她的颔下,并且绕过她的脑后,这样做很可能是为了防止她喊叫。由此可见凶手是一帮身边没带手绢的家伙。'这种看法有无根据,我们以后会尽力弄清楚;可《商报》撰稿人所说的'没带手绢的家伙'指的就是那群下流的歹徒。然而,那些家伙即使不穿衬衫也不会不带手绢。你肯定已经注意到近些年来,手绢已成了流氓恶棍必不可少的东西。"

"那我们对《太阳报》的那篇文章又如何看呢?"我问。

"可惜那位作者不是一只天生的鹦鹉,不然他这篇文章倒可以使他在同类中显得出类拔萃。他仅仅是把别人已经发表过的消息评论一条一则地重复了一遍。他那种寻章摘句、东拼西凑的勤勉倒令人钦佩。他说'被发现的物品遗留在那里显然至少已有三四个星期',并'毋庸置疑,这桩骇人听闻的凶杀案之现场已被发现'。《太阳报》所重复的情况其实远远不能消除我对这个问题的怀疑,以后我们将联系这个话题的另一部分再来审视这些情况。

"现在我们得来进行另一番探讨。你不会不注意到验尸进行得极其草率。诚然,尸体的身份问题容易确定,或说本该不难确定,但还有另外一些要点需要弄清。死者是否遭到过任何抢劫?死者出门前是否戴有任何珠宝首饰?如果有,发现尸体时它们是否还在?这些重要的问题证词里只字未提,还有些同样重要的问题迄今也无人注意。我们必须凭自己的调查使自己信服。圣厄斯塔什的情况得重新审查。我对他这个人并不怀疑,但还是让我们有条不紊地来进行。我们得毫无疑问地弄清他关于那个星期日行踪的宣誓书完全属实。那种宣誓书很容易成为干扰视线的东西。但如果它内容属实,我们就可以把圣厄斯塔什从我们的调查中排除。不管他的自杀在发现他宣誓书有欺诈的情况下会多么值得怀疑,但若无这样的欺诈,那就绝非一件无法解释的事,我们就不必因此而转移正常分析的思路。

"从我刚才所提到的来看,我们应该抛开这幕悲剧的内情,而把精力集中到它周围的情况。在进行此类调查中,屡见不鲜的错误就是把调查局限于直接对象,而全然忽略那些间接的或伴随的情况。把证据和审议都限制在明显相关这一界线内,这是法庭的不当行为。而经验已经证明,而且一种真正的哲学也始终表明,真相的一部分或大部分往往存在于表面上与它无关的事物现象中。正是由于这个原理的精神实质,如果说不是由于它丝毫不差的字面意思,现代科学才决心去预测难以预知之事物。不过你也许不明白我这番话的意思。人类知识的历史一直不断地证明,我们许许多多极其有价值的发现都归功于间接的、偶然的或意外的事件,以至从任何发展进步的眼光来看,充分地而且是非常充分地去估计许多发明创造都将产生于偶然和纯粹的意外已经终于成为一种必然。对未来之展望必须以现实作为根据已经不再富于哲理。偶然已被公认为是这种根据之一部分。我们已经使偶然性成为绝对计算的要素。我们还把难以预料和难以想象的因素置入了学校中的数理方程式。

"我再重复一遍,所有真相之绝大部分产生于间接因素是确凿的事实;而正是根据这个事实所含有的原理之精神,我将把我们眼下的调查从别人已经调查过但毫无结果的事件本身,转移到事件发生时它周围伴随的情况。当你去查清那份宣誓书的真伪之时,我将更全面地把你所研究过的这些报纸再研究一遍。迄今为止,我们还仅仅是勘察了一下我们要调查的范围。不过,要是在对这些报纸进行一番我所说的那种全面研究之后,它们还不能为我们提供能指明调查方向的要点,那这事就奇怪了。"

我按照迪潘的建议对那份宣誓书的内容进行了认真彻底的核查。核查结果证明宣誓书无伪,因而也证明了圣厄斯塔什清白无罪。与此同时,迪潘以一种在我看来似乎毫无目的的精细,对各种各样的报刊资料进行了一番仔细的研究。一个星期之后,他把下面的这份摘记摆到了我跟前:

大约三年半以前,这同一位玛丽·罗热也曾从罗亚尔宫底层勒布朗先生的香料店里突然失踪,那次失踪也和这次一样引起过轰动。但她一星期后又重新出现在她通常站的柜台后面。她与平常相比别无二致,只是脸色隐约透出一种与平时不同的苍白。据勒布朗先生和她母亲说,她不过是去乡下看望了一位朋友。那件事很快就烟消云散。本报认为,这次失踪又是和上次一样的把戏。不出一星期,或许不出一个月,她又会回到我们中间。——《晚报》①,6月23日,星期一。

昨天一家晚报提到了罗热小姐前一次神秘的失踪。人们早已知道,在她离开勒布朗香料店的那个星期里,陪着她的是一名年轻的海军军官,而那名军官素以寻花问柳而闻名。据测是一场争吵使她幸运地重返家门。本报已获悉那名浪荡军官的姓名,他眼下正被派驻巴黎,但由于显而易见的原因,本报不能将此公之于众。——《信使报》②,6月24日,星期二晨版。

一桩最残忍的强奸案于前天发生在本市近郊。当日黄昏时分,一位挈妻带女的先生见六名青年划一条小船在塞纳河边闲荡,便雇请他们渡他全家过河。船至对岸,那一家三口下船,当已经走到看不见船影的时候,女儿发现把伞忘在了船上。她独自返回取伞,结果被那伙人堵上嘴劫至河心,在遭受野蛮的强奸之后,被弃于离她先前随父母登船之处不远的河岸上。这帮歹徒目前尚逍遥法外,但警方正在循迹追踪,其中有人可望很快落入法网。——《晨报》③,6月25日。

---

① 《纽约快报》。——原注
② 《纽约先驱报》。——原注
③ 《纽约信使问询报》。——原注

本报收到几封来信，其目的都是要证明梅奈①在最近那桩强奸案中有罪。但鉴于此君经审讯之后已被宣布无罪，加之来信者的论点论据似乎都热心有余而深刻不足，本报认为不宜将其发表。——《晨报》，6月28日。

本报收到几封颇具说服力的来信，这些显然来自不同渠道的消息足以使我们有理由确信，不幸的玛丽·罗热已惨遭星期天横行于本市郊外的多群歹徒中一群的毒手。本报完全赞同这一推测。今后我们将尽量抽出版面刊载此类议论。——《晚报》②，7月1日，星期二。

星期一，一名与税务署有联系的驳船管理员看见塞纳河上有一条空船顺水漂流。空船的帆收卷在船底。管理员把空船拖回驳船管理处。次日晨，发现该船已被人弄走，而管理处无一人知晓是何人所为。船的舵轮尚在管理处。——《勤奋报》③，6月26日，星期四。

读完这些零散的摘记，我不仅觉得它们似乎彼此互不相干，而且看不出它们中的任何一则能以任何方式与讨论中的问题联系起来。我等待迪潘的解释。

"我现在不打算详细讲述抄在这里的第一和第二段，"他说，"我把它们抄下来，主要是想让你看到警方的极端疏忽。据我从那位局长那儿了解的情况，他们迄今尚未劳神从任何一个方面去调查一下报上提到的那名海军军官。可要说玛丽的两次失踪之间不存在某种可以假定的关系，那就真是蠢到了极点。我们不妨承认第一次私奔是以

---

① 梅奈是最初涉嫌并被捕的当事人之一，但因缺乏证据而获释。——原注
② 《纽约晚邮报》。——原注
③ 《纽约旗帜报》。——原注

情人间的争吵、被玩弄者的返家而告终。这样我们就完全可以把第二次私奔（假如我们知道又发生了一次私奔的话）看成是原来那位诱惑者提议重归于好的后果，而不是另一名第三者向她求爱的结局。我们就完全可以将此视为旧情的'重温'，而不是看作新欢的开始。曾经和玛丽私奔过的那个人很可能再次提议和她一道私奔，而曾接受过一个人的私奔提议的玛丽则不太可能接受另一个人提出的私奔建议，这两者的概率是十比一。现在我想请你注意这个事实，那就是从真实的第一次私奔到假定的第二次私奔之间的这段时间比我们军舰的常规巡航期多几个月。难道那位情夫上次的卑劣行径是由于必须出航而被迫中断？难道他远航归来就抓紧时机要重新实现那个尚未实现（或者说尚未被他实现）的卑鄙计划？对这些事我们还一无所知。

"不过你也许会说，并不存在我们假定的第二次私奔。当然不存在，可难道我们能说那个未实现的私奔计划也不存在？除了圣厄斯塔什，或许还有博韦，我们找不到一个公认的、公开的、体面的玛丽的追求者，没听到说起过别的什么人。那么，连玛丽的亲友（至少大多数亲友）都一无所知，玛丽在星期日上午前去相会的那个秘密情人会是谁呢？是谁那么值得玛丽信赖，以至她毫不犹豫地陪他在鲁尔门偏僻的树林里一直待到天黑呢？我是问，那个至少玛丽的大多数亲友都一无所知的情人到底是谁？罗热太太在玛丽要出门的那天清晨说'恐怕我再也见不到玛丽了'。这句古怪的预言又到底意味着什么？

"但即使我们不能设想罗热太太心里明白那个私奔计划，难道我们也不能假定至少那姑娘接受了那个计划吗？她离家时说是要去德罗梅街看她姑妈，并叫圣厄斯塔什天黑的时候去接她。这个事实乍一看与我的看法相矛盾，但让我们细细来看。我们已经知道，她的确会见了某位男友，和他一道过了河，并在下午3点钟那么晚的时候到达鲁尔门。可是在她答应陪伴那个人（无论她出于什么动机，也不管她母亲是否知晓）之时，她必然会想到她离家时所说的去向，必然会想到她的未婚夫圣厄斯塔什按时去德罗梅街接她而发现她不在时的惊讶和猜疑,更有甚者,当他带着这个令人惊恐的消息回到那个膳宿公寓时,他会意识到她已一整天不见踪影。我说她必然会想到这些事。她必然会预料到圣厄斯塔什的懊恼,预料到所有人的猜疑。她不可能想回去承受那种猜疑。不过我们若是假定她并不打算再回家,那种猜疑对她来说也就无所谓了。

"我们可以这样来揣测她当时的心思:'我要去会见某人并和他一道私奔,或是为了其他只有我才知道的目的。有必要防止受阻的可能,必须得有足够的时间让我们远走高飞。我要让人知道我将去德罗梅街姑妈家待一天。我要叫圣厄斯塔什天黑才来接我,这样我就能指望尽量延长离家的时间,而不致引起他们的怀疑或担心,而这比用其他方法争取到的时间都多。我叫圣厄斯塔什天黑来接我,那他绝不会不等到天黑;可要是我根本不叫他去接,那我逃离的时间反而会减少,因为他们会指望我更早回家,我的不归会更快地引起他们的焦虑。而要是我本来就打算回去,要是我本来只打算陪那个人逛一逛,那我就犯不着叫圣厄斯塔什去接我;因为他一去就必然会弄清我一直在骗他,而这个事实我本可以瞒他一辈子,只要我平日离家时不告诉他我的去向,只要我每天天黑之前就回家,只要这一次我告诉他我是去德罗梅街姑妈家拜访。但是,既然我现在的打算是永不回家,或是几星期后才回家,或是隐匿相当一段时间后才回家,那我的当务之急就只是争取时间。'

"你从你的案情摘要中已经注意到,公众对这桩惨案最普遍的看法是,而且从一开始就是,那位姑娘成了一帮歹徒的牺牲品。而在某种情况下,对公众舆论不能充耳不闻。当这种舆论完全以一种自然而然的方式产生和表露时,我们应该将其视为与天才所特有的直觉相类似的感觉。我在百分之九十九的情况下都会依从公众舆论。但关键是这种舆论中不能有操纵的痕迹,这种舆论必须百分之百是公众自己的舆论;而这两者的区别往往极难看出,极难把握。就眼下事例而言,我觉得关于一伙歹徒这一'公众舆论'似乎是由我摘抄的第三段报道所详述的那桩并发案件在推波助澜。玛丽尸体之发现使巴黎满城风雨，因为这姑娘既年轻漂亮又声名远扬。尸体被发现有遭强奸的痕迹，而且漂浮在塞纳河上。可这时人们得知，恰好在所推测的玛丽遇害的时间或几乎与此同时，一伙年轻的歹徒对另一名年轻姑娘施以了玛丽所遭受的那种暴行，尽管伤害程度没那么严重。一桩已知的暴行会影响公众对另一桩不明原因的暴行的看法，这有什么奇怪？公众的看法急需引导，而这桩已知的强奸案似乎非常及时地提供了这种指引！玛丽的尸体被发现漂在河上，而这桩已知的强奸案也发生在同一条河上。这两件事之间的联系是那么一目了然，以至真正奇妙之处反倒不为公众所知所悟。可事实上，这桩已知是怎样发生的暴行恰好证明了另一桩几乎与它同时的暴行不是这样发生的。假设一帮歹徒正在某处干一桩闻所未闻的邪恶勾当之时，竟然有另一帮同样的歹徒在同一座城市，在同一个地方，在同样的情况下，以同样的手段和方式，在完全相同的时间内干着完全相同的罪恶勾当，那这简直是一个奇迹！然而，那个碰巧被人操纵了的公众舆论不是要我们相信这一连串奇迹般的巧合，那又是要我们相信什么呢？

"在我们进一步探讨之前，让我们考虑到鲁尔门附近树林里那个被认为的凶杀现场。那片树林虽说茂密，但却位于一条公路附近。树林里有三四块大石头，堆得像是一把有靠背和踏脚板的椅子。上边的一块石头上发现一条白色裙子，另一块石头上有一块丝织围巾。在那儿还找到一柄女用阳伞、一双手套和一块手绢。手绢上绣着'玛丽·罗热'的名字。周围的荆棘上发现有衣裙的碎片。地面被踏平，灌木枝被折断，一切都证明那儿曾有过一场搏斗。

"尽管林中这一发现博得了各家报纸的喝彩，尽管公众一致认为那就是真正的凶杀现场，但必须承认，我们仍有充分理由对此进行怀疑。说它是凶杀现场，我可以相信也可以怀疑，但我有怀疑的充分理由。如果像《商报》所暗示的那样，真正的凶杀现场就在圣安德烈街附近，再假若凶手仍然滞留在巴黎，那他们自然会因公众的注意找准了方向而感到惊恐;而在某种人的心中,很可能一下就会想到有必要设法转移公众的注意力。这样,在已经遭人怀疑的鲁尔门那片林中放上后来被发现的那些东西之念头就很有可能应运而生。虽然《太阳报》推测那些东西被遗留在那里已远远不止几天,但却没有确凿的证据能证明其推测。与之相反,倒有不少间接证据能够证明,从那个不祥的星期日到孩子们发现它们的那个下午,那些东西不可能一连二十天放在那里而不引起任何注意。《太阳报》鹦鹉学舌地说:'由于雨水浸泡,那些东西全都生霉,而且被霉菌粘连在一起。有些东西的周围和上边都长出了野草。伞上的绸面质地结实,但其线头全部朽脆。上端折叠部分完全发霉腐烂,被人一撑开就撕破了。'按照'有些东西的周围和上边都长出了野草'这种说法而论,《太阳报》所陈述的事实显然只能是根据那两个小男孩的话而确定的,因而只能是根据回忆而确定的,因为两个孩子在第三者见到那些东西之前就已经把它们移动并带回家里。但野草一天会长两三英寸,尤其在温暖而潮湿的日子(就像这桩凶杀发生前后的这些日子)。让一柄伞横放在一片新铺草皮的地上,它也会在一星期内被向上生长的草完全遮掩。至于说《太阳报》的撰稿人那么不厌其烦地强调,以至在短短的一段文字中就三次提及的霉菌,难道他是真不知道这种霉菌的性质?难道他非得要别人来告诉他那种霉菌是许许多多种真菌当中的一种,它最显著的特征就是在二十四小时内生长并衰亡?

"这样我们一眼就看出,被该报得意扬扬地用来支撑那些物品在树林中'至少已有三四个星期'这一说法的根据是多么荒唐可笑,压根儿不能被视为那件事的证据。从另一方面来看,很难相信那些物品能在那片树林里放上一个星期,从一个星期天放到下一个星期天。凡了解巴黎周围情况的人都知道,要寻一个清静地方有多不容易,除非他远离巴黎近郊。要在近郊的树林或树丛间找一块人迹罕至或是游人稀少的幽僻之处,这简直连想都不敢想。我们假设一个人,他打心眼儿里热爱大自然,但公务却使他不得不长期地承受这座大都市的尘嚣与火热,假设这么一个人甚至在不是星期日的一天,偷闲到环抱着我们的自然之美景中去了却他探幽寻静的一番心愿。他每走一步都会发现自然之魅力增添一分,但同时他也会发现这种魅力很快就被流氓地痞的喧嚣横行或恶棍无赖的聚众狂欢逐一驱散。他在密林中寻找清静的希望会化为泡影。那儿到处是藏污纳垢的阴暗角落,到处是被人亵渎的神庙圣殿。那名寻幽者会怀着厌恶的心情逃回污秽的巴黎,似乎巴黎因其污秽之和谐而显得不那么讨厌。可如果市郊连平时都这般不清静,那星期日就不知有多么热闹!尤其是现在,城里的那些流氓恶棍找不到活干,或是失去了通常胡作非为的机会,便纷纷去寻找城外的天地。这倒不是因为他们喜欢他们压根儿就看不上眼的乡村,而是以此来逃避社会的规范和习俗。他们并不稀罕新鲜的空气和绿色的树林,他们贪图的只是在乡下可以恣意妄为。在乡下的路边客栈,或在密林的树荫下,除了自己那帮酒肉朋友,不会有任何监视的目光。他们沉溺在疯狂而虚幻的寻欢作乐之中,沉溺在自由和朗姆酒混合的产物之中。当我重复上述物件放在巴黎郊外任何树林里从一个星期日到下一个星期日而不被人发现的情况只能被视为奇迹之时,我说的无非是任何头脑冷静的人都能看清的事实。

"然而,我们还有其他的根据来怀疑那些东西被放进树林是为了转移人们对真正的凶杀现场的注意。首先我请你注意发现那些物品的日期,再把那日期同我从报上摘抄的第五段报道的日期核对一下。这样你就会发现,找到那些物品的时间几乎就紧随在那几封信被迫不及待地寄给那家晚报之后。信虽然有几封,而且显然来自不同渠道,但却达到了同一个目的,即引导人们注意到那桩惨案的凶手是一伙,而且凶杀的现场就在鲁尔门附近。所以在这一点上,由于那几封信的结果,或说由于公众的注意力被那几封信转移,那值得怀疑的当然不是那些东西被孩子们发现,而应该是(而且很可能是)那些东西在此之前没被孩子们发现,因为在此之前那些东西并不在树林里,而是晚至那几封信发出的日期或稍早一点才被那位有罪的写信人放进那片树林的。

"那片树林是一片奇特的树林,一片非常奇特的树林。它异常茂密。在它的天然屏障包围之中有三四块非凡别致的石头,堆得像把有靠背和脚踏的椅子。而这片充满了一种自然神工的树林就在离德吕克太太家只有几杆①远的附近,而她家的孩子为了寻找黄樟木的干皮,总习惯在林间的灌木丛中搜索。我敢下一千比一的赌注打个赌,那些被安置在这座绿荫殿堂、被摆设在它的天然石冠上的东西,那两个小男孩一天至少能找到一件。谁若是不敢下这样的赌注,那他要么是不曾当过孩子,要么就是已经忘了孩子的天性。我再说一遍,那些东西能在那片树林里放上一两天而不被发现,这无论如何也难以置信。所以,尽管《太阳报》愚顽不化,我们仍有充分的理由怀疑那些东西是在事后很久的某一天才被人放进那片树林的。

"可除了我刚才强调的几点,我们还有其他更令人信服的理由相信那些东西是被人放置的。现在我请你注意一下那些东西在摆布上的人为痕迹。上边的一块石头上有条白色裙子,另一块石头上有块丝织围巾,周围散落着一柄女用阳伞、一双手套和一张绣着'玛丽·罗热'名字的手绢。这正是一个不甚精明的人想把东西摆得自然一点而自然摆出的结果。可这绝不是一种真正自然的摆布。我倒宁愿看见那些东西全扔在地上而且被人踩过。在那么狭窄的一块林间空地,又有那么多人在那里进行过一场搏斗,那条裙子和那块围巾几乎没有可能还能保持它们在石椅上的位置。据说'地面被踏平,灌木枝被折断,一切都证明那儿曾有过一场搏斗',可那条裙子和那块围巾竟被发现好像是挂在衣架上似的。'被荆丛撕下的几块套裙布片一般有三英寸宽六英寸长,其中一块是裾边,上面有缝补过的痕迹。它们看上去像是一条条被撕下来的'。《太阳报》无意之间用了一个非常可疑的句子。像所描写的一样,那些布片的确'看上去像是一条条被撕下来的',但却是被一双手故意撕下来的。从我们所说的那种套裙上,单凭一根刺

---

① 一杆=5.03米。——译者注

就'撕下'一块，那可真是千古奇闻。从这类织物的质地来看，扎进去的荆刺或钉子通常会撕出一个直角，撕出两道其一端在扎刺点形成直角的长裂缝，但几乎难以想象那块布会被'撕下'。我从不知道有这种事，你也不知道。要从这种织物上撕下一块，几乎毫无例外地需要两股方向不同的力。如果那块织物有两道未缝合的边，譬如假定那是一块手绢，这时，也只有在这时，才可望凭一股力量就撕下一块。可我们眼下所讨论的是一件套裙，它只有下摆一道边。若要从当中没边的地方撕下一块，那除非由几根刺来创造一个奇迹，而一根刺绝不可能办到。但即使是在靠近裾边的地方，也必须得有两根刺才行，其中一根作用于两个方向，另一根作用于一个方向。而这还得假定那裾边未经卷缝。若经卷缝，则不可能撕下布片。由此可见，要单凭'刺'的作用就从衣服上'撕下'布片有多少障碍，有多么困难；可《太阳报》却要我们相信这样撕下的不仅是一块，而且是许多块。并且'其中一块是裾边！另外有一块是从裙子上撕下的，但不是裾边'。这就是说，那完全是凭刺的力量从裙子当中没有边的位置撕下来的！恐怕这种事情别人不信也情有可原。但冷静地看，凶手谨慎地想到弄走尸体，但却把死者那些东西一股脑儿留在树林中，与这一惊人的情况相比，我上面所说的那些事情也许就并非使我们生疑的最有说服力的根据。不过，你若是以为我的意图就是要否定那片树林即凶杀现场，那你就还没有正确领会我的意图。树林里说不定有过一桩邪恶。或更可能是德吕克太太的客栈里发生过一起暴行。可事实上这并非最重要的问题。我们答应那位局长的不是寻找作案现场，而是查明杀人凶手。我刚才所引用的事实尽管琐细，但实际上只有两个目的，其一是证明《太阳报》自信而轻率的断言是多么愚蠢，但主要目的还在其二，那就是要让你顺着一条最自然的思路进一步去思索这桩凶杀是或者不是一伙人所为。

"我们只稍稍提一下那位医生在验尸时所验证的那个令人恶心的细节，以此来简单谈谈这个问题。这问题唯一有必要说的，就是他在验尸报告中关于歹徒人数的推断受到了巴黎所有著名解剖学家理所当然的嘲笑，他们认为该推断说法失当，毫无根据。这并非说事情不可能像所推断的那样，而是说没有提供推断的根据。难道没有做出另一种判断的充分根据？

"现在让我们来看看那些'搏斗的痕迹'。请问人们认为那些痕迹证明了什么。一伙歹徒。可难道它们不是相反地证明并没有一伙歹徒。在一名娇弱无力的姑娘和那群想象中的歹徒之间，能够发生一场什么样的搏斗？那场搏斗得多么激烈，得延续多久，才能够到处留下'痕迹'？几条粗壮的胳膊没声没息地一使劲儿，那姑娘顷刻间就会香消玉殒。所以那姑娘当时肯定是完全由他们摆布。这下你可以记住，我关于那片树林不是作案现场的论述，主要是用来证明那不是'一伙人'作案的现场。如果我们推测凶手只有一人，那我们就可以想象，也只有这样才能想象，那场非常激烈而顽强，从而留下明显'痕迹'的搏斗。

"另外，我已经讲过，那些东西居然被完全留在后来发现它们的那片树林中，这一事实足以使人生疑。看上去那些罪证几乎不可能是被偶然留在那儿的。凶手当时镇静（谅必如此）的程度足以想到转移尸体，但却让一件比尸体（其容貌特征也许很快就会被腐烂消除）更确凿的罪证明明白白地留在了作案现场，我说的是那张绣着死者姓名的手绢。如果这是个偶然，那不会是一伙人的偶然。我们只能设想这仅是一个人的偶然。我们来看看是怎么回事。一个人犯下了这桩凶杀罪。他独自和死者的尸体在一起。尸体一动不动地躺在他跟前，这使他感到了惊骇。他胸中的狂怒平息，这下心里自然产生出那种害怕死人的常情。他没有那种合伙犯罪时必然会激发的胆量。他独自和死者在一起。他浑身发抖，手足无措。可是他必须得处理掉尸体。他把尸体弄到河边，却把其他罪证留在了身后，因为，即使并非全然不可能，要一下子带走那全部累赘也有困难，而待会儿回去取则很容易。可就在他拖着尸体朝河边走时，他心中越发感到恐惧。一路上仿佛四下里都有人声。他不时地听见或以为听见一个旁观者的脚步声。甚至连对岸城里的灯火也使他心慌。他内心极度痛苦,不时走走停停,但总算及时到达了河边,并处理了那个可怕的包袱,也许凭借一条小船。但此时此刻,天底下还有什么金银财宝,天底下还有什么天网恢恢之威胁,能有力量怂恿那孤独的杀人者再次踏上那条艰难而危险的路,重返那片茂密的树林,重返那个血淋淋的记忆?他不会回去,管他后果是什么,即便他想回去也不能回去。他唯一的念头就是马上逃离那个地方。他转过身,永远不再面对那片可怕的树林,像逃避天罚似的逃之夭夭。

"可要是一伙歹徒又会怎么样呢?人多势众会激发他们的胆量,如果那十足的恶棍心中竟然缺乏胆量的话。而假定中的那帮歹徒则全由十足的恶棍组成。恐怕他们的人数会阻止他们像我刚才设想的那个单身凶手那样手足无措,惊恐万状。即便我们能假设他们中一人、两人或三人有什么疏忽,这个疏忽也会被第四个人察觉并纠正。他们不会让任何东西留在身后,因为他们人多,可以一次把东西全带走。他们用不着重返那片树林。

"现在来看看尸体被发现时那件套裙的情况,'从套裙裾边一直到腰部被撕成一条宽约一英尺的长带,顺着腰间绕了三圈,在背后系成一个结'。这样做的用意显然是为了弄出一个搬尸体的把手。可要是有几个人,他能想到使用这样一种方法吗?只要有三四个人,死者的手脚就足以被当作把手,而且是最合适的把手。这种方法只有一个人时才会采用。而这又为我解释了这个事实:'从灌木丛到河边的篱笆围栏被推倒,地上有重物拖过的痕迹!'可几个人能够轻而易举地把一具尸体抬过任何篱笆,他们干吗要多此一举把篱笆推倒?他们干吗要那样拖曳尸体,以致一路留下拖过东西的明显痕迹?

"说到这儿我不得不提到《商报》的一个观察结论,一个我已经稍稍论及过的结论。这家报纸说:'从那个不幸姑娘的衬裙上撕下的一条布带被扎在她的颔下,并且绕过她的脑后,这样做很可能是为了

IN HIS TOILSOME JOURNEY TO THE WATER HIS FEARS REDOUBLE WITHIN HIM

防止她喊叫。由此可见，凶手是一帮身边没带手绢的家伙。'

"我先前已经说过，一个十足的流氓绝不会不带手绢。可这不是我现在着重要谈的问题。我要说的是，掉在树林里的那张手绢清楚地表明，凶手之所以用这条布带，并不是像《商报》所臆测的那样因为缺少一张手绢，而且其目的也并非是'为了防止她喊叫'，因为要防止她喊叫本有更好的方法，可凶手却优先采用了这条布带。证词里是以这样的措辞谈到这条布带的，'被发现松松地缠在死者脖子上，并打了一个死结'。这种说法相当含混，但与《商报》的说法明显不同。这条布带有十八英寸宽，所以虽说是细布，但顺着叠起来或卷起来仍会是一根结实的带子。它被发现时正是这样卷着。我的推断是：那名孤独的凶手用捆在尸体腰间的长带为把手，扛着尸体走了一段路（或是从树林出发，或是从别的什么地点），这时他发现用这种方法对他来说太吃力了。于是他决定拖着尸体走，证据也表明尸体曾被拖曳。既然改为拖，那就有必要在尸体的一端系上根绳子之类的东西，而且最好是系在脖子上，这样头就可以防止绳子滑脱。这时凶手无疑会想到捆在尸体腰间的那根长带。要不是那根长带在尸体腰间缠了几圈，要不是那个结一时难以解开，要不是他突然想到长带并未被撕离套裙，他也许用的就是那根长带了。从衬裙上另撕一条布带非常容易。他撕下一条，把它系在尸体的脖子上，就那样把被害人拖到了河边。这条费了一番手脚才弄成但却并不理想的'布带'既然被使用，那就证明必须使用它的情况产生之时正处于一段没法再拿到那条手绢的时间。换言之，就是像我们所假定的那样，是在离开树林之后（如果离开的是树林的话），是在从树林去河边的路上。

"可你会说德吕克太太的证词特别指出，在那桩凶杀案发生之时或发生前后，树林附近出现过一群无赖。这一点我承认。我看，在那场悲剧发生之时或发生期间，在鲁尔门附近或者其周围，像德吕克太太所描述的那种无赖恐怕不下十帮。但是，尽管德吕克太太的证词稍嫌太晚且并不可靠，可招来严厉谴责的无赖却只有一帮，即被那位诚实而细心的老太太说成是吃了她的饼,喝了她的酒,而没有劳神费心向她付账的那一帮。老太太的愤怒不就因为他们赖账?

"可德吕克太太准确的证词是怎么说的呢?'客栈里来了一帮无赖之徒,他们吵吵嚷嚷地吃喝了一通,没有付账便顺着那对青年男女离去的方向而去,大约傍晚时分他们又返回客栈,然后匆匆忙忙划船过河。'

"当时那种'匆忙'在德吕克太太眼里很可能会显得过分匆忙,因为她正伤心地念叨着她被掠夺的饼和酒。她很可能还心存一线希望,希望她的饼和酒得到补偿。要不,既然已是傍晚时分,又何言什么匆匆忙忙?这丝毫也没有理由感到惊奇,当要划一条小船渡过一条大河,当暴风雨迫近,当夜晚即将来临,即使一帮无赖也会忙着回家。

"我说即将来临,因为夜晚还没到。那帮'恶棍'有失体统的匆忙刺痛德吕克太太的眼睛时还只不过是傍晚。但我们被告知就在那天晚上,德吕克太太和她的大儿子'曾听到客栈附近传来一个女人的尖叫'。关于听见那个尖叫声的具体时间,德吕克太太原话是怎样说的呢?她说,'那天天黑不久'。可'天黑不久'至少是已经天黑,而'傍晚时分'则当然是白天。所以问题非常清楚,那帮人离开鲁尔门在先,而德吕克太太听见(?)尖叫声在后。尽管在许多关于这段证词的报道中,这两个相关的措辞也是像我刚才对你说话时这样区别使用的,但迄今为止,尚无任何一家报纸或任何一名警探注意到了这个不能自圆其说的矛盾。

"对我关于不是一伙人作案的论证,我只再补充一点。不过至少在我自己看来,这一点具有完全不可否认的分量。在悬有重赏的情况下,在供出同伙并出庭做证就能得到赦免的条件下,不用推测也可以断定,作案的若是一帮歹徒或任何什么团伙,那他们中很快就会有人出卖其同伙。这位出卖者倒并非完全是贪图赏金或企求赦免,而主要是担心被同伙出卖。他越早出卖其他同伙就能越早保证自己不被其他同伙出卖。这个秘密迄今尚未揭穿,这证明它的的确确是个秘密。这个邪恶的秘密只有一个人或两个人知道，另外还有上帝知晓。

"现在让我们来总结一下这番条分缕析所得到的虽不充分但确实无疑的收获。我们已经得出了这样一个概念，无论是德吕克太太客栈里的一幕悲剧还是鲁尔门附近树林里的一桩谋杀，都是由死者的一位情人，或至少是由死者的一位秘密相好所为。这名相好的皮肤黝黑。这黝黑的皮肤，长带上的'结'，以及那个用帽带系成的'水手结'，都说明那人很可能是名海员。他与死者这样一位风流但并不下贱的姑娘厮混，说明他的地位在普通水手之上。那些行文流畅且迫不及待地寄给报馆的信也可以充分证实这点。《信使报》所提及的第一次私奔的情况，有助于我们把这名海员与上次勾引这位薄命女郎私奔的那名'海军军官'联想到一起。

"说到这儿，我们有必要来看一看那个黑皮肤的他为何一直不见踪影。让我们认真注意那人的皮肤是非常黑，能被马车夫瓦朗斯和德吕克太太同时作为唯一特征记住，这绝不会是一般的皮肤黝黑。可为什么这个人不见踪影？他难道也被那伙人杀害？若是那样，为何又只见那位遇害姑娘的痕迹？若两人都遇害，那当然应该是在同一地点。可他的尸体上哪儿去了？凶手很可能会把两具尸体按同一方法处理。但我们也可以说那人还活着，只是害怕被指控谋杀而不敢露面。他这种担心现在可以被视为理所当然（只是在事后的现在），因为已有人证明曾看见他和玛丽在一起，但在凶杀刚发生之后这种担心却不合情理。一名无辜者的第一反应应该是马上报案，并协助警方辨认凶手。他应该想到这是上策。他已经被人看见与那姑娘在一起。他是和她一道乘公共渡轮过的塞纳河。甚至一个白痴也能看出，及时报案才是使自己免遭怀疑的最可靠而且也是唯一的途径。我们不可能认为他在那个不幸的星期日晚上完全清白无辜，对凶杀案一无所知。然而，只有在上述情况下，我们才可能想象他既然活着又为何没去报案。

"我们应该以什么方法去探明那个真相呢？只要按上述情况推敲，我们就会发现那些终将使事情水落石出、真相大白的方法。首先让我们对第一次私奔的经过一查到底。让我们弄清那名'军官'过去的历史、现在的情况,以及凶杀案发生时他的行踪。让我们对寄给《晚报》的那些指控此案系一伙人所为的不同信件进行一番仔细的逐一比较。然后让我们把这些信的风格和笔迹与先前寄给《晨报》那些坚持要归罪于梅奈的信件来一番对照。接下来让我们把这些不同的信件与那名已经查明的军官的手迹相比。让我们反复地询问德吕克太太和她的儿子以及马车夫瓦朗斯,尽力问出那个'黑皮肤男人'更确切的相貌特征。巧妙的提问不会不从他们口中诱出这方面(或其他方面)的情况,那些也许连他们自己也以为自己不了解的情况。而最后则让我们去追查那条船,即被驳船管理员于6月23日星期一上午拾到,而又于尸体被发现之前在管理处人员不知情并且没有舵轮的情况下被人弄走的那条船。只要适当小心并坚持不懈,我们必然会找到那条船,因为不仅拾到船的驳船管理员认识它,而且它的舵轮在我们手中。一条帆船丢了舵轮,一般人绝不会若无其事,连问也不问。请让我在此插一个问题。管理处并没有刊登过这条船的招领广告。船被拖回驳船管理处就像它后来被人弄走一样并无旁人知晓。可那条船的主人或租用人,怎么可能在没看广告的情况下于星期二一大早就得知星期一拾到的那条船停泊在什么地方呢?除非我们想到那个驳船管理处与海军方面有某种联系,某种使其枝节小事都在对方知晓范围的经常性的个人联系。

"在谈到那位孤独的凶手把尸体拖到河边时,我已经说过些利用一条船的可能性。现在我们得认为玛丽·罗热就是从一条船上给抛进河里的。事情当然应该是这样。把尸体丢在河边浅水中达不到匿尸的目的。死者背部和肩部的奇怪伤痕是与船底肋条摩擦的结果。尸体被发现没缚有重物也可以证实这种看法。如果是从岸上抛尸,尸体上就应该缚有重物。对于没缚重物的原因,我们现在只能假设是由于凶手离岸前忘了在船上带上重物。当他动手推尸体下水之时,他无疑也注意到了自己的疏失,可当时手边又没有补救的办法。他甘愿冒任何风险也不愿再回到那该死的对岸。他可能是抛掉尸体之后就驾船匆匆回城,在某个僻静的码头弃船上岸。可那条船,他会系上吗?他当时也许还惊魂未定,顾不上去系好一条小船。何况把船系在那个码头,他会觉得是留下了对他不利的证据。他当然会希望把所有与他犯罪相关的东西都尽可能地远远抛开。他不仅自己要逃离那个码头,而且也不会容许把船留在那儿。结果他肯定是让那条船顺水漂去。让我们接着这样来设想。第二天上午,那凶手惊恐地得知那条船已经被人拾到,而且就扣在他天天都要去的一个地方,一个也许他的职责使他经常去的地方。到夜里他偷偷弄走那条船,也没敢去讨那个舵轮。此刻这条没舵轮的船会在何处?现在就让它成为我们首先要找的目标。当我们第一眼看见这条小船之际,也就是我们成功曙光显露之时。这条船将以一种快得连我们自己也吃惊的速度,指引我们很快查出在那个不幸的星期日午夜使用过它的人。随后确证会接二连三地出现,凶手终将被我们找到。"

　　[编者按:鉴于不宜说明但对多数读者都不言而喻的原因,我们在此处冒昧地从作者手稿中删去了讲述迪潘根据获得的一点线索查出凶手的那一部分。本刊认为对删去的部分只需交代两句:预想的结局果然出现。警察局局长虽说勉强,但仍然如期履行了他与迪潘爵士协议之条款。下文是坡先生这篇小说的结尾。]①

　　读者将会明白,我讲的是巧合,仅此而已。我在上文中对这一话题肯定讲得够多了。我心中并不相信超乎自然。自然是自然,上帝乃上帝,这一点会思想的人都不会否认。创造自然的上帝能随意支配或者改易自然,这一点也是毋庸置疑。我说"随意",因为这是意志问题,而不是逻辑狂所设想的权力问题。并非上帝不能改易其法则,而是我们在设想一种可能必要的改动时会亵渎上帝。上帝的法则在被创造之初就包含了会出现在"未来"的全部偶然。在上帝眼中,一切都

---

① 此按由最初发表这篇小说的杂志所加。——原注

是"现在"。

所以我重申，我讲述这些事情仅仅是把它们作为偶然之巧合。此外，读者将会从我的叙述中看到，就已知的命运而言，在不幸的玛丽·塞西莉亚·罗杰斯的命运和一个叫玛丽·罗热的姑娘生命中某一时期的命运之间，一直存在着一条平行线，当人们感觉出这条平行线之不可思议的精确性时，其理性便会感到尴尬。我说这一切将会被看到。但当看到上述时期中的那个玛丽的悲惨遭遇时，当看到包裹着她的那层迷雾被拨开之时，读者千万别猜测我是想暗示那条平行线之延伸，别以为我想暗示采用巴黎追查杀害一名女店员的方法，或采用以任何相似的推理为根据的方法，就可以得到相似的结果。

因为，就这种猜测的后半部分而论，读者应该考虑到，这两个案子中哪怕事实上最细微的一点变化也会改变两件事发展的进程，从而得出许多错误的推论。这很像演算一道算术题，一个本身也许微不足道的错误数字，由于在运算过程中与其他各数相乘，结果会产生出一个与正确得数相去甚远的数字。而就这种猜测的前半部分而论，我们得务必牢记，我曾提到过的那种概率计算法不容许任何延伸那条平行线的念头，它绝对断然不容许以那条已被人为拉长并被弄得精确无误的平行线来作为其计算比例。这是那些不规则定理中的一条，它表面上似乎迎合完全除开数学之外的思想，可实际上只有数学家才能对它充分了解。例如，最难的事莫过于让一般读者相信，一位赌客掷骰子时连续两次掷出六点的事实，就是赌他第三次再也掷不出六点的充分理由。这样的打赌提议通常会被有智之士断然拒绝。在他们看来，那已经被掷过的两次点数，那现在已绝对属于"过去"的两次点数，似乎并不能影响仅仅还存在于"未来"的一掷。掷出六点的概率似乎与平时完全一样，就是说它只受骰子可能掷出的其他不同点数的影响。这是一种显得那么清晰明白的见解，所以想驳倒它的企图引起的往往是人们的嘲笑，而不是任何类似尊敬的反应。对这里所讲到的这种谬见，对这种意味着灾祸的谬见，我不能自称能在这有限的篇幅中将其揭穿，而且出于明智也无须揭穿。也许说出下面这句话就已足够：在"理性"纤悉无遗的求真路上所产生的无数谬误中，这种谬见构成其中的一环。

(1842—1843)

泄密的心

没错！神经过敏，非常过敏，我从来就而且现在也神经过敏得厉害。可你干吗要说我是发疯？这种病曾一直使我的感觉敏锐，而没使它们失灵，没使它们迟钝。尤其是我的听觉曾格外敏感。我曾听见天堂和人世的万事万物。我曾听见地狱里的许多事情。那么，我现在怎么会疯呢？听好！并注意我能多么神志健全、多么沉着镇静地给你讲这个完整的故事。

现在已没法说清当初那个念头是怎样钻进我脑子的，但它一旦钻入，就日日夜夜纠缠着我。没有任何动机。没有任何欲望。我爱那个老人。他从不曾伤害过我。他从不曾侮辱过我。我也从不曾希图过他的钱财。我想是因为他的眼睛！对，正是如此！他有只眼睛就像是兀鹰的眼睛，淡淡的蓝色，蒙着一层阴翳。每当那只眼睛落在我身上，我浑身的血液都会变冷。于是渐渐地，慢慢地，我终于拿定了主意要结果那老人的生命，从而永远摆脱他那只眼睛。

那么这就是关键。你以为我疯了。疯了可啥也不知道。可你当初真该看看我。你真该看看我动手是多么精明，看看我是以何等的小心谨慎、何等的远见卓识、何等的故作镇静去做那件事情！在杀死那个老人之前的一个星期里，我对他从来没有过那么亲切。每天晚上半夜时分，我转动他的门闩并推开他的房门。哦，推得多轻！然后，当我把门推开到足以探进我的头时，我先伸进一盏遮得严严实实、透不出一丝光线的提灯，接着再探进我的脑袋。哦，你要是看见我是如何机灵地探进脑袋，一定会发笑！我一点一点地探，非常非常地慢，以免惊扰了老人的睡眠。我花了一个小时才把头探进门缝，这时方能看见他躺在床上。哈！难道一个疯子有这般精明？

然后,当我的脑袋已探进房间,我便小心翼翼地打开提灯。哦,非常小心,非常小心(因为灯罩轴吱嘎作响)。我只把提灯隙开一条缝,让一束细细的灯光照亮那只鹰眼。这样我一连干了七夜,每次都恰好在午夜时分。可是我发现那只眼睛总是闭着,这样就使得我没法下手,因为让我恼火的不是老人,而是他那只"邪恶的眼睛"。而每天早晨天一亮,我便勇敢地走进他的卧室,大胆地跟他说话,亲热地直呼其名,并询问他夜里睡得可否安稳。所以你瞧,要怀疑我每天半夜12点整趁他睡觉时偷偷去看望他,那他可真得是个深谋远虑的老人。

第八天晚上,我比往日更加小心地推开房门。就连表上分针的移动也比我开门的速度更快。那天晚上我第一次感觉到了自己的力量和机敏的程度。我几乎按捺不住心中那股得意劲儿。你想我就在那儿,一点一点地开门,而他甚至连做梦也想不到我神秘的举动和暗藏的企图。想到这儿我忍不住抿嘴一笑,而他也许听见了我的声音,因为他突然动了动身子,仿佛是受到了惊吓。这下你或许会认为我缩了回去,可我没有。他的房间里黑咕隆咚伸手不见五指(因为害怕盗贼,百叶窗被关得严严实实),所以我知道他不可能看见门被推开。我依然继续一点一点地推开房门。

我探进了脑袋,正要打开提灯,这时我的拇指在铁皮罩扣上滑了一下,老人霍然从床上坐起,大声问道:"谁在那儿?"

我顿时一动不动,一声不吭。整整一个小时我连眼皮都没眨。与此同时,我也没听见他重新躺下。他一直静静地坐在床上,侧耳聆听,就跟我每天夜里倾听墙缝里报死虫的声音一样。

随后我听见了一声轻轻的呻吟,而我知道那是极度恐惧时的呻吟。这样的呻吟不是因为痛苦或悲伤。哦,不是!它是当灵魂被恐惧彻底压倒时从心底发出的一种低沉压抑的声音。我熟悉这种声音。多少个夜晚,当更深人静,当整个世界悄然无声,它总是从我自己的心底涌起,以它可怕的回响加深那使我发狂的恐惧。我说我熟悉那种声音。我知道那位老人感觉到了什么，虽说我心里暗自发笑，可我还是觉得他可怜。我知道自从第一声轻微的响动惊动他在床上翻身之后，他就一直睁着眼躺在床上。从那时起他的恐惧感就在一点一点地增加。他一直在试图使自己相信没有理由感到恐惧，可他未能做到。他一直在对自己说"那不过是风穿过烟囱，那仅仅是一只老鼠跑过地板"，或者"那只是一只蟋蟀叫了一声"。是的，他一直在试图用这些假设来宽慰自己，但他终于发现那是枉费心机。一切都枉费心机，因为走向他的死神已到了他跟前，幽暗的死亡阴影已把他笼罩。而正是那未被察觉但却令人凄惶的死亡阴影使他感觉到（尽管他既没有看见也没有听到）我的脑袋探进了他的房间。

我耐心地等了很长一段时间，没有听见他重新躺下。于是我决定把灯罩虚开一条缝，一条很小很小的缝。于是我开始动手。你简直想象不出我有多轻多轻。直到最后，一线细如游丝的微光终于从灯罩缝中射在了那只鹰眼上。

那只眼睛睁着，圆圆地睁着，而我一看见它就怒不可遏。我当时把它看得清清楚楚，一团浑浊的蓝色，蒙着一层可怕的阴翳，它使我每根骨头的骨髓都凉透；但我看不见脸上的其余部分和老人的躯体，因为仿佛是出于本能，我将那道光线丝毫不差地对准了那个该死的蓝点。

瞧，我难道没告诉过你，你所误认为的疯狂只不过是感觉的过分敏锐？那么现在我告诉你，当时我的耳朵里传进了一种微弱的、沉闷的、节奏很快的声音，就像是一只被棉花包着的表发出的声音。我也熟悉那种声音。那是老人的心在跳动。它使我更加狂怒，就像是咚咚的战鼓声激发出了士兵的勇气。

但我仍然控制住自己，仍然保持一声不吭。我几乎没有呼吸。我举着灯一动不动。我尽可能让那束灯光稳定地照在那只眼上。与此同时，那可怕的心跳不断加剧。随着分分秒秒的推移，那颗心跳得越来越快，越来越响。那老人心中的恐惧肯定已到了极点！我说随着时间的推移,那心跳的声音变得越来越响!你明白我的意思吗?我已经告诉过你我神经过敏,我的确神经过敏。而当时是在夜深人静的时刻,在那幢老房子可怕的沉寂之中,那么奇怪的一种声音自然使我感到难以抑制的恐惧。但在相当长一段时间里,我仍然抑制住恐惧静静地站着。可那心跳声越来越响!我想那颗心肯定会炸裂。而这时我又感到一种新的担忧,这声音恐怕会被邻居听见!那老人的死期终于到了!随着一声呐喊,我亮开提灯并冲进了房间。他尖叫了一声,只叫了一声。转眼之间我已把他拖到床下,并且把那沉重的床倒过来压在他身上。眼见大功告成,我不禁喜笑颜开。但在好几分钟内,那颗心仍发出低沉的跳动声。不过它并没使我感到恼火,那声音不会被墙外边听到。最后它终于不响了。那个老人死了。我把床搬开,检查了一下尸体。不错,他死了,的确死了。我把手放在他心口试探了一阵。没有心跳。他完全死了。他那只眼睛再也不会折磨我了。

如果你现在还认为我发疯,那待我讲完我是如何精明地藏尸灭迹之后你就不会那么认为了。当时夜色将尽,而我干得飞快但悄然无声。首先我把尸体肢解。我砍下了他的脑袋、胳膊和腿。

接着我撬开卧室地板上的三块木板,把肢解开的尸体全塞进木缝之间。然后我是那么精明又那么老练地把木板重新铺好,以至任何人的眼睛(包括他那只眼睛)都看不出丝毫破绽。房间也用不着打扫洗刷,因为没有任何污点,没有任何血迹。对这一点我考虑得非常周到。一个澡盆就盛了一切。哈!哈!

当我弄完一切,已是凌晨4点。天仍然和半夜时一样黑。随着4点的钟声敲响,临街大门传来了敲门声。我下楼去开门时心情非常轻松,因为还有什么好怕的呢?三位先生进到屋里,彬彬有礼地介绍说他们是警官。有位邻居在夜里听到了一声尖叫,怀疑发生了什么恶事凶行,于是便报告了警察局,而他们(三名警官)则奉命前来搜查这幢房子。

BUT, FOR MANY MINUTES, THE HEART BEAT ON WITH A MUFFLED SOUND

我满脸微笑，因为我有什么好怕的呢？我向几位先生表示欢迎。我说那声尖叫是我在梦中发出。我告诉他们那位老人到乡下去了。我领着他们在房子里走了个遍。我请他们搜查，仔细搜查。最后我带他们进了老人的卧室。我让他们看老人收藏得好好的金钱珠宝。出于我的自信所引起的热心，我往卧室里搬进了几把椅子，并请他们在那儿休息休息，消除疲劳。而出于我的得意所引起的大胆，我把自己的椅子就安在了下面藏着尸体的那个位置。

警官们相信了我的话。我的举止使他们完全放心。我当时也格外舒坦。他们坐了下来，而当我畅畅快快回答问题时，他们同我聊起了家常。但没过一会儿，我觉得自己脸色发白，心里巴不得他们快走。我开始头痛，并感到耳鸣，可他们仍然坐着与我闲聊。耳鸣声变得更加明显，连绵不断而且越来越清晰。我开始侃侃而谈，想以此来摆脱那种感觉，但它连绵不断而且越来越明确，直到最后我终于发现那声音并不是我的耳鸣。

这时我的脸色无疑变得更白，但我更是提高嗓门海阔天空。然而那声音也在提高。我该怎么办？那是一种微弱的、沉闷的、节奏很快的声音，就像是一只被棉花包着的表发出的声音。我已透不过气，可警官们还没有听见那个声音。我以更快的语速更多的激情夸夸其谈，但那个声音越来越响。我用极高的声调并挥着猛烈的手势对一些鸡毛蒜皮的小事高谈阔论，但那个声音越来越响。他们干吗还不想走？我踏着沉重的脚步在地板上走来走去，好像是那些人的见解惹我动怒，但那个声音仍然越来越响。哦，天啦！我该怎么办？我唾沫四溅，我胡言乱语，我破口大骂！我拼命摇晃我坐的那把椅子，让它在地板上磨得吱嘎作响，但那个声音压倒一切，连绵不断，越来越响。它越来越响，越来越响，越来越响！可那几个人仍高高兴兴，有说有笑。难道他们真的没听见？万能的主啊！不，不！他们听见了！他们怀疑了！他们知道了！他们是在笑话我胆战心惊！我当时这么想，现在也这么看。可无论什么都比这种痛苦好受！无论什么都比这种嘲笑好受！我再也不能忍受他们虚伪的微笑！我觉得我必须尖叫，不然就死去！可听！它又响了！听啊！它越来越响！越来越响！越来越响！

"你们这群恶棍！"我尖声嚷道，"别再装聋作哑！我承认那事！撬开这些地板！这儿，就在这儿！这是他可怕的心在跳动！"

（1843）

金甲虫

> 嘿！嘿！这家伙手舞足蹈！
> 他是被那种毒蜘蛛咬了。
>
> ——《一切皆错》

许多年前，我与一位叫威廉·勒格朗的先生成了知己。他出身于一个古老的法国新教徒家庭，曾经很富有，但一连串的不幸已使他陷入贫困。为了避免他的不幸可能给他带来的羞辱，他离开了祖辈居住的新奥尔良城，在南卡罗来纳州查尔斯顿附近的沙利文岛上隐居了起来。

这是一座非常奇特的岛。它差不多全由海沙构成，全岛长约三英里，最宽处不超过四分之一英里。一湾被大片芦苇遮掩得几乎看不见的海水把这座小岛与大陆分开，芦苇丛间是野鸡喜欢出没的软泥沼泽。可以想象，岛上林木稀疏，或至多有一些低矮的植物。任何高大的树木都不见踪影。靠近小岛西端矗立着莫尔特雷要塞，散落着几幢每逢夏季才会有人为逃避查尔斯顿的尘嚣和炎热而前来居住的简陋木屋，也许只有在那儿能发现几丛扇叶棕榈。但除了这西端和沿岸一些白得刺眼的沙滩之外，全岛都被一种英格兰园艺家格外珍视的可爱的桃金娘所覆盖。这种灌木在这儿通常长到十五至三十英尺高，形成一片几乎密不透风的灌木林，向空气中散发其馥郁芬芳。

就在这片灌木林的幽深之处，在小岛东端或离东端不远的地方，勒格朗为自己盖起了一间小屋，我当初与他偶然相识时他就住在那屋里。我们的相识很快就发展成了友谊，因为这位隐居者身上有许多引人注目且令人尊敬的地方。我发现他受过良好的教育，而且智力超乎寻常，只是感染了愤世嫉俗的情绪，常常忽而激情洋溢，忽而又郁郁寡欢。他身边有许多书,但却很少翻阅。他主要的消遣是打猎钓鱼,或是漫步走过沙滩,穿过灌林,一路采集贝壳或昆虫标本。他所收藏的昆虫标本说不定连斯瓦默丹①之辈也会羡慕。他漫步时通常都由一位名叫丘辟特的黑人老头陪着,这黑老头早在勒格朗家道中落之前就已获得解放,可无论是威胁还是利诱都没法使他放弃他所认为的服侍威廉少爷的权利。这个中缘由未必不是勒格朗的亲戚们认为勒格朗思维多少有点紊乱,于是便设法把这种固执的权利意识灌输进了丘辟特的脑子,以便他能监视和保护那位流浪者。

在沙利文岛所处的纬度上,冬季里也难得有砭人肌骨的日子,而在秋天认为有必要生火的时候更是千载难逢。然而,18××年10月中旬的一天,气候突然变得异常寒冷。日落之前,我磕磕绊绊地穿过灌木丛朝我朋友那间小屋走去。我已有好几个星期没去看望过他了,因为我当时住在查尔斯顿,离那座小岛有九英里,而那时来来去去远不如今天这么方便。到了小屋前我像往常一样敲门,没人回应,我便从我知道的藏钥匙的地方寻出钥匙,径自开门进屋。炉床里一炉火燃得正旺。它使我觉得新奇,可绝没有令我感到不愉快。我脱掉外套,在一张扶手椅上坐下,挨近毕毕剥剥燃烧的木柴,耐心地等待两位主人回家。

天黑不久他俩回来,对我表示了最热忱的欢迎。丘辟特笑得合不上嘴,忙着张罗用野鸡准备晚餐。勒格朗正抒发出一阵激情(除这么说之外我还能怎么说呢?)。他找到了一个不为人知的新种类双贝壳,而更重要的是,他在丘辟特的帮助下紧追不舍,终于捉到了一只他认为完全是一种新虫类的甲虫,不过关于他的认为,他希望天亮后听听我的看法。

"何不就在今晚呢?"我一边在火上搓着手一边问他,心里却巴不得让所有的甲虫统统去见魔鬼。

---

① 斯瓦默丹(Jan Swammerdam, 1637—1680),荷兰博物学家,著有《昆虫史》等。——译者注

"唉，我要早知道你来就好啦！"勒格朗说，"可我好久没见到你了，我怎么会料到你偏偏今晚会来呢？刚才在回家的路上我碰见要塞的G中尉，糊里糊涂就把虫子借给他看去了，所以你要到明天早晨才能看到。今晚你就住在这儿，明早日出时我就让丘辟特去把它取回来。它可真是最美妙的造物！"

"什么？日出？"

"别胡扯！我是说那只甲虫。它浑身是一种熠熠发光的金色，差不多有一颗大胡桃那么大，背上一端有两个黑点，另有一个稍长的黑点在另一端。它的触须是……"

"它身上可没有镀锡，威廉少爷，让我来接着说吧，"这时丘辟特插了进来，"那是只金甲虫，纯金的，除开翅膀，从头到尾里里外外都是金子。我这辈子连它一半重的甲虫也没见过。"

"好啦，丘辟特，就算像你说的，可难道这就是你要把鸡烧煳的理由？"勒格朗以一种我觉得就事而论似乎多少有点过分的认真劲儿对丘辟特说，然后他转向我，"那颜色真的差不多可以证实丘辟特的想法。你绝没有见过比那甲壳更璀璨的金属光泽，不过这一点你明天可以自己判断。现在我只能让你知道它的大概形状。"他说着话，在一张小桌前坐了下来，那桌上有笔和墨水，但却没有纸。他拉开抽屉找了找也没找到。

"没关系，"他最后说，"用这个也行。"他从背心口袋里掏出一小片我以为是被弄脏了的书写纸模样的东西，提笔在上面画出了一幅粗略的草图。当他画图的时候，我依然坐在火旁，因为当时我还觉得冷。他画好图后没有起身，只是伸手把图递给我。我刚把图接过手，忽听一阵狗的吠叫，接着是一阵抓门的声音。丘辟特打开门，勒格朗那条硕大的纽芬兰犬冲进屋里，扑到我的肩上，跟我好一阵亲热，因为以前我来访时曾对它献过许多殷勤。待它那股亲热劲儿过去，我看了看那张纸片，可说实话，我朋友所勾画的图形令我莫名其妙。

"噢！"我把纸片打量了一会儿说，"这是一只奇怪的甲虫，我必须承认,它对我来说很新鲜,我以前从不曾见过像这样的东西,除非它是一个颅骨,或者说是一个骷髅。在我所见到过的东西中,没有什么能比它更像骷髅了。"

"骷髅!"勒格朗失声重复道,"哦,不错,那是当然,它在纸上看起来倒真有几分像骷髅。这上面的两个黑点像是眼睛,嗯?底端的这个长黑点像是嘴巴,再说这整个形状是椭圆形的。"

"也许是这么回事,"我说,"不过,勒格朗,恐怕你不是个画家。我若是真要想象那甲虫的模样,也只得等到我目睹之时。"

"好吧,我不知道我算不算个画家,"他说话时有点愤怒,"可我的画还算过得去,至少画这只虫子还可以。我拜过一些名师,而且相信自己的脑子还不笨。"

"但是,我亲爱的朋友,你这就是在说笑话了,"我说,"这是一个画得很好的颅骨。依照对这类生理标本的一般概念,我真的可以说这是一个画得极好的颅骨。如果你那只甲虫真像这个样子,那它一定是这世界上最奇怪的甲虫。嘿,我们倒可以在这一点上玩弄一下令人毛骨悚然的迷信。我看你不妨把这只甲虫命名为人头甲虫,或取个与此相似的名字,博物学中有不少诸如此类的名称。不过,你刚才说的触须在哪儿?"

"触须!"勒格朗对此似乎显出了一种莫名其妙的激动,"我相信你一定看见了触须。我把它们画得跟它的身子一样清楚,我想那就够了。"

"好吧,好吧,"我说,"也许你已经画得够清楚,可我还是没看见。"我不想惹他发火,便不再多说,只是把纸片递还给他。不过事情变成这样可真让我吃惊,他为何生气也令我摸不着头脑;而就他画的那幅甲虫图而论,上面的的确确看不见什么触须,而且整个形状确实像一个通常所见的骷髅。

他面带怒容地接过纸片,正要把它揉成一团,显然是想把它扔进火里,这时他偶然瞥向纸片的目光突然把他的整个注意力都吸引住了。一时间他的脸涨得通红，紧接着又变得非常苍白。他坐在那儿仔仔细细地把那张草图看了好一阵子。最后他起身从桌子上取了支蜡烛，走到屋子远端的一个角落，在一只水手箱上坐下。他在那儿又开始急切地细看那幅草图，把一张小纸片颠来倒去。可他一直默不作声，他的举动令我大为惊讶，但我想还是小心点啥也别说，以免为他越来越坏的心绪火上浇油。不一会儿，他从衣袋里掏出个皮夹，小心翼翼地将纸片夹在里面，然后他把皮夹放进书桌抽屉并且锁好。这时他才开始显得平静了一些，但他进屋时那股洋溢的激情已完全消失。不过他看上去与其说像是发怒，倒不如说是像在出神。随着夜色越来越浓，他也越来越深地陷入沉思，我所有的俏皮话都不能把他从沉思中唤醒。我本来打算像往常一样在小屋过夜，可眼见主人这般心绪，我觉得还是告辞为妙。他没有勉强留我，但分别之时他握手的意味却比平时还热忱亲切。

大约一个月之后（其间我没见到过勒格朗），他的仆人丘辟特来查尔斯顿找我。我从不曾见过那位好心的黑人老头看起来那么沮丧，心里不由得担心有什么灾祸降到我朋友身上。

"喂，丘辟特，"我问，"出了什么事？你家少爷好吗？"

"好什么，实话实说吧，先生，他不像希望的那样好。"

"不好！听你这么说我真难过。他自己怎么说？"

"你瞧！问题就在这儿！他啥也不说，但却为憋在心头的事犯病。"

"犯病，丘辟特！你干吗不早说？他卧床了吗？"

"不，他没有卧床！他哪儿也不卧。糟就糟在这儿。我都快为可怜的威廉少爷愁死了。"

"丘辟特，我倒真想弄明白你到底在说些什么。你说你家少爷病了。可他难道没告诉过你他哪儿不舒服？"

"唷，先生，你犯不着为这事发火。威廉少爷说他没哪儿不舒服。不过，他干吗要那样走来走去，耷拉着脑袋，耸起肩膀，脸色白得像只鹅？还有他老是做拼字游戏……"

"拼什么字,丘辟特?"

"拼记事板上的那些数字。那些稀奇古怪的数字我从来没见过。我可吓坏了,我跟你说,我不得不留神死死盯住他。可那天太阳还没出来,他就趁我不留神溜了出去,在外面逛了整整一天。我准备了一根大木棍,打算他一回来就狠狠揍他一顿。可我真是个大笨蛋,到头来我又不忍心下手,他的身体看上去糟透了。"

"嗯?什么?哦,是的!总而言之,我认为你对那可怜的家伙最好别太严厉。别揍他,丘辟特,他那身子骨经不起揍。不过你就不能想象一下是什么惹出了他这场病,或者说是什么使他变得这么古怪?我上次走后发生过什么不愉快的事吗?"

"不,先生,你走后没有过不愉快的事。我看恐怕是在那以前,就在你来的那天。"

"那是怎么回事?你想说什么?"

"啊唷,先生,我是说那只虫子。你瞧。"

"什么?"

"那虫子。我敢说威廉少爷的头上肯定有什么地方被那虫子咬了一口。"

"丘辟特,是什么使你这样认为?"

"先生,那虫子有好多脚,还有嘴。我从来没见过那样一只该死的虫子,谁靠近它它都又蹬脚又张嘴。威廉少爷开始捉住了它,但很快又不得不把它扔掉,我跟你说,他肯定就是在那个时候被咬的。我自己反正不喜欢那虫子嘴巴的模样,所以我才不用手指头去捉它,而是用我找到的一张纸把它逮住。我用那张纸把它包起来,还往它嘴里塞进一个纸角。就那么回事。"

"这么说你认为你家少爷真被那甲虫咬了一口,而这一咬就使他犯了病?"

"我不是认为,我知道这事。他要不是给那只甲虫咬了,那他干吗满脑子想着金子?我以前听说过金甲虫的事。"

213

"可你怎么知道他满脑子想金子?"

"我怎么知道?因为他梦里都在念叨金子,所以我就知道了。"

"好啦,丘辟特,也许你是对的。可我今天为何这般荣幸,有你这样的贵客光临?"

"你怎么啦,先生?"

"我是说勒格朗先生让你捎什么话没有?"

"没有,先生,我只捎来这封信。"丘辟特说着递给我一张便条,其内容如下:

亲爱的朋友:

  为何我这么久见不着你?我希望你还不至于那么愚蠢,竟见怪于我一时的失礼怠慢;可你不会,这不大可能。

  自上次与你分手,我心中当然一直很忧虑。我有一件事要对你说,可又几乎不知道从何谈起,或者该不该对你说。

  我前些日子心绪不太好,而可怜的老丘又惹我生气,他那份出于好意的关心差点儿让我吃不消。你能相信这事吗?前几天我趁他不防,悄悄溜走,一个人在大陆那边的山上待了一天,他居然为此而备了根大木棍要惩罚我。我相信是我这副病容才使我免遭他那一顿痛打。

  分手以来我的陈列柜里没增添新的标本。

  若你能抽身,那请你无论如何也要设法随丘辟特来一趟。来吧。我希望今晚见到你,有要事相商。我向你保证此事至关紧要。

你永远的朋友
威廉·勒格朗

便条的字里行间透露出一种令我深深不安的语气。它的行文风格与勒格朗平时的风格大不相同。他写信时可能在幻想些什么呢?他那容易激动的脑子里又冒出了什么奇思异想呢?他会有什么"至关紧要的事"非办不可呢?丘辟特所讲述的他的情况分明不是什么好的兆头。我真担心他所遭受的不幸所产生的持续压抑最终使得他精神紊乱。于是我毫不犹豫地决定随那黑人去一趟。

到了码头,我注意到我们要乘坐的那条小船里放着一把长柄镰和三把铲子,一看就知道全是新买的。

"这些是干什么用的,丘辟特?"我问。

"这是镰刀和铲子,先生。"

"这我知道,可放在这儿干吗?"

"威廉少爷硬要我在城里替他买这些镰刀和铲子,我给了那个该死的老板好多钱才把它们买到手。"

"可是,你家威廉少爷到底要用这镰刀和铲子去干什么?"

"这我可不清楚。要是我相信他自己清楚要干什么的话,让我出门撞见魔鬼好啦。不过,这一切都是因为那只虫子。"

看来丘辟特现在满脑子都是"那只虫子"。发现没法从他嘴里得到满意的答复,我便随他登船,扬帆启程。乘着一阵顺畅有力的和风,我们很快就驶入了莫尔特雷要塞所在的那个小海湾,那儿离勒格朗的小屋有两英里路。我们到达小屋时是下午3点左右。勒格朗一直在等待着我们。

他抓住我的手时显出一种神经质的热情,这引起我的恐惧,也加深了我心头已经产生的怀疑。他的脸色白得就像蒙了一层死灰,他深陷的双眼中闪烁着一种奇异的光芒。问候过他的健康状况之后,我一时不知该说什么,便信口问他是否已经从G中尉那里讨回了那只甲虫。

"哦,是的,"他激动得脸上有了血色,"我第二天一早就把它要了回来。现在无论什么都休想把我与那只甲虫分开。你知道吗?丘辟特对它的看法完全正确。"

"什么看法?"我问,同时我心里涌起了一种不祥之兆。

"就是认为它是一只纯金的甲虫。"他说得一本正经,而我却感到非常震惊。

"这只甲虫将为我带来好运,"他露出一丝得意的微笑说,"它将帮助我重振家业。那么,我珍视它有什么大惊小怪的呢?既然命运女神认为应该把它给我,那我只要正当地利用它,就能够找到它所指明的金子。丘辟特,把甲虫给我拿来!"

"啥!那虫子,少爷?我可不想去惹那只虫子。你要你得自己去拿。"于是勒格朗起身,露出一种严肃而庄重的神情,从一个玻璃匣子里为我取来了那只甲虫。那真是一只美丽的甲虫,而它在当时尚不为博物学家们所知。从科学的角度来看,这当然是一个重大收获。它靠近背部一端有两个圆圆的黑点,另有一个稍长的黑点靠近另一端。甲壳坚硬而光滑,看上去金光灿灿。虫子的重量也令人吃惊。考虑到所有这一切,我几乎不能责备丘辟特对它的看法,可我无论如何也看不出该怎样理解勒格朗对那种看法的赞同。

待我把那只甲虫仔细地看过一遍后,勒格朗以一种夸张的口吻说:"我把你请来,就是要听听你的意见和得到你的帮助,以便进一步认清'命运'和那只虫子……"

"我亲爱的勒格朗,"我高声打断了他的话头,"你肯定是病了,我们最好是采取点预防措施。你应该躺在床上,让我来陪你几天,直到你痊愈。你在发烧,而且……"

"你摸摸我的脉搏。"他说。

我试了试他的脉,说真的,没有丝毫发烧的症候。

"可你也许是病了但没有发烧。这一次你就听我的吩咐吧。首先你得躺在床上,然后……"

"你弄错了,"他插嘴说,"我身体现在好得甚至能指望承受住我正在经历的激动。如果你真想我好,你就应该帮我减轻这激动。"

"那我该怎么做呢?"

"非常容易。丘辟特和我正要去大陆那边的山里进行一次探险,为此我们需要一位我们信得过的人帮忙,而你是我们唯一可信赖的人。无论这次探险成败与否,你现在所感觉到的我这份激动都同样会被减轻。"

"我非常希望能答应你的任何请求,"我回答说,"可你的意思是否说这该死的甲虫与你进山探险有什么联系?"

"正是如此。"

"那么,勒格朗,我不能参加这种荒唐的行动。"

"我很遗憾。非常遗憾!因为我们就只好自己去试试看了。"

"你们自己去试试!你简直是疯了!可慢着!你们打算要去多久?"

"可能整整一晚上。我们马上出发,而且无论如何也得在日出前赶回。"

"那你是否能以你的名誉向我保证,等你这个怪念头一旦过去,等虫子的事(天哪!)一旦按你的心愿了结,你就务必回家并绝对听从我的吩咐,就像听从你医生的吩咐一样?"

"是,我保证。那我们现在就出发吧,因为我们不能再耽搁了。"

我怀着沉重的心情伴随我的朋友。我们(勒格朗、丘辟特、那条狗和我)于下午4点左右出发。丘辟特扛着镰刀和铲子。他坚持要一个人扛那些工具。据我看,他这样做与其说是出于过分的勤快或者殷勤,倒不如说是生怕这些工具的任何一件会落在他少爷手上。他的行为非常固执,一路上他嘴里只嘀咕着"那该死的虫子"这几个字。我的任务是带着两盏有遮光罩的提灯,而勒格朗则满足于带着他那只甲虫,他把甲虫拴在一根鞭绳绳端,一路走一路反复让它滴溜溜地转动,看上去就像在变戏法。看到我朋友这种明显是神志错乱的表现,我的眼泪几乎夺眶而出。但我想最好是迁就一下他的想入非非,至少眼下应该这样,直到我想出行之有效的办法。同时我力图向他打听这次探险的目的,但结果却一无所获。似乎他一旦把我劝上了路,就不愿再谈任何次要的话题,对我提出的所有问题他都一言以蔽之:"咱们走着瞧吧!"

我们乘一叶轻舟渡过小岛西端的海湾,登上大陆海岸的高地,朝西北方向穿过一片人迹罕见的荒野。勒格朗信心十足地领着路，只是偶尔稍停片刻以查看那些显然是他上次经过时亲手留下的路标。

我们就这样走了大约两个小时。日落时分，我们进入了一个比一路上所见景象更凄凉的地方。那地方像是一个平台，靠近一座几乎不可攀缘的小山之峰顶，那小山从山脚到峰顶都被茂密的林木覆盖，林木间不时有摇摇欲坠的巨石巉岩突出，有好些巨石巉岩之所以未从峭壁坠入下面的山谷，仅仅是凭着它们倚靠于其上的树木的支撑。几条方向不同的深壑为这幅凄凉的景象增添了一种庄严肃穆的气氛。

我们所登上的那块天然平台荆棘丛生，我们很快就发现，若不用那把长柄镰开道我们简直是寸步难行。丘辟特按照他少爷的吩咐为我们开出了一条小径，直通到一棵高大挺拔的百合树下。那棵百合树与八九棵橡树并肩屹立，但其叶簇之美丽、树形之优雅、枝丫之伸展，以及气势之巍峨都远远超过了那几棵橡树和我所见到的其他树。待我们到达那棵树下，勒格朗转向丘辟特，问他是否认为他能爬上那棵树。那老人似乎被这个问题吓了一跳，老半天没有回答。最后他走到那巨大的树身跟前，慢腾腾地围着它绕圈，非常仔细地上下打量。进行完这番详尽的探查，他只说了一句："行，少爷，老丘这辈子见过的树都爬得上去。"

"那你就尽快爬上去吧，因为天很快就会黑得看不清周围了。"

"得爬多高，少爷？"丘辟特问。

"得爬上主干，然后我再告诉你往哪儿爬。嘿，站住！把这只甲虫带上。"

"虫子，威廉少爷！金虫子！"那黑人吓得一边后退一边嚷，"干啥非得把虫子带上树？我不干！"

"如果你害怕，老丘，如果像你这样一个高大魁梧的黑人竟害怕一只伤不了人的小小的死甲虫，那你可以用这根绳子把它弄上去。可你要是不想办法把它带上去，那我非得用这把铲子砸碎你的脑袋。"

"你怎么啦，少爷？"丘辟特显然是因不好意思才勉强依从，"总想对你的老黑人大声嚷嚷。我不过说句笑话罢了。我怕那虫子！我干吗怕那虫子？"他说着小心翼翼地接过绳子，尽可能地让绳子另一端的甲虫远离他的身体，然后他准备上树。

这种百合树又称木兰鹅掌楸，是美洲森林中最壮观的一种树，其幼树期时树身特别光滑，通常长得很高也不生横枝旁节；但进入成年期后，树皮逐渐变得粗糙多节，树干也横生出许多短枝。所以当时那番攀缘看上去吃力，可实际上并不很难，丘辟特尽可能让双臂双腿紧贴着巨大的树身，并用双手抓住一些短枝，在避免了一两次失手坠落之后，他终于爬进了树干的第一个分叉处，并且他似乎认为已大功告成。攀登的危险事实上已经过去，尽管攀登者离地面有六七十英尺高。

"现在得往哪儿去，威廉少爷？"他问。

"顺着最大那根分枝往上爬，就是这边这根。"勒格朗回答。那黑人立刻遵命而行，而且显然没费多大力气；他爬得越来越高，直到茂密的树叶完全遮蔽了他矮胖的身影。不一会儿传来了他的喊声。

"还得爬多高？"

"你现在有多高？"勒格朗问。

"不能再高了，"那黑人回答说，"能从树顶看见天了。"

"别去看天，注意听我说。顺着树干往下看，数数你身下这一边的横枝。你现在爬过了多少横枝？"

"一，二，三，四，五……我身下有五根横枝，少爷，在这边。"

"那再往上爬一根。"

过了片刻树上又传来声音，宣布已到达第七根横枝。

"听着，丘辟特，"勒格朗高声喊道，显得非常激动，"现在我要你尽可能再顺着那根横枝往外爬。要是看见什么奇怪的东西就马上告诉我。"

这时，我对我朋友的精神错乱还抱有的一分怀疑也终于被消除。我只能认定他是完全疯了，这下我开始焦虑怎样才能把他弄回去。当我正在琢磨如何是好，突然又听到了丘辟特的声音。

"真吓人,爬这根树枝太危险,这根枯枝从头到尾都光秃秃的。"

"你说那是根枯枝,丘辟特?"勒格朗用颤抖的声音大声问道。

"是的,少爷,它早就枯了,早就朽了,早就烂了。"

"天哪,我该怎么办?"勒格朗自问道,显得非常焦虑。

"怎么办!"我说,心中暗喜终于有了插话的机会,"回家去睡觉呗。走吧!这才是我的好朋友。天已经晚了,再说,你得记住你的保证。"

"丘辟特,"他径自喊道,把我的话完全当作了耳边风,"你能听见吗?"

"能听见,威廉少爷,听得清清楚楚。"

"那好,用你的刀子戳戳那木头,看看它是不是糟透了。"

"它已经够糟了,少爷,"那黑人过了一会儿回答道,"不过还没有完全糟透。说真的,我自己倒是还敢往外边再爬一截儿。"

"你自己!这是什么意思?"

"我说这只虫子呗。这虫子太重了。要是我把它扔掉,这根枯枝也许还不至于被一个黑人压断。"

"你这条该死的恶棍!"勒格朗显然是如释重负地嚷道,"你这样跟我胡说八道安的什么心?你要把甲虫扔掉,我就拧断你的脖子。喂,丘辟特!你听见我的话吗?"

"听见了,少爷,你用不着对你可怜的黑人这般大声嚷嚷。"

"那好!你听着!要是你不扔掉虫子,继续往外爬,直爬到你觉得有危险的地方,那你下来后我就送你一块银币。"

"我正爬着呢,威廉少爷,我在爬,"那黑人立即答道,"都快爬到头了。"

"到头了!"勒格朗这时简直是在尖叫,"你是说你已经爬到那根横枝的头了?"

"就快到头了,少爷,啊……啊……啊哟!老天保佑!这树上是个啥玩意儿?"

"好啦!"勒格朗欣喜若狂地大声问道,"是个啥东西?"

"唉,偏偏只是个颅骨,有个人把自己的脑袋留在了树上,乌鸦把脑袋上的肉都吃光了。"

"你说是个颅骨!太好啦!它是怎样固定在那枝丫上的?用什么固定的?"

"当然,少爷,我得看看。真没想到,这太奇怪了!颅骨上有颗大钉子,就是这颗钉子把它钉在树上的。"

"很好,丘辟特,现在我怎么说你就怎么做。听见了吗?"

"听见了,少爷。"

"那你听仔细了,先把颅骨的左眼找到。"

"哼!哈!真妙!这儿压根儿就没有剩下什么眼睛。"

"你这个该死的笨蛋!你分得出你的右手和左手吗?"

"分得出,这我完全知道,我劈柴用的这只手就是我的左手。"

"当然!你是左撇子,你的左眼就在你左手那一边。我想,你这下该找到那颅骨上的左眼,或原来长左眼的那个窟窿了。找到了吗?"

这一次那黑人老半天没吭声,最后他问:"这颅骨的左眼也在它左手一边吗?当然,这颅骨压根儿就没有什么手。不过没关系!我现在找到左眼了。这儿就是左眼!我该做什么?"

"把那只甲虫穿过它垂下来,尽量把绳子放完,可你得当心别松手放开了绳端。"

"都做好了,威廉少爷,把虫子穿过这窟窿真太容易了。注意,它下来了!"

说话之间丘辟特的身影完全被树叶遮住,但他费了一番周折所垂下的那只甲虫已能够被看见,它像一个锃亮的金球悬在绳端,在依然蒙蒙映照着我们所站的那片高地的最后一线夕阳余晖中熠熠生辉。那只甲虫完全穿出了树冠的所有枝叶,如果让它往下掉就会掉在我们脚边。勒格朗飞快地拿起那柄镰刀,在正对甲虫的下方清理出一块直径三四码的圆形地面,然后他叫丘辟特放开绳子,爬下树来。

在甲虫坠地的准确落点打进一根木桩之后，我朋友从口袋里掏出一个卷尺。他将卷尺的一端固定在百合树的树干离木桩最近的一点上，接着拉开卷尺到达木桩，然后顺着树干与木桩这两点形成的直线又往前拉出五十英尺。丘辟特用镰刀清除了这一线的荆棘。勒格朗在卷尺尽头的一点又打进一根木桩，并以这木桩为圆心大致画出了一个直径约四英尺的圆圈。最后他拿起一把铲子，给丘辟特和我也各人一把，这下他请求我们开始尽可能快地挖土。

说实话，我任何时候对这类消遣都毫无兴趣，而在那种特殊的情况下，我更是恨不得一口就拒绝他的请求，因为当时夜幕正在降临，而且经过一路跋涉我已经感到相当疲倦。可我一时想不出溜走的办法，又怕一口拒绝会使我朋友不安。当然，要是我能够依靠丘辟特的帮助，那我早就毫不犹豫地设法把这疯子强行弄回家了，但我太清楚这个黑人老头的立场，在任何情况下都不能指望靠他的帮助来反对他的少爷。我毫不怀疑这位少爷一直受到南方人关于地下埋有宝藏的许多迷信传说的影响，而由于他找到了那只甲虫，或者也许是由于丘辟特一口咬定那是"一只真金的虫子"，他便以为自己的想入非非得到了证实。错乱的神志往往都容易被这类暗示引入歧途，尤其是当这种暗示与其先入之见相吻合的时候，于是我不由得记起这可怜的家伙说那只甲虫"将指引他找到财富"。总之，我当时忧心忡忡而且莫名其妙，但最后我决定，既然不得已而为之，那就干脆唱好这出假戏，认真挖坑，以便更快地用明明白白的事实让那位幻想家相信他是在想入非非。

两盏提灯一齐点亮，我们以一股更值得干件正经事的热情开始干活。由于灯光照在我们的身上和工具上，我禁不住想，若是这时有人偶然闯入附近，那在他眼里我们这伙人该有多么别致，我们所干的活该显得多么奇怪又多么可疑。

我们一刻不停地挖了两个小时。其间大家都很少说话，我们主要的麻烦是那条狗的吠叫，它对我们所干的活产生了极大的兴趣。到后来它的汪汪声越来越高，以至我们开始担心它会惊动周围什么迷路的人；确切地说这是勒格朗的担心，因为我巴不得有人来打岔，使我能趁机把这位精神错乱者弄回家去。最后，丘辟特终于有效地止住了狗叫声，他不慌不忙且不屈不挠地爬出土坑，用他的一根吊裤带捆住了狗的嘴巴，然后他回到土坑，庄重地抿嘴一笑，重新开始干活。

两个小时之后，我们已挖了五英尺深，但却不见任何金银珠宝的踪迹。于是大家歇了下来，我开始希望这出滑稽戏能到此收场。然而，勒格朗虽说显得很窘，但他若有所思地拭去头上的汗，又动手挖了起来。我们把那个已挖成的直径四英尺、深五英尺的土坑向外又稍稍扩大了一圈，向下又多挖了两英尺，但仍然一无所获。我所深深怜悯的那位寻金人终于带着一脸的绝望爬出土坑，极不情愿地慢慢穿上他开始干活前脱掉的外套。在此期间我一句话也没说。丘辟特按照他少爷的示意开始收拾工具。一切收拾停当，再解开了狗嘴上的裤带，我们便默不作声地上路回家。

我们也许刚走出十多步，勒格朗突然大骂一声冲到丘辟特跟前，一把揪住了他的衣领。那黑人惊得目瞪口呆，他扔掉了铲子，跪倒在地上。

"你这条恶棍，"勒格朗咬牙切齿一字一句地骂道，"你这个该死的黑鬼！我敢肯定是怎么回事！你说，马上回答我，别支支吾吾！哪只？哪只是你的左眼？"

"哦，天哪，威廉少爷！难道这只不是我的左眼？"心惊胆战的丘辟特大声问道，同时把手伸向他的右眼，并死死地捂住那只眼睛，好像是生怕他的少爷会将其挖出似的。

"我早就料到是这样！我早就知道是如此！好哇！"勒格朗大叫大嚷着松开了那黑人，手舞足蹈地旋转跳跃起来。他那位惊魂未定的仆人从地上爬起身，一声不响地看看他少爷又看看我，看看我又看看他少爷。

"嘿！我们得回去，"勒格朗说，"这事还没完呢。"他说着又带头朝那棵百合树走去。

"丘辟特，"我们一回到树下他又开口道，"到这儿来！那个颅骨是脸朝外钉在横枝上呢，还是脸朝着横枝？"

"脸朝外，少爷，所以乌鸦没费劲就能把眼睛吃掉。"

"很好，那么你刚才是把甲虫穿过哪只眼睛垂下来的？是这只还是那只？"勒格朗说着分别触了触丘辟特的两只眼睛。

"是这只眼睛，少爷，左眼，就像你告诉我的。"那黑人一边说一边指的恰恰是他的右眼。

"够了！我们必须再试一次。"

这下我看出，或者说我相信我看出，我朋友的狂热痴迷中显然有一些有条不紊的迹象。他把那根标明甲虫坠地落点的木桩从原来的位置往西挪动了三英寸左右，然后像先前一样将卷尺从树干最近一点拉至木桩，并顺着这条直线往前拉出五十英尺，在离我们刚才挖掘地点几码远的地方定出一个新点。

一个比上次多少大一些的圆圈绕着这个新点被画出，我们又开始用铲子挖土。我当时累极了，可我几乎不明白是什么东西使我改变了自己的想法，对强派给我的那份活儿我不再觉得反感。我已经莫名其妙地产生出兴趣，甚至感到了兴奋。也许是勒格朗越轨行为中显露的某种东西，某种老谋深算或说深思熟虑的神态打动了我。我热心地挥铲挖土，并不时发现自己心中实际上也怀有某种近似于期望的东西，也在期待那笔已使得我不幸的朋友精神错乱的想象中的财宝。就在这种想入非非的念头完全把我缠住之时，就在我们再次挖掘了大约一个半小时之后，我们又受到了那条狗狂吠的骚扰。它上次的不安显然只是一种嬉戏或任性，可它这一次却叫得声嘶力竭。当丘辟特又想捆住它的嘴巴时，它拼命反抗，并跳进坑里用它的爪子疯狂地刨土。不一会儿它就刨出了一堆尸骨，尸骨看上去是两具完整的骷髅，骷髅骨间混杂着几颗金属纽扣和看上去早已腐烂成土的毛呢。接下来的一两铲挖出了一片大号西班牙刀的刀身，再往下挖又发现了三四枚零散的金币和银币。

THERE FLASHED UPWARD A GLOW AND A GLARE

丘辟特看见这些东西便喜形于色，可他少爷脸上却露出大失所望的神情。不过他催促我们继续往下挖，而他话音未落，我突然一个趔趄朝前摔倒，原来我的靴尖绊住了一个半埋于松土中的大铁环。

我们这下挖得更起劲了，我一生中还从来没经历过比那更紧张而激动的十分钟。就在那十分钟内，我们顺顺当当地挖出一个长方形木箱。从木箱的完好无损和异常结实来看，它显然曾经过某种矿化处理，也许是经过二氯化汞处理。木箱长三英尺半，宽三英尺，高二英尺半。它被铁条箍得结结实实，还上着铆钉，整个表面是一种格状结构。箱子两边靠近箱盖处各有三个铁环（总共六个），凭借这些铁环，六个人可以稳稳地提起箱子。我们三人使出全身劲儿也只能稍稍摇动它一下。我们马上就看出不可能搬动这么重一口箱子。

幸运的是，箱盖只由两根插销闩住。当我们拉动插销之时，热望使我们浑身发抖，气喘吁吁。转眼之间，一箱难以估量其价值的珍宝闪现在我们眼前。由于两盏提灯的灯光照进坑里，箱里混作一堆的金币珠宝反射出耀眼的光芒，一时间晃得我们眼花缭乱。

我不敢自称能描述我看见那箱财宝时的心情。当然，那会儿主要的心情就是惊诧。勒格朗好像是被兴奋耗尽了精力，老半天不说一句话。丘辟特一时间面如死灰，当然，这是说黑人的脸所能灰到的程度。他似乎被惊呆了，或者说吓坏了。过了一会儿他在坑底双膝跪下，把两条胳膊深深地插入那箱财宝，并久久地保持着那个姿势，仿佛在享受一次奢侈的沐浴。最后他深深叹了口气，好像是自言自语地大声说道："这全亏那只金虫子！那好看的金虫子！那可怜的金虫子！那被我用粗话诅咒的小虫子！你难道不害臊，你这个黑鬼？回答我呀！"

最后我不得不提醒这主仆二人最好是搬走那些财宝。天越来越晚，我们应该尽力在天亮前将箱子里的每一件宝物都搬回家去。当时很难说该如何搬那口箱子，想办法就花去了我们好多时间，因为当时我们三人都那么慌乱无措。最后，我们将箱子里的东西拿出三分之二,才勉强把箱子弄出了土坑。我们把拿出的财宝藏在荆棘丛中,让那条狗留在那里守护,丘辟特还严厉地对狗叮咛了一番,要它在我们返回之前不许找任何借口擅自离开,也不许开口汪汪乱叫。随后我们就抬起箱子匆匆回家。我们平安抵达小屋时已是凌晨1点,而且大家都筋疲力尽。像我们那样疲乏不堪,要马上再接着干活儿已超出了常人的能力。于是我们休息到两点并吃过晚饭,这才赶快又出发进山,这一次我们带上了三只刚巧在小屋找出的结实的口袋。将近4点我们又到达坑边,把剩下的财宝尽量平均地分装进三只口袋,也顾不得填上那个土坑,我们又上路匆匆回家。当我们再次把财宝放进小屋时,东边的树梢上刚刚露出最初的几抹曙光。

这下我们是彻底累垮了,但当时那股兴奋劲儿却不容我们安睡。在辗转不安地睡了三四个小时之后,我们就好像是事先商量过似的一道起床,开始清点我们的宝库。

那口箱子装得满满的,我们花了整整一天和一个大半夜才把那些金器珠宝清点完毕。那些东西装得毫无规矩条理,所有的钱币珠宝都乱七八糟混作一堆。经过一番细心的分门别类,我们发现我们所拥有的财产比开始想象的还要多。单是钱币的价值就超过了四十五万美元,我们是尽可能精确地按当时的兑换率来估计其价值的。

钱币中没一块银币。全部是年代久远而且五花八门的金币,有法国的、西班牙的和德国的古币,有少量英国的基尼,还有一些我们从来没有见过的金币。有几枚又大又沉的金币表面差不多被磨光,我们怎么也辨认不出当初所铸的字迹图案。钱币中没有一块美国铸币。箱里珠宝的价值更是难以估量。其中有一百一十颗钻石,有些很大很纯,而且没一颗不大;有十八块璀璨夺目的红宝石;有三百一十块绿宝石,都很美丽;有二十一块蓝宝石,外加一块蛋白石。这些宝石全都被拆离了镶嵌物,胡乱地散装在箱子里。而那些我们从其他金器中分拣出来的镶嵌物看上去全都被榔头砸扁,似乎是为了防止被人认出。除了这些之外,箱里还有大量纯金装饰品,有将近两百只分量很重的戒指和耳环，有三十根华丽珍贵的金链（如果我没记错数的话），有八十三个又大又重的金十字架，有五个极其贵重的金香炉，有一只硕大的金制酒钵，上面雕有精美的葡萄叶和诸酒神图案，此外还有两把镶饰得非常精致的剑柄和其他许多我已记不起来的小物件。这些金器的重量超过了一百五十公斤，而我还没有把一百七十九只上等金表计算在内，其中有三只每只都值得上五百美元。它们大多数都很古老，作为计时器已没有价值，表内的机件多少都受到腐蚀，但它们全都有昂贵的金壳并镶饰有精美的珠宝。

那天晚上我们估计整箱宝物价值一百五十万美元，到后来卖掉珠宝首饰时（有几件我们留着自用），才发现我们大大低估了那箱财宝的价值。

当我们终于把财宝清点完毕，当那种紧张兴奋稍稍平息了几分，勒格朗见我迫不及待地想知道这谜中之谜的谜底，便开始详细地讲述事情的来龙去脉。

"你记得我让你看我画的甲虫图的那天晚上，"他说，"你也记得当你坚持说我画得像个骷髅时我十分恼火。你开始那么说时我还以为你在开玩笑，但后来我转念想到了甲虫背上那三个奇特的黑点，于是暗自承认你的说法还算言之有理。可你对我绘画技艺的嘲笑仍然令我激怒，因为我通常被人认为是名出色的画家，所以，当你把那块羊皮纸递还给我的时候，我气呼呼地要把它揉成一团扔进火里。"

"你是想说那张纸片吧。"我说。

"不！它看起来很像普通纸片，开始我也以为它是张纸片，但当我在上面画图时，我马上就发现它是一块极薄的羊皮。它很脏，这你还记得。对啦，当我正要把它揉成一团时，我的眼光落在了你看过的那幅草图上，而你可以想象我当时有多惊讶，我似乎看见在我先前画出甲虫的位置实实在在是一个骷髅的图形。我一时惊得回不过神来。我知道我刚才所画的与眼前所见的在细节上迥然不同，尽管两者的轮廓大致相像。随即我取了支蜡烛，坐在屋子的另一头更加仔细地看那块羊皮纸。在我把它翻过来时,我在背面看见了我画出的草图,和我先前画它时完全一样。

"我当时的第一个念头就是惊奇,我为两个图形的轮廓完全一样而感到惊奇,为这个事实中奇妙的巧合而感到惊奇。我惊奇自己竟然不知道在羊皮纸的另一边、在自己画的甲虫图背面有一幅骷髅图。我惊奇那个骷髅不仅轮廓与我画的甲虫一样,而且大小也完全相同。我是说这种巧合之奇妙曾一度使我完全惊呆。这是人们碰到这类巧合时的通常结果。脑子拼命想要理出一个头绪,找出一种因果关系,而一旦不能如愿以偿,就会出现暂时的呆滞。然而,当我从这种呆滞中回过神来之时,我渐渐感知到一种甚至比那个巧合更令我吃惊的醒悟。我开始清清楚楚、明明白白地记起,在我画那只甲虫的时候,羊皮纸上并没有其他图案。我最终完全确信了这一点,因为我记得我当时为了找一块干净地方下笔,曾把羊皮纸的正反两面都翻过。如果那上面画有骷髅,我当然不可能不注意到。这儿的确有一个我当时觉得不可能解开的谜;不过,即便是在那最初的一刻,我们昨晚的冒险所昭然揭示的那个真相似乎也像萤光一样在我心灵最幽深隐秘之处隐隐闪烁。我立刻起身小心地放好了那块羊皮纸,留待我一个人时再去进一步思考。

"待你离去和丘辟特熟睡之后,我开始对这件事进行更有条不紊的审视。首先我回顾了这块羊皮纸落到我手中的经过。我们发现甲虫的地方是在大陆海岸与这座岛相对偏东约一英里处,而且离涨潮水位线只有很短一段距离。

"当我抓住甲虫时它狠狠地咬了我一口,这使我不得不把它扔掉。丘辟特出于他习惯性的谨慎,见那只甲虫朝他飞去,便四下张望,想在身边找一片树叶之类的东西来捉那虫子。就在那个时候,他的目光和我的目光一道落在了这块羊皮纸上,当时我还以为是张普通纸片。它一半埋在沙里,一角朝上翘着。就在找到羊皮纸的附近,我注意到了一堆船体残骸,看上去像是大船上的一条救生艇。那堆残骸在那儿似乎已有很久很久,因为船骨的轮廓都几乎难以看出。

"后来丘辟特拾起了那块羊皮纸，把那只甲虫包在里面一齐交给我。不久之后我们就掉头回家，而在回家的路上碰见了G中尉。我让他看那虫子，他求我把虫子借给他带回要塞去看。我刚一答应，他就把虫子揣进了他的背心口袋，而没有再包上那块羊皮纸，因为在他看虫子那会儿羊皮纸一直捏在我手中。他也许是害怕我改变主意，认为最好还是马上把那意外收获抓牢再说，你知道他对与博物学有关的一切是多么热衷。我肯定就是在那个时候不知不觉地把那块羊皮纸放进了我自己的口袋。

"你还记得当我走到桌旁想画出那只甲虫时，我发现桌上通常放纸的位置没有纸。我拉开抽屉找了找，也没找到。于是我搜寻自己的口袋，想找出一封旧信，这时我的手摸到了那块羊皮纸。我把羊皮纸到手的经过讲得这么详细，因为这些细节给我留下了特别深的印象。

"当然，你会认为我是胡思乱想，但我当时已经理出了一种关系。我已经把一根大链条的两个链环连接起来。当时海边上停着条小船，离小船不远处有张上面画着骷髅的羊皮纸，而那不是一张普通纸片。你自然会问'关系在哪儿？'，我的回答是，颅骨或说骷髅是众所周知的海盗标志。海盗船在作战时都要升起骷髅旗。

"我已经说过那是块羊皮纸，而不是普通纸。羊皮纸耐久，几乎可以永远保存。记载无关紧要的小事人们很少会用羊皮纸，因为一般的写写画画用普通纸反而更加适合。我所想到的这一点向我暗示了那个骷髅具有某种意义、某种关联。我也没有忽略那块羊皮纸的形状。尽管它的一角由于某种原因被损，但仍然可以看出它本来是长方形的。实际上人们正是用这样的羊皮纸来记录备忘之事，记录一些需要长期记忆并小心保存的事情。"

"可是，"我插话道，"你说你画那只甲虫时羊皮纸上并没有那个骷髅。那你怎么能把小船和骷髅扯在一起呢？因为按照你自己的说法，那个骷髅肯定应该是在你画完甲虫之后才被画上去的（上帝才知道是怎么画的，谁画的）。"

"啊，整个奥秘的关键就在于此，不过我解决这关键的一点相对说来并没费多大力气。我的思路笃定无误，那就只能得出一个结果。譬如，我当时是这样来推论的：我画那只甲虫时羊皮纸上并没有那个骷髅。我画好之后就把羊皮纸递给了你，并且在你把它还给我之前，我一直在仔细地观察你。所以，你并没有画那个骷髅，而且当时也没有别人能画。那么，羊皮纸上出现骷髅非人力所致。然而骷髅的出现是一个事实。

"当思路走到这一步，我就努力去回想并且清清楚楚地回想起了在那一段时间内所发生的每一件枝节小事。那天天气很冷（真是难得的幸事！），壁炉里烧着旺旺的火。我因为走热了而坐到了桌旁，然而你却早拖了把椅子坐在炉边。我刚把那方羊皮纸交到你手上，而你正要仔细看时，我那条叫沃尔夫的纽芬兰犬进屋并扑到你肩上。你当时用左手抚摸它然后将它撑开，而你拿着羊皮纸的右手则懒洋洋地垂到了你双膝之间，靠近了炉火。我一度以为火苗点着了纸片，并正要开口警告你，可你没等我开口就将其缩回，而且认认真真看了起来。当我把这些细节斟酌一番之后，我再也不怀疑我在羊皮纸上看见的那个骷髅是由于受热而显现出来的。你知道有一种化学药剂，自古以来就存在那种东西，用它可以在普通纸和皮纸上书写，而写的字迹只有经过火烤才会显露。人们有时将钴蓝釉置于王水中加热浸提，然后用四倍于浸提物之重量的水加以稀释，这样便得到一种绿色溶剂。将钴熔渣溶于硝酸钠溶液，便得到一种红色溶剂。这类书写剂冷却之后，经过或长或短的一段时间颜色就会消失，但若再次加热，颜色又会重新显露。

"于是我非常小心地细看那个骷髅。它外侧的边缘（靠羊皮纸边最近的边缘）比其他部分清楚得多。这显然是因为热力不足或不匀的缘故。我马上燃起火，把羊皮纸的每个部分都烤到炽热的程度。开始的唯一效果就是加深了骷髅图暗淡的线条，但随着实验的继续，羊皮纸上与骷髅所在位置成对角线相对的那个角上显露出一个图形；我开始还以为那是只山羊，但细看后我确信画的是只小山羊。"

"哈！哈！"我说，"我虽然没有权利笑话你，毕竟一百五十万美元是一件不容取笑的正经事，但你不会为你那条链条找出第三个链环，你不可能在你的海盗和一只山羊之间发现任何特殊联系。你知道，海盗与山羊风马牛不相及，它们只与农业有关。"

"可我已经说过那图形不是山羊。"

"啊，那么说是小山羊，这差不多也一样。"

"差不多，但并非完全一样。"勒格朗说，"你也许听说过一个叫基德船长的人。我当时马上就把那个动物图形视为一种含义双关或者有象征意义的签名[①]。我说是签名，因为它在羊皮纸上的位置给了我这种暗示。与它成对角线相对的那个骷髅也同样具有图章或戳记的意味。但使我恼火的是除此之外别的什么也没有，没有我所想象的契约文件内容，没有供我理清脉络的正文。"

"我想你是期望在那个印记和签名之间找出一封信。"

"正是想找诸如此类的东西。事实上，我当时有一种不可抗拒的预感，觉得有一笔财富即将落入我手中。我现在也难以说清为什么会有那种感觉。说到底，那也许仅仅是一种强烈的欲望，而不是一种真正的信念。可你知道吗，丘辟特关于纯金甲虫的那些蠢话对我的想象力施加了极大的影响。然后就是那一连串的意外和巧合，那么异乎寻常的意外和巧合。你注意到了吗？所有的一切居然都发生在同一天内，这是一个多么纯粹的巧合！而那一天偏巧又是一年中冷得应该或者可以烧火取暖的唯一一天，若没有那炉火，若不是那条狗恰好不早不晚地在那一刻进屋，那我也许永远也不知道有那个骷髅，因而也永远不会得到这笔财富。"

"接着讲呀！我都等不及啦。"

"那好，你当然听说过许多流传的故事，许许多多关于基德和他的海盗们在大西洋岸边某地埋藏珍宝的传说。这些传说很可能有一

[①] "基德"英文为Kidd，而"小山羊"为kid，两者拼写和读音均相似。——译者注

定的事实根据。而在我看来，它们能经年历代流传至今，这只能说明埋藏的珍宝迄今依然未被发掘。若是基德把他的赃物埋了一段时间然后又取走，那我们今天所听到的传闻就不会这样几乎千篇一律。你一定已注意到那些传说讲的都是寻宝的人，而不是找到宝藏的人。而要是那个海盗自己取走了财宝，那寻宝之事早就应该偃旗息鼓。依我之见，似乎是某种意外事件，比如说指示藏宝地点的密件丢失，使得他没法再找回那批珍宝，而这个意外事件又被他的喽啰们所知，不然他们也许永远也不会听说藏宝的事。那些喽啰们开始寻觅宝藏，但由于没有指引而终归徒然，而他们寻宝的消息不胫而走，成了今天家喻户晓的传闻。你听说大西洋沿岸发掘出过什么大宗珍宝吗？"

"从未听说。"

"但众所周知，那个基德所积聚的财宝不可悉数。所以我理所当然地认为那批珍宝还埋在地下。我说出来你也许还不至于被吓一跳，当时我就感觉到了一种希望，一种几乎确信的希望，我希望这方来得如此蹊跷的羊皮纸暗暗记载着那个藏宝的地点。"

"那你是如何着手处置的呢？"

"把火加旺之后，我把羊皮纸再次伸到火边，但什么也没显出。这下我想到那很可能是羊皮纸表面那层污垢在碍事，于是我小心翼翼地浇着热水把羊皮纸冲洗干净，然后将其画有骷髅的一面朝下放进一个平底锅，并把平底锅放在一个烧旺的炭炉上。过了几分钟，平底锅完全加热，我揭下羊皮纸，欣喜若狂地发现上面有好几个地方显露出了看上去像是排列着的数字。我把羊皮纸放回平底锅又烤了一分钟。当我再把它揭起时，上面所显露的就和你现在所看见的一样。"

勒格朗说话间已把羊皮纸重新加热，现在他把羊皮纸递给我看。下面的这些字符就是以一种红色溶剂被拙劣地书写在那个骷髅和山羊之间：

53‡‡†305))6*;4826)4‡.)4‡);806*;48†8¶60))85;;]8*;:‡*8†83(

88)5*†;46(;88*96*?;8)*‡(;485);5*†2:*‡(;4956*2(5*—4)8¶8*;406
9285);)6†8)4‡‡;1(‡9;48081;8:8‡1;48†85;4)485†528806*81(‡9;48;
(88;4(‡?34;48) 4‡;161;:188;‡?;

"可我还是莫名其妙。"我说着把羊皮纸递还给他,"即便我解开这个谜就把哥尔昆达①的珠宝全都给我,我也肯定没法得到它们。"

"然而,"勒格朗说,"此谜并不像你乍一看见这些字符时所想象的那么难解。正如任何人都能轻而易举就猜出的一样,这些字符构成了一组密码,这就是说,它们具有意义;但是,从世人对基德所了解的情况来看,我并不认为他能够编出任何一组深奥难解的密码。我当时立刻就认定这组密码属于简单的一类,不过对那些笨头笨脑的水手来说,没有译码暗号这就等于一页天书。"

"你真把它给解开了?"

"没费吹灰之力,比这难上万倍的谜我都解开过。生活环境和我心智上的某种嗜好使我历来对这类字谜颇感兴趣,而人们完全可以怀疑,是否人的机敏真能编出一种让人用机敏得到的适当的方法也解不开的谜。事实上,一旦证实这些连接完整且字迹清楚的字符之后,我几乎就没有想过推究出它们的含义有什么真正的困难。

"就眼前这个例子而言,其实对所有的密码暗号也一样,首要的问题是考察出密码所采用的语言,因为破译密码的原则,尤其是就较简单的密码而论,往往就依其独有的语言特征而定,并随其特征的变化而变化。一般来说,破译者唯一的办法就是用自己所通晓的语言逐一试验(由概率决定试验方向),直到考察出与密码相吻合的语言。但我们面前这份密码由于有这个签名,考证语言这道难题便迎刃而解。'基德'这个词只有在英语中才能体会其双关意味。要不是想到

---

① 哥尔昆达,印度古城,在今海得拉巴以西九公里处,曾以盛产钻石而闻名。——译者注

了这一点，我说不定会先用西班牙语和法语来试译，因为出没于加勒比海一带的海盗编这种密码十有八九会用那两门语言。事实上，我假定这份密码是用的英语。

"你看这些字符全连在一起。若是中间有间隔，破译起来就会相对容易一些。在那种情况下，我首先就会从对照分析较短的符号入手，只要能从字符中找出一个字母，这很有可能（比如a或者i），我就可以认为破译之成功已有了保证。但是，这些字符间没有间隔，那我第一步就必须确定出现次数最多和最少的符号。经过点数，我列出了下表：

  8出现三十三次。

  ;出现二十六次。

  4出现十九次。

  ‡和)各出现十六次。

  *出现十三次。

  5出现十二次。

  6出现十一次。

  †和1各出现八次。

  0出现六次。

  9和2各出现五次。

  :和3各出现四次。

  ?出现三次。

  ¶出现二次。

  ]、—和.分别出现一次。

"而在英语中，出现频率最高的字母是e。其余依序是：a o i d h n r s t u y c f g l m w b k p q x z。然而e的使用频率是那么高，以至在任何一个不论长短的单句里，都很少发现出现次数最多的字母不是

e。

"这样,我们从一开始就有了这个并非纯粹猜测的根据。很明显,我列的这种统计表用途很广泛,不过单就这份密码而言,我们只需要稍稍借助于它的部分用途。因为我们这份密码中用得最多的符号是8,我们不妨一开始就假设符号8代表字母表中的e。为了证实这个假设,让我们来看看是否8在这份密码中一再叠用,因为e这个字母在英文中常常叠用,譬如像在'meet''fleet''speed''seen''been'和'agree'等单词中那样。眼下这份密码虽说很短,可8这个符号的叠用却多达五次。

"因此让我们假定8就是e。而在英语中,最常用的单词是'the',所以让我们来看看密码中是否一再出现按相同顺序排列而且末尾是8的三个符号。如果我们发现这样排列的三个符号一再重复,那它们很可能就代表'the'这个字眼。细细一查,我们会发现这样的排列至少出现了七次,排列的符号是';48'。于是我们就可以假定这个分号代表t,4代表h,而8则代表e。现在最后这个假定已被充分证实。这样我们就迈出了一大步。

"而我们一旦确认了一个单词,我们就能够确定非常重要的一点,即我们能够确定其他几个单词的词头和词尾。现在让我们以离密码结尾不远处的倒数第二个';48'组合为例。这下我们知道紧随其后的那个分号是一个单词的词头,而接在'the'这个单词后面的六个符号我们至少认识五个。让我们把这些符号变成我们已知的它们所代表的字母,为那个未知的字母留出一个空格——

　　t eeth。

"现在我们一下子就能看出末尾的'th'并非一个以t开头的单词之组成部分,从而将其排除,因为把字母表中的全部字母逐一填入上面那个空格试拼,我们都发现不可能拼出一个th结尾的单词。于是我

们把它缩短为

　　　　t ee,

若有必要，可像先前一样把全部字母逐一填入空格，我们会发现只有'tree'是唯一拼得通的单词。这样，有了'the tree'这两个并列的单词，我们又得到了由'('代表的字母'r'。

"顺着这两个已知的单词稍稍向后推延，我们会又看到一个';48'符号组合，把这一组合作为这一小段的末尾，于是我们得出以下排列：

　　　　the tree;4(‡?34 the,

或者用已知的字母替换出代表它们的符号，排列读成：

　　　　the tree thr‡?3h the。

"现在要是把未知的符号变为空格或用圆点代替，我们便读到如下字样：

　　　　the tree thr ... h the,

这时'through'一字便显露无遗。而这一发现又给了我们三个新的字母，即分别由‡、? 和3代表的o、u和g。

"现在要是把密码从头到尾仔细看一遍，找出已知符号的组合，我们会在离开头不远的地方发现这个排列，

　　　　83(88，或译成egree,

这一看就知道是'degree'这个单词后面的部分,于是我们又知道了符号'†'表示字母d。

"在与'degree'这个单词间隔四个符号之后,我们看到这样的组合:

;46(;88*。

"译出已知的符号,未知的依然用圆点代替,我们便读到:

th.rtee,

这一字母组合马上就暗示出'thirteen'这个单词,这又为我们提供了两个新的译码暗号,字母i和n分别由符号6和*表示。

"这下来看看密码的开头,我们看到这个组合,

53‡‡†。

"像先前一样破译,我们得到

.good,

这使我们确信那第一个字母是A,而密码开头的两个字是'A good'。

"为了避免混淆,我们现在应该把已经发现的译码暗号列成一张表,列表如下:

5代表a
†代表d
8代表e

3代表g
4代表h
6代表i
*代表n
‡代表o
(代表r
;代表t

"所以我们至少已经破译出至关重要的字母中的十个，而破译的详细过程我们无须在此赘述。我所说的已经足以使你相信这类密码不难破译，而且让你对破译密码的基本原理有了几分了解。不过请相信，我们眼前的这个例子属于密码中最最简单的一类。现在唯一要做的就是让你看根据羊皮纸上那些已被解答的符号破译出的密码全文。请看：

一好镜在毕肖普客栈在魔鬼的椅子21度13分东北偏北主枝第七枝丫东侧从骷髅左眼落子弹一直线从树经子弹到五十英尺外。"

"可是，"我说，"这谜似乎仍然和先前一样费解。怎么可能解释这些莫名其妙的话呢，什么'魔鬼的椅子''骷髅'，还有'毕肖普客栈'？"

"我承认，"勒格朗说，"这事乍眼一看仍然是雾里观花。我的第一番努力就是把全文分成编密码的人本来想说的句子。"

"你是说加标点？"

"差不多是那么回事。"

"但这怎么可能呢？"

"我想编密码的人把他的符号不加间隔地连在一起自有目的，那就是为了增加破译的难度。而一个并不太精明的人想这样做，十之八九会做得过了头。在书写过程中,每当遇到本来该用标点来表示停顿的地方,他往往把符号连接得比其他地方还紧。如果你愿意细看一下眼前这份手稿,你不难看出这种连接得特别紧的地方一共有五处。根据这种暗示,我把全文分成五个意群:

一好镜在毕肖普客栈在魔鬼的椅子——21度13分——东北偏北——主枝第七枝丫东侧——从骷髅左眼落子弹——一直线从树经子弹到五十英尺外。"

"即便这样划分开,我还是不知所云。"我说。

"开始几天我也不知所云。"勒格朗答道,"那些天我跑遍了沙利文岛附近的地方,四下打听叫'毕肖普旅馆'的房子,当然我没有用'客栈'这个过时的字眼。打听不到这方面的情况,我便准备扩大寻找的范围,并以一种更有系统的方法继续进行调查,就在这时的一天早上,我非常突然地想到这个'毕肖普客栈'很可能与一个姓贝索普的古老家族有关,那个家族很久以前曾在沙利文岛北方约四英里外的地方有过一座庄园。于是我去了那个地方,在那些上了年纪的黑人中打听。最后有一个年龄最大的女人告诉我,她曾听说过一个被叫作贝索普城堡的地方,并认为她可以领我去那儿,不过那地方既不是什么城堡也不是什么客栈,而是一座高高的岩壁。

"我提出要给她一笔可观的酬劳,而她犹豫了一下才答应为我领路。我们没费多大周折就找到了那个地方。让那老妇人离开之后,我便开始了仔细的观察。那'城堡'是一堆奇形怪状的峭壁巉岩,其中一块巉岩尤其引人注目,它兀然独立,高高耸起,而且似乎有人工雕凿的痕迹。我一口气爬上那巉岩之顶,然后我感到一阵茫然,不知下一步该做什么。

"就在我埋头沉思之时,我的目光落在了我脚下一码处巉岩东壁一个窄长形的突出部上。这个突出部向外伸出约十八英寸,宽则不超过一英尺,在它正上方的岩壁上有一凹处,这使它看上去就像一把我们的祖辈使用过的那种凹背椅。我确信那就是密码中提到的'魔鬼的椅子',而这时我似乎已经领悟了那个字谜的全部奥秘。

"我知道'好镜'只能是指望远镜,因为水手使用'镜'这个字时很少是别的东西。而且我马上就明白了需要使用望远镜观测,而且必须在一个确定的观测点,这地点不许变动。我还毫不迟疑地相信密码中说的'21度13分'和'东北偏北'是指望远镜对准的方向。这些发现使我兴奋不已,我匆匆回家取了望远镜,然后又急匆匆地返回那巉岩之顶。

"我下到那个突出部上,并发现只有以一种独特的姿势才能够坐在上面。这个事实证明了我先前的揣测。我开始用望远镜观测。当然,那'21度13分'只可能指观测点水平线之上的仰角,因为'东北偏北'已清楚地指示了地平方向。地平方向很快就被我用一个袖珍罗盘测定,然后我凭估计尽可能地使观测线与观测点水平线形成一个21度的仰角,这下我小心翼翼地上下移动望远镜,直到我的注意力被远方一棵比其他树都高的大树叶簇之间的一个圆形缝隙或空隙所吸引。我发现那空隙当中有一个白点,但开始未能看清是什么,待调过望远镜的焦距我再仔细一望,这时才看出那是一个骷髅。

"这一发现使我大为乐观,自信已经揭开了谜底,因为密码中的'主枝第七枝丫东侧'只能是指那个骷髅在那棵树上的位置,而'从骷髅左眼落子弹'也只容许一种解释,那是寻宝的方法之一。我看出其做法就是从那个骷髅的左眼丢下一粒子弹,然后从树干离子弹最近点引一直线,经'子弹'(或说子弹坠地的落点)向前再延伸五十英尺,这就会指示出一个确定的地点,而我认为这个地点下边至少可能埋着一批财物。"

"这一切都非常清楚,"我说,"尽管很巧妙,但简单明了。那后来呢,在你离开'毕肖普旅馆'之后?"

"后来吗,小心地记住了那棵树的方位之后,我就回家了。不过在离开'魔鬼的椅子'之后，我发现那个圆形空隙从望远镜中消失了，虽然我反复调整角度，但都未能再看到它一眼。在我看来，这整个事情最巧妙的地方似乎就是这个事实（因为一再地尝试使我确信那是个事实），除了岩壁上那个窄长的突出部所提供的观测点外，从任何可能的角度都看不到树上那个圆形空隙。

"那次'毕肖普旅馆'之远征我是由丘辟特陪着去的，他准是注意到我在那之前的几个星期内一直心不在焉，所以特别留神不让我单独外出。但第二天我起了个早，设法趁他不备溜了出去，独自进山去寻那棵树。我费了不少劲但总算把树找到了。待我晚上回家时，我这位仆人竟然打算揍我一顿。至于后来的事，相信你和我知道得一样清楚。"

"我想，"我说，"你第一次挖错了地方就是因为丘辟特愚蠢地将那只甲虫从骷髅的右眼垂下，而不是穿过左眼垂下。"

"完全正确。这一错就使'子弹'的落点相差了大约两英寸半，这就是说使靠近树的那根木桩与本来应该的位置差了两英寸半。如果那批财宝就埋在'子弹'落点之下，那这一差错就无足轻重，可那落点和树干离'子弹'最近点仅仅是确定一条直线方向的两点；所以，不管这一差错开头是多么微乎其微，但随着直线的延伸它变得越来越大，等我们拉出五十英尺之时，那就真可谓失之毫厘、谬以千里了。若不是我深信那批财宝就埋在那儿的什么地方，那我们很可能就会徒劳一场。"

"我相信基德是受海盗旗的启发才想到那个骷髅，想到让一粒子弹穿过骷髅的眼睛坠地的。毫无疑问，他觉得在通过这一不祥的标志找回他的钱财的过程之中，有一种理想化的连贯性。"

"也许如此。可我还是忍不住认为他这样做更多的是出于常识，而不是出于什么理想化的连贯性。如果标志很小，又要从魔鬼的椅子上才能看到，那它就必须是白色；而没有任何东西能像人头骨那样长期被风吹雨打却仍能保持白色，甚至会变得更白。"

"可当初你言过其实的一番吹嘘,还有你转动甲虫的一番举动,真是古怪到了极点!我当时认为你肯定疯了。可你后来为什么还坚持让那只甲虫穿过骷髅垂下,而不是用一粒子弹呢?"

"这个嘛,坦率地说,你当时怀疑我神志不健全使我多少有几分恼怒,于是我决定以我的方式稍稍故弄玄虚,暗暗地对你进行惩罚。我因此才转动那只甲虫,并故意要让它从树上垂下。我想到这后一个主意还是因为听你说那甲虫很重。"

"哦,我明白了。现在只剩下一点还使我感到迷惑。我们该怎么理解坑里挖出的那两具骷髅呢?"

"这问题我和你一样没法回答。不过,对此似乎只有一种还讲得通的解释,不过要相信我这个解释中所指的那种残忍真是太可怕了。事情很清楚,基德(如果这批财宝确系基德藏匿,而对这一点我深信不疑)他显然得有人帮助他搬运挖坑。但在箱子埋下之后,他也许会认为最好是把知道他秘密的人都干掉。趁他的助手们在坑里忙活之时,他也许用一把鹤嘴锄砸两下就足够了。或许需要砸十来下,这谁能说得上来?"

(1843)

黑　猫

　　对于我正要写出的这个荒诞不经但又朴实无华的故事，我既不期待也不乞求读者相信。若是我期望别人相信连我自己的理性都否认其真实性的故事，那我的确是疯了。然而我并没有发疯，而且也确信自己不是在做梦。可是我明天就将死去，我要在今天卸下我灵魂的重负。我眼下的目的就是要把一连串纯粹的居家琐事直截了当、简明扼要且不加任何评论地公之于世。正是由于这些琐事的缘故，我一直担惊受怕，备遭折磨，终至毁了自己。但我并不试图对这些事详加说明。对我而言，这些事几乎只带给我恐怖；但对许多人来说，它们也许显得并不那么恐怖，而是显得离奇古怪。说不定将来会发现某种能把我这番讲述视为等闲之事的理智，某种比我的理性更从容、更逻辑、更不易激动的理智，它会看出我现在怀着敬畏之情所讲述的这些详情细节不过是一连串普普通通且自然而然的原因和结果。

　　我从小就以性情温顺并富于爱心而闻名。我心肠之软甚至是那么惹人注目，以致我成了伙伴们的笑柄。我特别喜欢动物，父母便给我买了各种各样的小动物让我高兴。我大部分时间都和那些小动物待在一起，没有什么能比喂养和抚摸它们更使人感到快乐。这种性格上的怪癖随我的成长而逐渐养成，待我成年之后，它成了我获取快乐的一个主要来源。对那些能珍爱一条忠实而伶俐的狗的人来说，我几乎无须费神来解释那种快乐的性质和强度。而对那些已多次尝到人类虚情假意和背信弃义之滋味的人，动物那种自我牺牲的无私之爱中自有某种东西会使其刻骨铭心。

　　我很早就结了婚，并欣喜地发现妻子与我性情相似。她见我豢养宠物，便从不放过能弄到其优良品种的任何机会。我们有雀鸟、金鱼、兔子、一条良种狗、一只小猴和一只猫。

那只猫个头挺大,浑身乌黑,模样可爱,而且聪明绝顶。在谈到它的聪明时,我那位内心充满迷信思想的妻子往往会提到那个古老而流行的看法,认为所有的黑猫都是女巫的化身。这并不是说她对这种看法非常认真,而我之所以提到此事,更多的是因为我刚才恰好记起了此事。

普路托,这是那只猫的名字,是我宠爱的动物和朋友。我单独喂养它,而它不论在屋里屋外都总是跟在我身边。我甚至很难阻止它跟着我一道上街。

我们的友谊就这样延续了好几个年头。在此期间,由于嗜酒成癖(我羞愧地承认这点),我通常的脾气和秉性经历了朝坏的方向的急剧变化。日复一日,我变得越来越喜怒无常,烦躁不安,越来越无视别人的感情。我居然容忍自己对妻子使用污言秽语,后来甚至对她拳打脚踢。当然,我那些宠物也渐渐感到了我性情的变化。我不仅忽略它们,而且还虐待它们。然而,对普路托我仍然保持着足够的关心,我克制自己不像对其他宠物一样粗暴地对待它,而对那些兔子,对那只猴子,甚至对那条狗,不管它们是偶然经过我跟前还是有意来和我亲热,我都毫无顾忌地虐待它们。但我的病情日渐严重。还有什么病比得上酗酒呢!到后来甚至连由于衰老而变得有几分暴躁的普路托,也开始尝到我坏脾气的滋味。

一天晚上,当我从城里一个常去之处喝得醉醺醺地回家之时,我觉得那只猫在躲避我。我一把将它抓住;它被我的暴虐所惊吓,便轻轻地在我手上咬了一口,使我受了一点轻伤。我顿时勃然大怒而且怒不可遏,一时间变得连我自己都不认识自己。我固有的灵魂似乎一下子飞出了躯壳,而一种由杜松子酒滋养的最残忍的恶意渗透了我躯体的每一丝纤维。我从背心口袋里掏出一把小刀,一手将其打开,一手抓紧那可怜畜生的咽喉,不慌不忙地剜掉了它一只眼睛!在我写下这桩该被诅咒的暴行之时,我面红耳赤,我周身发热,我浑身发抖。

当理性随着清晨而回归，当睡眠平息了我夜间放荡引发的怒气，我心中为自己所犯下的罪行产生了一种又怕又悔的情感，但那至多不过是一种朦胧而暧昧的感觉，我的灵魂依然无动于衷。我又开始纵酒狂饮，并很快就用酒浆淹没了我对自己所作所为的记忆。

　与此同时，那只猫渐渐痊愈。它被剜掉了眼珠的那个眼窝的确显得可怕，但它看上去已不再感到疼痛。它照常在屋里屋外各处走动，可正如所能预料的一样，它一见我走近就吓得仓皇而逃。我当时旧情尚未完全泯灭，眼见一个曾那么爱我的生灵而今如此明显地厌我，我开始还感到过一阵伤心。但这种伤感之情不久就被愤怒之情所取代。接着，仿佛是要导致我最终不可改变的灭亡，那种"反常心态"出现了。哲学尚未论及这种心态。然而，就像我相信自己的灵魂存在，我也相信反常是人类心灵原始冲动的一种，是决定人之性格的原始官能或原始情感所不可分割的一个组成部分。谁不曾上百次地发现自己做一件恶事或蠢事的唯一动机，就仅仅是因为他知道自己不该为之？难道我们没有这样一种永恒的倾向：正是因为我们明白那种被称为"法律"的东西是怎么回事，我们才无视自己最正确的判断，而偏偏要去以身试法？就像我刚才所说，这种反常心态导致了我最后的毁灭。正是这种高深莫测的心灵想自寻烦恼的欲望，想违背其本性的欲望，想只为作恶而作恶的欲望，驱使我继续并最后完成了对那个无辜生灵的伤害。一天早晨，我并非出于冲动地把一根套索套上它的脖子，并把它吊在了一根树枝上。吊死它时我两眼噙着泪花，心里充满了痛苦的内疚。我吊死它是因为我知道它曾爱过我，并因为我觉得它没有给我任何吊死它的理由。我吊死它是因为我知道那样做是在犯罪，一桩甚至会使我不死的灵魂来生转世于猫的滔天大罪（如果这种事可能的话），一种甚至连最仁慈也最可畏的上帝都不会宽恕的深重罪孽。

　就在我实施那桩暴行的当天晚上，我在睡梦中被一阵救火的喊叫声惊醒。床头的幔帐已经着火。整幢房子正在燃烧。我和我妻子以及一个仆人好不容易才从那场大火中死里逃生。那场毁灭非常彻底。我所有的财产都化为了灰烬,而从那之后我就陷入了绝望的境地。

我现在并不是企图要在那场灾难和那桩暴行之间找到一种因果关系。但我要详细讲述一连串事实,并希望不要漏掉任何一个可能漏掉的环节。火灾的第二天,我去看过了那堆废墟。除了一处例外,墙壁全都倒塌。那处例外是一堵不太厚的隔墙,它处在房子的中央,原来我的床头就靠着它。墙面的泥灰在很大程度上抵御了烈火对墙的摧毁。我把这归因于泥灰是新近涂抹的缘故。那堵墙跟前聚集着一大堆人,其中许多正在仔仔细细地查看墙上的某个部分。人群中发出的"奇哉""怪哉"和诸如此类的惊叹激起了我的好奇心。我走上前一看,但见白色的墙面上好像有一幅浅浅的浮雕,形状是一只硕大的猫。那猫被雕得惟妙惟肖,脖子上还绕着一根绞索。

当我第一眼看到那个幻影之时(因为我还不至于把它视为乌有),我的惊讶和恐惧都到了无以复加的地步。但回忆又终于令我释然。我记得那只猫是被吊在屋子旁边的一个花园里。发现起火之后,花园里立刻挤满了人,肯定是有人砍断了吊猫的套索,从一扇开着的窗户把猫扔进了我的卧室。他这样做也许是为了把我唤醒。其他墙壁的倒塌把我暴虐的牺牲品压进了刚刚涂抹的泥灰。石灰、烈火加上尸骸发出的氨相互作用,便形成了我所看见的浮雕。

尽管我就这样轻而易举地对我的理性(如果不完全是对我的良心)解释了刚才所讲述的那个惊人事实,但那事实并非没有给我的想象力留下一个深刻的印象。一连好几个月,我都没法抹去那只猫的幻影。而在此期间,我心中又滋生出一种像是悔恨又不是悔恨的混杂的感情。我甚至开始惋惜失去了那只猫,并开始在我当时常去的那些下等场合寻找一只多少有点像它的猫,以填补它原来的位置。

一天晚上,当我昏昏沉沉地坐在一家臭名昭著的下等酒馆里时,我的注意力忽然被一团黑乎乎的东西所吸引,那团黑乎乎的东西在一个装杜松子酒或朗姆酒的大酒桶上,而那个酒桶是那家酒馆里最醒目的摆设。我注意看那个酒桶上方已经有好几分钟,而使我惊奇的是刚才竟然一直没发现上面有个东西。我走到酒桶跟前,伸手摸了摸那东西。它原来是一只黑猫,一只个头很大的猫,足有普路托那么大,而且除了一点之外,其他各方面都长得和普路托一模一样。普路托浑身上下没一根白毛,可这只猫胸前,却有一块虽说不甚明显但却大得几乎覆盖整个胸部的白斑。

我一摸它,它马上就直起身来,一边发出呼噜噜的声音,一边用身子在我手上磨蹭,好像很高兴我注意到它。看来它就是我正在寻找的那只猫。我当即向酒馆老板提出要把它买下,可老板说那只猫不是他的,他对那猫一无所知,而且以前从不曾见过。

我继续抚摸了它一阵,而当我准备回家时,那只猫表示出要随我而去的意思。我允许它跟着我走,一路上我还不时弯下腰去摸摸它。它一到我家就立即适应了新的环境,而且一下子就赢得了我妻子的宠爱。

至于我自己,我很快就发现我对它产生了一种厌恶之情。这与我原来预料的正好相反。我不知道是怎么回事,也不知道为何至此,它对我明显的喜欢反而使我厌腻,使我烦恼。渐渐地,这种厌烦变成了深恶痛绝。我尽量躲着它,一种羞愧感和对我上次暴行的记忆阻止了我对它进行伤害。几个星期以来,我没有动过它一根毫毛,也没有用别的方式虐待它,但渐渐地,慢慢地,我变得一看见它那丑陋的模样就有一种说不出的憎恶,我就像躲一场瘟疫一样悄悄地避而远之。

毫无疑问,使我对那只猫越发憎恶的原因在于,我把它领回家的第二天早晨,竟发现它与普路托一样也被剜掉了一只眼睛。不过这种情况只能使它深受我妻子的钟爱。正如我已经说过的一样,我妻子具有那种曾一度是我的显著特点并是我获取天趣之乐之源泉的博爱之心。

然而,虽说我厌恶那只猫,可它对我似乎却越来越亲热。它以一种读者也许难以理解的执着,寸步不离地跟在我身边。只要我一坐下,它就会蹲在我椅子旁边或者跳到我膝上,以它那股令人讨厌的亲热劲儿在我身上磨蹭。如果我起身走路,它会钻到我两腿之间,曾经险些把我绊倒。要不然它就用又长又尖的爪子抓住我的衣服,顺势爬到我胸前。每当这种时候,我都恨不得一拳把它揍死,但每次我都忍住没有动手,这多少是因为我对上次罪行的记忆,但主要是因为(让我马上承认吧)我打心眼里怕那个畜生。

这种怕不尽然是一种对肉体痛苦的惧怕,但我不知此外该如何为它下定义。我此时也几乎羞于承认(是的,甚至在这间死牢里我也羞于承认)当时那猫在我心中引起的恐怖竟然因为一种可以想象的纯粹的幻觉而日益加剧。我妻子曾不止一次地要我注意看那块白斑的特征,我已经说过那块白斑是这只奇怪的猫与被我吊死的普路托之间唯一看得出的差别。读者可能还记得这块白斑虽然很大却并不十分明显。但后来慢慢地(慢得几乎难以察觉,以至我的理性在很长一段时间内都竭力把那种缓慢变化视为幻觉),那块白斑终于呈现出一个清清楚楚的轮廓。那是一样我一说到其名称就会浑身发抖的东西的轮廓。由于这一变化,我更加厌恶也更加害怕那个怪物。要是我敢,我早就把它除掉了。如我刚才所说,那是一个可怕的图形,一件可怕的东西的图形,一个绞刑架的图形!哦,那恐怖和罪恶的、痛苦和死亡的、令人沮丧和害怕的刑具!

这下我实在是成了超越人类之不幸的最不幸的人。一只没有理性的动物,一只被我若无其事地吊死了其同类的没有理性的动物,居然为我(一个按上帝的形象创造出来的人)带来了那么多不堪忍受的苦恼!天哪!无论是白天还是黑夜,我再也得不到安宁的祝福!在白天,那家伙从不让我单独待上一会儿;而在夜里,我常常从说不出有多可怕的噩梦中惊醒,发现那家伙正在朝我脸上呼出热气,发现它巨大的重量(一个我没有力量摆脱的具有肉体的梦魇)永远压在我的心上!

在这种痛苦的压迫下,我心中仅存的一点善性也彻底泯灭。邪念成了我唯一的密友,那种最最丧心病狂的邪念。我原来喜怒无常的脾性发展成了对所有事和所有人的怨恨憎恶;而从我任凭自己陷入的一种经常突然发作的狂怒之中,我毫无怨言的妻子,哦,天哪!我毫无怨言的妻子则是最经常、最宽容的受害者。

一天,为了某件家务事,她陪我一道去我们由于贫穷而被迫居住的那幢旧房子的地窖。那只猫跟着我下陡直的阶梯,并因差点儿绊我一跤而令我气得发疯。狂怒中我忘记了那种使我一直未能下手的幼稚的恐惧,我举起一把斧子,对准那只猫就砍,当然,如果斧头按我的意愿落下,那家伙当场就会毙命。但这一斧被我妻子伸手拦住了。这一拦犹如火上浇油,使我的狂怒变成了真正的疯狂,我从她手中抽回我的胳膊,一斧子砍进了她的脑袋。她连哼也没哼一声就倒下死去。

完成了这桩可怕的凶杀,我立即开始仔细考虑藏匿尸体的事。我知道不管是白天还是晚上,我要把尸体搬出那房子都有被邻居看见的危险。我心里有过许多设想。一会儿我想到把尸体剁成碎片烧掉。一会儿我又决定在地窖里为它挖个坟墓。我还仔细考虑过把它扔进院子中那口井,考虑过按杀人者通常的做法把尸体当作货物装箱,然后雇一名搬运工把它搬出那幢房子。最后,我终于想出了一个我认为比其他设想都好的万全之策。我决定把尸体砌进地窖的墙里,就像书中所记载的中世纪僧侣把他们的受害者砌进墙壁一样。

那个地窖派这样一种用场真是再合适不过了。它的墙壁结构很松,而且新近用一种粗泥灰抹过,新抹上的泥灰由于空气潮湿还没有变硬。此外,其中一面墙原来有一个因假烟囱或假壁炉而造成的突出部分,后来那面墙被填补抹平,其表面与地窖的其他墙壁没有两样。我相信我能够轻易地拆开填补部分的砖头,嵌入尸体,再照原样把墙砌好,保管做得叫任何人都看不出丝毫破绽。

这一番深思熟虑没有令我失望。我轻而易举地就用一根撬棍拆开了那些砖头,接着我小心翼翼地置入尸体,使其紧贴内墙保持直立的姿势,然后我稍稍费了点劲儿照原样砌好了拆开的墙。为了尽可能地防患于未然,我弄来了胶泥、沙子和头发,搅拌出了一种与旧泥灰别无二致的抹墙泥,并非常仔细地用这种泥灰抹好了新砌的墙面。完工之后,我对一切都非常满意。那面墙丝毫也看不出被动过的痕迹。地上的残渣碎屑也被我小心地收拾干净。我不无得意地环顾四周,心中暗暗对自己说:"看来我这番辛苦至少没有白费。"接下来我就开始寻找那个造成了这么多不幸的罪魁祸首,因为我终于下定了决心,非要把那畜生置于死地。要是我当时能够找到那只猫,那它肯定必死无疑;可那狡猾的家伙似乎是被我刚才那番狂暴之举所惊吓,知趣地自个儿避开了我那阵雷霆之怒。简直没法形容或想象那只可恶的猫之离去为我带来的那种令人心花怒放的轻松感。它整整一晚上都没有露面。这样,自从它被我领进家门以来,我终于酣畅而平静地睡了一夜。唉,甚至让灵魂承受着行恶之重负睡了一夜!

第二天和第三天相继而过,那个折磨我的家伙仍没有回来。我再次作为一个自由人而活着。那怪物已吓得永远逃离了这幢房子!我再也不会见到它的踪影!我心中的快乐无以复加!我犯下的那桩罪孽很少使我感到不安。警方来进行过几次询问,但都被我轻而易举地搪塞过去。他们甚至还来进行过一次搜查,但结果当然是什么也没发现。我认为自己的前景已安然无忧。

在我杀害妻子之后的第四天,一帮警察非常突然地到来,对那幢房子又进行了一番严密的搜查。不过我确信藏尸的地方他们连做梦也想不到,所以我一点也不感到慌张。那些警察要我陪同他们搜查。他们连一个角落也不放过。最后,他们第三次或是第四次走下地窖。我泰然自若,神色从容。我的心跳就像清白无辜者在睡梦中时那样平静。我从地窖的这端走到那头。我把双臂交叉在胸前,优哉游哉地踱来踱去。那些警察消除了怀疑正准备要走。这时我心中那股高兴劲儿已难以压抑。我忍不住要开口,哪怕只说一句话,以表示我的得意之情,让他们更加确信我清白无罪。

"先生们,"就在他们踏上台阶之际我终于开了口,"我很高兴消除了你们的怀疑。我祝你们大家身体健康,并再次向诸位表示我微薄的敬意。顺便说一句,先生们,这,这是一座建筑得很好的房子。(在

"I HAD WALLED THE MONSTER UP WITHIN THE TOMB!"

一种想使语言流畅的疯狂欲望之中,我几乎不知道自己都说了些什么。)请允许我说是一座建筑得最好的房子。这些墙……要走吗,先生们?这些墙砌得十分牢固。"说到这儿,出于一种纯粹虚张声势的疯狂,我竟然用握在手中的一根手杖使劲敲击其后面就站着我爱妻尸体的那面墙拆砌过砖头的部分。

但愿上帝保佑,救我免遭恶魔的毒手!我敲击墙壁的回响余音刚落,壁墓里就传出一个回应我的声音!一个哭声,开始低沉压抑且断断续续,就像是一个小孩在抽噎,随之很快就变成了一声长长的、响亮的,而且持续不断的尖叫,其声怪异,非常人之声。那是一种狂笑,一种悲鸣,一半透出恐怖,一半显出得意,就像只有从地狱里才可能发出的那种声音,就像因被罚入地狱而痛苦的灵魂和因灵魂坠入地狱而欢呼的魔鬼共同从喉咙里发出的声音。

现在要来说我的想法可真愚蠢。我当时昏头昏脑,跟跟跄跄地退到对面墙根。由于极度的惊恐和敬畏,台阶上那帮警察一时间呆若木鸡。其后十几条结实的胳膊忙着拆那面墙。墙被拆倒。那具已经腐烂并凝着血块的尸体赫然直立在那帮警探眼前。在尸体的头上正坐着那个有一张血盆大口和一只炯炯独眼的可怕的畜生,是它的狡猾诱使我杀害了妻子,又是它告密的声音把我送到了刽子手的手中。原来我把那可怕的家伙砌进了壁墓!

(1843)

长方形箱子

几年前,我在哈迪船长那条漂亮的邮船"独立"号上预订了舱位,准备乘该船从南卡罗来纳的查尔斯顿去纽约市。如果天气允许,邮船将于当月(6月)15日起航。14日那天,我登船去我的特等舱做一些安排。

我发现打算乘该船的旅客特别多,而其中女士的数量又多于平常。旅客名单上有几位熟人的名字,我欣喜看到科尼利厄斯·怀亚特先生的名字也在其中,对这位年轻的画家我怀着一种深深的友情。他曾是我在C大学时的同学,在校期间我俩经常在一起。他具有天才们所常有的那种禀性,既愤世嫉俗、多愁善感又热情奔放。由于兼备了这些特性,他的胸腔里跳动的是一颗最最热烈而真诚的心。

我注意到有三个特等舱的门号卡片标着他的名字。再看旅客名单,我发现他是为他的妻子以及他自己的两个妹妹预订的座舱。特等舱足够宽敞,每舱有上下两个铺位。诚然这些铺位窄得只能睡下一个人,可我仍然不能理解为什么这种关系的四个人需要订三个特等舱。那段时期我正处于一种忧郁的心理状态,这种心态使人对寻常小事也异常好奇。现在我不无羞愧地承认,当时我对他多订一个特等舱的目的进行了各种各样无礼而荒谬的推测。虽然这事与我毫不相干,但我还是执拗地绞尽脑汁想解开这个谜。最后我终于得出一个推论,而这个推论使我惊异自己为什么没能一开始就想到这个谜底。"这当然是为仆人订的,"我自言自语道,"我真是个白痴,竟然没有早一点想到这个如此显而易见的答案!"于是我再一次细看旅客名单,可我从名单上清清楚楚地看到,并没有仆人与他们同行,尽管事实上他们本来打算带上一位,因为名单上原来写有"仆人"字样,但后来又被画掉了。"哦,一定是额外有行李,"这下我暗想到,"某种他不愿意放进货舱的东西,某种他希望放在眼皮底下的东西。啊,我明白了,大概是一幅画,就是他一直在和那个意大利犹太人尼科利洛讨价还价的那幅。"这一推论令我满意,于是我暂时打消了好奇心。

怀亚特的两个妹妹我都很熟悉,她们是一对非常聪明可爱的姑娘。他妻子同他结婚不久,因而我从未与她见过面。不过他曾经常常在我面前谈起她,而且是以他通常那种富有热情的语调。他把她形容成一个超凡绝伦的美人,既有智慧又有教养,所以我非常渴望能与她相识。

就在我登船的那一天(14日),怀亚特一家也要登船看舱(船长这样告诉我),所以我比原计划多在船上待了一小时,希望趁机结识那位新娘,但不久就听到这样一个解释:"怀亚特夫人偶染小疾,要到明天开船的时候方能上船。"

第二天终于来临,我正从我下榻的旅馆去码头,这时哈迪船长碰见我并对我说,"鉴于某种情况"(一个笨拙但却实用的辞令),"他认为'独立'号得推迟一两天才能起航,待一切就绪,他会派人来通知我"。我觉得这事很奇怪,因为当时正刮着强劲的南风,但由于"那个情况"无从得知,所以我尽管刨根问底地打听了一阵,最后还是只能回到旅馆,无所事事地忍受我心中的焦躁。

几乎整整一个星期都没有收到我所期待的船长送来的消息。但最后消息终于传来,我立即动身上了船。船上挤满了旅客,一切都处在起航前的忙乱之中。怀亚特一家比我晚十分钟到达。登上船的正是那两姊妹、新娘和画家本人,后者当时正处于他习惯性发作的愤世嫉俗的抑郁之中。不过我对他的脾性早习以为常,所以并不特别在意。他甚至没向我介绍他妻子,这一礼节被迫由他聪明可爱的妹妹玛丽安来完成,她三言两语匆匆为我和那位新娘做了番相互介绍。

怀亚特夫人严严实实地蒙着面纱,而当她撩起面纱向我还礼之时,我承认我当时万分诧异。不过我本来应该更加吃惊,但长期的经验早已告诉我,当我那位画家朋友纵情谈论女人的美丽可爱时,不能过分地盲目相信他那种热情奔放的描述。我知道得很清楚,当美成为谈论的话题时,他是多么容易翱翔于那种纯粹的理想境界。

事实上,我不得不认为怀亚特夫人无疑是一个其貌不扬的女人。如果不说她长得绝对丑陋,我认为离难看也相差无几。然而她的衣着颇有优雅的情趣,因此我确信,她能迷住我朋友的心,凭的是她更永恒的智慧和心灵之美。她只同我略为寒暄了几句,就马上随怀亚特先生进了船舱。

我先前那份好奇心又死灰复燃。没有仆人随行,这已经不言而喻。于是我期待那件额外的行李。稍过了一会儿,一辆马车抵达码头,运来了一口长方形箱子,它看上去似乎正是我所期待的东西。箱子刚一上船我们就扬帆起航,不一会儿就平安地驶过港口的沙洲,离岸驶向宽阔的海面。

正如我刚才所说,那个箱子是长方形的。它大约有六英尺长,二英尺半宽。我观察得很仔细,尺寸似乎恰好如此。这种形状非常独特,我一看见它就暗暗为自己推测之准确而得意。读者应该记得我已得出的那个推论,我那位艺术家朋友这件额外的行李应该是画,或至少说是一幅画。因为我知道好几个星期以来,他一直在同尼科利洛协商,而现在从箱子的形状可以看出,它装的不可能是别的什么东西,而只能是达·芬奇《最后的晚餐》的一件复制品。我早就知道,一件由小鲁比尼在佛罗伦萨绘制的《最后的晚餐》的复制品暂时被尼科利洛所收藏。所以,我认为我心中的疑点已得到充分的解释。一想到我的精明,我就禁不住暗自发笑。这是我第一次知晓怀亚特对我保守他艺术方面的秘密,但他这次明显是想瞒着我,想在我鼻子底下把一幅名画偷运到纽约,而且希望我对此事一无所知。我决定迟早得好好地嘲弄他一下。

但有件事令我大为不快。那箱子没有被放入多余的那个客舱。它被抬进怀亚特住的舱内并被放在了那里,几乎占据了舱内的全部地面,这无疑会使画家和他的妻子感到极不舒服，尤其是用来在箱盖上写字的沥青或油漆散发出一种强烈、难闻，我甚至觉得异常讨厌的气味。箱盖上用大写字母潦草地写着："纽约州奥尔巴尼市阿德莱德·柯蒂斯夫人。科尼利厄斯·怀亚特先生托。此面向上。小心搬运。"

一开始我只意识到那个阿德莱德·柯蒂斯夫人是画家妻子的母亲，但随后我就把那姓名地址统统视为一种特意要迷惑我的故弄玄虚。我当然能肯定，那口箱子和里面装的东西都绝对不会比我这位愤世嫉俗的朋友在纽约钱伯斯大道的那间画室再往北多走一步。

开始三四天天气很好，不过完全是顶头风，因为我们刚离岸不久风向骤然由南转北。好天气使船上的旅客兴致勃勃，大家都乐于互相交往，但怀亚特和他的两个妹妹却是例外，他们行为拘谨，而且我禁不住认为他们对其他人都显得无礼。怀亚特的行为我并不很在乎。他情绪低落，甚至比平常还抑郁，事实上他一直愁眉不展，不过我早已习惯他喜怒无常的怪癖。但对他两个妹妹的行为我却无从解释。在航行的大部分时间她俩都把自己关在船舱内，虽然我多次相劝，可她俩断然拒绝与船上其他任何人接触。

怀亚特夫人倒是非常容易相处。这就是说她喜欢聊天，而爱聊天在船上则是最好的介绍信。她很快就与船上的大部分女士打得火热，而且令我震惊的是，她还非常露骨地向男人们卖弄风情。她把我们大家逗得乐不可支。我说"逗"，是因为连我自己都几乎不知道该怎样来形容。实际情况是，我很快就发现怀亚特夫人更多的是被人嘲笑而不是与人共笑。先生们很少谈起她，但女士们不久就宣布她是"一个相貌平平、毫无教养、俗不可耐、但心肠好的女人"。令人大惑不解的是怀亚特怎么会陷入这样的一场婚姻。财富是一般的解释，但我知道这压根儿不是答案，因为怀亚特曾告诉过我，她既没有带给他一个美元，也没有继承任何遗产的希望。他说他"结婚是为了爱情，仅仅是为了爱情，而他的新娘非常值得他爱"。我承认，一想到我朋友的这些表白，我就感到说不出的困惑。难道可能他当时正在发疯？除此我还能怎样认为？他是那么高雅，那么明智，那么讲究，对瑕疵有那么一种精微的直觉，对美有那么一种敏锐的鉴赏能力！当然，那位女士显得对他特别多情，尤其是当他不在场的时候，这时她会十分可笑地左一句她"亲爱的丈夫怀亚特先生"怎样怎样说，右一句她"亲爱的丈夫怀亚特先生"如何如何讲。"丈夫"这个字眼似乎总是（用她自己精妙的话来说）"挂在她的舌尖"。与此同时，全船旅客都注意到，她亲爱的丈夫以一种最明显不过的方式在躲避她。他大部分时间都把自己一个人关在舱里，事实上可以说他完全是一个人住着那个特等舱，任凭他妻子在大舱的公共场合随心所欲地按她认为最合适的方式消遣。

我从我的所见所闻得出结论，由于命运莫名其妙的捉弄，或者是因为一阵突发的奇思狂想，致使这位画家娶了一个完全配不上他的女人，因而很快就自然而然地对她彻底生厌。我打心眼里觉得他可怜，但由于上述原因，我不能原谅他在《最后的晚餐》这件事上对我保持沉默。因此我决定对他施行报复。

一天他来到甲板上，我照从前的习惯挽着他一条胳膊，和他一道在甲板上来回散步。然而他心中的忧郁丝毫未减（我认为在那种情况下这非常自然）。他很少说话，即便开口也依然闷闷不乐而且非常勉强。我冒昧地说了一两句笑话，他也试图挤出一丝微笑。可怜的家伙！当我想到他妻子，我真想知道他是否有心思强颜欢笑。最后我壮着胆子开始了致命的一击。我决定针对那个长方形箱子来一番含沙射影或巧妙暗示，恰到好处地让他慢慢察觉我压根儿不是他那个小小的滑稽把戏的笑柄，或者说不是他的受骗人。我的第一番话就像是一座隐蔽的炮台突然开火。我说起了"那口箱子奇特的形状"。在我说话之间，我狡黠地冲他笑了一笑，会意地朝他眨了眨眼，还用食指轻轻戳了戳他的肋骨。

对这个没有恶意的玩笑，怀亚特的反映使我一下就确信他是疯了。一开始他只是呆呆地盯住我，仿佛他觉得不能理解我那番话的言外之意，但随着我话中的弦外之音渐渐深入他的心窍，他的眼睛似乎也慢慢地从眼窝突出。接着他的脸变得通红，随之又变得煞白，然后好像是被我的冷嘲热讽所逗乐，他突然开始大声狂笑。使我惊讶的是，他竟然越来越厉害地狂笑了十分钟或者更久。最后他重重地跌倒在甲板上。当我冲过去扶他时，他看上去好像死人一般。

我叫来人帮忙，大家费了好一番劲才终于使他苏醒。他醒来后就一直语无伦次地说胡话。最后我们给他放了血①让他安睡。第二天早上他便完全恢复，不过仅仅是就他的身体而言。至于他的精神，我当然什么也不必说。依从船长的劝告，我在其后的航行中一直避免和他见面，船长似乎同我的看法一致，认为我朋友精神错乱，但他告诫我别把这事告诉其他任何人。

紧接着怀亚特的发病又发生了几件事，这些事促使我本来已具有的好奇心变得越发强烈。在这些事中最突出的是下面一件事：我因喝了太酽的绿茶而感到神经过敏，夜里睡不安稳，事实上可以说有两天晚上我整夜未能入眠。我的特等舱与船上其他单身男子的舱位一样通连大舱，或者说餐厅。怀亚特那三个舱房是在后舱，由一道夜里也不上锁的轻便滑门与大舱相隔。由于我们几乎一直逆风航行，而且风势并不强劲，所以船朝下风斜得很厉害；而每当右舷朝下风，那道滑门便自动滑开，也没有人白找麻烦起床去把它关上。可我的铺位在这样一个位置，当我的舱门和那道滑门都同时开着时（由于天热，我的舱门总是开着），我能清清楚楚地看到后舱，而且正好是怀亚特先生那几个舱房坐落的位置。这样，我辗转不眠的那两个夜里（并非连续两夜），我每晚11点左右都清楚地看见怀亚特夫人小心翼翼地从怀亚特先生的舱房溜进多余的那个船舱，并在那里一直待到黎明时分，然后由她的丈夫把她唤回。他们实际上是在分居，这显而易见。他们早已

---

① 旧时"放血疗法"在中西方都很流行。在《汉斯·普法尔登月记》中也有放血描写。——译者注

分开居住，无疑是正在考虑永远解除婚约，而我认为，这就是多订一个船舱的奥秘。

另外还有一件事也使我极感兴趣。就在上述那两个我夜不成眠的晚上，紧接着怀亚特夫人溜进那个多余的特等舱之后，我马上就被她丈夫舱内某种奇异、谨慎而低沉的声音所吸引。聚精会神地聆听了一段时间，我终于明白了是怎么回事。那是画家用凿刀和木槌撬开那个长方形箱子所发出的声音，木槌的前部显然被包上了某种毛织品或棉织物，以便声音变得低沉。

即便这样，我相信我仍能准确地听出他何时打开箱盖，也能听出他何时把盖子完全移开，还能听出他何时把它放上他舱内的下铺。譬如说我知道这后一点，就是凭着他极力将箱盖放下时，箱盖与木床相触那一点轻微的声音，舱内地板上没有放箱盖的足够空间。两天晚上都一样，箱盖移开之后就是一片死寂，直到快天亮我都听不见什么响动，除非可以允许我提到一种压抑得几乎听不见的呜咽或哀诉声，假如这种声音真的不是我凭空想象的话。我说那声音像是呜咽或哀诉，但它哪种声音都不可能是，这自不待言。我宁可认为它只是我的耳鸣。毫无疑问，那仅仅是怀亚特先生出于习惯，在纵容他的一种嗜好，沉浸于他艺术激情的一阵冲动之中。他打开那口箱子是为了解解眼馋，想看看里边那件绘画珍品。然而做这件事没有任何理由使他呜咽。所以我再说一遍，那呜咽声肯定只是我的一种幻觉，是好心的哈迪船长送我的绿茶所引起的幻觉。在我所说的那两个晚上快天亮之前，我都清楚地听见怀亚特把盖子重新放上木箱，并用那把包着软物的木槌把钉子钉回原处。做完这事之后，他便衣冠整齐地走出舱门去唤回怀亚特夫人。

我们在海上已航行了七天，此刻正在哈特勒斯角之外的海面，这时突然刮起了一阵猛烈的西南风。但我们对这场风多少有所准备，因为天气显现其征兆已有多时。甲板上所有的东西该收好的都收好，该入舱的都入舱，该拉上桅杆的都拉上桅杆。随着风力的逐渐加强,我们最后只好加倍卷缩起后樯纵帆和前樯中桅帆,这时候船已不能前进。

我们在这种情况下平安地漂泊了四十八小时。"独立"号在许多方面都被证明是一条好船,一直没有任何大浪打上甲板。但在那四十八小时之后,疾风加强而成为飓风,我们的后帆被扯成了破布条,这下船被抛进深深的波谷,一连几个巨大的浪头从甲板上冲过。这一变故使我们失去了三个人,连同舱面厨房和差不多整个左舷壁。我们刚刚回过神来,就趁前帆未被撕成碎片之前拉起了一张支索帆,这一措施在几个小时内还算奏效,风浪中的船比刚才平稳多了。

但暴风依然吹个不停,我们看不到任何风势减弱的迹象。索具看上去都难以承受,全都绷紧到了最大限度。在风暴持续的第三天下午5点左右,我们的后桅在船迎着风头的一次剧烈倾斜中折断落水。由于船颠簸得厉害,我们花了一个多小时也未能使船摆脱倾斜,而当我们还在努力之时,船上的木匠从船艉跑来告知舱底积水已达四英尺。更糟的是我们发现抽水机全都熄了火,而且几乎不能修复。

这时一切都陷入了混乱与绝望之中。但大伙儿仍进行了一番减轻船体的努力,尽可能地抛掉了船上装载的货物,并砍掉了剩下的两根桅杆。这一切终于完成,可我们仍然没法修好那些水泵,而与此同时,舱底漏水越积越深。

日落时分,暴风明显地不再那么猛烈,而由于海面上的波涛随着风势的减弱而减弱,我们仍然怀有乘救生艇逃生的一线希望。傍晚8点,上风头天际的云层突然裂开,我们看到了一轮满月,这一好运极大地振奋了我们颓丧的精神。

经过一番难以置信的努力,我们终于成功地把邮船上那艘大救生艇顺利放入水中,这艘救生艇挤上了"独立"号的全体船员和大部分旅客。他们立即驶离大船,在经历了许多苦难之后,终于在"独立"号沉没后的第三天平安抵达了奥克拉科克海湾。

另外十四名旅客和船长当时还留在船上,决定把自己的命运托付给船艉的那条小救生艇。我们毫不费力就把小艇放进水中,尽管它落水时居然没有倾覆完全是一个奇迹。小艇上载的是船长夫妇、怀亚特一家、一位墨西哥官员和他的妻子以及四个孩子,此外就是我和一名黑人仆从。

当然,除了必不可少的几件器具、一些给养和穿在身上的衣服外,小艇已没有装其他任何东西的余地。事实上也没人想要带上更多的东西。可是当小艇离开大船已有几啰之时,怀亚特先生突然从艇尾座上站起身来,厚颜无耻地要求哈迪船长把小艇退回去取他那口长方形箱子,当时大家的惊讶可想而知!

"坐下,怀亚特先生,"船长的回答有几分严厉,"你不静静地坐好会把船弄翻的。我们的舷边都快要进水了。"

"箱子!"怀亚特仍然站着大声嚷道,"我说那个箱子!哈迪船长,你不能,你不会拒绝我的。它很轻。它不重。一点也不重。看在你母亲的分上,看在仁爱的上帝分上,看在你救助之心的分上,我求你让我回去取那个箱子!"

船长一时间似乎被画家真诚的哀求所打动,但他很快就恢复了镇静,依然严厉地说道:"怀亚特先生,你疯了。我不能答应你的请求。坐下,我叫你坐下,不然你会把船弄翻的。挡住他。抓住他!快抓住他!他要跳船!瞧,我早知会如此。他跳下去了!"

就在船长说话之际,怀亚特先生事实上已经跳出了小艇。由于我们当时正位于沉船的下风处,他凭着超人的努力成功地抓住了一根从前锚链上垂下的绳子。转眼之间他已经上了沉船,疯狂地冲进了船舱。

此时小艇已被吹到沉船船艉,完全离开了它的背风面,开始任凭依然汹涌的海浪的摆布。我们曾努力想靠拢沉船,但我们的小艇犹如暴风中的一片羽毛。我们一眼就看出那个不幸的画家已难逃厄运。

当小艇与沉船之间的距离急速拉大之时,我们看见那个疯子(因为我们只能这么看他)出现在升降口,凭着一股显然是巨大的力量,他把那个长方形箱子拉了出来。就在我们目瞪口呆地凝望之际,他用一根粗绳在箱子上绕了几圈,接着把那根绳子缠绕在自己身上。转眼工夫他连人带箱子都已在海里,随之便非常突然并且永远地从海面上消失了。

我们悲哀地停止摇桨,任船逗留了一会儿,大家都呆呆地盯住他沉没的地方。然后我们摇桨离去。整整一个小时谁也没有说话。最终由我冒昧地打破了沉默。

"你注意到了吗,船长,他连人带箱沉得多快?这难道不是件奇怪的事?我得承认,当我看见他把自己和那个箱子捆在一起投身大海时,我心里还产生过一丝他终能获救的希望。"

"他们当然会沉下去,"船长回答道,"而且沉得和铅球一样快。然而,不久之后他们会浮上来,但得等到盐化完之后。"

"盐!"我失声重复。

"嘘!"船长止住我,指了指死者的妻子和两个妹妹,"这些事待适当的时候我们再谈。"

我们吃尽了千辛万苦,经历了九死一生,不过命运对我们也像对大救生艇上的伙伴一样照顾。在危难中漂泊四天之后,我们终于死里逃生,登上了罗阿诺克岛对面的海滩。我们在那儿逗留了一个星期,没有受到营救者的虐待,最后我们搭上了一条去纽约的船。

大约在"独立"号失事一个月之后,我在百老汇偶然遇上了哈迪船长。我们自然而然地谈起了那场灾难,尤其谈到了可怜的怀亚特悲惨的命运。于是我知道了以下详情:

原来画家为他和他妻子、他的两个妹妹和一名仆人订了舱位。他的妻子正如他所描述的一样,的确是一位美丽可爱又极富教养的女人。6月14日(我登船看舱的那天)早上,那漂亮女人突然犯病死去。年轻的丈夫悲痛欲绝,但情况又绝对不允许他延期去纽约。他必须把他爱妻的尸体送交她的母亲,可另一方面,他深知世俗的偏见将会阻止他公开运尸。百分之九十的旅客宁可不乘那条船,也不愿和一具尸体待在一条船上。

　　进退两难之际,哈迪船长为尸体做出了安排,他建议将尸体做局部防腐处理,然后再和大量的盐一道装入一个尺寸相宜的木箱,这样便可以作为货物搬上船。那位女士夭亡的风声一点也没走漏,而怀亚特先生为妻子预订有舱位的事已为人所知,所以必须得有人装扮成他妻子在旅途中露面。他亡妻的女仆很容易就被说服担当此任。在其女主人未亡之前为这个姑娘订的那个特等舱仍然保留。当然,这个假扮的妻子每天晚上都睡在那个舱里。而在白天她则尽其所能扮演她女主人的角色。此前船长早已仔细核定,船上的旅客都不认识怀亚特夫人。

　　当然,我自己的错误就在于我过分轻率、过分好奇、过于感情冲动。可近来,我夜里很少能睡得安稳。尽管我想避开,但总有一副面容出现在我的眼前,总有一种歇斯底里的笑声回响在我的耳边。

(1844)

凹凸山的故事

　　1827年秋天我曾住在弗吉尼亚州的夏洛茨维尔附近，在此期间我偶然结识了奥古斯塔斯·贝德尔奥耶先生。这位年轻绅士在各方面都引人注目，因而激起了我浓厚的兴趣和强烈的好奇心。我发现自己简直不可能领会他的话，不管他是论及精神上的问题还是谈到物质上的事情。说起他的家庭，我没能听到过令人满意的叙述。至于他从何而来，我从来都没有弄清楚。甚至关于他的年龄（尽管我称他为年轻的绅士），也有令我大感不解的地方。他当然显得年轻，而他也总是刻意强调他年轻，可竟有那么些时候，我会很容易地想象他已经活了一百岁。不过无论他其他哪一方面，都没有他的外貌奇特。他异乎寻常地又高又瘦。他通常都是弯腰驼背。他的四肢特别长，而且瘦骨嶙峋。他的前额格外宽，而且很低。他的面容绝对没一丝血色。他的嘴巴很大，而且灵活。虽说他的牙比我所见过的人的牙齿都更完好无疵，但却极度地参差不齐。然而，他微笑时的表情却不像人们会意料的那样难看，只是那表情从来没有变化。那是一种深深的忧郁，一种不可名状的绵绵哀愁。他的眼睛大得出奇，而且像猫眼一样圆。其瞳孔也恰如猫科动物的一样，能随着光线的明暗收缩或扩张。在激动之时，那双眼珠可亮到几乎不可思议的程度，仿佛正放射出熠熠光芒。那不是一种反光，而是像蜡烛或太阳一样自身发出的光芒。但在一般情况下，它们却呆滞而瞳朦，毫无生气，使人联想到一具早已埋葬的僵尸的眼睛。

　　这些外貌特征显然使他感到烦恼，他总是用一种半是解释半是道歉的语气不断婉转地提到它们。我第一次听到那种语气时觉得它令人讨厌。但我不久就慢慢习惯了那种语气，我那种不愉快的感觉也渐渐消失。他似乎是有意要转弯抹角而不是直截了当地告诉我,他那副模样并非天生如此,而是长期以来阵发性的神经疼痛,使他从一个美男子变成了我所看见的这副模样。多年来他一直由一位名叫坦普尔顿的医生(一位大概七十岁的老年绅士)陪伴。他第一次碰到坦普尔顿医生是在纽约州的萨拉托加。在那里逗留期间,他从他的关照中获得了,或者说他自以为获得了很大的好处。其结果是非常有钱的贝德尔奥耶和坦普尔顿医生达成了一个协议,根据此协议,作为对一笔慷慨大方的年薪的回报,医生答应把他的时间和医治经验全部用来照料这位病人。

坦普尔顿医生年轻时曾周游世界,而巴黎之行使他在很大程度上成了梅斯默尔[①]那套催眠学说的信徒。他曾仅凭催眠疗法就成功地减缓了他这位病人的剧痛。这一成功非常自然地鼓舞了后者,使他多少相信了产生这种疗法的学说。然而医生就像所有的狂热者一样,竭尽全力要让他这名学生完全相信,最后他终于达到了目的,竟劝诱这位患者接受了无数次实验。无数次实验的反复进行终于产生了一种结果,这种结果在今天看来已不足为奇,以至很少引人注目或完全被人忽视。但在我所记录的那个年代,这种结果在美国还鲜为人知。我的意思是说,在坦普尔顿医生和贝德尔奥耶之间,渐渐产生了一种非常特殊而且极其明显的关系,或者说催眠关系。但时至今日我仍不能断言这种关系超越了纯粹的催眠作用之界限,不过其作用本身当时已达到了非常强烈的程度。在第一次施行磁性催眠的尝试之中,那位催眠师彻底失败。经过长期不懈的努力,他终于在第五次或第六次尝试时获得了部分成功。只是到了第十二次他才大获全胜。从此以后那位病人的意志便可在顷刻之间服从于他这位医生的意志。结果当我初次与他俩认识时,那病人几乎能在其医生产生催眠意志的同时安然入睡,

---

① 梅斯默尔(Franz Anton Mesmer, 1734—1815),奥地利医师,他首创的催眠治疗法曾风靡一时。——译者注

甚至当他不知医生在何处时也是一样。只有在1845年的今天,在类似的奇迹每天都被无数人目睹的今天,我才敢于记录下这个显然不可能存在的确凿的事实。

贝德尔奥耶神经非常敏感,性情容易激动,而且极其热情奔放。他的想象力异常丰富,并很有创造性。这当然部分地是因为他习惯性地服用吗啡,因若不大量吞服吗啡,他会觉得没法活下去。他的惯例是每天早餐之后马上就服用剂量很大的吗啡,准确地说是在一杯浓咖啡之后,因为他在中午之前不吃东西。然后他就独自出门,或是只由一条狗陪伴,长时间地在城外的山间漫步。那是绵延起伏于夏洛茨维尔西面和南面的一线荒凉而沉寂的小山,被当地人夸张地称为凹凸山。

将近11月末,在美国人称为"印度之夏"的那段季节反常期间,在一个阴沉、温暖、雾蒙蒙的日子,贝德尔奥耶先生像往常一样去山间漫步。整整一天过去,他还没有回来。

晚上8点左右,我们为他的迟迟不归而感到惊恐,正要出发去山里寻找,他却突然出现在我们眼前,身上不少一根毫毛,而且显得比平时还精神。他对他那一天经历的讲述,那些使他在山里逗留的事件,的确是一个奇妙非凡的故事。

"你们应该记得,"他说,"我离开夏洛茨维尔是在上午9点。我径直朝山边走去,大约在10点钟左右进了一个我以前从未见过的峡谷。我兴致勃勃地穿行于那条弯弯曲曲的山路。谷间展示的景色虽说不上壮丽,但在我眼里却有一种说不出其精妙的荒凉之美。那种幽静似乎从未受到过玷污。我不禁认为我脚下绿色的草地和灰色的石岩在我之前从来没有经受过人的踩踏。那幽谷完全与世隔绝,事实上若不是一连串阴差阳错,连那深谷的入口都难以到达,所以我并非不可能是第一个探险者,第一个也是唯一进入其幽深之处的探险者。

"'印度之夏'时节独有的那种浓雾,或者说云烟,当时正笼罩着山谷中的一切,这无疑加深了那一切给人留下的虚无缥缈的印象。那令人惬意的雾是那么的浓,以至我只能看清前面十几码远的地方。脚下的小径蜿蜒曲折,头顶上又见不到日光,所以我很快就完全迷失了方向。与此同时吗啡也开始发挥其通常的作用,使我以一种浓厚的兴趣去感受整个外部世界。一片树叶的颤抖、一株小草的颜色、一朵三瓣花的形状、一只蜜蜂的嗡鸣、一滴露珠的闪耀、一阵柔风的吹拂,以及森林散发出的淡淡的幽香,都启迪我想到天地间万事万物,引起我一种快活而斑驳、狂热而纷乱的绵绵遐思。

"沉醉于这番奇境遐思,我不知不觉朝前走了好几个小时,其间我周围的雾霭越来越浓,以至后来我只能够摸索着前行。而就在这时,我突然感到一种难以形容的不安,一种神经质的踌躇和恐惧。我不敢再迈步,生怕我会跌入某个深渊。我还记起了关于凹凸山的那些古怪的传说,记起了传说中讲的那些居于林间洞中的可怕的野人。无数朦胧的幻觉使我压抑,使我仓皇,幻觉因为其朦胧更令人焦灼不安。忽然,我的注意力被一阵响亮的鼓声吸引。

"我那阵惊异当然是无以复加。这些山中从来不知道鼓为何物。我当时即便是听见大天使的喇叭声也不会有那么惊讶。可一件更让人吃惊并令人困惑的新鲜事又随之而来。一阵唧唧嗒嗒或叮叮当当的声音由远而近,仿佛是有人在晃动一串巨大的钥匙,接着一位面色黝黑的半裸男人尖叫着从我身边冲过。他离我非常近,以至我脸上都感到了他呼出的热气。他手里握着一件用许多钢环做成的器具,一边跑一边使劲地摇动。他刚一消失在前方的雾中,随后就窜出一头巨兽,那巨兽张着大口,瞪着眼睛,喘着粗气朝那人追去。我不可能看错那头巨兽。它是一条鬣狗。

"看见这家伙非但没有增加我的恐惧,反而消除了我的不安,因为现在我确信我只是在做梦,于是便努力要使自己清醒过来。我大胆地朝前迈出轻快的步伐。我揉我的眼睛。我高声喊叫。我捏我的四肢。小小的一泓清泉进入我的视野,我在泉边弯下腰洗手、洗头和脖子。这一洗仿佛洗掉了一直令我不安的那种不可名状的感觉。当我重新直起腰时,我认为我完全变了一个人。我迈着平稳的步子,悠然自得地继续走那条我不认识的路。

"最后,由于精疲力竭,也由于空气闷热得令人窒息,我坐到了一棵树下。不一会儿天空射下曚昽的日光,那棵树树叶的影子淡淡地但却清晰地映在草地上。我疑惑地把那影子凝视了好几分钟。它的形状惊得我目瞪口呆。我抬头一看,那是棵棕榈树。

"这下我匆匆站起身来,感到一阵恐惧不安,因为我不能再以为自己是在做梦。我发现我完全支配着自己的感官,而这些感官此时为我的灵魂带来了一种新奇而异样的感觉。天气一下子热得不堪忍受。风中飘来一种陌生的气味。一种低沉而持续的潺潺水声,就像一条水量充沛但流动缓慢的河流的声音,交织着由许多人发出的奇异的嘈杂之声,一并传入我的耳朵。

"当我在一种我无须描述的极度惊讶中倾听之时,一阵猛烈而短促的风突然吹散了浓雾,仿佛是一位巫师挥舞了一下魔杖。

"我发现自己在一座高山脚下,正俯瞰着前方一片宽阔的平原,一条壮观的大河蜿蜒于平原之上。大河的岸边坐落着一座具有东方情调的城市,就像我们在《天方夜谭》中读到的那种,但比书中所描绘的更具特色。我所处的位置远远高于那座城市,所以我能看到城里的每一个角落,它们就像是画在地图上一样。街道看上去不可悉数,纵横交错,但与其说是街道,不如说是又长又弯的小巷。那些小巷里全都挤满了人。城里的房子颇具诗情画意。四方八面都是数不清的阳台、游廊、尖塔、神龛和雕刻得非常奇妙的凸肚窗。集市比比皆是,出售的货物品种繁多,琳琅满目——丝绸、薄纱、最耀眼的刀剑、最华丽的珠宝。此外可见到处都有旗幡和轿子,有抬着蒙面纱的端庄妇人的肩舆,有被打扮得光彩夺目的大象,有被雕刻得奇形怪状的偶像,有皮鼓,有旌旗,有铜锣,有长矛,还有镀银和镀金的钉头锤。而在人群之中,在喧嚣之中,在全城的纷乱挤轧之中,在熙来攘往的包着头巾、裹着长袍、须髯飘垂的黑皮肤和黄皮肤的人流之中,穿行着数不清的披着饰带的圣牛,而大群大群虽说肮脏却不可侵犯的圣猴则在神庙寺院的房檐周围攀缘啼叫，或是攀附于尖塔和凸肚窗。从拥挤的街道到那条河的岸边，有不计其数的一段段向下延伸的石阶，直通到一个个沐浴之处，而那条河本身倒像是费劲地从载满货物的船队中挤过，帆樯如林的船只遮盖了整个河面。城外四周有大片大片的棕榈树和椰子树，其中间杂着其他巨大的古树，随处可见分散的一块稻田、一间农民的茅屋、一方水池、一座隐寺、一个吉卜赛人营地，或是一位美丽的少女独自一人头顶水罐走向那条大河的岸边。

"当然，你们现在会说我是在做梦，但事实并非如此。我的所见所闻所感所思都不具有我绝不会弄错的梦的特征。一切都那么首尾相连，前后一致。开始我也怀疑自己是否真正醒着，于是我进行了一系列试验，结果很快就使我确信我的确神志清醒。当一个人在梦中怀疑自己在做梦之时，他的怀疑绝不会得不到证实，而做梦者几乎是马上醒来。所以诺瓦利斯[①]说得不错，'当我们梦见自己做梦时，我们正接近清醒'。假若这番景象如我所描述的那样出现在我的脑际而被我怀疑为一种梦境，那它说不定真是一场大梦。但是，既然它像它出现的那样出现，既然它像它被怀疑和试验的那样经受了怀疑和试验，那我现在就不得不把它归入另一类现象。"

"关于这点，我不能确定地说你错了，"坦普尔顿医生说，"但请接着往下讲。你站起身并朝下边那座城市走去。"

"我站起身，"贝德尔奥耶继续道，一边用一种非常惊讶的神情打量医生，"我站起身，正如你刚才所说，并朝下边那座城市走去。路上我汇入了一股巨大的人流，无数的平民从条条道路拥向同一个方向，一个个都显得慷慨激昂。突然之间，被一阵不可思议的冲动所驱使，我对身边正在发生的事产生了强烈的兴趣。我仿佛觉得自己有一个重要角色要扮演，可又不清楚那到底是个什么角色。然而，我体验到了一种深切的仇恨之情，对围在我身边的人群怀有了仇恨。我从他

[①] 参见本书《玛丽·罗热疑案》题记相关脚注。——译者注

们中退出,飞快地绕路到了城边并进入了那座城市。全城都处在骚乱与战斗之中。一小队半是印度装束半是欧式装束的男人由一名身着部分英军装束的绅士指挥,正以寡敌众地与潮水般的街头暴民交战。我加入了力量弱的一方,用一名倒下的军官的武器疯狂地与我不认识的敌人进行战斗。我们很快就寡不敌众,被迫退守进一座东方式凉亭。我们在那儿负隅顽抗,一时半会儿还不会有危险。从靠近凉亭顶端的一个窗孔,我看见一大群愤怒的人正在围攻一座突出于河面之上的华丽宫殿。不一会儿,一个看上去很柔弱的人出现在宫殿上层的一个窗口,凭着一根用他的侍从们的头巾连接而成的长绳,他从那个窗口吊了下来。下边有一条船,他乘那条船逃到了河对岸。

"这时一个新的目的占据了我的心灵。我急促而有力地对我的同伴们说了几句话,在争取到他们中少许人的支持之后,一场疯狂的突围开始了。我们从凉亭冲入包围我们的人群中。开始他们在我们面前节节败退,接着他们重振旗鼓疯狂反扑,然后又重新向后退缩。左冲右突之间,我们已远远离开了那座凉亭,被赶进了那些狭窄弯曲、两旁房屋鳞次栉比、幽深处从来不见阳光的迷津般的街道。暴民们疯狂向我们扑来,用他们的长矛不断袭击我们,用一阵阵乱箭压得我们抬不起头。这些箭矢非常奇特,形状就像马来人的波刃短剑。它们是模仿毒蛇窜行时的身形而造成,箭杆细长乌黑,箭镞有浸过毒的倒钩。这样的一支箭射中了我的右太阳穴。我摇晃了一下倒在地上,顿时感到极度的恶心。我挣扎,我喘息,我死去。"

这时,我微笑着说:"现在你简直不能再坚持说你那番奇遇不是一场梦。你还不至于硬要说你现在是死人吧?"

说完这番话,我当然以为贝德尔奥耶会说句什么俏皮话来作为回答,但令我吃惊的是,他竟然变得狐疑不决,浑身哆嗦,面如死灰,而且一言不发。我朝坦普尔顿看去,只见他端端正正坐在椅子上,他的牙齿在打战,他的眼睛几乎要瞪出了眼窝。"接着往下讲!"他最后用沙哑的声音对贝德尔奥耶说。

"有好几分钟，"贝德尔奥耶继续道，"我唯一的感情，我唯一的感觉，就是黑暗和虚无，伴随着死亡的意识。最后，似乎有一种突然而猛烈的震荡穿过我的灵魂，仿佛是电击。随之而来的是一种轻盈的感觉。后一点我是感觉到，而不是看到。我好像是一下从地面升起。但我没有肉体，也没有视觉、听觉和触觉。人群已经散离。骚乱已经平息。那座城市此刻相当安静。我的下方躺着我的尸体，太阳穴上还插着那支箭，整个头部已肿胀变形。但这一切我都是感觉到，而不是看到。我对一切都不感兴趣，甚至那具尸体也显得与我无关。我没有意志，但却好像是被推入了运动。我轻快地飘出了那座城市，折回我曾走过的那条弯弯曲曲的小路。当我到达我曾遇见鬣狗的那个地点时，我又一次感到一阵电击般的震荡，重感、意志感和实体感顿时恢复。我又成了原来的自己，并匆匆踏上回家的路，但那番经历并没有失去它真实鲜明的色彩。而现在，哪怕只是暂时的一分一秒，我也没法强迫我的判断力去认为它是一场梦。"

"它也不是一场梦，"这时坦普尔顿一本正经地说，"不过此外又很难说该如何为它命名。让我们只是这样来推测，当今人类之灵魂已非常接近于某种惊人的精神发现。暂时就让我们满足于这一推测。至于别的我倒有一个解释。这儿有一幅水彩画，我本来早就应该让你们看，但有一种莫名其妙的恐惧感阻止我那样做。"

我们看了他递过来的画。我看那幅画并没有任何特别之处，可它对贝德尔奥耶产生的影响却令人吃惊。当他看见那幅画时差点没昏过去。然而那只是一副微型画像，诚然画中人的相貌特征与他酷肖绝似。至少我看画时是这样认为的。

"你们可以看到，"坦普尔顿说，"这幅画的年代，在这儿，几乎看不见，在这个角上，1780年。这张画像就是在那一年画的。它是我死去的朋友奥尔德贝先生的肖像。在沃伦·黑斯廷斯任印度总督时期，我和奥尔德贝在加尔各答，我俩曾经情同手足。当时我才二十岁。贝德尔奥耶先生，我在萨拉托加初次见到你时，正是你和这幅肖像之间那种酷肖绝似诱使我同你搭话，和你交朋友，并促成了最终使我成为你永久伙伴的那些协议安排。我这样做部分地是，也许该说主要地是出于一种对我亡友的惋惜和怀念，但部分地也是出于一种担心，一种并非完全不带恐惧的对你的好奇。

"在你对你在山里所看到的那番景象的详述中，你已经非常精确地描绘了印度圣河岸边的贝拿勒斯城①。那些暴动、战斗和杀戮均是发生于1780年的蔡特·辛格叛乱中的真实事件，当时黑斯廷斯经历了他一生中最危险的时期。那个用头巾接成绳子逃走的人，就是贝拿勒斯邦主蔡特·辛格本人。凉亭里的那些人就是黑斯廷斯所率领的一队印度兵和英国军官。我便是其中一员，当时我尽了一切努力要阻止那名军官冒险突围，最后他在混乱的巷战中被一个孟加拉人的毒箭射死。那名军官就是我最亲密的朋友。他就是奥尔德贝。你看看这些手稿就会发现，"说到这儿他拿出一个笔记本，其中有几页显然是刚刚才写上字，"当你在山中想象这些事情之时，我正在家里把它们详细地记录在纸上。"

大约在这次谈话一星期之后，夏洛茨维尔的一家报纸发表了以下短讯：

"我们有义务沉痛地宣告奥古斯塔斯·贝德尔奥先生与世长辞。他是一名仁慈厚道的绅士，他因其许多美德而早已赢得了夏洛茨维尔市民们对他的敬爱。

"贝先生多年来一直患有神经痛，此病曾多次对他的生命构成威胁，但这只能被视为他死去的间接原因。导致他死亡的直接原因格外异常。在几天前去凹凸山的一次远足中，贝先生偶染风寒引起发烧，并伴随有严重的脑充血。为治疗此症，坦普尔顿医生采取了用水蛭局部吸血的方法。水蛭被置于两边太阳穴。在可怕的片刻之间病人死去，原因似乎是盛水蛭的罐中意外地混入了一条偶尔可见于附近池塘

---

① 今称瓦拉纳西，著名的印度教圣地。——译者注

的毒蚂蟥。这条毒蚂蟥紧紧地吸住了患者右太阳穴的一条小血管。毒蚂蟥与治疗用的水蛭极其相似,由此造成了这一不可弥补的疏忽。

"注意:夏洛茨维尔的毒蚂蟥通常可据其色黑而区别于治疗用的水蛭,尤其可根据它与蛇酷似的扭曲或蠕动。"

同该报撰稿人谈起这一惊人的意外事故时,我突然想到问他报上把死者的姓写成贝德尔奥是怎么回事。

我说:"我相信你这样拼写肯定有你的根据,不过我一直认为写这个姓末尾还有个'耶'字。"

"有根据?不,"他回答说,"那仅仅是一个印刷错误。这个姓全世界都写作贝德尔奥耶,我这辈子还不知道有别的拼法。"

"那么,"我转身时不由得喃喃自语道,"那么,难道出现了一个比虚构还奇妙的故事,因为去掉了'耶'字,'贝德尔奥'一倒读不正好是'奥尔德贝'?而那个人告诉我这是个印刷错误。"

(1844)

过早埋葬

有那么一些题目非常引人入胜，但若写成正统小说却过分恐怖。所以纯粹的浪漫主义作家对这些题目应避而远之，如果他不想干犯众怒或是招人讨厌的话。只有得到确切而庄重的真相之认可，方能对这类题目加以适当的处理。譬如说，我们读到下列叙述时总会感到毛骨悚然，总会感到最强烈的"愉悦的痛苦"，诸如对强渡别列津纳河的叙述、对里斯本大地震的叙述、对伦敦黑死病的叙述、对圣巴托罗缪大屠杀的叙述，或是对加尔各答土牢里那一百二十三名囚犯窒息死亡的叙述。但是，在这些叙述中，引人入胜之处正是其事实，正是其真相，正是其历史。若是作为虚构，我们就会怀着厌恶之情掩鼻而视。

我已经列出了有史记载的这几场引人注目且令人敬畏的灾难，但在这些事例中，灾难之规模给人留下的强烈印象并不亚于灾难之性质。我用不着提醒读者，从人类灾难那份长长的目录中，我可以列出许多比这些大规模灾难更充满实质性痛苦的个人祸殃。其实真正的不幸，最大的悲哀，往往是特殊的而不是普遍的。最可怕最极端的痛苦总是由个体的人经受，而不是由群体的人承担，为此让我们感谢仁慈的上帝！

毫无疑问，被活埋乃是迄今为止降于人类命运的那些痛苦至极的灾难中最可怕的一种。善思者几乎都不会否认，活埋人的事一直频频发生，屡见不鲜。那些划分生与死的界线充其量是些模糊而含混的畛域。谁能说生命就在那里终结？谁能说死亡就从那里开始？我们知道有些疾病会使患者表面上的生命机能完全终止，但正确地说这些终止只能被称为中止，只是我们尚缺乏了解的那种机械运动的暂停。一段时间之后，某种神秘莫测的因素又会使那些神奇的小齿轮和具有魔力的大飞轮重新转动。银线并没有永远地松弛,金碗并未被不可修复地打破①。不然,在此期间灵魂寓于何处?

但除了这必然的推论,这种由因溯果的推论,除了这种推想,如此这般的原因必然导致如此这般的结果(这些假死的病例必然时常导致过早埋葬的发生),我们还有医学上和日常经历中的直接证据来证明大量这样的活埋实际上一直在发生。如果有必要,我可以马上举出上百个有根有据的例子。一个其性质非常惊人、其细节对某些读者也许还记忆犹新的事例前不久发生在附近的巴尔的摩市,并在该市引发了一场痛苦、激烈、波及面甚广的骚动。一位最受人尊敬的市民的妻子,一位很有地位的律师和国会议员的夫人,突然患了一种莫名其妙的病,此病令她的医生们完全束手无策。她在经历了极大痛苦之后死去,或者说被断定死去。的确没人怀疑,或者说没人有理由怀疑她实际上并没有死亡。她显示了一般死亡的全部表象特征。面部呈现出通常缩陷的轮廓,嘴唇变成了通常大理石般的苍白,眼睛失去了光泽,身上没有了体温,脉搏停止了跳动。她的身体被停放了三天,已变得完全僵硬。总之,由于人们认为腐烂将很快发生,她的葬礼被匆匆举行。

那位女士被放进了她家族的墓窟,其后三年墓窟未曾开过。三年之后,墓窟被打开欲放一口石棺。可是,天哪!多么可怕的一场震惊等待着那位丈夫,因为正是由他开墓门。当墓门向外打开时,一个白乎乎的物体嘎嘎作响地倒进他的怀中。原来那是他妻子的骷髅,穿着尚未腐烂的柩衣。

一场细致的调查证明,她在被放进墓穴两天之后复活。她在棺材里的挣扎使棺材从一个壁架或木架上掉了下来,棺材摔破使她能钻出。一盏无意间遗留在墓中的盛满油的灯被发现油已干涸,但油很可

---

① 《旧约·传道书》第十二章第六至七节有言:"银线松,金碗碎……尘归尘,灵归灵。"——译者注

能是蒸发而尽。在通入墓穴的台阶之最高一级，有一大块棺材碎片，似乎她曾用此碎片敲打铁门，力图引起墓外人的注意。而也许就在她敲打之间，她由于极度的恐惧而晕厥或死亡。在她倒下之际，她的枢衣被铁门上向内突出的部分缠住。于是她就那样挂在那里，就那样直立着腐烂干枯。

1810年，一起活埋事件发生在法国，并由此而引出了一个甚至被人理所当然地认为比小说还离奇的真实故事。这个故事的女主人公是一位名叫维克托里娜·拉福加德的小姐，一位出身名门、极其富有，而且非常漂亮的年轻姑娘。在她众多的追求者中有一位巴黎的穷文人，或者说穷记者，名叫朱利安·博叙埃。他的才华与厚道引起了那位女继承人的注意，他似乎已经被她真正爱上，但她与生俱来的傲慢使她决定拒绝了他的求婚，而嫁给了显赫的银行家兼外交家勒内莱先生。可那位先生婚后对她很冷淡，也许甚至还对她进行虐待。她不幸地随他生活了几年之后去世，至少她当时那种与死亡极其相似的状态使看见她的每一个人都认为她已死去。她被埋葬，但不是埋进墓窟，而是葬在她出生的那个村里一个普通的坟墓中。那位仍被深情怀念所折磨的记者悲痛欲绝，痴情地从巴黎去了那个村庄所在的偏远外省，心中怀着一种罗曼蒂克的意图，要把他的心上人从墓中掘出，获得一缕她美丽的头发。他到达了那座坟墓。夜半时分他挖出并打开了棺材，当他正在拆散头发之时，他突然发现他的心上人睁开了眼睛。事实上那位女士是被活埋了。生命并未完全离她而去。她情人的抚弄把她从那场被误认为是死亡的昏迷中唤醒。他发疯似的把她抱回他在村里的住处。他凭着丰富的医学知识给她服用了一些很有效的补药，最后她终于完全苏醒。她认出了她的保护人。她继续和他待在一起，直到她慢慢地恢复了原有的健康。她那颗女人的心并非铁石，这爱的最后一课足以使它软化。她把那颗心交给了博叙埃。她没再回到她丈夫身边，也没让他知道她已复活，而是同她的情人一起逃到了美国。二十年之后他俩重返法国，确信时间已经大大地改变了那位女士的容貌，她的朋友们不可能会认出她。可他们错了，因为勒内莱先生实际上一眼就认出了她，并提出要领回他的妻子。她抵制这一要求。法庭确认她的抵制合理。裁决认为，鉴于多年分离这一特殊情况，勒内莱先生不仅于理而且于法都已丧失了丈夫的权利。

莱比锡的《外科杂志》是一份非常权威且极有价值的期刊（但愿有某位美国书商能组织翻译并在美国出版），该刊最近一期记载了一起我们正在谈论的这种非常不幸的事件。

一名身材高大、体格健壮的炮兵军官从一匹烈马背上被抛下，头部严重撞伤。他当场失去知觉，确诊颅骨轻微破损，但并无生命危险。开颅手术成功地完成。他被抽了血，许多常规的辅疗措施也都被采取。可渐渐地，他陷入了一种越来越令人绝望的昏迷状态，最后，他被确认为已经死亡。

当时天气暖和，他被非常草率地埋进了一个公共墓地。他下葬的那天是星期四。在随后的那个星期天，墓地和往常一样挤满了游客。中午时分，一个农民的陈述在墓地里引起了一阵骚动。那农民说当他坐在那位军官的坟头时，他清楚地感觉到了地面在颤动，好像是下面有人在挣扎。开始人们对那个农民所述并不大在意。但他显而易见的惊恐，以及他执拗地坚持他所言为真，最后终于在人群中产生了自然的效果。他们匆匆寻来铁锹，匆匆挖开坟墓。那个坟墓浅得令人觉得难为情，人们只挖了几分钟就看到了被埋葬者的头部。当时从表面上看，他的确已死；但他几乎是直着身子坐在棺材里面，由于他猛烈的挣扎，棺材盖已被部分顶起。

他立即被送进了附近的医院，医院宣布他还活着，尽管处于一种窒息状态。几个小时之后他苏醒过来，认出了他的朋友，并断断续续地讲述了他在坟墓里的痛苦。

根据他的讲述，这一点非常清楚，在他被埋进坟墓之后陷入昏迷之前的一个多小时中，他肯定一直具有生命意识。墓坑填得草率稀松，土中有许多缝隙小孔，这样便透进了必要的空气。他听到了头顶上人群的脚步声，于是便拼命挣扎想使上面的人听见。他说，似乎正是墓地里的喧哗把他从沉睡中唤醒，可他一醒来就充分地意识到了他可怕的处境。

据记载，这名伤员在其情况好转，看来正在完全康复之际，却成了骗人的医学实验的牺牲品。电流疗法被采用，他在电流意外引起的一阵再度昏迷中突然死亡。

不过说到电流疗法，倒使我回想起了一个众所周知、非常离奇的活埋事例，在这一事例中，电流的作用使伦敦被埋葬了两天的青年律师恢复了生气。这事发生在1831年，当时在消息所到之处都引起了极大的轰动。

患者爱德华·斯特普尔顿先生明显死亡于斑疹伤寒，伴随着一种令他的医生们感到好奇的异常症状。由于他表面上已死亡，医生向他的亲友提出验尸的要求，但要求被拒绝。正如这种拒绝后面常常发生的事情那样，那些医生决定悄悄地掘出尸体进行从容的解剖。他们与遍布伦敦的许多盗尸团伙中的一个达成的协议被轻而易举地履行。在那个葬礼后的第三天晚上，指定的那具尸体从一个八英尺深的墓坑里被挖了出来，放进了一家私人医院的解剖室。

一个长长的切口在腹部切开，尸体毫无腐烂迹象使解剖者想到了使用流电池。从一次接一次的通电实验中，解剖者除了通常的结果没发现任何特异之处，只是有那么一两次，尸体的抽搐比一般抽搐显得更有生命的迹象。

夜已晚，天将明。解剖者终于认为最好是马上继续进行解剖。但有一名医科学生极想试验一下他自己的一项理论，坚持要给一块胸肌通电。胸腔被草率地切开，电线被匆匆接上，这时那名病人突然以一种急促但绝非抽搐的动作从解剖台上一跃而起，走到解剖室中央，不安地环顾了几秒钟，然后，开口说话。他所说的话很难听懂，但吐出的是字句，音节很清楚。说完话，他重重地倒在了地板上。

开始的一会儿，解剖室里的人全被吓得目瞪口呆，但情况之紧急使他们很快恢复了镇静。他们发现斯特普尔顿先生还活着,尽管处于昏迷之中。经过一番抢救,他苏醒过来,并且迅速地恢复了健康,回到了他的朋友之中。不过一开始并没有让他的朋友们知道他复活,直到不再担心他旧病复发。他朋友们那番又惊又喜读者可以想象。

然而这一事件最惊人的奇特之处还在于斯先生自己的陈述之中。他宣称他在任何时刻都没有完全失去知觉,他迟钝而惶惑地意识到了发生于他的每一件事,从医生宣布他死亡那一刻到他昏倒在那家医院地板上之时。当他认出解剖室后竭尽全力说出而没人听懂的字句,原来是"我还活着"。

诸如此类的故事可以轻易地讲出许多,但我不准备再讲,因为我们实在没必要这样来证明过早埋葬之发生这一事实。当我们从这种事例中想到,我们能察觉这种事发生的机会是多么难得,我们就必须承认这种事可能在不为我们察觉的情况下频频发生。事实上,不管出于什么目的、大到什么规模,当人们占用一块墓地时,几乎无不发现有骷髅保持着各种各样令人顿生疑惧的姿势。

这种疑惧的确可怕,但更可怕的是那种厄运!可以毫不犹豫地断言,没有任何经历能像被活埋那样可怕地使灵与肉之痛苦达到极致。不堪忍受的肺的压迫,令人窒息的湿土的气味,裹尸布在身上的缠绕,狭窄的棺材紧紧的包围,那绝对之夜的深深黑暗,那犹如大海深处的寂然无声,还有那看不见但却能感觉其存在的征服一切的虫豸;所有这些感觉,加之想到头顶上的空气和青草,忆及那些一旦获悉我们的厄运便会飞身前来拯救我们的好友,意识到他们绝不可能知道这种灾难,意识到我们的绝望才是那种真正的死亡;所有这些思维,如我所言,给尚在跳动的心带来一种骇人听闻和无法忍受的恐怖,而这种恐怖定会使最大胆的想象力也退避三舍。我们不知道地面上有什么能使人那样极度痛苦。我们做梦也想象不出那冥冥地狱一半的恐怖。因此所有关于这一题目的叙述都能引人入胜,不过由于人们对这一题目本身有一种神圣的敬畏,这种引人入胜就特别理所当然地依赖于我们对所讲之事的真实性之确信。而我现在所要讲的是我自己的实际感知，是我自己纯粹的亲身经历。

多年来我一直被一种怪病缠身，因无更确切的病名，医生们一致称它为强直性昏厥。尽管此症的直接原因、诱发原因乃至其真正的病理特征都还是一些未解之谜，但其显而易见的表面特征人们已相当熟悉。此症的发病情况尤其变化不定。有时病人只在一天或更短的时间内处于一种异常的昏迷状况。他没有知觉而且一动不动，但心跳还能被略略感知，身上仍保持着微微体温，脸颊中央尚残留淡淡血色；若把一面镜子凑到他嘴边，我们还能察觉到一种迟钝的、不匀的、游移的肺部活动。但有时这种昏迷的时间会延续几个星期，甚至几个月；这时连最细致的观察和最严密的医学测试都无法确定昏迷者的状态和我们认为的绝对死亡这两者之间有何实质性的区别。通常，昏迷者幸免于被过早埋葬仅仅是凭着他的朋友们知道他以前发作过强直性昏厥，凭着他们因此而产生的怀疑，尤其是凭着他的身体没有腐烂的迹象。幸运的是，这种疾病的发展是由轻到重。第一次发作虽然引人注目，但症状并不明确。其后的发作一次比一次明显，昏迷的时间也一次比一次更长。免于被埋葬的主要保障即在于此。那些第一次发作就意外地显示出极端症状的不幸者，几乎都不可避免地会被活着送进坟墓。

我的症状和医书里讲的没有什么特别的不同之处。有时，我会在没有任何明显原因的情况下渐渐陷入一种半昏厥或半昏迷状态。在这种状态中，没有痛苦，不能动弹，或严格地说不能思想，却有一种朦胧的生命意识，能模模糊糊地感到我床头那些人的存在。我会一直保持那种状态，直到发病期的那个转折点使我突然恢复全部知觉。在另一些时候，该病会猛然向我袭来，我马上感到恶心、麻木、发抖、眩晕，并一下子倒下。然后是一连几个星期的空茫、黑暗和沉寂，整个世界一片虚无。彻底的湮灭感无以复加。然而，从这后一种昏迷中，我的苏醒之缓慢却与发作之突然成正比。就像白昼降临于一个无友可投、无房可居、在漫长孤寂的冬夜漫步于街头的乞丐一样,那么缓慢,那么慵懒,那么令人愉快,灵魂之光重返于我。

除了这种昏迷的倾向,我总的健康状况似乎良好。我也没能察觉到这一普通的疾病对我的健康有任何影响,除非真可以把我日常睡眠中的一个特异之处视为其并发症。从睡眠中醒来之时,我从来不能够一下子就完全神志清醒,而总是一连好几分钟陷在恍恍惚惚和茫然困惑之中,思维能力基本上停止,记忆力则完全是一片空白。

在我所有的感受之中没有肉体上的痛苦,但却有一种无限的精神上的悲伤。我的想象力变得阴森恐怖。我说起"虫豸、坟墓和墓志铭"。我沉浸于死亡的幻想,而被过早埋葬的念头始终占据着我的脑海。我所面临的那种可怕的危险日夜缠绕着我。白天,沉思的痛苦令我不堪忍受;夜晚,冥想的折磨更是无以复加。当狰狞的黑暗笼罩大地,我怀着担忧的恐惧瑟瑟发抖,就像柩车上的羽饰瑟瑟颤抖。当天性再也不能支撑着不眠,我总要挣扎一番才被迫入睡,因为一想到醒来时说不定我会发现自己在坟墓中,我就禁不住不寒而栗。而当我终于进入睡眠,那也不过是一下子冲进了一个幻想的世界,在那个世界的上空,那个支配一切的阴沉的念头正张着它巨大的、漆黑的、遮天蔽日的翅膀在高高翱翔。

从无数在梦中这样压迫我的阴沉的幻象中,我只挑独一无二的一个记载于此。我想象我正陷于一次比平常更持久更深沉的强直性昏厥,突然一只冰凉的手摁在我额顶上,一个急躁而颤抖的声音轻轻响在我耳边:"起来!"

我坐了起来。眼前一片漆黑。我看不见把我唤醒的那个人的身影。我既想不起我是何时陷入那场昏迷,也弄不清我当时身在何处。当我一动不动地坐着竭力想理清自己的思绪时,那只冰凉的手猛然抓住我一只手腕使劲摇晃,同时那个颤抖的声音又说道:

"起来!难道我没有叫你起来?"

"你,"我问,"你是谁?"

"在我所居之处我无名无姓,"那个声音悲哀地回答道,"我过去是人,现在是鬼。我过去冷酷,但现在慈悲。你感觉到我在发抖。我说话时牙齿在打战,然而这并不是因为夜,并不是因为这没有尽头的夜的寒冷,而是这恐怖令我难耐。你怎么能睡得安稳?这些痛苦的呼唤使我不能入睡。这些哀叹令我不堪忍受。起来吧!随我一道进入外面的黑夜,让我为你打开那些坟墓。这难道不是一副悲惨的景象?看吧!"

我放眼望去,那个依然抓着我手腕的看不见的身影已经打开了全人类的坟墓。从每一个墓坑中都发出微弱的磷光,所以我能看到墓坑深处,看到那些悲惨而肃穆地与虫共眠的裹着柩衣的尸体。可是,天哪!真正的安息者比未眠者少百万千万。有的被葬者在无力地挣扎,到处是惨不忍睹的躁动,从数不清的墓坑深处传来一种凄惨的被葬者的柩衣发出的窸窸窣窣的声音。而对于那些看上去已经安息的尸骨,我看到有许多都在不同程度上改变了它们被埋葬时那种僵直而不自然的姿势。我正这么看着,那个声音又对我说:

"这难道不是,哦,上帝!这难道不是一番可悲可怜的景象?"可不待我找到回答的字眼,那个身影已松开我的手腕,磷光熄灭,所有的坟墓都在猛然之间合上,从坟墓中传出一阵绝望的喧嚣,重复道,"这难道不是,哦,上帝!这难道不是一番可悲可怜的景象?"

夜里呈现出的这些幻象把它们可怕的影响延伸到了我清醒的时候。我的神经变得极度衰弱,我时时刻刻都在被恐怖折磨。我对骑马、散步,或是任何要我走出家门的运动都总是犹豫再三。事实上,我不再敢单独离开那些知道我容易犯强直性昏厥的朋友,唯恐在一次常见的发作之中,我会被不明真相的人埋掉。我怀疑我最亲密的朋友们的关心和忠诚。我害怕在一次比平时更持久的昏迷中,他们会被人说服,从而认为我不能再醒来。我甚至担心,由于我给他们添了不少麻烦,他们会非常乐意把我任何一次持久的发作视为完全摆脱我的充分理由。他们尽力消除我的疑虑,向我做出最庄重的保证,结果却是白费口舌。我逼着他们发出最神圣的誓言,无论在任何情况下,只有当我的身体腐烂到不可能继续保存的地步才可以把我埋葬。即便如此,我极度的恐惧仍听不进任何道理。在众多的措施中,我改造了我家族的墓窟,使其能够轻易地从里边打开墓门。只消轻轻地按一根伸进墓穴的长杆,那两道沉重的铁门就会很容易地打开。改造中还做了透气透光的安排,食物和水也将贮存在棺材边我伸手可及的地方。那口棺材衬垫得既暖和又松软,棺盖的设计依照了开启墓门的原理,另外加了一道弹簧,以至棺材里最轻微的动静都会使其自动开启。除此之外,从墓顶上还吊下一个大铃,按照设计,铃绳的一端将穿过棺材上的一个孔,紧紧地系在尸体的一只手上,可是,唉!与人类的命运抗衡有什么作用?即便这些设计巧妙的防范措施,也不足以避免被活埋的极度痛苦,不足以避免早已注定的痛苦之不幸!

　　一个重要时日来临,如同以前经常的那样,我发现自己正从完全无意识中浮入最初的那阵模模糊糊的存在意识,慢慢地(慢得就像蜗牛爬行)接近精神之白昼那灰蒙蒙的黎明。一阵迟钝的不安。一阵对隐痛漠然的忍受。没有烦恼,没有希望,没有努力。接着,在一阵长长的间歇之后,一阵耳鸣;接着,在一阵更长的间歇之后,一阵强烈的刺扎感或刺痛感;随后是一阵仿佛遥遥无期的舒适的静止,在此期间清醒感正挣扎着进入思想,接着是一阵短暂的再度无意识,然后蓦然苏醒。眼皮终于微微眨动,随之而来的是一种强烈而模糊的恐惧所引起的一阵像电击一般的震荡,这震荡使血液从太阳穴急涌到心间。然后是第一次明确的思维尝试。然后是第一次努力想回忆。然后是部分的、转瞬即逝的成功。然后记忆恢复到某种程度,以至我能认识到自己的状态。我觉得我不是在从一般的睡眠中醒来。我回忆起我陷入了强直性昏厥。最后,仿佛是被大海的波涛冲击,我战栗的灵魂被那种狰狞的危险压倒,被那个幽灵般的、挥之不去的念头压倒。

　　被这种幻想攫住之后,我在好几分钟内一动也没动。何以如此?我没法鼓起勇气动弹一下。我不敢做出努力去证实自己的命运,然而我心中却有一个声音悄悄对我说那是必然。绝望（不像其他不幸所唤起的那种绝望），仅仅是绝望驱使我，在久久的犹豫之后睁开了我沉重的眼皮。我睁开了眼睛。一团漆黑，漆黑一团。我知道这次发作已经结束。我知道发病期的那个转折点早已过去。我知道我已经完全恢复了视觉能力，可眼前一团漆黑，漆黑一团，只有那冥冥的永恒之夜的黑暗。

我试图尖叫。我的嘴唇和焦灼的舌头一起震动，但没有声音发自胸腔，胸口仿佛压着一座大山，肺部随着心脏急速地悸动，拼命地挣扎着想透过气来。

试图喊叫时上下颚的运动，告诉我它们被固定住了，就像通常对死者所做的那样。我还感觉到我是躺在某种坚硬的物质上，两边也是同样的物质紧紧地贴着我。到此为止，我还没有冒险动一动我的肢体，可现在我猛然举起两腕交叉平放着的双臂。手臂撞上了一块坚硬的木板，那木板延伸在我身子上方，离我的脸不超过六英寸高。这下我再也不能怀疑我终于躺进了一口棺材。

现在，在我无限的痛苦之中，降临了那个天使般可爱的希望，因为我想到了我那些预防措施。我扭动身体，一阵阵地努力想打开棺盖，可它纹丝不动。我摸索两只手腕想找到铃绳，可没有找到。此时希望永远地消失，一种更严峻的绝望却得意扬扬，因为我不仅发现棺材里没有我那么精心地准备的衬垫，随之我还突然感觉到强烈的湿土异味钻进我的鼻孔。那个结论已无法抗拒。我并不在家族的墓窟里。我是在离家之时陷入了一场昏迷，在一群陌生人当中，什么时候或者如何发生我已记不起来。而正是那些陌生人把我像狗一样埋掉，钉进一口普通的棺材，抛进，深深地，深深地，并且永远地，抛进了一个普通的无名无姓的坟墓。

当这一可怕的确信闯入我灵魂深处，我再一次拼命地大声喊叫。而这一次努力获得了成功。一声持久而疯狂的痛苦的尖叫，或者说惨叫，响彻那冥冥之夜的领域。

"喂！喂！好啦！"

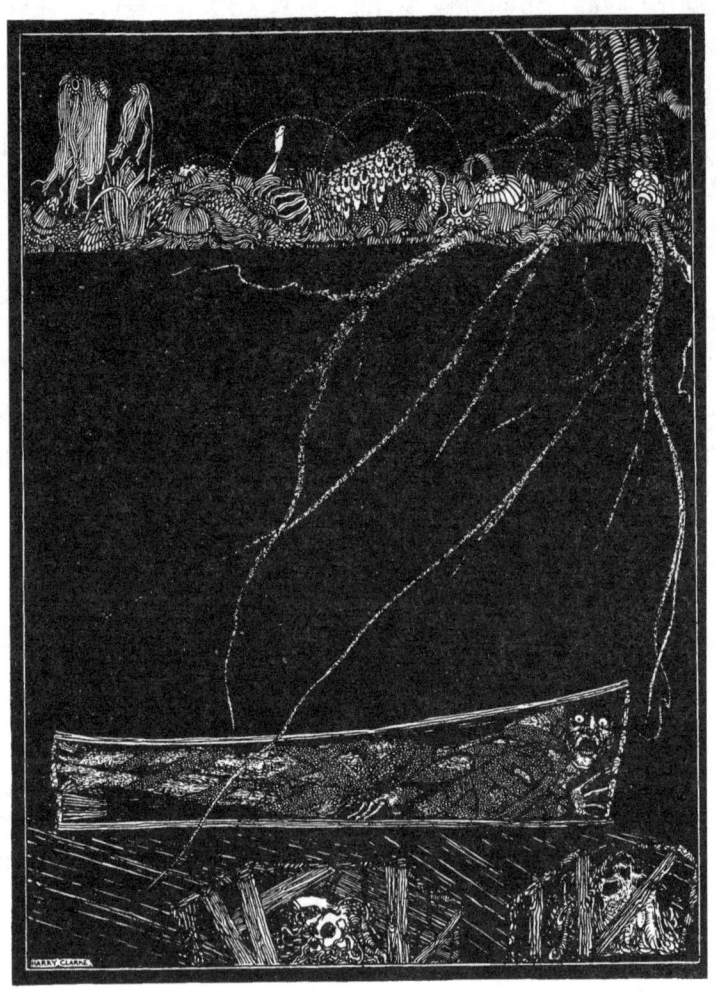

DEEP, DEEP, AND FOR EVER, INTO SOME ORDINARY AND NAMELESS *GRAVE*

一个粗鲁的声音回应道。

"到底出了什么事?"

第二个声音问。

"别嚷嚷!"

第三个声音说。

"你干吗那样号叫,就像一只山猫?"第四个声音问。随即一群看上去很粗鲁的人把我抓住,非常无礼地把我摇晃了好几分钟。他们并没有把我摇醒,因为我尖叫时本来就醒着,但他们使我完全恢复了记忆。

这个奇遇发生在弗吉尼亚州的里士满附近。我由一位朋友陪伴去那里打猎,我们顺着詹姆斯河岸朝下游走了几英里。夜晚来临,我们遇上了一场暴风雨。停泊在河边的一条给花园装肥土的单桅船成了我们唯一的躲避之处。我们充分利用了它,在船上过夜。我睡进了船上仅有的两个铺位中的一个,一条六七十吨重的单桅船上的铺位几乎用不着描写。我睡的那个铺位没有任何褥具。它最宽有十八英寸。从铺面到头顶甲板的距离正好和它的宽度一样。我觉得当时挤进那个铺位就是件挺难的事。但我睡得很香。因为没有做梦,我醒来时那番幻觉自然是来自我当时所处的环境,来自我平时头脑中的偏见,来自我已经提到过的当我从长睡中醒来时在清醒神志,尤其是恢复记忆方面的困难。摇晃我的那些人是船上的水手和前来卸船的工人。从船上的装载物上,我闻到泥土的气味。捆扎住上下颚的带子原来是我自己包扎在头上的一条丝绸手绢,因为没有我习惯用的睡帽。

然而,我当时经受的那番痛苦无疑和真正被埋葬的感受别无二致。它们是那么惊人地,那么令人难以置信地骇人听闻。但真是祸兮福所倚,因为过度的痛苦在我心里引起了一种必然的突变。我的灵魂恢复了健全,获得了勇气。我出国旅行。我朝气蓬勃地锻炼。我呼吸天空自由的空气。我思考其他问题,而不是死亡。我把医书统统丢掉。

我把"巴肯"①付之一炬。我不再读《夜思》②,不再读有关墓地的浮夸的诗文,不再读吓唬人的故事,例如本篇。总之,我变成了一个新人,过着一个人的生活。自从那个难忘之夜,我永远地驱除了我那些阴森恐怖的恐惧,强直性昏厥也随着它们一道消失。也许,恐惧一直是我昏迷的原因,而并非其结果。

有那么些时候,甚至在理性清醒的眼里,我们悲惨的人类世界也会像一个地狱。可人类的想象力绝非卡拉蒂丝③,能泰然地去探测地狱每一个洞穴。哀哉!那些数不清的阴森恐怖不可被视为纯然的想象,但就像陪着阿弗拉斯布顺奥克苏斯河航行的那些魔鬼④,它们必须沉睡,不然它们会吞噬我们。必须让它们沉睡,不然我们将灭亡。

(1844)

---

① 指苏格兰医生威廉·巴肯(William Buckan, 1729—1805)所著的《家庭医学》(*Domestic Medicine; or The Family Physician*, 1769),该书在当时非常流行。——编者注
② 即英国诗人爱德华·杨格(Edward Young, 1683—1765)所著长诗《哀怨,或关于生命、死亡和永生的夜思》(*Night Thoughts, of Life, Death, Time and Immortality*, 1742)。——译者注
③ 卡拉蒂丝是英国小说家贝克福德(William Beckford, 1760—1844)所著小说《瓦提克》(*Vathek*, 1786)中的女巫,她使自己的儿子成了在地狱中永受煎熬的迷途之魂。——编者注
④ 魔鬼陪阿弗拉斯布航行的故事见于美国作家华莱士(Horace Binney Wallace, 1817—1852)的小说《斯坦利》(*Stanley*, 1838)。——译者注

被窃之信

智者所恨莫过于机灵过头。

——塞内加

18××年秋,一个凉风阵阵的傍晚天刚黑之际,在巴黎圣日耳曼区迪诺街三十三号四楼我朋友那间小小的后书房,或者说藏书室里,我和朋友C. 奥古斯特·迪潘一道,正在享受着双重的愉悦,一边沉思冥想,一边吸着海泡石烟斗。至少有一个小时,我们保持着一种完全的沉默。当时在任何偶然瞩目者的眼中,我俩说不定都显得是全神贯注地沉浸在污染了一屋空气的缭绕烟圈之中。可就我自己而论,我当时是正在琢磨黄昏初临之时我俩所谈论的某些话题;我指的是莫格街事件,以及玛丽·罗热谋杀案之不可思议。所以,当我们的房门被推开并走进我们的老熟人、巴黎警察局局长G先生之时,我认为那真是一种巧合。

我们由衷地对他表示了欢迎,因为此君虽说讨厌,但也颇有趣,而且我们有好几年没看见过他了。我俩一直坐在黑暗之中,此时迪潘起身想去点灯,可一听G的来意便又重新坐下。G说他登门拜访是要就某件已引起大量麻烦的公事向我们请教,更确切地说是想征求我朋友的意见。

"如果是件需要动脑筋的事,"迪潘忍住没点燃灯芯,并说,"那我们最好还是在暗中来琢磨。"

"这又是你的一个怪念头。"那位警察局局长说,他习惯把凡是他理解不了的事情都称之为"怪",而且就那样生活在一大堆"怪事"当中。

"非常正确。"迪潘一边说一边递给客人一支烟斗,并推给他一把舒适的椅子。

"这次是什么难题?"我问,"我希望别又是什么谋杀案。"

"哦,不,不是那种事。其实这件事非常简单,我相信我们自己也能处理得够好,不过我认为迪潘会喜欢听听这事的详情,因为这事是那么古怪。"

"既简单又古怪。"迪潘说。

"嘿,是的,可又不尽然。实际上我们都感到非常棘手,因为事情是那么简单,而我们却束手无策。"

"也许正是因为这事情的非常简单使你们不知所措。"我的朋友说。

"你胡说八道些什么!"警察局局长一边应答一边开怀大笑。

"也许这个秘密有点太公开。"迪潘说。

"哦,天哪!谁听说过这种高见?"

"有点太不证自明。"

"嘿嘿嘿!呵呵呵!哈哈哈!"我们的客人乐不可支,纵声大笑,"哎哟,迪潘,你早晚得把我笑死!"

"你要说的到底是什么事?"我问。

"嘿,我就告诉你们。"局长答道,随之沉思着慢慢吐出长长的一口烟,并在他那把椅子上坐了下来,"我三言两语就可以告诉你们,但在我开始之前,请允许我提醒你们,这是一件需要绝对保密的事,要是让人知道我向谁透露了此事,我眼下这个位置很可能就保不住了。"

"讲吧。"我说。

"要么别讲。"迪潘道。

"这个,好吧,这消息是一名地位很高的要人亲口告诉我的,王宫里一份绝顶重要的文件被人窃走。窃件人是谁已经知道,这一点确凿无疑;他是在有人目睹的情况下窃走文件的。另外还知道,那份文件还在他手里。"

"这何以得知?"迪潘问。

"这显然是根据文件的性质推断而得知,"警察局局长回答,"根据文件一旦被窃贼转手便会立即引起的某些后果尚未出现这一事实,也就是说,根据他正按照其最终必然会利用那份文件的计划在对其加以利用这一事实。"

"请稍稍讲明白一点。"我说。

"好吧,我可以斗胆说到这个程度,那份文件会使窃件人在某一方面获得某种权力,而这种权力之大不可估量。"那位警察局局长爱用外交辞令。

"我还是不大明白。"迪潘说。

"不大明白?好吧,倘若把那份文件泄露给一位我们不便称名道姓的第三者,那么有位显要人物的名誉就将受到怀疑,而这一事实使文件之持有者能够摆布那位名誉和安宁都如此岌岌可危的显要人物。"

"但这种摆布,"我插话道,"大概得依赖于窃件人确知失窃者知道他就是窃贼。可谁敢……"

"这个窃贼,"G说,"就是D大臣,他什么事都敢做,不管那是不是一个男子汉该做的事。他这次偷窃手段之巧妙不亚于其大胆。我们所说的那份文件,坦率地说,是一封信,一封那位失去它的要人独自在王宫时收到的信。她正在读信,突然被另一位要人的出现所打断,而这个高贵的人物正是她最不想令其见到那封信的人。慌乱中她未能将信塞进抽屉,只好把它拆开的信放在了桌面上。不过朝上的一面是姓名地址,因此信的内容并没有暴露,从而没引起那位高贵人物的注意。在这个节骨眼上D大臣走了进来。他目光锐利的眼睛一下子就看到了桌上的信件,认出了写地址姓名的笔迹,觉察到了收信人的惶遽,并揣摩出了她的秘密。在按他通常的方式匆匆办完几件公事之后,他取出一封与桌上信件有几分相似的信,并将其拆开假装读了一阵,然后把它放在桌上那封信旁边。接着他又就公务谈了大约有十五分钟。最后告辞之时,他从桌上取走了那封不属于他的信。那信的合法所有人眼睁睁看他把信拿走,可当着那位就站在她身边的第三者,她当然没敢声张此事。那位大臣溜了,把他自己的那封信(一封无关紧要的信)留在了桌上。"

"那么,"迪潘对我说,"这下正好有了你刚才所要求的那种实现摆布的先决条件,即窃信人确知失信人知道他就是窃贼。"

"是的,"警察局局长答道,"而凭这种摆布所获取的权力,几个月来一直被用于政治上的意图,已经到了一种非常危险的地步。失信的那位要人一天比一天更清楚地认识到收回那封信的必要性。但是这事当然不能公开进行,最后被逼得走投无路,她就把这事托付给我来处理。"

"除了你,"迪潘在一大团缭绕翻卷的烟雾中说,"我看再也找不到,甚至再也想不到更精明能干的办事人了。"

"你是在奉承我,"警察局局长答道,"但说不定有人一直持有这种看法。"

"显而易见,"我说,"正如你所言,那封信依然在那位大臣手里,因为正是这种占有,而不是其他任何形式的利用,使他获得那份权力。信一旦另作他用,那份权力也就失去了。"

"的确如此,"G说道,"我着手此事也正是基于这种确信。我首先考虑的就是要彻底搜查那位大臣的宅邸,而在这点上,我主要的为难之处就在于搜查必须在不为主人所知的情况下进行。我事先就已经警觉,要是落下把柄,让他怀疑到我们的意图,那将会招来危险的后果。"

"可是,"我说,"你在这方面是真正的专家。巴黎警方以前也经常进行这类调查。"

"那倒也是,因此我没有丧失信心。那位大臣的习惯也给了我可乘之机。他常常整夜不在家。他的仆人并不太多。他们睡觉的地方离主人的房间有一段距离,而且他们大多是那不勒斯人,很容易被灌醉。正如你们所知,我有能打开巴黎任何房间或任何橱柜的钥匙。三个月来,没有一天晚上我不是大部分时间都在亲自参加对D家宅邸的搜查。这件事关系到我的名誉,而且,实不相瞒,那笔酬金数目很大。因此我一直没放弃搜寻,直到最后我终于相信这个窃贼的确比我机灵。我认为我已经搜遍了那座宅邸里能藏匿那封信件的每个角落。"

"但是,有没有可能,"我委婉地启发道,"尽管那封信也许在那位大臣手里,正如毫无疑问的那样,可他说不定会把信藏在别处,而没有藏在他自己家里?"

"这几乎不可能,"迪潘说,"照眼下宫中的特殊情况来看,尤其是从已知有D卷入的那些阴谋来看,那封信应该藏在他身边,以便他伸手可及、随时可取,因为这点与占有那封信几乎同样重要。"

"它随时可取?"我问。

"也就是说,随时可销毁。"迪潘说。

"完全正确,"我说,"由此可见那封信显然是在他家里。至于那位大臣随身带信,我们可以认为这毫无可能。"

"完全不可能,"警察局局长说,"他已经连遭两次抢劫,仿佛是遇上了拦路强盗,他在我亲自监视下被严格地搜过身。"

"你本该省掉这份麻烦,"迪潘说,"我相信D不完全是个白痴。既然如此,他一定会理所当然地料到这些拦路抢劫。"

"不完全是个白痴,"G说,"可他是个诗人,而我认为诗人和白痴也就只差那么一步。"

"言之有理,"迪潘若有所思地从他的海泡石烟斗中深深吸了口烟,然后说,"尽管我自己也愚不可及地写了些打油诗。"

"你详细谈谈搜查的经过吧。"我说。

"当然,事实上我们搜得很慢,而且我们搜遍了每一个地方。对这种事我有长期的经验。我对那幢房子是一个房间一个房间地搜,每个房间都花了七个晚上。我们首先是检查房间里的家具。我们打开了每一个可能存在的抽屉。我相信你们也知道,对一名训练有素的警探,像秘密抽屉之类的把戏不可能有秘密可言。谁若是在这种搜查中竟允许一个秘密抽屉从他眼皮下滑过,那他准是个笨蛋,这种事非常简单。每一个橱柜都有一定的体积,都占一定的空间。再说我们有高精度的量尺。一根线的五十分之一的差异都逃不过我们的眼睛。搜完橱柜,我们又检查椅子。椅垫都被探针一一戳过,就是你们看见我用过的那种精巧的长针。我们还卸下桌面。"

"干吗要卸下桌面?"

"有时候,桌面或是其他家具类似的板面会被想藏东西的人卸开,然后把柱脚凿空,把东西放进空洞,再把板面重新装上。床柱的柱脚和柱顶也可按此同样的方式加以利用。"

"可难道不能凭声音查出空洞?"我问。

"要是放入东西后,周围再填足够的棉花,那就听不出来了。再说,我们这次搜查绝不能弄出任何声响。"

"但你们总不能卸下——总不能把所有可能按你所说的方式藏匿东西的家具都统统拆开。一封信可以被缩卷成一个细细的纸卷,形状大小和一根粗一点的编织针差不多,这样它便可以,譬如说可以被嵌进椅子的横档。你们没把所有的椅子都拆散吧?"

"当然没有,可我们干得更好。借助于一个高倍放大镜,我们检查了那幢房子里每一把椅子的横档,实际上是检查了各种家具的全部接榫。若是有任何新近动过的痕迹,我们都会马上检查出来。譬如说,一粒钻孔留下的尘末,看起来会像一个苹果那样明显。黏合处的任何细微差异,接榫处的任何异常缝隙,都保证会被我们查出。"

"我相信你们注意到了镜子的镜面和底板之间,刺过了卧床和床上的被褥,也没有放过窗帘和地毯。"

"那是当然。我们用这种方式彻底检查完所有的家具之后,我们又检查了那幢房子本身。我们把房子的整个表面划成区片,编上号码,从而不漏查任何一个部分,然后我们细查了整个宅邸的每一平方英寸,包括毗连的两幢附属房屋,我们和先前一样借助了放大镜。"

"毗连的两幢房屋！"我失声道，"你们准费了不少力。"

"是费力不少，可那笔酬金也高得惊人。"

"你们查过了房屋周围的地面吗？"

"所有的地面都铺了砖。这没给我们造成什么麻烦。我们检查了砖缝间的青苔，发现全都没被动过。"

"你们当然查过D的文件，而且查过他书房里那些书？"

"的确如此，我们打开了每一个文件包和文件夹。我们不仅打开了每一本书，而且每一本都逐页翻过，而不是像我们有些警官那样，只把书抖抖就算了事。我们还非常准确地测量了每本书封面的厚度，并用放大镜进行过最挑剔的查看。要是有哪本书的装帧新近动过，那它绝对不可能逃过我们的眼睛。有五六本刚被重新装订过的书，我们都用探针小心翼翼地纵向刺过。"

"你们查过地毯下面的地板吗？"

"那还用说。我们掀开了每一块地毯，所有地板都用放大镜看过。"

"那么墙纸呢？"

"查过。"

"你们查过地窖吗？"

"也查过。"

"那么，"我说，"你肯定是失算了，那封信并不像你所认为的那样藏在那座住宅里。"

"恐怕这点上你是对的。"警察局局长说，"而现在，迪潘，你说我该怎么办？"

"再把那幢住宅彻底搜一遍。"

"这绝无必要，"G回答，"我确信那封信不在那座宅邸，就像我确信自己还在呼吸一样。"

"那我就没有更好的主意了。"迪潘说，"当然，你一定知道那封信准确的特征？"

"哦,是的!"警察局局长说着掏出一本备忘录,开始大声念出那封失窃信件,尤其表面的详细特征。他念完那番描述不久,就神情沮丧地告辞了。我以前从未见过这位快活的绅士如此垂头丧气。

大约一个月之后他再次来访,发现我俩几乎和上次一样待在屋里。他拿了一支烟斗,在一把椅子上坐下,开始和我们闲聊了起来。最后我说:"对啦,G,那封被窃之信怎么样了?我想你最终已经承认,同那位大臣钩心斗角你绝不是对手?"

"见他的鬼!我得说,是的,可我仍然按迪潘的建议重新搜查了那幢宅邸,但不出我所料,全是白费力气。"

"提供的那笔酬金是多少,你说过吗?"迪潘问。

"唔,一大笔,一笔非常慷慨的酬金。我不想说出具体数目,但有一点我可以说,无论是谁能给我弄到那封信,我不惜开给他一张五万法郎的私人支票。实际上,这事正变得一天比一天要紧,最近那笔酬金已翻成了两倍。可即使是翻成三倍,我能做的都已经做了。"

"噢,是吗?"迪潘一边吸他的海泡石烟斗,一边拖长声音说道,"其实……其实我真认为,G,就此事而论,你还没竭尽全力。你可以……我认为,再稍稍努把力,嗯?"

"怎么努力?朝哪个方面?"

"噢……噗……你可以……噗……就此事向人讨教嘛,嗯?……噗,噗,噗。你记得人们讲的阿伯内西①那个故事吗?"

"不。该死的阿伯内西!"

"当然!你尽可以说他该死。可从前有个阔绰的守财奴竟想揩他的油,挖空心思想骗这位阿伯内西白白为他开一张处方。为此在一次私人交往中,他趁聊家常之机巧妙地向这位医生述说了自己的病情,装作是在讲一名假设患者的症状。

"'我们可以假定,'那个守财奴说,'他的症状就是这样。那

---

① 阿伯内西(John Abernethy, 1764—1831),英国著名医生。——译者注

么,大夫,你说他该讨什么药?'

"'讨什么药!'阿伯内西回道,'那当然应该向医生讨教。'"

"可是,"警察局局长略为不安地说,"我是非常乐意向人讨教,而且真心愿意为此付钱。任何人能够帮我办这事,我会实实在在地给他五万法郎。"

"要是那样的话,"迪潘说着拉开一个抽屉,取出一本支票簿,"你最好照你刚才说的那个数填张支票给我。等你在支票上签好名,我就把那封信给你。"

我大吃一惊,而那位警察局局长则完全像是遭了雷击。他好几分钟没吭一声,而且一动不动,只是大张着嘴不相信地盯着我的朋友,那对眼珠仿佛都快从眼窝里迸出来了。过了一会儿,他似乎多少恢复了神志,抓起一支笔,接着又踌躇了片刻,狐疑地看了我朋友几眼,最后终于填了一张五万法郎的支票,签上名后隔着桌子把它递给了迪潘。迪潘仔细地看过支票并将其夹入自己的钱包,然后他用钥匙打开书桌的分格抽屉,从里面取出一封信交给警察局局长。这位官员大喜过望地一把抓过信,用颤抖的手把它展开。匆匆地看了一眼信的内容,然后急急忙忙、跌跌撞撞奔向门边,终于不顾礼节地冲出了我们的房间和那幢房子。自从迪潘要他填支票时起,他就没说过一个字。

他走之后,我的朋友开始解释此事。

"巴黎的警察自有他们的能干之处。"他说,"他们坚忍不拔,足智多谋,聪明老练,而且完全精通他们那行似乎应该具备的知识。所以当G向我们讲述他搜查D那些房屋所用的方法时,我完全确信他已经进行了一次符合要求的调查,就他所做的努力而论。"

"就他的所做的努力而论?"我问。

"对,"迪潘道,"他们不仅采用了他们最好的方法,而且其实施过程也无可挑剔。要是那封信藏在他们的搜寻范围之内,这些家伙毫无疑问会把它找出。"

对他所言我只是付之一笑,可他却显得相当认真。

"所以,"他继续道,"那些方法本身是好的,实施过程也无可指责,其不足之处就在于那些方法不适用于此案此人。一套良策妙法在这位局长手中就像一张普罗克儒斯忒斯①的床,他总是把他的计划斩头削足地硬塞进去。可对手中正在处理的事情,他总是不断重复着要么操之过急要么浅尝辄止的错误。连许多小学生都比他会推理。我曾认识一个八岁左右的孩子,他玩'猜单猜双'的游戏几乎是百猜百中,赢得人人叹服。这种游戏很简单,是用弹子来玩。游戏的一方手中捏弹子若干,要求另一方猜出弹子是单数还是双数。猜的人若是猜对便赢得一颗弹子,若是猜错便输掉一颗。我说的那个孩子把全校所有的弹子都赢了过去。当然他有他猜测的原理,而这个原理仅在于观察和估量对手的机灵程度。比方说他的对手是个十足的傻瓜,这傻瓜伸出握紧的手掌问:'是单是双?'我们这位小学生猜'单'并且输了;可他第二次就赢了,因为他当时寻思,'这傻瓜第一次已出了双数,而他那点机灵只够他在第二次出单数,所以我要猜单',结果他猜单而且赢了。但若是遇上个比前一位傻瓜稍聪明一点的笨蛋,他就会这样来推究:'这家伙看到我第一次猜的是单,他这第二次的第一冲动也会像刚才那个傻瓜一样,打算来一个由双到单的简单变化,但他的第二念头会告诉他这变化太简单,因而他最后会决定照旧出双。所以我要猜双。'于是他猜双而且赢了。那么,这名被他的伙伴们称为'幸运儿'的小学生的这种推理模式,归根到底是怎么一回事呢?"

"这只是推理者将其智力等同于他对手的智力所产生的一种自居心理。"我说。

"正是。"迪潘道,"当我问那孩子他凭什么方法产生出保证他成功的那种精确的自居心理之时,我得到了如下回答:'我要想知道

---

① 普罗克儒斯忒斯(Procrustes),希腊神话中的巨人强盗,他把羁留的旅客缚在床上,体长者被截下肢,体短者则被拉长。"普罗克儒斯忒斯的床"比喻生搬硬套,削足适履。——译者注

任何一个人有多聪明，有多傻，有多好，有多坏，或是他当时脑子里在想些什么，我就让我的脸上尽可能惟妙惟肖地露出与他脸上相同的表情，然后我就等着，看脑子里出现什么念头似乎与那种表情相配，或是心里产生出什么感情好像与那种表情相称。'这位小学生的回答便是拉罗什富科[①]、拉布吕耶尔[②]、马基雅维利[③]和康帕内拉[④]所具有的全部假深奥之基础。"

"如果我对你所言理解正确的话，"我说，"这种推理者将自身智力等同于对手智力的自居心理，依赖于对对手智力估量的准确性。"

"就其实用性而言，这种准确性是关键，"迪潘回答，"而警察局局长和他手下那帮人如此屡屡失误，首先是因为缺乏这种自居心理，其次是因为对对手的智力估计不当，更正确地说是由于压根儿没去估计。他们只考虑自己的神机妙算，在搜寻任何藏匿之物的时候，他们想到的只是他们自己会采用的藏匿模式。他们在这一点上是对的，那就是他们的神机妙算忠实地体现了大多数人的锦囊妙计，可要是遇上罪犯的计谋与他们的心路相异，那罪犯当然会挫败他们。若那计谋高他们一着，这种挫败更不可避免。即便那计谋逊他们一等，这种挫败也屡见不鲜。他们进行调查的原则始终一成不变，即使被某种紧急情况催迫（被某笔高额赏金驱使），他们充其量也只会把他们习惯的那套老办法铺得更开，拉得更长，而不会去触及他们的原则。比如在这次D案中，他们的所作所为有哪一点改变了其行动原则呢？钻孔、刺眼、测量、用放大镜观察、把房屋表面划分成编上号的一个个平方英寸，这一切，除了说是那个或那套搜

[①] 拉罗什富科（La Rochefoucauld, 1613—1680），法国伦理学家，著有《箴言录》五卷。——译者注

[②] 拉布吕耶尔（Jean de La Bruyère, 1645—1696），法国作家，著有《品格论》等。——译者注

[③] 马基雅维利（Niccolò Machiavelli, 1469—1527），意大利学者，著有《君主论》等。——译者注

[④] 康帕内拉（T. Campanella, 1568—1639），意大利哲学家，著有《太阳城》等。——译者注

寻原则在运用时的变本加厉之外,还能说是什么呢?而这种原则难道不是建立在那位局长在其长期的公务中所习惯的对人类心智的一整套看法?你难道没有看出,他理所当然地认为,任何人要藏一封信,即便不是不折不扣地藏在椅脚上钻出的空洞里,至少也是藏在那个念头所启示的另外某一个洞穴或角落?你难道没有看出,这种秘密的藏物之处只适合一般情况,而且只被智力平平的人采用,因为在所有的藏匿物品案中,物品的这种藏法(以这种秘密的藏法)总是最先被假定并被推测出的。因而所藏物品之发现并不依赖搜寻者的敏锐,仅仅依赖他们的细心、耐心和决定。而每逢案情重大,或者说因为巨额赏金使案情在警方眼中显得重大,还从不知道有过失去这种细心、耐心和决心的时候。你现在肯定已明白了我要说的意思,假若那被窃之信藏匿在那位局长搜寻范围之内的任何地方,换言之,假若其藏匿原则包括在警察局局长那套原则之中,那它被发现就会是一件毫无疑问的事。可这位局长大人已完全被弄得莫名其妙,而他受挫的间接原因就在于他推测那位大臣是个白痴,因为该大臣素有诗人的名望。白痴皆诗人,警察局局长这么认为,并因此而得出诗人皆白痴的结论,从而彻底地犯了一个肯定判断之谓项周延的逻辑错误。"

"可此人真是诗人吗?"我问,"据我所知他们是两兄弟,两人都以博学多才而闻名。我想这位大臣曾颇有见地地写过微分学方面的专论。他是个数学家,而不是诗人。"

"你弄错了。我对他非常了解,他两者都是。作为诗人兼数学家,他历来善于推理。若仅仅是个数学家,那他压根儿就不会推理,而这样他也许早就由那位长官摆布了。"

"你真令我吃惊,"我说,"这种见解一直被世人群起而攻之。你总不至于要蔑视千百年来举世公认的看法。数学推理早已被视为最完善的推理方法。"

"'可以断定,'"迪潘引用尚福尔的一句原话作为回答,"'所有流行的见解和公认的惯例都是蠢话,因为他们适合大多数人。'①不错,数学家们一直不遗余力地散播你所提到的这个流行的谬误。这个谬误虽被当作真理传播,但归根结底还是谬误。譬如,他们以一种本值得用于更好目的的心计,巧妙地把'解析'这个术语悄悄挪用于'代数'。法国人是偷换这个术语的创始人;但是,如果说一个术语还有其重要性,如果说字眼从其应用性中衍生出什么含义,那么,'解析'本身就包含'代数'之意,这差不多就像拉丁文'ambitus'含有'野心'之意,'religio'含有'宗教'之意,或像'homines honesti'含有'体面人'的意思一样。"

"我明白了,"我说,"你是在同巴黎的一些代数学家进行一场争论,但请说下去。"

"除了抽象逻辑形式的推理之外,我对根植于其他任何特殊形式的推理之实用性表示怀疑,因而也怀疑它们的价值。我尤其怀疑由数学研究演绎而出的推理。数学是研究空间形式和数量关系的科学,数学推理仅仅是用来观察形式和数量的逻辑推理。世人之大错在于竟把那种所谓的纯代数之真理视为抽象真理或普遍真理。这种错误是如此荒谬绝伦,以至它被接受之普遍性着实令我惶惑。数学公理并非普遍真理之公理。譬如,形式和数量关系中的真理,于伦理学则常常是十足的谬误。在伦理学中,各部分相加之和等于整体这一公理几乎不能成立。这公理在化学中也不足为训。在考虑动机时,这公理也不适用;因为两个各有其既定价值的动机,加在一起的价值未必就等于二者各自价值之和。还有许多其他的数学真理也只有在研究关系的范畴内才成其为真理。但数学家据自己的有限真理进行争论之时,都出于习惯地认为它们似乎具有绝对普遍的实用性,正如世人们实际上所想象的那样。布赖恩特在其博大精深的

---

① 语出法国作家尚福尔(Chamfort, 1741—1794)《箴言与轶事》(*Maximes et pensées: Caractères anecdotes,* 1795)第二卷第四十二章。——译者注

《神话》①中提到了一个类似的谬误根源,他说'尽管异教徒的神话纯属子虚,可我们却不断地忘乎所以并把它们当作存在的现实,并从中做出推论'。但对这些本身就是异教徒的代数家们来说,'异教神话'是可信的,他们从中做出推论与其说是由于记忆差错,不如说是因为一种莫名其妙的头脑糊涂。总之,我还没遇见过一位除了求等根之外能信得过的数学家,也不知道有哪位数学家不暗中坚信x^2+px绝对无条件等于q。请你不妨试试,去对那些先生中的某一位说,你认为可能会出现x^2+px不尽然等于q的情况,而且一旦让他明白你的意思,你就尽快溜走,因为毫无疑问,他会竭力把你驳倒。"

当我只是对他最后一句话付之一笑之时,迪潘继续道:"我的意思是说,如果那位大臣仅仅是名数学家,那么警察局局长就没有必要给我这张支票。但我知道他既是数学家又是诗人,因而我用的办法很适合他的智力,同时也考虑到了他所处的环境。我还知道他是个猾吏佞臣,是一个无耻的阴谋家。我认为这样一个人不可能不了解警方行动的常规模式。他不可能不料到,而事实已经证明他的确料到了,他会遭到拦路抢劫。我想,他肯定也预料到了他的住宅会被秘密搜查。他常常不在家过夜被警察局局长喜滋滋地认为是助他成功的良机,可我却只把它视为诡计,他是故意向警方提供彻底搜查的机会,以便更快地让他们确信那封信并没有藏在家里,事实上G最后果然上当。还有我刚才用心对你讲的关于警方搜赃行动之不变原则的那一连串想法,我觉得这些想法也必定会在那位大臣脑子里一一闪过。这必然会使他看不上通常藏匿物品的那些角落。我想他不可能这么愚钝,竟然看不出在警察局局长的探针、木钻和放大镜前,他那宅邸里最偏僻隐秘的角落也会像最普通的橱柜一样暴露

---

① 即英国学者雅各布·布赖恩特(Jacob Bryant, 1715—1804)所著《一个新体系,或古代神话分析》(*A New System; or, an Analysis of Ancient Mythology*, 1774—1776)。——译者注

无遗。总而言之我看出,即便不是出于深思熟虑的选择,他也会理所当然地被迫求简。你大概该记得我们与警察局局长第一次会谈时他是如何狂笑,就是当我向他暗示这难题令他棘手很可能正是因为其不证自明的那个时候。"

"记得,"我说,"我记得他当时那股乐劲儿。我真以为他会笑得抽筋。"

"物质世界,"迪潘继续道,"有很多地方与非物质世界极其相似。因此修辞定义便被赋予了某种真实的意味,隐喻或明喻不但可以用来给描述润色,也可以用来增强论证的效果。譬如,惯性原理在物理学中和在形而上学中似乎是相同的。在物理学中,一个质量大的物体比一个质量较小的物体更难以启动,而启动后的动量与启动的难度相称;在形而上学中也有同样的情况,智能较高者在运用其智力时比智能较低者更有力、更持久,而且更富于变化,但在其行进的最初几步中,他们却更不容易起步,更显得窘迫,更优柔寡断。还有,你是否注意过街头商店门上的招牌,哪一种最引人注目?"

"我从来没注意过这事。"我说。

"有一种在地图上玩的找字游戏,"迪潘接着讲,"玩的一方要求另一方找出一个指定的字眼,城镇、河流或国家的名称,总之就是那花花绿绿、错综复杂的地图表面上的任何字眼。玩这种游戏的新手为了难住对方,通常都是指定一些字号最小的名字,但老手却往往挑那些从地图的一端伸到另一端的大号字印的地名。这些地名就像街上那些字号太大的招牌和广告一样,由于过分明显反而不被人注意;这种视觉上的疏虞和心智上的失慎完全相同,那些过分彰明较著、不言而喻的考虑往往会被智者所忽略。不过那位警察局局长对这一点似乎没法领会,或是不屑于去领会。他压根儿就不会想到那位大臣很可能,或者说有可能,把所窃之信就放在众人的眼皮底下,用这种最好的办法来防止别人发现。

"可我越是想到D那种锐气十足且有胆有识的老谋深算,就越是想到他要充分利用那信就必然会始终把它放在身边这一事实；越是想到警察局局长已给出的确证，即信并没有藏在他的常规搜寻范围之内，我就越是确信那位大臣会用欲擒故纵的妙计，大模大样地把信摆在显眼的地方。

"心中有数之后，我备了一副绿色镜片的眼镜，并在一个晴朗的上午非常偶然地去那位大臣的府邸拜访。我发现D在家，像平时一样打着哈欠懒洋洋地在屋里闲荡，装出一副无聊透顶的样子。其实在活着的人当中，他也许是精力最充沛的一个，不过只有在没人看见时他才会那样。

"为了和他旗鼓相当，我抱怨自己眼睛弱视，并为必须戴眼镜而悲叹了一番，同时我表面上只顾跟主人说话，暗地里却在眼镜的遮掩下留心把房间彻底地扫视了一遍。

"我特别注意他座位旁边的一张大书桌，桌面上杂乱无章地放着一些书信和文件，另有一两件乐器和几本书。然而，经过长时间周密而仔细的观察，我并没有发现任何可疑之处。

"最后，当我再次扫视房间之时，我的目光落在了一个纸板做的华而不实的卡片架上，那个卡片架由一根脏兮兮的蓝色缎带悬挂在壁炉架正中稍低一点的一个小铜球雕饰上。在这个分成三四格的卡片架里插着五六张名片和一封孤零零的信。此信又脏又皱，几乎从中间撕成两半，仿佛信的主人开始觉得它没用，打算把它撕碎，但转念一想又改变主意将它留了下来。信上印着一枚大黑图章，清楚地呈现出D姓名首写字母的拼合图案，信上的收信人地址是一位女性娟秀的笔迹，收信者正是D大臣本人。信被漫不经心地，甚至好像是被不屑一顾地插在卡片架的最上一格。

"我一看见此信，就立刻断定它就是我要找的那封。诚然，它看上去与警察局局长为我们详细描述的那封信完全不同。这封信上的印章又大又黑，图案是D的名字首写字母的拼合，而那封信上的印章又小又红，图案是S家族的公爵纹章。这封信的收信人是大臣本人，写地址姓名的笔迹纤细娟秀，而那封信的收信人是一名王室成员，写姓名地址的字迹粗犷刚劲。两信唯一的相似之处就是大小相同。然而，那些不同之处未免太过分了；那信又脏又皱而且还被撕开一半的样子，与D实际上井井有条的习性极不相符，不由得令人想到这是企图要蒙骗看到信的人，使其误认为此信毫无价值。这些情况，连同该信让来者一眼就能看到的过分突出的位置，加之与我先前的断定如此一致，所有这些情况，如我刚才所言，在一个心存疑窦的来者眼里，都足以证实心中的怀疑。

"我尽可能地拖长做客的时间，一边就一个我深信大臣不会不感兴趣的话题与他高谈阔论，一边却把注意力真正集中在那封信上。在这次观察中，我记住了信的外貌和它插入卡片架的样子，而且最后我还有一个发现，这发现消除了我心中也许还残存的任何一丝疑惑。在细看那封信的四边之时，我注意到它们的磨损似乎超过了应有的程度。它们所呈现的那种磨损就像有人把一张硬纸先叠好再用折叠器压过，然后又翻过一面按先前的折痕重新叠过。这个发现足以使我清楚地看出，此信就像一只手套那样被人翻过，把里面翻到外面，然后重写地址姓名，重新加封盖印。于是我向大臣道过日安，匆匆告辞，把一个金鼻烟盒留在了那张桌上。

"第二天上午我专程去取那个烟盒，两人又急切地重新谈起了前一天的话题。可是当我们正谈得起劲，忽听紧挨着宅邸的窗下传来一声巨响，像是一支手枪射击的声音，随之是一阵可怕的尖叫和街上人群的大声呼喊。D冲向一扇窗户，将其推开并朝外张望。与此同时我走到卡片架跟前，抽出那封信放进我的口袋，然后把一封一模一样的信（就其外表而言）插在了原来的位置。假信是我在家里精心复制好的，我用面包做假印，很容易就模仿了D的图章。

"街上那阵骚乱是由一名带滑膛枪的人胡作非为所引起的。他在妇孺中开了一枪。可后来证明枪里没装弹丸，那家伙也就被当作疯子或酒鬼随他去了。他走之后D才离开窗口，而我刚才一拿到信就跟着他站到了窗边。此后没过多久我就向他告辞。那个装疯的人是我花钱雇来的。"

"可是,"我问,"你用一封假信去掉包有何意义?你第一次拜访时抓过信就走不是更好吗?"

"D是一个亡命之徒,"迪潘回答,"而且遇事沉着果敢。再说,他府上也不乏对他忠心耿耿的奴仆。如果我照你说的那样贸然行事,那我很可能不会活着与那位大臣分手。善良的巴黎人说不定就再也不会听谁说起我了。不过除了这些考虑我还有一个目的。你知道我的政治倾向。在这件事中,我充当了那位当事的夫人的坚决支持者。这位大臣已经把她摆布了十八个月。现在该由她来摆布他了。因为,由于不知道所窃之信已不在自己手中,他将一如既往地继续对她进行讹诈。这样他马上就会不可避免地导致自己政治上的灭亡。他的垮台将使他感到突然,但更会使他感到难堪。下地狱容易,这话说得真好;不过在各种各样的攀缘钻营中,正如卡塔拉尼①谈到唱歌时所说的那样,升高比降低要容易得多。就眼下之例而言,我对他的垮台毫不同情,至少毫不怜悯。他就是那种monstrum horrendum②,一个没有德行的天才。可我得承认,我非常想知道,当他被那位警察局局长称为'某位要人'的她嗤之以鼻时,当他被逼得只好打开我为他留在卡片架上的那封信时,他心里会有一番什么感想。"

"怎么?难道你在信中写了什么不成?"

"当然,让里面一片空白似乎很不恰当,那岂不是显得无礼。D曾经在维也纳做过一件有损于我的事,我当时曾平心静气地对他说我不会忘记。所以,既然我知道他会对是谁赢了他而感到好奇,我觉得不

---

① 卡塔拉尼(Angelica Catalani, 1780—1849),意大利著名女高音歌唱家,曾在《费加罗的婚礼》中饰苏珊娜。——译者注

② 拉丁语:可怕的怪物。语出维吉尔(Publius Vergilius Maro,前70—前19)《埃涅阿斯纪》(*The Aeneid*)第六卷第六百五十八行。——编者注

给他留一条线索未免遗憾。他非常熟悉我的笔迹,于是我只在那面白纸中央抄写了一句话:

> 如此歹毒之计,若比不过阿特柔斯,也配得上堤厄斯忒斯。

这句话可见于克雷比雍的《阿特柔斯》①。"

(1844)

---

① 即法国剧作家克雷比雍(Prosper Jolyot de Crébillon, 1674—1762)根据希腊神话写成的悲剧《阿特柔斯与堤厄斯忒斯》(*Atrée et Thyeste*, 1707)。剧中堤厄斯忒斯诱奸了其兄迈锡尼国王阿特柔斯之妻;作为报复,阿特柔斯杀了堤厄斯忒斯的三个儿子,并烹熟让其食之。——译者注

你就是凶手

我现在要扮演俄狄浦斯，像他解开斯芬克斯之谜那样来解开嘎吱镇之谜。我要详细地向你们讲述（因为只有我才能讲述）造成了嘎吱镇奇事的那个计谋之秘密，而正是这件真正的、公认的、无可争辩而且毋庸置疑的奇事，干脆利落地结束了嘎吱镇居民没有信仰的历史，使所有那些曾铤而走险怀疑教义的凡夫俗子皈依了老祖母们信奉的正教。

这件奇事，这桩我遗憾地要用一种与之不相称的油腔滑调来详述的事件，发生在18××年夏天。巴纳巴斯·沙特尔沃思先生，这位嘎吱镇最为富有而且最受尊敬的镇民，在一种使人们怀疑到一桩奸诈暴行发生的情况下，失踪已经有好几天了。沙特尔沃思先生于一个星期六大清早骑马从嘎吱镇出发，宣称他要去约十五英里外的某城，当天晚上返回。但在他出发两小时之后，他的马空鞍回镇，出发时捆扎在马背上的鞍囊不翼而飞。那匹马也受了伤，浑身沾满了泥。这些情况自然在失踪者的朋友中引起了极大的恐慌，而当星期日上午过去还不见他回来，全镇人便成群结队要去寻找他的尸体。

最先并最起劲地提出搜寻建议的是沙特尔沃思先生的知心朋友，一位名叫查尔斯·古德费洛的先生，或者照一般的称呼叫"查利·好好先生"①，或"老查利·好好先生"。我直到今天也没能够弄明白这是否是一个惊人的巧合，或者说是否名字本身对性格有一种无形的影响。但无可争议的事实是：从来没有一个叫查尔斯的人不豁达，不勇敢，不诚实，不和蔼，不坦率，不无一副清脆响亮并且闻之有益的嗓

---

① 古德费洛之原文Goodfellow意即"好人"。——译者注

子,不无一双总是直视在你脸上的眼睛,那眼睛好像在说:"我问心无愧,从不做一件亏心事,不怕这世上任何人。"所以,舞台上那些精神饱满且无忧无虑的"龙套先生"十之八九都叫查尔斯。

且说"老查利·好好先生",尽管他移居嘎吱镇尚不足半年或只有半年左右,尽管镇上人对他来这儿之前的情况一无所知,可他却毫不费力就结识了镇上所有有身份的人。男人们在任何时候对他都言听计从,至于那些女人,很难说她们不会对他有求必应。而这一切都因为他受洗礼时被命名为查尔斯,因为他因此而拥有的那副众人皆知是"最佳推荐信"的老实巴交的面孔。

我已经说过,沙特尔沃思先生是嘎吱镇最体面,而且无疑也是最有钱的人,而"老查利·好好先生"与他关系之亲密就好像他从来就是他兄弟。这两位老绅士乃隔壁邻居,不过沙特尔沃思先生很少(如果有的话)拜访"老查利",而且据知从不曾在他家吃过一顿饭。但这并没有阻止这一对朋友像我刚才所说的那样情同手足,因为"老查利"没有一天不三次或四次登门看望他的邻居过得如何,而且每每留下来用早餐或茶点,并几乎总是在那儿吃晚饭。至于说这对挚友每次喝多少酒,那就难说了。"老查利"最喜欢喝的是马尔哥堡葡萄酒,看见老朋友按其一贯喝法一夸脱接一夸脱地开怀畅饮,这似乎对沙特尔沃思先生的心脏有好处。于是有一天,当葡萄酒流进,而智慧作为一种必然结果多少流出之时,他拍着他老朋友的背说:"让我告诉你真话,'老查利',你是我有生以来遇上的最好最好的朋友,既然你喜欢喝马尔哥堡葡萄酒,我要不送你一大箱,就让我不得好死。上帝做证。"(沙特尔沃思先生有个爱诅咒发誓的坏习惯,尽管他的咒语誓言很少超出"让我不得好死""上帝做证"或"老天在上"这几句话。)"上帝做证。"他说,"我要不今天下午就给城里送去订单,预购一大箱所能弄到的最好的那种酒,作为送给你的一件礼物,就让我不得好死,我会的! 你现在什么也别说,我会的,我可以肯定,这事就算定了。你就等着吧,酒会在某个好日子送到你跟前,恰好在你最不想它的时候!"我在此稍稍提及沙特尔沃思先生的慷慨,仅仅是为了向你们证明这两位朋友之间是多么心心相印。

好啦,就在我们所说的那个星期日上午,当人们清楚地意识到沙特尔沃思先生已身遭不测的时候,我绝没看见任何人像"老查利·好好先生"那样悲痛欲绝。当他起初听说那匹马空鞍而回并且没有了它主人的鞍囊,听说它挨了一枪因而浑身血迹,听说那颗手枪子弹穿过它的胸部而没有要它的命——当他听说这一切之时,他的脸白得好像那位失踪者真是他亲兄弟或亲爹似的,他浑身上下直哆嗦,仿佛正在发一场疟疾。

一开始他完全被悲伤所压倒,以至他不能够采取任何行动,或决定任何行动计划,所以在很长一段时间内,他尽力劝说沙特尔沃思先生的其他朋友不要轻举妄动,把这事往好处想,再等一等,比方说等待一个或两个星期,或者观望一个或两个月,看是否有什么事情发生,或看沙特尔沃思先生是否会安然无恙地回来,并解释他让马先回家的原因。我敢说,各位读者一定常常看到那些被巨大悲痛所压倒的人采取这种权宜之计或拖延之策。他们的智力似乎变得麻木,所以他们害怕采取任何行动,而只喜欢静静地躺在床上,像老太太们所说的那样"将息他们的悲痛",也就是说,沉思他们的不幸。

实际上,嘎吱镇人是那么高度地评价"老查利"的智慧和谨慎,以至大多数人都有意听从他的劝阻,不轻举妄动,"直到什么事发生",正如那位诚实的老绅士所言;而我认为,若不是沙特尔沃思先生的外甥,一个行为放荡、名声不好的青年非常可疑的干涉,那老绅士的话终究会成为全体的决定。这个姓彭尼费瑟尔的外甥对"等待观望"等理由一概不听,坚持要马上开始搜寻"被谋害人的尸体",这是他使用的措辞;而古德费洛先生当即就敏锐地评论道这只是对此事表达的"一家之言"。"老查利"的这一评论对公众产生了极大的影响,只听当时就有人令人难忘地质问:"年轻的彭尼费瑟尔先生何以如此清楚地知晓关于他有钱的舅舅失踪的全部情况,以至他认为有权明确无误地宣称他舅舅是'被人谋杀'?"于是乎一些无聊的争吵斗嘴在人群中发生,而争得最厉害的就是"老查利"和彭尼费瑟尔先生。不过这两人的争执实际上并不新鲜,因为他俩相互心存芥蒂已有三四个月,甚至事态曾一度急转直下,以致彭尼费瑟尔先生竟然把他舅舅的朋友打翻在地,理由是后者在他舅舅家里过分随便,而这个外甥就住在他舅舅家里。据说那次"老查利"表现出了堪称楷模的克制和基督教徒的宽容。他从地上爬起来,整理好衣服,丝毫没试图以牙还牙,只是嘀咕了一句"君子报仇,十年不晚"。这句嘀咕是一种自然而然且合情合理的发泄,但并不具有任何意义,而且毫无疑问,那话说过也就被忘了。

不管以前的情况怎样(那些情况与眼下的争论毫不相干),现在完全肯定的是,主要由于彭尼费瑟尔先生的说服,嘎吱镇人终于决定分头去附近乡下寻找失踪的沙特尔沃思先生。如我前面所说,他们一开始就做出了这个决定。在完全决定要进行一次搜寻之后,搜寻者应该分头去找,便几乎被认为是理所当然的事,也就是说,把搜寻者分成几组,以便更彻底地搜遍周围地区。但我现在已记不清"老查利"是用什么样一番理由终于让大伙儿相信分头寻找是最不明智的计划,不过他的确说服了大伙儿(除了彭尼费瑟尔先生之外)。最后做出了决定,搜寻应该由结成一队的镇民极其小心并非常彻底地进行,全队人马由"老查利"引路。

对于搜寻这样的事,不可能有比"老查利"更合适的向导了,因为人人都知道他有一双山猫的眼睛。但是,尽管他领着大伙儿走过了许多无人曾想到存在于附近的小路蹊径,钻进了各种各样荒僻的洞穴和角落,尽管那场搜索夜以继日不间歇地进行了差不多一个星期,可仍然未能发现沙特尔沃思先生的踪迹。当我说没有发现踪迹,千万别从字面上理解我的意思,因为在某种程度上,踪迹肯定是有的。人们曾跟着那位可怜的绅士的马蹄印(蹄印很特别),顺着通往城里的大道来到嘎吱镇东面大约三英里远的一个地方。马蹄印从那里拐上了一条穿过一片树林的小路，小路从树林的另一头钻出再上大道，抄了约有半英里的近路。大伙儿跟着马蹄印拐上小路，最后来到了一个污浊的池塘边，池塘被小路右边的荆丛半遮半掩，而马蹄印在池塘对面则踪迹全无。不过，池边好像发生过一场某种性质的搏斗，似乎有某种比人体更大更重的物体从小路上被拖到了池边。池塘被仔细地探捞过两遍，可结果没发现任何东西。失望之余，大伙儿正要离开，这时神灵授予古德费洛先生排干池水的权宜之计。这一方案被大伙儿欣然接受，并伴随着许多对"老查利"之英明考虑的赞美恭维。由于考虑到可能需要挖掘尸体，许多镇民都随身带着铁锹，所以排水非常容易并很快见效。池底刚一露出，人们就发现泥淖正中有一件黑色的丝绒背心，几乎在场的每个人都一眼认出那是彭尼费瑟尔先生的东西。这件背心多处被撕破并凝有血迹，有好几个人都清楚地记得在沙特尔沃思先生进城去的那天早晨，彭尼费瑟尔穿的正是这件背心。而另有一些人表示，如果必要，他们愿发誓证明彭先生在那令人难忘的一天剩下的时间内再没穿过这件背心，同时未能发现任何人宣称，在沙特尔沃思先生失踪以后的任何时间看见过那件背心穿在彭先生身上。

此时情况对彭尼费瑟尔先生来说非常严峻。当对他的怀疑变得明白无疑之时，人们注意到他的脸色变得煞白，而当问他有什么话要说之时，他压根儿没法说出一个字眼。于是，他的放荡生活留给他的几个朋友立即把他抛弃，甚至比他公开的宿敌还更起劲儿地吵着要求马上把他拘捕。但与之相反，古德费洛先生的宽宏大量在对照之下更闪射出夺目的光彩。他极富同情心并且极有说服力地为彭尼费瑟尔先生进行了一场辩护，在辩护中他不止一次地提到他本人郑重地宽恕那名放荡的年轻绅士，那位"富有的沙特尔沃思先生的继承人"，宽恕他（那年轻绅士）无疑是因一时感情冲动而认为有理由施加于他（古德费洛先生）的那次侮辱。他说"他打心眼儿里原谅他的那次过失，所以他（古德费洛先生）虽然遗憾地认为情况对彭尼费瑟尔先生非常不利，但他非但不会落井下石，反而要尽其所能做出每一分努力，充分运用他所拥有的那么一点口才,并尽可能地凭着良心去——去——去缓和这一的确非常复杂的事件的最坏情况"。

古德费洛先生以这种足以为他的头脑和心灵增光的调门儿一口气讲了半个多小时;但你们所谓的那种热心人慷慨陈词时很少能恰如其分,为朋友帮忙的激情常常使他们头脑发热,使他们说出各种各样不合时宜的错话,因此他们往往怀着世界上最良好的愿望,结果却做出适得其反的事情。

在眼下这个实例中,"老查利"的一番雄辩结果就是如此。因为,尽管他竭尽全力为那名嫌疑犯辩护,但不知怎么回事,他发出的每一个音节中都包含着一种直露但却无意识的倾向,这非但没为他赢得听众好评,反而加深了人们对他为之辩护的那名嫌疑犯的嫌疑,激起了公众对那名嫌疑犯的义愤。

这位雄辩家所犯的最莫名其妙的一个错误,就是间接地把那名嫌疑犯称作"富有的沙特尔沃思先生的继承人"。其实在此之前,人们根本没想到这点。他们只记得那位当舅舅的(他除了这个外甥别无亲属)在一两年前曾威胁过要取消外甥的继承权,所以他们一直以为这份继承权的剥夺是一个既成事实(嘎吱镇人就是这般实心实意)。但"老查利"的话使他们马上就开始考虑这个问题,并由此而看出那些威胁不过是一种威胁的可能性。于是"cui bono"这个必然的问题便立即被提出,这个问题甚至比那件背心更有助于把这桩可怕的谋杀罪加在那个年轻人头上。在此,为了我不致被误解,请允许我稍稍说几句题外话,我刚才使用的那个极其简短的拉丁短语历来被无一例外地误译和误解。"Cui bono"在所有一流小说中和别的什么地方都被误译,譬如在戈尔夫人(《塞西尔》之作者)的那些书中,戈尔夫人是一位爱引用从闪族语到契卡索语的所有语言的女士,是一位"按其所需"、依照一个系统的计划、在贝克福德先生的帮助下做学问的女士①。正如我刚才所说，在所有一流小说中，从布尔沃和狄更斯的巨著，到特纳彭尼和安斯沃斯的大作，cui bono这两个小小的拉丁词都被译成"为何目的"或是（像quo bono一样）译成"有什么好处"。然而，cui bono真正的意思是"对谁有利"。Cui——对谁；bono——有利。这是一个纯粹的法律术语，恰好适用于我们现在所考虑的这种案例。在这类案例中，某人做某事的可能性，视此人受益的可能性或该事完成所产生的利益而定。在眼下这个实例中，cui bono这个问题非常直截了当地牵涉到彭尼费瑟尔先生。他舅舅在立下了有利于他的遗嘱后，曾以剥夺其继承权对他进行过威胁。但那个威胁实际上并没有被付诸行动，原来所立的遗嘱看来并没被更改。如果遗嘱被更改，那可以假定的这位嫌疑犯的谋杀动机就只能是通常的报复，可这一动机恰好可以被他重新讨得舅舅的欢心这一希望所抵消。但在遗嘱未被更改，而更改之威胁却仍然悬在这位外甥头顶的情况下，一个最有可能的杀人动机便立刻出现：这就是嘎吱镇那些体面的镇民所得出的具有洞察力的结论。

于是彭尼费瑟尔先生被当场捉拿，人们继续搜寻了一阵之后，便押着他开始返程。然而在回镇的路上，又发生了一件更有助于证实现有怀疑的事。古德费洛先生热情洋溢，总是比众人走得稍前一点，人们见他突然朝前冲了几步，弯下腰，然后显然是从草丛间拾起了一样小东西。人们还注意到，他匆匆把那东西打量了一眼，就企图将其藏进他的外衣口袋。但正如我所说，他的这一举动被人注意到并随之被阻止，这时人们发现他所拾之物是一把西班牙折刀，当即就有十二个人认出那把刀属于彭尼费瑟尔先生。另外，刀柄上刻着他姓名的首写字母，刀刃张开着并凝有血迹。

这位当外甥的杀人之罪此时已不容置疑，一回到嘎吱镇，他就被

---

① 英国小说家戈尔夫人（Catherine Grace Frances Gore, 1799—1861）于1841年出版的《塞西尔》（*Cecil, or Adventures of a Coxcomb*）曾被指控抄袭了贝克福德（William Beckford, 1760—1844）的著名哥特式小说《瓦提克》（*Vathek*, 1786）。——译者注

扭送到地方法官的跟前受审。

情况在这里再次急转直下。当那名嫌疑犯被问及在沙特尔沃思先生失踪的那天上午他的行踪时，他竟然胆大包天地承认当天上午他带着步枪外出猎鹿，地点就在那个凭着古德费洛先生的英明发现了那件染血背心的池塘附近。

这时古德费洛先生两眼噙着泪花走出人群，要求对他进行查问。他说，他对他的上帝，至少对他的同胞所怀有的一种不可动摇的责任感，不允许他再继续保持沉默。迄今为止，他心中对这位年轻人所怀有的最真挚的爱（尽管后者曾无礼地对待他古德费洛先生）一直诱使他做出每一种可能想到的假设，以期解释已证明对彭尼费瑟尔先生那么不利的可疑的原因，但这些情况现在已太令人信服，太确凿不移，所以他不愿再优柔寡断，他要把他所知道的一切都和盘托出，尽管他的心（好好先生的心）绝对会在这一艰难的尝试中裂成碎片。然后他继续陈述，在沙特尔沃思先生离镇进城去的前一天下午，那位富有的老绅士在他（古德费洛先生）听力所及的距离内向他的外甥提到了他第二天进城的目的，说他是要把数目非常大的一笔钱存入"农工银行"，当时沙特尔沃思先生还明白无误地向外甥宣布了他废除原立遗嘱、剥夺他继承权的不可更改的决定。他（证人）现在庄严地请求被告声明他（证人）刚才之陈述是否在每个实质性细节上都完全属实。令在场每一个人都大吃一惊的是，彭尼费瑟尔先生直言不讳地承认证词属实。

这时法官认为他有责任派两名警察去搜查被告位于他舅舅家里的居室。搜查者几乎马上就带回了那个众人皆知那位老绅士多年来一直习惯带在身边的加有钢边的褐色皮革钱夹。但钱夹里的钱早已被取出，法官白费了一番力气追问被告把钱都花在了什么地方，或者把它们藏在了什么地点。实际上被告对钱夹之事矢口否认。警察还在被告的床褥之间发现了一件衬衫和一条围巾，两样东西上都有被告姓名的首写字母，两样东西都可怕地浸染着被害人的鲜血。

就在这个时刻，有人宣布被害人那匹马因枪伤不愈而刚刚死于马厩，古德费洛先生马上就提议应该立即对死马进行解剖验尸，看是否有可能找到那粒弹丸。解剖随之而进行，仿佛是要证明被告之罪确凿无疑，古德费洛先生在死马的胸腔内仔细探寻一阵之后，居然发现并取出了一粒尺寸非常特别的弹丸。经过验证，发现那粒弹丸正好与彭尼费瑟尔先生那支步枪的口径吻合，而对镇上和镇子附近所有的枪来说都显太大。然而使这件事更确信的是，弹丸上被发现有一条凹线或裂缝与通常铸弹的接缝成直角相交，经过验证，这条凹线与被告承认为自己所有的一副铸模内的一条凸线或隆线完全吻合。找到这粒子弹后，主审法官便拒绝再听任何进一步的证词，并当即决定把罪犯交付审判，开庭之前绝对不准许保释。不过这个严厉的决定遭到了古德费洛先生的强烈抗议，他愿意充当保释人并提供任何数目的保释金。"老查利"的这番慷慨大方只不过与他客居嘎吱镇以来所表现出的全部仁慈而豪爽的行为保持了一致。在眼前这番慷慨中，这位高尚的人完全被他极度的同情之心弄昏了头脑，以至于他似乎忽略了一个事实：当他要为他年轻的朋友提供保释金之时，他（古德费洛先生）在这个世界上所拥有的财产还不值一美元。

被告被拘押之结果也许很容易预见。在第二次开庭时，彭尼费瑟尔先生在嘎吱镇人的一片唾骂声中被押送去接受审判，当时大量详尽的证据已被另一些确凿的事实所加强，因为古德费洛先生敏感的良心不允许他对法庭隐瞒那些事实，结果证据被认为无可置疑，不容辩诉，以至陪审团没有离席商议就立即宣布了"一级谋杀罪"的裁决。那个不幸的人很快就被判处死刑，并押回监狱等待那不可避免的法律的报复。

与此同时，"老查利·好好先生"的高尚行为使嘎吱镇正直的居民们对他更加爱戴。他受欢迎的程度比以前增加了十倍。而作为他备受礼遇的一个必然结果，他好像是迫不得已地松懈了在此之前他的贫穷一直驱使他奉行的过分节俭的习惯，开始三天两头地在他自己家里举行小小的聚会，这时情趣和欢乐便无以复加。当然，当客人们偶然想到那不幸并令人伤感的命运正逼近这位慷慨主人的已故好友的外甥之时，欢乐的气氛便会稍稍减弱。

在晴朗的一天，这位高尚的老绅士惊喜交加地收到了如下来信：

嘎吱镇查尔斯·古德费洛先生收
H. F. B. 公司寄发
马尔哥堡酒，A级，一等，瓶数：六打

亲爱的查尔斯·古德费洛先生：
　　依照我们尊敬的客户沙特尔沃思先生约两个月前递交敝公司的一份订单，我们荣幸地于今晨向贵府发送一加大箱贴紫色封条的羚羊牌马尔哥堡葡萄酒。箱上数码及标志如信笺上端。

您永远忠顺的仆人
霍格斯·弗罗格斯·博格斯公司
18××年6月21日　于××城

　　又及：货箱将于您收悉此信之次日由运货车送达。请代我们向沙特尔沃思先生致意。

H. F. B. 公司

其实自从沙特尔沃思先生死后，古德费洛先生已放弃了收到他许诺过的马尔哥堡葡萄酒的全部希望，所以他把现在这份礼物视为一种上帝对他的特殊恩惠。他当然欣喜若狂，狂喜之中他邀请了一大群朋友第二天上他家参加一个小小的晚宴，以便为好心的老沙特尔沃思先生的礼物启封。这并不是说他在发出邀请时提到了"好心的老沙特尔沃思先生"。事实上他经过深思熟虑，决定对此事只字不提。如果我没记错的话，他未曾向任何人提及他收到的马尔哥堡葡萄酒是一件礼物。他只是请他的朋友去帮他喝一些质量上乘、味道极佳的美酒,这酒是他两个月前从城里订购的,而他将于次日收到订货。我常常绞尽脑汁地猜测,为什么"老查利"当时会决定对老朋友送酒一事守口如瓶,但我一直未能准确推断出他保持沉默的原因,不过他无疑有某种极其充分并非常高尚的理由。

第二天终于来临,接着一大群非常体面的人聚到了古德费洛先生家中。我本人当时也在场。然而,令主人"老查利"大为光火的是,直到很晚那箱马尔哥堡葡萄酒才送到,而当时由他提供的那顿奢侈的晚餐已经让每一名客人都酒足饭饱。不过酒终于来了,而且是那么巨大的一箱。由于全体客人兴致都极高,所以一致决定应该把酒箱抬上餐桌,并立即取出箱内的东西。

说干就干,我也帮上了一把。转眼之间,我们已把箱子抬上了餐桌,放到了被喝空的酒瓶和酒杯中间,结果有不少酒瓶酒杯在这阵忙乱中被打碎。这时早已喝得醉眼昏花、满脸通红的"老查利"在餐桌的首端坐了下来,露出一副故作威严的神态,用一个圆酒瓶使劲敲打桌面,呼吁全体客人"在掘宝仪式期间"遵守秩序。

在一阵大叫大嚷之后,人们终于完全安定下来,就像在此类情况下通常发生的那样,出现了一种静得出奇的死寂。接着我被请求去打开箱盖,我当然"怀着无限的喜悦"遵命行事。我插进一把凿子,再用榔头轻轻敲了几下,那箱盖便突然弹起并猛烈飞开,与此同时,被谋害的沙特尔沃思先生那具遍体伤痕、血迹并几乎已经腐烂的尸体忽地一下坐了起来,直端端面对着晚宴的主人。那具尸体用它腐烂而毫无光泽的眼睛悲哀地把古德费洛先生的脸凝视了一会儿,缓慢地,但却清楚而感人地说出了几个字:"你就是凶手!"然后似乎心满意足地倒伏在箱沿上,伸出的肢体在餐桌上微微颤动。

当时那个场景真无法形容。客人们吓得纷纷夺门跳窗,有许多身强力壮的人被吓得当场昏倒。但在第一阵丢魂丧魄、惊呼呐喊之后,所有的目光都射向了古德费洛先生。即便我活上一千年,我也不会忘记呈现在那张脸上的极大痛苦,那张刚才还因得意和美酒而红扑扑的脸,此时已变得面如死灰。在好几分钟内,他像尊大理石雕像,坐在那儿一动不动。他眼睛那种失神的样子仿佛是他的目光掉转了方向,正向内凝视他自己那个痛苦而凶残的灵魂。最后,那两道目光好像是突然射向外部世界,他随之从椅子上一跃而起,头部和肩部重重地摔在桌上,他就那样俯在尸体跟前,以飞快的语速和强烈的感情一五一十地坦白了那桩可怕的罪行,那桩彭尼费瑟尔先生正为之坐牢并被判处死刑的罪行。

他所叙述的情况大致如下:他尾随被害人到了那个池塘附近。在那里他用一支手枪击中了马,用枪托打死了马的主人,还拿了死者装钱的皮夹子,以为那匹马已死,便用力将其拖到了池边的荆棘丛中。然后他用自己的马驮上沙特尔沃思先生的尸体,并把它藏在了一个远离那片树林的隐蔽之处。

被找到的背心、折刀、钱夹和子弹都是他为了报复彭尼费瑟尔先生而亲手放置的。他还策划让警察发现了染血的围巾和衬衫。

那番充满血腥味的叙述快结束之时,那名罪犯的话语变得结结巴巴,声音变得低沉空洞。当那桩罪行被坦白完毕,他站起身摇摇晃晃朝后退了几步,然后倒下,死去。

逼出这番及时招供的方法虽然颇见效,可其实很简单。古德费洛先生的过分坦诚一直令我厌恶,并从一开始就引起了我的怀疑。彭尼费瑟尔先生揍他那次我也在场,当时他脸上那种恶魔般的表情虽说转瞬即逝,但却使我深信他扬言的报复只要有可能便会严厉地施行。因而我能够用一种与嘎吱镇善良的镇民们截然不同的眼光来观看"老查利"巧施心计。我一眼就看出,不管是直接还是间接,所有的罪证都由他发现。不过让我看清案情真相的则是他从死马胸腔里发现子弹一事。尽管嘎吱镇人全部忘记,但我却记得清清楚楚,马身上弹丸射进处有一个洞,弹丸穿出的地方还有一个,如果弹丸穿出后又从马身上找到,那我当然能认为找到的弹丸肯定是由找到者放入的。染血的衬衫和围巾证实了我对子弹的看法，因为经过检验，那些血迹原来不过是用上等波尔多红葡萄酒染成。当我开始思索这些情况，包括近来古德费洛先生的花费和慷慨行为增加的情况，我心中产生了一种怀疑，虽然这种怀疑十分强烈，但我对谁也没有声张。

与此同时，我私下里开始认真地寻找沙特尔沃思先生的尸体，而我有充分的理由让我的搜寻方向尽可能地与古德费洛先生领着众人搜过的地方背道而驰。结果几天之后，我偶然发现了一口干涸的古井，井口差不多被荆棘遮掩。就在那口井的井底，我找到了我所寻找的尸体。

真是无巧不成书，就在古德费洛先生诱骗他的主人许诺送他一箱马尔哥堡葡萄酒之时，我正好无意间听到了这两个好朋友的谈话。于是我便利用这一点开始行动。我弄了一根很硬的鲸骨，将其从喉咙插入尸体，再把尸体放进一个旧酒箱，小心翼翼地使尸体和里面的鲸骨对折弯曲。这样做，我钉钉子时不得不使劲儿压住箱盖。我当然预期只要钉子一被撬松，箱盖就会飞开，尸体就会弹起。

这样钉好箱子后，我照已经说过的那样加上数码标志并写上地址；然后我以沙特尔沃思先生爱打交道的酒商的名义写了一封信，我还吩咐我的仆人按我发出的信号，把装在一辆两轮车上的箱子推到古德费洛先生门口。至于我想要尸体说出的那句话，我完全依赖我运用腹语术的技能；至于其效果，我指望那名凶手的良心发现。

我相信再没有什么需要解释的了。彭尼费瑟尔先生当即被释放，继承了他舅舅的财产，从这次经历中吸取了教训，从此改过自新，幸福地过上了一种新的生活。

(1844)

森格姆·鲍勃①先生的文学生涯
——《大笨鹅》前编辑自述

我现在正一天天上年纪,既然我知道莎士比亚和埃蒙斯先生②都已作古,那说不定哪天我一命呜呼也并非没有可能,所以我想我最好是从文坛隐退,安享已经赢得的声誉。不过我切望通过为子孙后代留下一笔重要的遗赠,使我从文坛王座的退位传为千古佳话,也许我所能做的最好的一件事就是写出一篇我早年文学生涯的自述。其实,我的名字长期以来是那么经常地出现在公众眼前,以至我现在不仅欣然承认它所到之处所引起的那种自然而然的兴趣,而且乐于满足它所激起的那种强烈的好奇心。事实上,在走过的成功路上留下这样几座指引他人成名的路碑,这不过是功成名遂者义不容辞的责任。因此,在眼下这篇(我曾想命名为《美国文学史备忘》的)自述中,我打算详细地谈谈我文学生涯中那举足轻重但却孱弱无力、磕磕绊绊的最初几步。正是凭着这几步,我最终踏上了通向名望顶峰的康庄大道。

一个人没有必要过多地谈论自己年代久远的祖先。我父亲托马斯·鲍勃先生多年来一直处于他职业的巅峰。他是这座体面城的一名理发商。他的商铺是该地区所有重要人物常去的场所,而最经常去的是一群编辑,一群令周围所有人都肃然起敬并顶礼膜拜的要人。至于我自己,我把他们奉若神明,并如饥似渴地吸取他们丰富

---

① 森格姆·鲍勃(Thingum Bob)这个杜撰的人名化自英语单词thingumbob。该词常用于口语,用以指称不知其名、暂忘其名,或不屑于称呼其名的人或事物。——译者注

② 埃蒙斯(Richard Emmons)是与爱伦·坡同时代的一名医生兼业余诗人,其文才不仅仅被爱伦·坡一人贬低。——编者注

的聪明才智,这种聪明才智往往是在被命名为"抹肥皂泡"的那个过程中从他们庄严的口里源源不断地流出。我第一次实实在在的灵感肯定是在那个令人难以忘怀的时刻产生的,当时《牛虻》报那位才华横溢的编辑趁上述那个重要过程间歇之际,为我们一群悄悄围拢来的学徒高声朗诵了一首无与伦比的诗,诗的主题是歌颂"唯一真正的鲍勃油"(这种生发油因其天才的发明者我父亲而得名)。因为这首诗,托马斯·鲍勃商业理发公司以帝王般的慷慨酬谢了《牛虻》报那位编辑。

正如我刚才所言,这些献给"鲍勃油"的天才诗行,第一次为我注入了那种神圣的灵感。我当即就决定要成为一个伟人,并且要从当一名大诗人开始。就在当天晚上,我屈膝跪倒在我父亲跟前。

"父亲,"我说,"请饶恕我!但我有一个高于抹肥皂泡的灵魂。弃商从文是我坚定的意向。我要当一个编辑,我要当一名诗人,我要为'鲍勃油'写出赞歌,请饶恕我并请帮助我成名!"

"我亲爱的森格姆,"父亲回答(我受洗时依照一位富亲戚的姓被命名为森格姆),"我亲爱的森格姆,"他说着牵住我两只耳朵把我从地上扶起,"森格姆,我的孩子,你是名勇士,和你父亲一样有气魄。你还有一个硕大的脑袋,里边肯定装了不少智慧。这一点我早就看到了,所以我曾想使你成为一名律师。不过律师这行道已经越来越不体面,而当一名政治家又无利可图。总的来说,你的判断非常明智,做编辑这份营生是份美差,而且如果你能同时又成为诗人,就像大多数编辑都顺便当诗人一样,那你还可以一箭双雕。为了鼓励你肇始,我将让你得到一间阁楼,并给你纸笔墨水、音韵词典,外加一份《牛虻》报。我料定你几乎已别无他求。"

"如果我还想多要,那我就是个忘恩负义的家伙。"我热情洋溢地回答,"你的慷慨汪洋无极。我的报答就是让你成为一名天才的父亲。"

我与那位最好的人的会谈就这样结束,而会谈刚一结束,我就怀着满腔的激情投入了诗歌创作，因为我最终登上编辑宝座的希望主要就寄托在我的诗歌创作之上。

在我写诗的最初尝试中，我发现那首《鲍勃油之歌》对我不啻是一种妨碍。它灿烂的光芒更多的是使我眼花缭乱，而不是使我心中亮堂。想想那些诗行的优美，比比自己习作之丑陋，这自然使我感到灰心丧气，结果在很长一段时间内，我一直在做无谓的努力。最后，一个精巧的原始构思钻进了我的脑袋，这种原始构思时常会渗进天才们的大脑。这构思是这样的，更准确地说，这构思是这样被实施的：从位于本城偏僻一隅的一个旧书摊的垃圾堆中，我收集到几本无人知晓或被人遗忘的古老诗集。摊主几乎是把书白送给了我。这些书中有一本号称是位叫但丁的人所写的《地狱篇》的译本，我从中端端正正抄了一大段，该段说的是一位有好几个孩子的名叫乌戈利诺的男人①。另一本书的作者我已忘掉，该书有许多古老的诗句，我以同样的方式和同样的小心从中摘录了一大堆诗行，这堆诗行说的是"天使""祈祷牧师""恶魔"和其他一些诸如此类的东西②。第三本书的作者好像是个瞎子，记不清他是希腊人还是印第安巢克图族人（我不能劳神费力去回忆无关紧要的小事），我从这本书中抽出了五十节诗，从"阿喀琉斯的愤怒"到他的"脚踵炎"以及别的一些事情③。第四本书我记得又是一个盲人的作品，我从中精选了一两页关于"欢呼"和"圣光"的诗行④。虽说盲人没有权利写光，但那些诗行仍然自有其妙处。

我清清爽爽地抄好这些诗，在每一篇前面都署上"奥波德多

---

① 第一本书指《神曲·地狱篇》第三十三歌《安泰诺狱。乌戈利诺和他在塔楼中的孩子们》。——译者注
② 第二本书被"摘录"的内容出自莎士比亚《哈姆雷特》第一幕第四场。——译者注
③ 第三本书指蒲柏英译的荷马史诗《伊利亚特》。——译者注
④ 第四本书指弥尔顿《失乐园》，该书第三卷第一行曰："福哉，圣光！上天的第一产物。"——译者注

克"①这个名字（一个响亮悦耳的名字），然后规规矩矩地把它们分别装入信封，分别寄给了四家最重要的杂志，同时附上了请尽快刊登并及时付酬的要求。然而，尽管这一周密计划的成功将省去我今后生活中的许多麻烦，但其结果却足以使我相信有那么些编辑并不轻易上当受骗，他们把慈悲的一击（就像他们在法国所说）施加于我最初的希望（正如他们在超验城②所言）。

实际情况是上述四家杂志都分别在其"每月敬告撰稿人"栏目给了奥波德多克先生致命的一击。《无聊话》杂志以下列方式把他狠狠地训斥了一顿：

> "奥波德多克"（何许人也）给本刊寄来一首长诗，讲一个他命名为乌戈利诺的狂人有好几个孩子，而那些孩子居然没吃晚饭就被鞭子赶上床睡觉。这首诗非常单调乏味，即使不说它无聊透顶。"奥波德多克"（何许人也）完全缺乏想象力。依敝刊之愚见，想象力不仅乃诗之灵魂，而且还是诗之心脏。为他这堆愚蠢而无聊的废话，"奥波德多克"（何许人也）居然还恬不知耻地要求本刊"尽快刊登并及时付酬"。可凡属此类无聊之作，本刊既不会予以发表，也不会支付稿酬。但毫无疑问，他可以轻而易举地为他所能炮制出的全部废话找到销路，那就是在《闹哄哄》《棒棒糖》或《大笨鹅》编辑部。

必须承认，这番评论对奥波德多克来说非常严厉，但最尖刻无情的是把诗这个字眼排成小号字。难道在这个耀眼的字眼中没有包含着无穷无尽的艰辛！

然而，奥波德多克在《闹哄哄》杂志上也受到了同样严厉的惩

---

① 奥波德多克的英文原文是Oppodeldoc，指理发师用的一种混合有酒精、樟脑和香油的肥皂剂。——译者注
② 暗指爱默生等超验论者集聚的波士顿。——译者注

罚,该杂志说:

> 我们收到了一封非常奇怪而傲慢的来信,寄信人(何许人也)署名为"奥波德多克",以此亵渎那位有此英名的伟大而杰出的罗马皇帝[①]。在"奥波德多克"(何许人也)的来信之中,我们发现了一堆乱七八糟、令人作呕且索然无味的诗行,胡言乱语什么"天使和祈祷牧师",除了纳撒尼尔·李[②]或"奥波德多克"之流,连疯子也发不出这般号叫。而对于这种糟粕之糟粕,我们还被谦恭地请求"及时付酬"。不,先生。绝不!我们不会为这种垃圾付稿费。去请求《无聊话》《棒棒糖》或是《大笨鹅》吧。那些期刊无疑会接受你能给予他们的任何文学垃圾,正如他们肯定会许诺为那些垃圾付酬一样。

这对可怜的奥波德多克的确太辛辣了一点。但这次挖苦讽刺的主要分量加在了《无聊话》《棒棒糖》和《大笨鹅》的头上,它们被尖酸刻薄地称为"期刊",而且是用斜体字排印,这肯定会使他们伤心到极点。

《棒棒糖》在残酷性方面简直一点不亚于同行,它这样评论道:

> 某位先生自称名叫"奥波德多克"(先辈贤达的英名是多么经常地被用于这种卑鄙的目的!),该先生为本刊寄来了五六十节打油诗,其开篇如下:

> 阿喀琉斯的愤怒,对希腊灾难不尽的悲惨

[①] 罗马历史上并无名叫奥波德多克的皇帝。——译者注
[②] 纳撒尼尔·李(Nathaniel Lee, 1653—1692),英国剧作家,其剧作被认为过于夸张。——译者注

的春天……①

　　我们敬告这位"奥波德多克"（何许人也），本刊编辑部没有哪位编辑的助手不每天都写出比这更好的诗行。"奥波德多克"的来稿不合韵律，"奥波德多克"应该学会打拍子。但完全不可理喻的是，他为何竟然想到这个念头，认为本刊（不是别的刊物而是本刊！）会用他那些莫名其妙的胡言乱语来玷污我们的版面。当然，这些荒谬绝伦的信口雌黄倒好得简直可以投给《无聊话》《闹哄哄》和《大笨鹅》，投给那些正在从事把《鹅妈妈的歌谣》②当作原创抒情诗出版的机构。"奥波德多克"（何许人也）甚至还狂妄地要求为他的胡说八道支付稿酬。难道"奥波德多克"（何许人也）不知道，难道他不明白，他这种来稿，即便倒给钱本刊也不能刊用？

当我细读这些文字时，我觉得自己变得越来越渺小，而当我读到那位编辑把那篇精心之作讥讽为"打油诗"时，我觉得自己已小得不足两盎司。至于"奥波德多克"，我开始对那可怜的家伙产生了同情。但是，如果说可能的话，《大笨鹅》显得比《棒棒糖》更缺乏怜悯之心。正是《大笨鹅》写出了如下评注：

　　一个署名为"奥波德多克"的可怜而蹩脚的诗人竟然愚蠢到如此地步，以为本刊会发表他所寄来的一堆语无伦次、文理不通且装腔作势的破烂，而且还会支付稿酬。这堆破烂以下列这行最通俗易懂的字眼开始：

---

① 见《伊利亚特》第一卷开篇。——译者注
② 《鹅妈妈的歌谣》（又名《摇篮曲》）于1819年在波士顿出版，作者署名托马斯·弗利特（Thomas Fleet）。后人普遍认为该集是抄袭英法等国童谣童话，包括剽窃佩罗的《鹅妈妈的故事》。——译者注

冰雹,圣光!上天的第一幼仔①。

我们说"最通俗易懂"。也许我们可以恳请"奥波德多克"(何许人也)给我说说"冰雹"怎么会是"圣光"。我们历来认为冰雹是结成冰块的雨。另外他是否愿意告诉我们,结成冰块的雨怎么会在同一时刻既是"圣光"(姑且不论圣光为何物)又是"幼仔"?而(如果我们对英语稍稍有点常识的话)后一词的贴切含义只是指那些六个星期左右的婴儿。不过对这种荒谬之辞加以评论,这本身就十分荒谬,尽管"奥波德多克"(何许人也)还厚颜无耻地以为我们不仅会"刊登"他这些愚昧无知的疯话,而且还(绝对会)为此支付稿酬!

真是荒唐!真是可笑!而我们倒真想把他所写的这堆荒谬之辞一字不改地公之于众,以惩罚这位不知天高地厚的青年蹩脚诗人。我们想不出还有什么比这更严厉的惩罚,而要不是考虑到这样做会倒读者胃口,我们真会把这种惩罚付诸现实。

请"奥波德多克"(何许人也)今后把诸如此类的诗作寄给《无聊话》《棒棒糖》或者是《闹哄哄》。他们会予以"发表"。他们每个月都"发表"这种废话。请把废话寄给他们。我们不可能心安理得地蒙受耻辱。

这对我是一场灭顶之灾。而对于《无聊话》《闹哄哄》和《棒棒糖》,我压根儿搞不懂他们怎么能幸免于难。他们被排成小得不能再小的七号铅字(这种很伤感情的挖苦暗示了他们的卑微、他们的渺小),而用大号字排成的"我们"则居高临下地俯视着他们!哦,这太尖刻了!这是痛苦之源,这是烦恼之因。我若是这些刊物

---

① 此行乃《大笨鹅》编辑对弥尔顿《失乐园》第三卷首行"福哉,圣光!上天的第一产物"之误读。"福哉""冰雹"之英文均为hail,而"产物""幼仔"的英文均可为offspring。——译者注

中的任何一家,我一定会不遗余力地依法对《大笨鹅》起诉。根据《禁止虐待动物条例》,这场官司说不定能够胜诉。至于奥波德多克(他何许人也),这次我对那家伙完全失去了耐心,对他的同情也荡然无存。他毫无疑问是个白痴(他究竟是谁),他罪有应得,他自作自受。

这次古为今用的实验结果首先使我确信了"诚实乃上策",其次让我认识到了这样一个事实:假若我不能比但丁先生、那两个盲人以及其他老前辈写得更好,那要想比他们写得更糟至少是一件很难的事。于是我鼓起勇气,决定无论付出多少努力与艰辛也要坚持"完全独出心裁"(就像他们在杂志封面上说的那样)。我又一次把《牛虻》报编辑那首光辉灿烂的《鲍勃油之歌》作为楷模放到了眼前,决心以同一崇高的主题写一首颂歌,与已经有的这首争奇斗艳。

写第一行时我没有遇到什么实质性的困难。这行诗如下:

写一首关于"鲍勃油"的颂歌。

然而,待我小心翼翼地把所有与"歌"字押韵的单词都查过一遍之后,我发现这首诗不可能再写下去。在这进退维谷之时,我求助于父亲。经过几小时的冥思苦想,我们父子俩终于完成了这首诗:

写一首关于"鲍勃油"的颂歌
是各种各样工作中的一种工作。

(署名)假绅士

诚然这首诗不算太长,但我"已经懂得",正如他们在《爱丁堡评论》里所说,一篇文学作品的价值与其长短毫不相干。至于该季刊所侈谈的"长期不懈的努力",我看里边不可能有什么道理。所以,我基本上满足于这篇处女作的成功,而现在唯一要考虑的问题就是对这篇处女作该如何处置。父亲建议我把它投给《牛虻》报，但有两个原因阻止了我采纳这一建议。首先我担心那位编辑会嫉妒；其次我已经查明，对有独创性的稿件，他不付稿酬。因此，经过一番适当的深思熟虑，我把诗稿寄给了更具权威性的《棒棒糖》杂志，然后就焦虑不安但又无可奈何地等待结果。

就在《棒棒糖》的下一期上，我骄傲而高兴地看到我的诗终于被刊出，而且是作为压卷之作，并加上了用斜体字排在括号中的如下意义深远的编者按：

[本刊敬请读者注意此按后所附这首可圈可点的《鲍勃油之歌》。我们无须赘述其庄严与崇高，或悲怆与哀婉，凡仔细吟味者均难免潸然泪下。至于那些对《牛虻》报编辑以此庄严主题写出的那首同名诗一直感到恶心的读者，将不难幸运地看出这两首诗之间的天壤之别。

又按："假绅士"显而易见是个笔名，我们正心急如焚地探查围绕着这个笔名的秘密。难道我们会没有希望一睹诗人的真颜？]

这一切似乎有失公允，但我承认，这远远超出了我的预料。请注意，我承认这是我们国家乃至全人类万世不易的耻辱。但我仍不失时机地去拜访《棒棒糖》那位编辑，并非常幸运地发现这位绅士正好在家。他招呼我时怀着一种深深的敬意，其间稍稍混有一点长辈对晚辈那种屈尊俯就的赞佩，这无疑是因为我乳臭未干的外貌所致。请我坐下之后，他马上就切入正题谈起了我的诗，不过谦虚之美德不允许我在此重复他对我的千般称羡、万般恭维。可螃蟹先生（此乃该编辑之大名）的溢美之词绝非那种不讲原则、令人作呕的吹捧。他直言不讳而且精辟透彻地分析了我的作品，毫不犹豫地指出了几个小小的瑕疵。此举大大提高了他在我心目中的地位。当然，《牛虻》报也被纳入了这场讨论,而我希望自己永远也不要受到像螃蟹先生对那首不幸的同题诗所进行的那种细致的批评和严厉的斥责。我早已习惯于把《牛虻》报那位编辑视为超凡的天才,可螃蟹先生很快就纠正了我这种观念。他把那只苍蝇(这是螃蟹先生对那位同行冤家讽刺性的称呼)的文章连同道德都一股脑儿地抖搂在了光天化日之下。他说那只苍蝇是个很不正派的人物。他曾经写过伤风败俗的东西。他是个穷酸文人。他是个文坛小丑。他是个流氓恶棍。他曾经写过一幕令全国公众都捧腹大笑的悲剧,并写过一幕使普天之下泪流成河的喜剧。除此之外,他还不知羞耻地写过一篇针对他(螃蟹先生)个人的讽刺文章,极欠考虑地称他为"一头蠢驴"。螃蟹先生向我保证,任何时候我想发表自己对苍蝇先生的看法,《棒棒糖》杂志对我都不限篇幅。与此同时,由于我明显会因写了一首挑战性的《鲍勃油之歌》而受到那只苍蝇的非难,他(螃蟹先生)愿意承担起密切注视我个人利益的责任。如果我没有马上被培养成一个人物,那不应该说是他(螃蟹先生)的过失。

  螃蟹先生暂时中止了他的高谈阔论(对议论的后半部分,我觉得自己没法理解),我鼓起勇气转弯抹角地提出了稿费问题,因为我从来就被教导我的诗应得到稿酬。我提到了《棒棒糖》杂志封面上的通告,该通告宣布(《棒棒糖》杂志)"历来坚持被允许为所有采用的稿件从优付酬,为一首短小精炼的小诗所付之稿酬常常超过《无聊话》《闹哄哄》和《大笨鹅》三家杂志全年稿费开支的总和"。

  当我"稿费"这个词一出口,螃蟹先生先是眼睛一瞪,接着嘴巴一张,眼瞪嘴张都达到了一种惊人的程度,使他的外表看上去活像一只正激动得嘎嘎叫的老鸭子。他一直保持着这种状态(不时用他的双手紧紧摁住前额,仿佛处于一种极度为难的境地),直到我差不多把我非说不可的话说完。

  我话音刚落,他颓丧地坐回他的椅子,好像是当头挨了一棒,两条胳膊无力地耷拉在身边,但嘴巴仍然像鸭子叫时那样大张开着。当我正被他这番令人惊恐的举动惊得说不出话时,他突然从椅子上一跃而起,疾步冲向摇铃的绳索。但他的手刚刚触到铃绳,他似乎又改变了他那让我不知究竟的主意,因为他钻到了一张桌子下边,随之又拿着一根短棒钻出。他正把短棒高高举起(我简直想象不出他到底要干什么),突然,他脸上显出了一种慈祥的微笑,然后他回到椅子边平静地坐了下来。

"鲍勃先生,"他开口道(因为我在递上自己之前就递上了我的名片),"鲍勃先生,你是个年轻人,我猜……非常年轻?"

我赞同他的猜测,补充说我还没有过完我生命中的第三个五年。

"啊!"他回答道,"很好!我知道那是多少,请别解释!至于稿费这个问题嘛,你所言极是。事实上非常正确。不过……啊……这是第一篇稿子。对第一篇,我是说杂志从来没有付稿酬的先例……你明白,是吗?其实在这种情况下,通常我们是收费者。"螃蟹先生在强调"收费者"一词时笑得格外和蔼,"对大多数的处女作,我们发表时都要收版面费,尤其是对诗歌。其次,鲍勃先生,这家杂志的规矩是从不支付我们用法语说的argent comptant(现金),我相信你理解。在来稿发表一两个季度之后,或一两年之后,本刊并不反对开出分九个月付清的稿费期票。假若我们能始终安排得当,那我们肯定能'破例'六个月付清。我衷心地希望,鲍勃先生,这番解释能够使你满意。"螃蟹先生说到这里时两眼已经噙满了泪花。

不管有多么无辜,给这样一位杰出而敏感的人物带来痛苦仍然使我感到痛心,于是我赶紧赔礼道歉,消除他的忧虑,说我与他的见解完全一致,而且充分理解他微妙的处境。我干净利落地说完这番话,然后告辞。

紧随着这次谈话后的一天早上,"我一觉醒来发现自己已成了名人"①。我的知名度凭当天各报的评价即可得到充分的估量。人们可以看到,这些评价包含在各报对载有我诗作的那期《棒棒糖》的评论之中,各家评论都观点清楚,结论明确,令人完全满意,也许只有一个难解的符号除外,那就是每篇评论末尾都附有"9月15日—1 t"②字样。

《猫头鹰》是一份有远见卓识的报纸,以其文学评论的严谨周密而为人所知。《猫头鹰》如我所言评论如下:

> 《棒棒糖》!这份有趣的杂志之10月号超过了它以往各期,摆出了与竞争者对抗的架势。在版式的精美和纸张的考究方面,在钢铸凹版的数量和质量方面,以及在稿件的文学价值方面,将《棒棒糖》与其进展缓慢的对手相比,就犹如将泰坦神许珀里翁与林神萨提尔相比③。不错,《无聊话》《闹哄哄》和《大笨鹅》在吹牛说大话方面占尽优势,但《棒棒糖》在其他所有方面都居领先地位!这家著名杂志何以能承受其显而易见的巨额开支,这已非本报所能理解。诚然它拥有十万订户,而其订单在上个月又增加了四分之一,但从另一方面来看,它坚持支付的稿酬金额也高得惊人。据悉巧驴先生那篇举世无双的《猪论》所获稿酬不低于三十七美分半。有螃蟹先生作为编辑,有假绅士和巧驴先生这样的作者列入其撰稿人名单,《棒棒糖》不可能有"倒闭"之虞。快去订阅吧。9月15日—1 t。

我必须声明,对《猫头鹰》这样一份体面报纸所发表的这篇精彩评论我感到相当满意。把我的名字(即我的笔名)置于巧驴先生的大名之前,这是一种我自认为当之无愧的恰当的赞美。

---

① 语出拜伦《备忘录》(*Memoranda*, 1812)。——译者注
② 表示前文是10月份出刊的杂志刊登的9月15日前付费的广告。——译者注
③ 在《哈姆雷特》第一幕第二场中,哈姆雷特曾用这两者来比喻他父亲和篡夺王位的叔叔。——译者注

接下来我的注意力被《癫蛤蟆》报上的短评所吸引，该报以其诚实和有主见而著称，并因从不曲意逢迎施舍者而闻名。

《棒棒糖》10月号比它所有的同行都进了一步，而且在装帧之华丽以及内容之丰富方面都当然地远远超过了它们。我们承认，《无聊话》《闹哄哄》和《大笨鹅》在自吹自擂方面仍遥遥领先，但《棒棒糖》在其他所有方面都独占鳌头。这家著名杂志何以能承受其显而易见的巨额开支，这已非本报所能理解。诚然它拥有二十万订户，而其订单在最近半个月又增加了三分之一，但从另一方面来看，它每月支付的稿酬金额也高得惊人。本报获悉，咕噜拇指先生因他最近的那首《泥潭挽歌》而收到的稿费不下五十美分。

在本期非抄袭撰稿人当中，（除该刊著名编辑螃蟹先生之外）我们注意到假绅士、巧驴和咕噜拇指这样一些人。不过本报认为，除编辑部文章之外，本期最有价值的篇章当数"假绅士"以"鲍勃油"为题献给诗坛的一颗明珠，但我们的读者切莫因为这首诗的标题，就认为这块无与伦比的瑰宝与某位其名不堪入耳的卑劣之徒就同一题目的胡言乱语有任何相似之处。眼下的这首《鲍勃油之歌》已经激起了公众普遍的兴趣和好奇，大家都急切地想知道是谁拥有"假绅士"这个显而易见的化名。幸运的是，本报有能力满足公众的这份好奇心。"假绅士"乃本城森格姆·鲍勃先生所用之笔名，鲍勃先生乃著名的森格姆先生之亲戚（前者之名以后者之姓命之），并与本州大多数名门望族保持着来往。他父亲托马斯·鲍勃是体面城一富商。9月15日—1 t。

这种慷慨的认可令我大为感动，尤其是当这种认可来自像《癫蛤蟆》报这种众所周知、举世公认的纯正渠道。用"胡言乱语"一词来形容那只苍蝇的《鲍勃油之歌》,我认为用得异常尖锐并恰如其分。但用"明珠"和"瑰宝"来比喻我的诗作,在我看来则多少单薄了一点。我觉得他们尚缺乏力度。我认为它们还不够鲜明(就像我们用法语所说)。

我刚一读完《癞蛤蟆》的评论,一位朋友又给了我一份《鼹鼠》日报。该报因其对总体事态看法敏锐而享有盛名,并因其社论公开、坦诚、正大光明的风格而众望所归。《鼹鼠》日报对本期《棒棒糖》评述如下:

> 我们刚刚收到今年第十期《棒棒糖》,而我们必须说,我们所读到过的任何刊物之任何一期都不曾有这般精彩。本报所言经过深思熟虑。《无聊话》《闹哄哄》和《大笨鹅》得好好当心它们的声誉。当然,这几家报刊在自我吹嘘方面均先声夺人,但《棒棒糖》在其他所有方面都首屈一指!这家著名杂志何以能承受其显而易见的巨额开支,这已非本报所能理解。诚然它拥有三十万订户,而其订单在上个星期内增加了百分之五十,但它每个月所支付的稿费之巨也令人瞠目。本报从权威渠道获悉,胖庸先生最近发表的家庭中篇小说《洗碗布》所得稿酬至少达六十二美分半。
>
> 我们注意到本期撰稿人有螃蟹先生(著名编辑)、假绅士、咕噜拇指和胖庸等等,但是紧随编辑本人那些独步文坛的杰作之后,本报特推荐一位青年诗人创作的钻石般的佳作。这位青年诗人署名为"假绅士",而我们预言这个笔名有朝一日将使"泰斗"的光芒黯然失色。本报获悉,"假绅士"本名为森格姆·鲍勃,他是本城富商托马斯·鲍勃先生唯一的继承人,是大名鼎鼎的森格姆先生的一位近亲。鲍勃先生这首令人赞佩的诗题为《鲍勃油之歌》。顺便提一下,这个标题不幸同于某位与一家小报有瓜葛的卑鄙流氓就同一主题所写的那堆胡话的标题。不过,这两者并无相互混淆之危险。9月15日—1 t。

像《鼹鼠》这样英明的报纸之慷慨认可,使喜悦浸透了我的灵魂。我觉得文章的唯一缺陷就是"卑鄙流氓"这一提法欠妥,这个提法说不定应该改为"讨厌而且卑鄙的无赖、恶棍加流氓"。我认为这样听起来会更文雅。此外必须承认,"钻石般的"这几个字简直不足以表达《鼹鼠》报所明显想表达的《鲍勃油之歌》的灿烂光辉。

就在我读到《猫头鹰》《癞蛤蟆》和《鼹鼠》诸报评论的当天下午,我碰巧看到了一本《长脚蚊》,这是一家因其深刻的洞察力而闻名遐迩的评论期刊。下面就是《长脚蚊》的评论:

《棒棒糖》!这本豪华杂志的10月号已奉献在公众眼前。该刊是否杰出的问题就此一劳永逸地得到了解决,从今以后,《无聊话》《闹哄哄》和《大笨鹅》任何与之竞争的企图都将成为可笑之举。这几家杂志在自卖自夸方面也许略微居前,但《棒棒糖》在其他所有方面都独领风骚!这家著名的杂志如何能承受其显而易见的巨额开支,这已经超越了本刊的理解能力。诚然它足足拥有五十万订户,而其订单在过去的两天内又增加了百分之七十五,但与此同时它每月支付的稿酬之巨几乎令人难以置信。本刊已探悉这样一个事实:抄一点小姐最近那篇关于独立战争的重要小说,所得稿费不低于八十七美分半,该小说的标题是《约克镇蝈蝈叫和邦克山蝈蝈不叫》。

本期最优秀的篇章当然还是由该刊编辑(著名的螃蟹先生)操觚,但有不少上乘之作分别署名为假绅士、抄一点小姐、巧驴、撒小谎夫人、咕噜拇指和略诽谤太太,胖庸名列最后但并非最不重要。这个世界很可能由此而产生一群光彩夺目的文豪诗宗。

我们发现,署名"假绅士"的那首诗赢得了公众的交口称赞。而我们不得不说,如果可能的话,这首诗值得更高的褒扬。这首融雄辩和艺术为一体的名诗题为《鲍勃油之歌》,本刊的一两位读者也许会朦朦胧胧但却深恶痛绝地记起一首同名诗(?),那首劣作的炮制者是一个穷文人、叫花子、杀人犯,本刊相信他以洗碗工的资格染指于本城贫民窟附近的一家下流小报。本刊恳请那一两位读者,看在上帝分上,千万别把这两首诗混为一谈。我们听说,《鲍勃油之歌》的作者森格姆·鲍勃先生是一位天才的学者、真正的绅士。"假绅士"不过是笔名而已。9月15日—1 t。

当我细读这段讽刺之结论性部分时,我几乎抑制不住胸中的愤慨。我清楚地看到了《长脚蚊》在提到《牛虻》报那位蠢猪编辑时所表现出来的那种优柔寡断的态度,那种显而易见的克制(姑且不说是彬彬有礼)。如我所言,我清楚地看到,在这种彬彬有礼的措辞中除了对那只苍蝇的偏袒,不可能再有别的什么东西。《长脚蚊》之意图显然是想在损害我的情况下提高那只苍蝇的声誉。其实任何人只用半只眼睛就可以看出,倘若《长脚蚊》的真实意图真是它所希望表露的那样,那它(《长脚蚊》)的措辞就应该更直截了当,更尖酸刻薄,更一针见血。"穷文人""叫花子""洗碗工"以及"杀人犯"都是些故意挑选的称呼,它们是那么笼统含混,模棱两可,以至用在那位写出了全人类最劣诗篇的作者头上比不用还糟。我们都知道"明贬暗褒"是何含义,反之,谁会看不穿《长脚蚊》另一不可告人的意图——明褒暗贬?

《长脚蚊》爱怎么说那只苍蝇与我无关,可它怎么说我却大有关系。在《猫头鹰》《癞蛤蟆》和《鼹鼠》诸报均以高尚的姿态对我的能力进行了充分评价之后,像《长脚蚊》这样只冷冰冰地说一句"天才的学者,真正的绅士"未免太过分。真正的绅士这倒不假!我当即决定,要么《长脚蚊》向我书面致歉,要么我就与之决斗。

怀着这一目的,我开始四下寻找一个能为我给《长脚蚊》送信的朋友。由于《棒棒糖》那位编辑曾明确表示要关心我的利益,所以我最后决定找他帮忙。

我迄今尚不能满意地解释螃蟹先生在听我阐述计划时所表现出来

的那种非常奇怪的表情和举止。他又从头到尾表演了一番抓铃绳、举短棒的动作,而且没有漏掉大张鸭嘴。有一会儿我以为他真要嘎嘎地叫出声,但像上次一样,他这阵发作终于平静下来,他的举止言谈又恢复了常态。但他拒绝为我去送挑战书,而且实际上劝阻我不要进行决斗。不过他十分坦率地承认《长脚蚊》这次是极不体面地大错而特错,尤其是错在把我称为"绅士和学者"。

螃蟹先生对我的利益真正表现出了父亲般的关心,在这次谈话的末尾,他建议我应该用正当的手段挣一点钱,同时可偶尔替《棒棒糖》扮演Thomas Hawk的角色,以此进一步提高我的声誉。

我请求螃蟹先生告诉我谁是Thomas Hawk,为什么希望我扮演他的角色。

这时螃蟹先生又一次"睁大了眼睛"(就像我们用德语所说),但他终于从极度惊讶中恢复过来,并向我解释说他用"Thomas Hawk"这名字是为了避免Tommy这种低俗的说法。不过他真想说的是Tommy Hawk,或者说是tomahawk,即北美印第安人用的一种战斧,而他所谓的"扮演战斧",意思就是对那些可憎可恶的作家进行剥头皮、剜眼珠似的严厉批评,或是叫他们彻底完蛋。

我向我的庇护人保证,如果这就是全部,那他完全可以把扮演战斧的任务交给我去完成。于是螃蟹先生希望我在力所能及的范围内以最凶猛的风格,叫《牛虻》报那位编辑立即完蛋,以此作为我能力的一种标志。我雷厉风行地完成了这项任务,我那篇对原《鲍勃油之歌》的评论占了《棒棒糖》杂志三十六个页码。我发现扮演印第安人战斧远远没有写诗那么麻烦,因为我干得很有章法,这样就能轻而易举地把事情做得完全彻底。我的具体做法是这样的:我(廉价)买来拍卖本《布鲁厄姆勋爵演讲集》《科贝特作品全集》《新俚语摘要》《谩骂艺术大全》《下流话入门》(对开本)和《刘易斯·G. 克拉克言论集》①。我用马梳把这些书完全撕成碎片,把所有碎片放进一个细筛,仔细筛掉所有可能会被认为正派的言辞(数量微不足道),然后把剩下的粗话脏话通通装进一个硕大的铁皮胡椒罐,胡椒罐开有纵向孔,以便完整的句子不遭实质性损害就能通过。于是这种混合物便随时可用。每当需要我扮演战斧的角色,我便用一公鹅蛋的蛋清涂写一张大页书写纸,再照上述撕书的方法把这页纸撕成可炮制评论的碎片(只是撕得更加小心,以便让每个字都分开),然后我让这些碎片与原来那些装在一起,拧上罐盖,使劲儿一摇,于是那些混合碎末就粘了在蛋清上。这样写出的评论具有强烈的感染力,其效果令人叹为观止。实际上,我用这种简单方法炮制出来的文章从来都不会千篇一律,而且篇篇都堪称天下奇文。开始由于缺乏经验而不好意思,我心里还有点忐忑不安,因为我总觉得文章从整体上看显得有那么点自相矛盾,有那么点稀奇古怪(正如我们用法语所说)。所有的字词都不恰当(就像我们用古英语所言)。许多短语离谱错位,甚至有些措辞完全颠倒,而每当这后一种情况发生,文章效果无不多少受到损害。例外的只有刘易斯·克拉克先生的段落,那些段落是如此坚强有力,以至任何极端的位置都不会使它们看起来特别尴尬,无论怎样颠来倒去它们都显得同样恰如其分,同样令人满意。

多少有点难以测定,在我对原《鲍勃油之歌》的批评文章发表之后,《牛虻》报那位编辑怎么样了。最合理的推论就是他哭泣着死去。总之他突然之间就从地球表面上完全消失,从此再也没有人看见过他的踪影。

由于这事做得干净利落,由于复仇之神泄了心头之恨,我顿时备受螃蟹先生的青睐。他把我当作知己,给了我《棒棒糖》杂志的战斧这一永久性位置,而由于他暂时还不能给我发工资,他允许我在他的

---

① 亨利·P. 布鲁厄姆(1778—1868),英国政治家、《爱丁堡评论》创始人之一;威廉·科贝特(1763—1835),英国记者及政治改革家;刘易斯·G. 克拉克(1808—1873),美国作家、《纽约的荷兰人》杂志编辑。——译者注

指点下任意挣钱。

"我亲爱的森格姆,"一天晚饭后他对我说,"我尊重你的才能,爱你就像爱儿子。你将是我的继承人。我死的时候会把《棒棒糖》遗赠给你。我会的,只要你始终听从我的忠告。现在要做的第一件事就是摆脱那个讨厌的老家伙。"

"讨厌的?"我不解地问,"猪,是吗?野猪?(就像我们用拉丁语说的)谁是猪?在哪儿?"

"你父亲。"他说。

"正是,"我回答,"猪。"

"你有大钱要挣,森格姆,"螃蟹先生继续道,"可那个老家伙是一块缠在你脖子上的磨石。我们必须马上砍掉他。"(一听这话我抽出了小刀。)"我们必须砍掉他,"螃蟹先生接着说,"干脆利落地,并且一劳永逸地。他不会有用。他不会。考虑慎重一点,你最好是踢他一顿,或是用棍子打他,或是照诸如此类的方式处置。"

我谦虚地征求他的意见:"你看这样好不好,我先踢他一顿,再用棍子揍他,最后拧他的鼻子?"

螃蟹先生盯着我沉思了好几分钟,然后回答说:

"鲍勃先生,我认为你所说的方法很奏效,实际上总是很成功。这就是说,就过去的情况而论。但理发师是很难摆脱的,而我基本上认为,在完成了你所提议的对托马斯·鲍勃的行动之后,明智的做法是你再用双拳使他两眼一团黑,要做得非常小心并完全彻底,以免他今后再看见你在上等人的行列。做完这之后,我实在看不出你还能做什么。不过,把他推在阴沟里滚两圈也挺不错,然后就把他交给警察。第二天上午你再找个时间去拘留所威胁他一番。"

螃蟹先生这番忠告证明了他本人对我的厚爱,这使我非常感动,而我没有辜负他的厚爱并从中受益。结果是我摆脱了那个讨厌的老家伙,开始感到了一点独立并稍稍像个绅士。然而在好几个星期内,囊中羞涩仍使我感到极不自在,不过凭着小心翼翼地运用我的两只眼睛,仔细地观察发生在我鼻尖前的事件,我终于悟出了这种情况该如何改变。我说"情况",请注意,因为人们告诉我拉丁语中的rem就是情况。说到拉丁语,我顺便问一声,有谁能告诉我quocunque是何意思,或告诉我modo作何解释[①]?

我的计划非常简单。我所做的一切就是廉价买下了《老鳖》日报的十六分之一。这事一完成,我就往包里揣钱。诚然其后还有一些琐细的安排,但它们并非我那个计划的组成部分,而是一种当然的结果,一种效果。例如我买了笔墨纸张,并让它们物尽其用。我就这样为杂志写了篇文章,标题为"胡尔弄尔",署名为《鲍勃油之歌》的作者,然后把它寄给了《大笨鹅》。可那家杂志在"每月敬告撰稿人"栏中称那篇文章为"胡说八道"。于是我把文章标题改为《嘿,欺骗!欺骗!》,署名为森格姆·鲍勃先生,颂歌体《鲍勃油之歌》的作者兼《老鳖》日报编辑。经过这番修改,我再次把稿子寄给了《大笨鹅》,在等待回音的同时,我每天在《老鳖》上发表六篇堪称既富哲理又非常有逻辑的专栏文章,钩深致远地分析《大笨鹅》杂志的文学价值以及该刊编辑的个人品格。一个星期之后,《大笨鹅》终于发现,由于某种奇异的差错,它不幸"把一个无名鼠辈的一篇题为《嘿,欺骗!欺骗!》的狗屁文章同著名的《鲍勃油之歌》的作者森格姆·鲍勃先生就同一辉煌题目所写的佳作混为了一谈"。《大笨鹅》"对这一非常自然的意外事故深表遗憾",并且保证将在该刊的最近一期发表名副其实的《嘿,欺骗!欺骗!》。

实情是我认为,我真的认为,我当时认为,我后来还认为,而且我此刻也没有理由不认为,《大笨鹅》的确是出了一个差错。我从不知道有谁像《大笨鹅》那样,怀着世界上最好的意愿弄出了那么多奇异的差错。从那天起我对《大笨鹅》产生了好感,而结果是我很快就

---

① 这几个拉丁词可使人想到贺拉斯《书札》(*Epistles*)第一卷第一章第六十五至六十六行的一句话"rem facias ... quocumque modo"(挣钱不择手段)。——编者注

深入地了解到了它的文学价值,并且没有放过任何一个适当的机会在《老鳖》报上对其价值详加评述。而后来发生的事只能被视为一种非常奇妙的巧合,一种让人去进行严肃思考的非凡绝伦的巧合,那就是发生在我与《大笨鹅》之间的那样一种对立观点的彻底改变,相左看法的全面动荡(如我们用法语所说),不同见解的完全颠倒(请允许我使用巢克图语中这个颇有力度的语汇),居然在其后很短一段时间内又接连以极其相似的方式发生在我与《闹哄哄》之间,发生在我与《无聊话》之间。

就这样凭着天才的技巧,我终于通过"把钱揣进腰包"而完善了我的胜利,从而可以说是真正地并完全地开始了那辉煌灿烂并波谲云诡的事业,它最终使我功成名就,使我今天能和夏多布里昂一道宣称:"J'ai fait l'histoire。"("我已经创造了历史。")

我的确"已经创造了历史"。从我现在所记述的那个光辉年代开始,我的一举一动、一字一句,都成了人类的财富。它们在这个世界上已被人们熟悉。所以我不必在此赘述我在扶摇直上的过程中是如何继承了《棒棒糖》杂志,是如何将这家刊物与《无聊话》合并,是如何买下了《闹哄哄》,并使三家期刊合为一家,最后又是如何成功地与剩下的唯一对手做成交易,从而把这个国家的全部文字统一进了一本家喻户晓、人人皆知的高贵刊物。这就是《闹哄哄、棒棒糖、无聊话及大笨鹅》。

不错,我已经创造了历史。我已为世人所瞩目。我的名声已传至地球最偏远的角落。你展开任何一份普通报纸都不可能不看到言及不朽的森格姆·鲍勃先生的篇章。森格姆·鲍勃先生说了什么什么,森格姆·鲍勃先生写了什么什么,森格姆·鲍勃先生做了什么什么。但我功成不居,虚怀若谷。毕竟,这算得了什么?这种被世人坚持称为"天才"的不可名状的东西究竟是什么?我同意布丰和霍加斯的说法:天才说到底不过是勤奋。

请看看我!我如何勤奋!我如何辛劳!我如何写作!天哪,难道我没有写作?我不知道天底下有"悠闲"二字。白天我紧紧地粘在案头,夜晚我脸色苍白地面对孤灯。你们本该看见过我。你们本该。我曾朝右倾。我曾朝左倾。我曾向前坐。我曾向后坐。我曾笔挺而坐。我曾垂头而坐(就像他们用克卡普语所说),把头低低地俯向雪白的稿纸。因为所有的一切,我写。因为欢乐和悲伤,我写。因为饥饿和干渴,我写。因为喜讯和噩耗,我写。因为阳光和月色,我写。我写些什么无须说明。重要的是我的风格!我从胖庸笔下染上了这种文风,嘘!咝!而我正在为你们略举一例。

(1844)

与一具木乃伊的谈话

对我的神经来说,前一天晚上的讨论会稍稍有点过分。我感到头痛得厉害,而且非常困倦。因此我没有按原计划出门去消磨夜晚,而是想到了最好在家吃点东西,然后立即上床睡觉。

当然是一顿分量很少的晚餐。我总是很爱吃威尔士调味乳酪。虽说一次超过一磅在任何时候都不可取,不过来上两磅并不会有实质性的妨害。而二和三之间其实只差一。或许我冒险尝试过四。我妻子会允许五,但她显然混淆了两种性质截然不同的东西。我乐于接受"五"这个抽象的数,但具体说来,它指的是黑啤酒的瓶数,说到调味食品,没有黑啤酒最好别尝试威尔士乳酪。

就这样吃过一顿节约的晚餐,我怀着平静的希望带上睡帽,唯愿能一觉睡到第二天中午。我把头放上了枕头,由于问心无愧,眨眼之间就进入了一种酣睡状态。

可人类的愿望何时得到过满足?我还未能打完第三个呼噜,大门外就传来了吵闹的铃声,接着有人性急地敲打门环,声音顿时把我惊醒。一分钟后,当我还在揉眼睛,我妻子劈脸丢给我一张便条。便条是我的老朋友庞隆勒医生写来的,其内容如下:

> 我亲爱的好朋友,收到此条后请务必尽快来我处。来吧,来增添我们的快乐。经过锲而不舍的周旋,我终于征得了市博物馆理事会的同意,开棺检查那具木乃伊,你知道我说的哪具。我还获得允许,如果需要,可解开缠裹物并进行解剖。只有几位朋友到场,你当然是其中之一。木乃伊现已在我家,我们将于今晚11点开棺。
>
> 你忠实的庞隆勒

待我读到庞隆勒的签名时,我方觉被猛击了一掌,顿时完全清醒。我欣喜若狂地从床上一跃而起,撞翻了所有挡道的东西,以惊人的麻利穿好衣服,然后以最快的速度出门直奔医生家。

我发现迫不及待的朋友们已聚集在那里。他们等我已经等得不耐烦。那具木乃伊早已被放上餐桌,我一进屋,对它的考察就马上开始。

这具木乃伊是庞隆勒的表兄阿瑟·萨布雷塔什船长几年前带回来的两具中的一具。发掘出它的那座陵墓位于远离尼罗河岸底比斯古城的利比亚山区中埃勒斯亚斯附近。该地区的墓穴虽比不上底比斯那些石墓壮观,但由于它们能提供更大量的关于古埃及民间生活的实证,因而引起了世人更大的兴趣。据说发掘出我们这具标本的那个墓室就有许许多多那样的实证。墓室的墙壁完全被壁画和浮雕所覆盖,而墓中的雕像、花瓶以及图案精美的镶嵌工艺品则显示出死者生前的富有。

这件珍宝一直按萨布雷塔什船长发现它时的原样,<u>丝毫未动地</u>存放在博物馆里,也就是说,棺材迄今尚未开过。八年来它就这样放置着,只让公众参观其外表。所以,现在由我们支配的,是一具完整的木乃伊。而凡是知道这种未遭洗劫的古代瑰宝到达我们的海岸是多么难得的人,都能一眼就看出我们有充分的理由为我们的好运而感到庆幸。

走近桌边,我看到放在上面的是一个大盒子,或者说大箱子,差不多有七英尺长,大概有三英尺宽,高度约为两英尺半。箱子是长方形,不是棺材形状。我们开始以为其质地是埃及榕木(悬铃木),但经切割却发现是人造木板,或更正确地说,是用纸莎草为原料造的混凝纸浆板。棺材上密密麻麻地绘着表现葬礼场面和其他一些悲哀主题的图画,其间在每一个不同的方位都有一串象形文字,这些字符无疑是代表死者的姓名。幸亏格利登先生是我们中的一员,他能毫不费力地翻译那些字符,那些发音简单的字符所代表的名字读作阿拉密斯塔科①。

我们费了点力才弄开那个箱子而没有对它造成损坏,但完成这一工作后我们又遇到了第二个木箱,这一个是棺材形状,尺寸比外边的一个小得多,但在其他方面都一模一样。两个箱子之间的空隙填满了树脂,这在某种程度上毁损了里面一个木箱的色彩。

打开这第二个木箱(这次开得很容易),我们又发现了第三个,又是棺材形状,与第二个没有什么不同,只是它的质地是杉木,还散发出那种木料特有的芳香。第二个箱子与第三个之间没有填充物,两个箱子紧紧相扣。

打开第三个箱子,我们发现并取出了木乃伊本身。我们本以为会像通常一样发现它被包裹在一层层亚麻布带或绷带之中,可结果我们却看到了一种纸莎草做的缠裹物,外面涂有一层镀金描画的熟石膏。石膏上的绘画主题表现了所想象的该灵魂的各种义务,它被引荐给诸神的场景,以及许多完全相同的人物形象,后者很有可能就是为制作木乃伊的人所画的像。包裹着的木乃伊从头到脚就是一块柱形或竖形的碑,上面铭刻着表音象形文字,再次给出了死者的姓名头衔以及他亲属的姓名头衔。

在这样缠裹着的脖子上,套着一个柱形玻璃珠项圈,玻璃珠五光十色,其排列形式构成诸神和圣甲虫等的化身,伴着那个有翅膀的太阳。腰部也有一个同样的项圈,或者说腰圈。

剥掉那层纸莎草,我们发现尸体保存得完好无损,没有丝毫异味。尸体表面呈红色。皮肤结实、平滑而富有光泽。牙齿和头发完好如初。眼睛(似乎)被剜去,代之以玻璃眼珠,显得非常漂亮并逼真得令人惊叹,只是目光之凝视多少显得过于坚毅。手指和脚趾的指甲都被镀了亮晃晃的金。

---

① "阿拉密斯塔科"之原文作Allamistakeo,英语读者很容易读出其寓意(All a mistake, O! ——全盘皆错)。——译者注

格利登先生认为尸体表层的红色完全是由于沥青所致,但用一钢具轻刮表层并将刮下的一点粉末投入火中,樟脑味和另一些树脂的芳香味清晰可闻。

我们非常仔细地在尸体上寻找通常取出内脏的开口,但令我们吃惊的是竟然未能找到。而当时在场的人,竟无人知晓完整的或没有开口的木乃伊并非不常遇见。制作木乃伊的惯例是从鼻孔取出脑髓,在体侧切一开口掏去内脏,接着剃须,洗净,浸以盐,然后放上几个星期,最后才开始那种被严格地称之为"香存"的涂油填香处理。

由于没找到任何切口的痕迹,庞隆勒医生开始摆弄器具准备实施解剖。这时我注意到时间已是深夜两点,于是大家一致同意把体内考察推迟到第二天晚上进行。当我们正要分手离去时,有人突然提议用伏打电堆来进行一两次实验。

为一具至少已有三四千年历史的木乃伊通电,这主意即使说不上聪明绝顶也足够新鲜,我们大家顿时都想一试。怀着一分认真九分玩笑的心情,我们在医生的书房里准备好了电池组,并把那个埃及人搬进了书房。

我们费了好一番手脚才终于将尸体的太阳穴肌肉裸露,那里的肌肉显得不像尸体的其他部分那么僵硬。但正如我们所料,通电之后尸体对电流理所当然地没有任何感应的迹象。这第一次实验的结果的确显得非常明确,随着一阵对这种荒唐行为的自我嘲笑,我们互道晚安准备回家,这时我的目光无意之间落在了那具木乃伊的眼睛上,并立即在惊奇中被吸引住了。其实我最初短短的一瞥已足以使我相信,那双我们都以为是玻璃珠的眼睛,那双刚才显而易见是大睁着的眼睛,现在已基本上被眼皮遮住,只剩下很少一点白膜还可被看见。

我高声提请大家注意,大伙儿马上就注意到了这个明显的事实。

我不能说我当时因那种现象而感到了惊恐,因为"惊恐"二字于我当时的情形并不精确。不过要不是有黑啤酒垫底,我很可能当场发神经。至于其他诸位,他们当时的确没有试图掩饰其明白无误的丢魂丧魄。庞隆勒医生的惊骇状实在让人可怜。格利登先生以一种奇特的步伐逃得无影无踪。而我相信,西尔克·白金汉先生还不至于无耻到否认下列事实的地步,他当时手脚并用爬到了桌子下边。

不过,待我们从第一阵惊吓中回过神来,我们理所当然地决定马上着手进一步实验。这一次我们把接线点选在木乃伊右脚大拇指上。我们在拇指籽骨外切开一道口子,把电线接到扩展肌深处。然后我们调整了电池组,直接对分叉神经通电。这时,随着一阵颇似生命迹象的运动,那具木乃伊先是屈卷起右膝,卷得差一点碰到腹部,然后以惊人的力量猛一伸腿,一脚踢中庞隆勒医生,竟踢得那位绅士像离弦之箭飞出窗口,掉在了窗外的大街上。

我们蜂拥而出,想去收回那位牺牲者血肉模糊的尸骨,但却幸运地在楼梯口碰到了他,他正以一种令人莫名其妙的仓促劲儿匆匆上楼,洋溢着一种最热烈的镇静,并且比刚才更加认识到有必要进行我们严谨而热心的实验。

因此我们依照他的建议,当即在被实验者的鼻尖切开了一道深口,医生本人下手最狠,他使劲儿地拉扯鼻子接上电线。

无论以精神而论还是就肉体而言,不管从比喻上说还是照字面上讲,实验的结果都可谓惊心动魄。其一是尸体睁开了眼睛,并且一连飞快地眨动了好几分钟,就像巴恩斯先生在哑剧里表演的那样;其二是它打了一个喷嚏;其三是它坐了起来;其四是它迎面给了庞隆勒医生一拳;其五是它转向格利登和白金汉二位先生,用地道的古埃及语对他俩说道:

"我必须说,先生们,我对你们的行为既感到诧异,又感到屈辱。对庞隆勒医生,我本来就没指望他干出什么好事。他是个不知好歹的可怜的小小的胖胖的白痴。因此我怜悯他并且原谅他。而你,格利登先生,还有你,西尔克,你俩一直在埃及旅行和居住,别人也许会以为你们在那儿土生土长。你,正如我刚才所说,在我们当中生活了那么长的时间,以至我认为你讲埃及语之流利就像你用自己的母语写作那么流畅。而你,我从来就看作是木乃伊之忠实朋友的你,我本来真指望你的行为能更像一名绅士。可你俩见我受到这等无礼对待却袖手旁观,这叫我作何感想?在这样冷的鬼天气,你俩却允许毫不相干的普通人打开我的棺材,脱掉我的衣服,这又叫我作何感想?(说关键的一点)你们唆使并帮助那个可怜的小恶棍庞隆勒医生拉扯我的鼻子,这究竟要我以什么眼光来看待你们?"

读者肯定会理所当然地认为,在当时那种情况下听见这番话,我们要么夺门而逃,要么歇斯底里发作,要么干脆当场晕倒。我所说的这三种行为都可以被料到。实际上它们似乎都很有可能发生。可我发誓,我迄今尚不明白是怎么回事,为什么这三种行为中的任何一种都没有被我们当中的任何一人采用。不过,这真正的原因也许该从时代精神中去寻找,这种精神完全按反向判断的规律发展,而且现在通常被认为是所有自相矛盾和不可能的事情之解答。或许那原因仅仅在于木乃伊那种非常自然和注重事实的神态,那种神态使他的话听起来并不可怕。但无论原因是什么,事实却非常清楚,当时我们中没有一人表现出特别异常的惊恐,或是看上去好像认为事情出了什么特别异常的差错。

至于我自己,我确信事情完全正常,因而只往旁边挪动了一下,避开那位埃及人拳头所及的范围。庞隆勒医生把双手插进裤兜,紧紧盯着木乃伊,脸上臊得面红耳赤。格利登先生将了将他的连鬓胡,并竖起了他的衬衣衣领。白金汉先生耷拉下脑袋,而且把右手拇指放进了嘴巴左角。

那位埃及人表情严肃地将他打量了几分钟,最后冷笑了一声说:"你干吗不说话,白金汉先生?你没听见我刚才问你什么?请把你的拇指从嘴里拿出来!"

于是白金汉先生略为一惊,从他嘴巴的左角抽出了右手拇指,同时作为补偿,又将左手拇指塞进了上述那个缝隙的右角。

见不能从白金汉先生口中得到回答,那埃及人愤然转向格利登先生,以一种命令的口气要他大体上解释一下我们的用意是什么。

格利登先生用古埃及语做了极为详细的回答。若不是美国缺乏印刷象形文字的条件,我会非常乐意用原文一字不漏地记录下他那番非常精彩的讲话。

我最好趁这个机会说明,以下有那位木乃伊参加的谈话全部是用的古埃及语,就我自己和其他几位未曾远行过的人而论,则由格利登先生和白金汉先生充当翻译。这二位先生讲那位木乃伊的母语真是无以伦比地优雅流利。但我不能不注意到(无疑是为了向那位异乡人介绍一些完全现代,当然也就完全新颖的概念),这两位旅行家有时也被迫采用一些切合实际的方式来传达一个特殊的意思。比如说格利登先生一时间没法让那位埃及人明白"政治生活"一词的含义,于是他只好用炭笔在墙上画出一个衣冠不整、有酒糟鼻的小个子绅士,那绅士左腿朝前,右臂甩后站在一个讲坛上,紧握拳头,眼望苍天,嘴巴张成一个90度角。同样,白金汉先生也没法用语言传达"假发"这一绝对现代的概念,最后(在庞隆勒医生的建议下)他脸色发白地同意揭下自己头上的实物。

不难理解,格利登先生的那番演说主要是在论述发掘和解剖木乃伊给科学带来的极大好处。他同时也为这样做有可能给他,具体说就是给这位名叫阿拉密斯塔科的木乃伊所带来的任何骚扰表示歉意。结束时他给出了一个暗示(因为这几乎只能被视为暗示),由于这些无关紧要的小事已经解释清楚,最好是按原计划继续进行调查研究。这时庞隆勒医生准备好了他的器械。

对那位雄辩家最后提出的暗示,阿拉密斯塔科似乎感到了某种良心上的不安。这种不安的性质我不甚清楚。不过他表示他本人对刚才的正式道歉感到满意,然后他跳下桌子,同在场的各位一一握手。

握手仪式一结束,我们立刻就忙着修补刚才解剖刀在我们的被实验者身上留下的创伤。我们缝合了他太阳穴上的伤口,用绷带包扎好他的右脚,并在他的鼻尖上贴了一块一英寸见方的黑膏药。

这时大家才注意到伯爵(这似乎是阿拉密斯塔科的头衔)有点微

微发抖，这无疑是天冷的缘故。医生马上奔向他的衣柜，并很快就取来了一件詹宁斯服装店最佳式样的黑色燕尾服、一条天蓝色加条纹的方格花呢裤子、一件方格花布的粉红色女式衬衫、一件宽大的花缎背心、一件白色的男士短外套、一根带钩的手杖、一顶无檐的帽子、一双漆皮高筒靴、一双淡黄色小山羊皮手套、一副眼镜、一副胡须，外加一条长长的领带。由于伯爵和医生的身材尺寸不同（两者的比例为二比一），把那堆服饰穿到埃及人身上还有一点小小的困难；不过当一切拉扯停当，他可以说是被打扮了一番。所以格利登先生让他挽住他的胳膊，把他领向壁炉边一张舒适的椅子，而医生则当即摇铃叫仆人马上送来了雪茄和葡萄酒。

谈话很快就变得轻松活跃。当然，对阿拉密斯塔科依然还活着这一多少有点惊人的事实，大家都表现出了强烈的好奇心。

"我本来以为，"白金汉先生说，"你早已死了。"

"噢，"伯爵非常惊讶地答道，"我才七百岁出头一点！我父亲活了一千岁，而且死的时候一点没老糊涂。"

伯爵的话引起了一连串的提问和推算。结果证明，以前对这具木乃伊年龄的估计是大大错了。原来自从他被放入埃勒斯亚斯附近的墓穴，已经过去了五千零五十年零几个月。

"可我的话，"白金汉先生重提话头，"与你被埋葬时的年龄无关，事实上我乐于承认你现在仍然是个年轻人。我的意思是说你被埋葬后那段漫长时间，据您刚才的模样来看，就是你被包裹在沥青里的那段时间。"

"在什么里？"伯爵问。

"在沥青里。"白金汉先生重复道。

"啊，原来如此，我多少明白了你想说什么。这问题无疑值得一答。在我那个时代，我们除了二氯化汞几乎不用别的东西。"

"可我们最弄不懂的问题，"庞隆勒医生说，"就是五千年前你就已经死亡并被埋葬在埃及，怎么会今天在这儿复活，而且看上去精神这么好。"

"如果我真像你所说的已经死亡,"伯爵回答,"那我现在很可能仍然是一具僵尸,因为我发现你们还处在电流疗法的初级阶段,用这玩意儿在我们那个时代连件普通的事也做不成。可实际情况是,我当时陷入了强直性昏厥,而我最好的朋友们认为我已死去或可能会死去,因此他们立刻把我香存了起来。我相信你们都知道香存作用的基本原理?"

"这个,并不完全知道。"

"啊,我明白了。多么可悲可叹的愚昧状态!好吧,我现在也没法详细讲解,但有必要说明,在埃及,香存(严格地说)就是让全部肉体功能在其作用下无限期中止。我是在最广泛的意义上使用'肉体'一词,它包括除了精神和生命存在之外的生理存在。我再重复一遍,对我们来说,香存的主要原理就在于让全部肉体功能在其作用下立即暂停,并保持无限期的中止。简言之,被香存者当时处于什么状态,那他就保持什么状态。而我有幸具有圣甲虫的血缘,所以我被香存时仍然活着,就像你们现在所看见的我一样。"

"圣甲虫的血缘!"庞隆勒医生失声道。

"是的。圣甲虫是一个显赫但人丁不旺的贵族世家的标志,或者说'纹章'。具有'圣甲虫的血缘'不过是说属于那个家族的一员。我刚才是用的象征说法。"

"可这与你现在还活着有什么关系?"

"对啦,按照埃及的一般习俗,尸体被香存之前得掏去内脏和脑髓,唯有圣甲虫家族不依从这一习俗。所以,我若不是圣甲虫家族的一员,那我早就没有了内脏和脑髓。而没有这两样东西,活下去将有诸多不便。"

"这下我明白了,"白金汉先生说,"而且我猜想,所有到手的完整木乃伊都属于圣甲虫家族。"

"这毋庸置疑。"

"我想,"格利登先生非常温和地说,"圣甲虫是埃及诸神之一。"

"埃及诸什么之一?"那位木乃伊突然站起身来惊问道。

"诸神!"旅行家重说了一遍。

"格利登先生,听你这么说我都感到害臊,"伯爵说这话时重新坐回椅子,"这星球上没有哪一个民族不是从来就承认只有一个神。圣甲虫、灵鸟之类于我们(就像类似的生物于其他民族),只是一些象征,或者说通神媒介,我们通过他们向一位创造者奉献我们的崇拜,那位创造者太伟大,不容更直接的崇敬。"

这下出现了一阵沉默。最后庞隆勒医生重新提起了话头。

"据你刚才的一番解释,"他说,"那在尼罗河畔的那些墓穴里还有其他活着的圣甲虫家族的木乃伊,这也并非不是不可能的事。"

"这一点毫无疑问,"伯爵回答,"所有尚活着便被偶然香存的圣甲虫家族成员,那现在都还活着。甚至有些故意被香存者也有可能被他们指定的解存者忽略,因而现在还躺在坟墓里。"

"请你解释一下好吗,"我说,"你说的'故意被香存'是何意思?"

"非常乐意。"那具木乃伊从玻璃眼珠后面从容不迫地把我打量了一番,然后才回答,因为这是我第一次冒昧地直接向他提问。

"非常乐意。"他说,"我那个时代人的平均寿命是八百岁左右。若非特别的意外事故,很少有人在六百岁之前死去;极少数人也能活上一千年;但八百岁被视为自然期限。在发现我已经给你们讲过的香存原理之后,我们的哲学家们认为一种值得称赞的好奇心可以被满足,而与此同时,用分期生活的方式来过完这一自然期限对科学也会大有益处。其实就历史而论,经验也证明这种方式必不可少。比如说一位五百岁的历史学家,他可以呕心沥血地写成一本书,然后让自己被小心地香存,事先给他的解存人留下指示,他们应该在多少年之后使他复活,比如说五百年之后或六百年之后。而待他到期复活过来,他一定会发现他那部巨著早已变成了一个杂乱无章的笔记本,也就是说,变成一个文学竞技场,一群怒气冲冲的评注家正在上面争吵,他们那些相互矛盾的推测和哑谜正在上面倾轧。那位历史学家会发现,这些打着注解旗号或借以校勘名义的猜测臆断已完全歪曲、遮掩和湮没了正文,结果作者本人不得不打着灯笼去寻找他自己的书。待把书找到,才发现该书已毫无费心去搜寻的价值。鉴于该书已被彻底歪曲,人们会认为那位历史学家有一项义不容辞的责任,那就是根据他个人的知识和经验,立即着手纠正当代人关于他原来生活的那个时代的传说。正是凭着几位不同时期的哲人所进行的这种重新和亲自校订,我们的历史才免于堕落为纯粹的天方夜谭。"

"对不起,"这时庞隆勒医生用手轻轻拍了拍埃及人的胳膊,说道,"请原谅,先生,我能打断你一下吗?"

"当然可以,先生。"伯爵一边回答一边挺直了身子。

"我只想问你一个问题,"医生说,"你刚才讲那位历史学家亲自纠正关于他那个时代的传说。那请问先生,按平均数计算,这些神秘经正确的部分通常占多大比例?"

"神秘经,正如先生你恰当地称呼,通常被发现与未经重写的史书本身所记载的内容完全一致;也就是说,迄今所知的这两者中之任何一种的任何一点在任何情况下都是完全彻底的大错特错。"

"可是,"医生继续道,"既然你在陵墓中至少过了五千年这一点非常清楚,那我当然认为你们那个时期的历史(如果不是传说)对世人普遍感兴趣的一个话题,即上帝创世这个话题,也是足够清楚的,正如我假定你也知道的一样,上帝创造这个世界仅仅发生在你们那个时代大约一千年前。"[1]

---

[1] 基督教右派"创世论"认为人类历史只有约六千年,其根据是按《旧约》记载的亚当及其后裔的年岁推算,如大洪水泛滥时距上帝造亚当过了一千六百五十六年(亚当一百三十岁生赛特,赛特一百零五岁生以挪士,以挪士九十岁生该南,该南七十岁生玛勒列,玛勒列六十五岁生雅列,雅列一百六十二岁生以诺,以诺六十五岁生玛土撒拉,玛土撒拉一百八十七岁生拉麦,拉麦一百八十二岁生挪亚,挪亚六百岁时发大洪水),挪亚的曾孙宁录去亚述建尼尼微时距洪水泛滥又过了大约一百余年,而亚述古国的历史大约从公元前2500年至公元前612年。——译者注

"你说什么,先生!"阿拉密斯塔科伯爵问道。

医生把他的话又复述了一遍,但在加了大量解释之后,那位异乡人才终于明白了这番话的意思。最后他吞吞吐吐地说:

"我承认,你提到的那些概念,对我来说完全新颖。在我那个时代,我从不知道任何人怀有这么新奇的怪念头,竟认为宇宙(或者说这个世界,如果你们愿意这么说)有一个开端。我记得有一次,而且只有那么一次,我听一位智者隐隐约约地暗示过有关人类起源的事。这位智者使用了你们所使用的亚当(或者说红土)这个字眼。但他是从广义上使用这个字,与从沃土中的自然萌发有关(就正如上千种低等生物自然萌发那样),我是说五大群人类之自然萌发在这个星球上五个几乎相等的不同区域同时发展。"

这时几乎所有在场的人都耸了耸肩头,其中一两位还带着意味深长的神情触了触他们的额顶。西尔克·白金汉先生先是轻蔑地看了阿拉密斯塔科的后脑勺一眼,接着又看了他前额一眼,最后发表议论如下:

"你们那个时代寿命的长度,加之你所解释的那种分期生存的偶然实施,肯定都非常有助于知识的全面发展和积累。因此我敢说,与现代人相比,尤其是与新英格兰人相比,我们应该把古埃及人在所有科学项目方面的不发达完全归因于他们头盖骨较大的体积。"

"我再次承认,"伯爵非常谦和地说,"我对你的话又有点不知所云。请问你说的科学项目指的是什么?"

于是我们七嘴八舌地为他详细讲述了骨相学之假定和动物磁性说之奇妙。

听完我们的介绍,伯爵谈起了几件轶事,这些鲜为人知的往事证明,加尔和施普尔茨海姆[①]的骨相学在早得几乎已被人遗忘的年代就曾经在埃及兴盛并衰落,而与创造了虱灾蝗灾及其他许多类似神迹的

[①] 加尔(Franz Joseph Gall, 1758—1828),奥地利解剖学家,骨相学之创始人;施普尔茨海姆(Johann Gaspar Spurzheim, 1776—1832)是加尔的学生和助手。——译者注

底比斯法师那些真实的奇迹①相比,梅斯默尔那套动物磁性说真是不足挂齿的雕虫小技。于是我问伯爵,他那个时代的人是否能计算出日食月食。他非常傲慢地一笑,回答说能够。

这使我有点难堪,但我接着又问他一些有关天文学知识方面的问题。这时我们当中的一位还没开口过的成员把嘴凑近我耳边低声说道,关于这个话题,我最好去查阅托勒密②的书(托勒密是谁),另外再读读普鲁塔克的《月相说》。

于是我问木乃伊关于凹透镜和凸透镜,并大体上问他关于透镜的制造。可不待我把问题问完,那位寡言先生又悄悄碰了碰我的胳膊肘,求我看在上帝的面上务必翻一翻狄奥多罗斯的《历史丛书》。至于伯爵,他只是以问代答,反问是否我们现代人拥有能使我们雕出埃及贝雕风格的显微镜。我正在思考该如何作答,小个子庞隆勒医生突然以一种令人惊奇的方式插了进来。"请看看我们的建筑!"他高声嚷道,两位怒不可遏的旅行家拧得他身上青一块紫一块也没能制止住他丢人现眼。

"请看,"他热情洋溢地高喊,"请看看纽约的鲍林格林喷泉!如果这看起来太大,那就先看看华盛顿的国会大厦!"这位好心的小个子大夫接着便详细谈论起他所提到的那座建筑之宏大。他解释说,单是那门廊就装饰有整整二十四根大圆柱,圆柱直径为五英尺,间距为十英尺。

伯爵说,他遗憾的是一时间记不起阿佐纳克古城那些建于史前时代的主要建筑中任何一座的精确尺寸,只记得他进入陵墓之前,那些建筑的废墟依然耸立在底比斯城西面辽阔的沙土平原上。不过(说到圆柱门廊),他想起了底比斯郊外一个叫卡纳克的地方有一

---

① 底比斯法师指摩西和亚伦。二人行神迹之事参见《旧约·出埃及记》第八至十章。——译者注
② 托勒密的父母虽然都是希腊人,但他出生在埃及,并长期在亚历山大城求学和工作。——译者注

座小小的神殿，该殿的门廊由一百四十四根圆柱构成，每根圆柱的周长为三十七英尺，柱与柱之间相距二十五英尺。从尼罗河边到那个门廊要经过一条两英里长的通道，通道两边建有二十英尺高的狮身羊头像、六十英尺高的各类雕像和一百英尺高的方尖塔。（像他所能记清楚的那样）神殿本身的一个侧面有两英里长，而神殿方圆大概共有七个侧面。其墙壁内外都绘满了艳丽的图画，其间描绘有难解的字符。他不能妄自断言那些墙内能建下五十座还是六十座医生所说的国会大厦，但他说要塞进两三百座那样的大厦肯定会碰上点麻烦，因为卡纳克神殿毕竟是一座微不足道的小建筑。然而，他（伯爵）不能昧着良心拒绝承认医生所描述的鲍林格林那座喷泉之精巧、之壮观、之超凡绝伦。他被迫承认，无论在埃及还是在其他地方都不曾见过类似的建筑。

这时我问伯爵他对我们的铁路想说点什么。

"没什么特别要说的。"他回答。它们很不结实，设计相当不合理，结构也粗陋笨拙。它们当然不能够比拟古埃及那种庞大的、水平的、笔直的凹沟铁道，古埃及人曾在上面运送过整座整座的神庙和一百五十英尺高的完整的方尖塔。

我谈到了我们强大的机械动力。

他承认我们对机械略有所知，但又问我该用什么方法把拱墩放上哪怕是小小的卡纳克神殿的过梁。

对这个问题我决定听而不闻，并继续问他是否对自流井有任何概念。可他只是扬了扬眉头，而格利登先生则使劲朝我眨眼睛，并悄声告诉我受雇在大绿洲钻井找水的工程师们最近已经发现了一口。

于是我提到了我们的钢。但那位异乡人翘起他的鼻子，问我们的钢是否能雕刻方尖塔上那种全凭铜质利器雕刻出的线条清晰的浮雕。

这下把我们问得张口结舌，于是我们认为最好是把话锋转向形而上学。我们派人取来一本名叫《日暮》的刊物，选读了一两章关于某种不甚明了，但却被波士顿人称之为"伟大运动"或"进步"的东西。

伯爵仅仅说那种伟大运动在他那个时代是糟糕透顶的平凡之事，至于说进步，它一度也是件令人讨厌的事，但它从来没有进步。

于是我们谈起了民主的美妙无比和极其重要，挖空心思要给伯爵留下一个适当的印象，让他意识到我们生活在一个有自由参政权而没有国王的地方所享受到的诸多好处。

他听得津津有味，而且实际上显出了极大兴趣。待我们讲完，他说很久以前他们那儿曾发生过非常相似的事。埃及的十三个州一致决定实行自由，从而为全人类树立一个极好的榜样。他们集中了所有的智者，编出了所能构想出的最精妙的法典。一时间他们也应付得相当成功，只是他们吹牛说大话的习性根深蒂固。结果，那十三州与另外十五或二十个州的合并使自由政体变成了地球上所听到过的最令人作呕、最不能容忍的专制制度。

我问篡权的专制暴君叫什么名字。

据伯爵的回忆，专制暴君名叫乌合之众。

对此不知说什么才好，于是我提高嗓门，为埃及人对蒸汽的无知而感到遗憾。

伯爵惊讶万分地盯着我，但却没有作答。可那位寡言绅士用肘狠狠戳了戳我的肋骨，告诉我这一次已充分暴露自己，并问我是否真是那样一个白痴，竟然不知道现代蒸汽发动机是由法国工程师所罗门·德科根据希罗①的发明改进得来的。

此时我们眼看就要陷入狼狈不堪的境地，可碰巧庞隆勒医生又重振旗鼓杀回来营救我们，他质问是否古埃及人真的痴心妄想，要在所有重要的服装项目上与现代人一决雌雄。

听完这话，伯爵低头看了看他裤子上的条纹，随后又撩起他那件燕尾服的一边后摆，凑到眼前打量了好几分钟。最后他丢开那条燕

---

① 希罗（Hero of Alexandria），公元1世纪希腊哲学家，第一台蒸汽动力装置的发明者。——译者注

尾,嘴巴慢慢张开到最大程度,但我不记得他回答了任何只言片语。

于是我们又恢复了元气,医生神态庄重地走到木乃伊跟前,希望他以一名绅士的名誉担保,老老实实地说出是否埃及人在任何时期知道过庞隆勒片剂或布兰德雷斯药丸①的加工制造方法。

我们非常急切地期待他的回答,但结果却是白等一阵。那答案并非唾手可得。埃及人终于面红耳赤地耷拉下了脑袋。从不曾有过比这更尽善尽美的胜利,也从不曾有过比这更不甘心的失败。实际上我简直不忍心去看那位可怜的木乃伊脸上的屈辱和羞愧。我伸手触了触帽檐,礼节性地朝他点了点头,然后告辞离去。

回家我发现已过凌晨4点,于是立刻上床睡觉。现在是上午10点,我7点钟起床后就一直在为家庭和人类的利益写下这些备忘录。我是再也不想看到这个家了。我妻子是个泼妇。实际上我打心眼厌倦了这种生活,也大体上厌倦了19世纪。我确信这世道事事都在出毛病。再说,我急于想知道2045年谁当美国总统。所以,待我一刮完胡子并喝上一杯咖啡,我就将走出家门去找庞隆勒医生,请他把我制成木乃伊,香存两百年。

(1845)

---

① "庞隆勒片剂"是作者的杜撰,可"布兰德雷斯药丸"是当时一种便宜的专卖药,爱伦·坡在《如何写布莱克伍德式文章》以及麦尔维尔在《白鲸》第九十二章中都提到过这种药丸。——编者注

一桶蒙特亚白葡萄酒

对福尔图纳托加于我的无数次伤害，我过去一直都尽可能地一忍了之，可当那次他斗胆侮辱了我，我就立下了以牙还牙的誓言。你对我的脾性了如指掌，无论如何也不会认为我的威胁是虚张声势。我总有一天会报仇雪恨，这是一个明确设立的目标，而正是此目标的明确性消除了我对危险的顾虑。我不仅非要惩罚他不可，而且必须做到惩罚他之后我自己不受惩罚。若是复仇者自己受到了惩罚，那就不能算是报仇雪恨。若是复仇者没让那作恶者知道是谁在报复，那同样也不能算是报仇雪恨。

不言而喻，到当时为止我的一言一行都不曾让福尔图纳托怀疑过我居心叵测。我一如既往地冲他微笑，而他丝毫没看出当时我的微笑已是笑里藏刀。

他有一个弱点（我是说福尔图纳托），尽管他在其他方面都可以说是个值得尊敬甚至值得敬畏的人。他吹嘘说他是个品酒的行家。很少有意大利人真正具有鉴赏家的气质。大概他们的热情多半都被用来寻机求缘，见风使舵，蒙骗那些英格兰和奥地利富翁。在名画和珠宝方面，福尔图纳托和他的同胞一样是个冒充内行的骗子，不过说到陈年老酒，他可是个识货的行家里手。在这方面我与他相去无几，我自己对意大利名葡萄酒十分在行，一有机会总是大量买进。

那是在狂欢节高潮期的一天傍晚，当薄暮降临之时，我遇见了我那位朋友。他非常亲热地与我搭话，因为他酒已经喝得不少。那家伙装扮成一个小丑，身穿有杂色条纹的紧身衣，头戴挂有戏铃的圆锥形便帽。我当时是那么乐意见到他，以至我认为可能我从来不曾那样热烈地与他握过手。

我对他说:"我亲爱的福尔图纳托,碰见你真是不胜荣幸。你今天的气色看上去真是好极了!可我刚买进了一大桶据认为是蒙特亚产的白葡萄酒①,而我对此没有把握。"

"怎么会?"他说,"蒙特亚白葡萄酒?一大桶?不可能!尤其在这狂欢节期间!"

"我也感到怀疑。"我答道,"我真傻,居然没向你请教就照蒙特亚酒的价格付了钱。当时没找到你,而我生怕错过了一笔买卖。"

"蒙特亚酒!"

"我拿不准。"

"蒙特亚酒!"

"我非弄清楚不可。"

"蒙特亚酒!"

"因为你忙,我正想去找卢切西。如果说还有人能分出真假,那就是他。他会告诉我……"

"卢切西不可能分清蒙特亚酒和雪利酒。"

"可有些傻瓜说他的本事与你不相上下。"

"得啦,咱们走吧。"

"上哪儿?"

"去你家地窖。"

"我的朋友,这不行。我不想利用你的好心。我看出你有个约会。卢切西……"

"我没什么约会。走吧。"

"我的朋友,这不行。原因倒不在于你有没有约会,而是我看你正冷得够呛。我家地窖潮湿不堪。窖洞里到处都结满了硝石。"

"可咱们还是走吧。这冷算不了什么。蒙特亚酒!你肯定被人给

---

① 蒙特亚(Montilla)是西班牙南部科尔多瓦省一自治城镇,所产白葡萄酒(Amontillado)乃世界名酒。下文的雪利酒则是西班牙南部雪利镇所产的白葡萄酒。——译者注

蒙了。至于卢切西,他辨不出啥是雪利酒,啥是蒙特亚酒。"

福尔图纳托一边说一边拉住我一条胳膊。我戴上黑绸面具,裹紧身上的短披风,然后容他催着我回我的府邸。

家里不见一个仆人。他们早就溜出门狂欢去了。我告诉过他们我要第二天早晨才回家,并明确地命令他们不许外出。我清楚地知道,这命令足以保证他们等我一转身就溜个精光。

我从他们的火台上取了两支火把,将其中一支递给福尔图纳托,然后点头哈腰地领他穿过几套房间,走向通往地窖的拱廊。我走下一段长长的盘旋式阶梯,一路提醒着紧随我后边的他多加小心。我们终于下完阶梯,一起站在了蒙特雷索家酒窖兼墓窖的湿地上。

我朋友的步态不甚平稳,每走一步他帽子上的戏铃都叮当作响。

"那桶酒呢?"他问。

"就在前面,"我说,"但请看洞壁上这些白花花的网状物。"

他转身朝向我,用他那双渗出黏液的迷蒙醉眼窥视我的眼睛。

"硝石?"他终于问道。

"硝石。"我回答,"你这样咳嗽有多久了?"

"咳!咳!咳!——咳!咳!咳!——咳!咳!咳!——咳!咳!咳!"

我可怜的朋友好几分钟内没法回答。

"这没什么。"他最后终于说。

"喂,"我断然说道,"咱们回去吧,你的健康要紧。你有钱,体面,有人敬慕,受人爱戴。你真幸运,就像我从前一样。你应该多保重。至于我,这倒无所谓。咱们回去吧,你会生病的,要那样我可担待不起。再说,还有卢切西……"

"别再说了,"他道,"咳嗽算不了什么,它要不了我的命。我不会咳死的。"

"当然,当然,"我答道,"其实我也不想这么不必要地吓唬你,不过你应该尽量小心。咱们来点梅多克红葡萄酒去去潮吧。"

说完我从堆放在窖土上的一长溜酒瓶中抽出一瓶,敲掉了瓶嘴。

"喝吧。"我说着把酒递给他。

他睨视了我一眼,把酒瓶凑到嘴边。接着他停下来朝我亲热地点了点头。他帽子上的戏铃随之叮当作响。

"干杯,"他说,"为安息在我们周围的死者们干杯。"

"为你的长寿干杯。"

他再次挽起我的胳膊,我们继续往前走。

"这地窖,"他说,"可真大。"

"蒙特雷索家是个人丁兴旺的大家族。"我回答说。

"我记不起你家的纹章图案了。"

"蓝色底衬上一只金色的大脚,金脚正把一条毒牙咬进脚后跟的巨蛇踩得粉身碎骨。"

"那纹章上的铭词呢?"

"凡伤我者,必受惩罚。"

"妙!"他说。

酒在他的眼睛里闪耀,那些戏铃越发丁零当啷。我自己的想象力也因梅多克酒而兴奋起来。我们已经穿过由尸骨和大小酒桶堆成的一道道墙,来到了地窖的幽深之处。我又停了下来,这回还不揣冒昧地抓住了福尔图纳托的上臂。

"硝石!"我说,"瞧,越来越多了,就像苔藓挂在窖顶。我们是在河床的下面。水珠正滴在尸骨间。喂,咱们回去吧,趁现在还来得及,你的咳嗽……"

"没事,"他说,"我们继续走吧,不过先再来瓶梅多克酒。"

我开了一小瓶格拉夫白葡萄酒递给他。他把酒一饮而尽。他眼里闪出一种可怕的目光。他一阵哈哈大笑,并且用一种令我莫名其妙的手势把酒瓶往上一抛。

我诧异地盯着他。他又重复了那个手势,一个古怪的手势。

"你不懂?"他问。

"我不懂。"我答。

"那你就不是兄弟。"

"什么?"

"你就不是个mason①。"

"我是的,"我说,"我是的,我是。"

"你?不可能!你是个mason?"

"是个mason。"我回答。

"给个暗号。"他说。

"这就是。"我一边回答一边从我短披风的褶层下取出一把泥刀。

"你在开玩笑,"他惊叫一声并往后退了几步,"不过咱们还是去看那桶蒙特亚酒吧。"

"这样也好。"我说着把泥刀重新放回披风下面,又伸出胳膊让他挽住。他重重地靠在了我胳臂上。我们继续往前去找那桶蒙特亚酒。我们穿过了一连串低矮的拱道,向下,往前,再向下,最后进了一个幽深的墓穴,里边混浊的空气使我们的火把只冒火苗而不发光亮。

这个墓穴的远端连着另一个更小的墓穴,里面曾一直顺墙排满尸骨,照巴黎那些大墓窟的样子一直堆到拱顶。当时这小墓穴有三面墙依然照原样陈列着骨骸,可沿第四面墙堆放的尸骨已被推倒,乱七八糟地铺在地上,有一处形成了一个骨堆。在这面因推倒尸骨而暴露出来的墙上,我们看到了一个更小的凹洞,大约有四英尺深,三英尺宽,六七英尺高。这凹洞看上去仿佛当初被建造时就没派什么特别用场,不过是窖顶两边庞大的支撑体间一个小小的空隙,它的里端是一道坚硬的花岗岩石壁。

福尔图纳托举起他手中昏暗的火把,尽力窥视凹洞深处,可他枉

---

① Mason一词在英文中既可指西方一民间秘密团体"共济会"之会员,又可指泥瓦工。从前共济会员互称兄弟,活动时有联络暗号。——译者注

费了一番心机。微弱的火光没法让我们看清凹洞里端。

"进去吧,"我说,"那桶蒙特亚酒就在里面。至于说卢切西……"

"他是个笨蛋!"我朋友打断我的话,跟跟跄跄地朝里走去,而我则跟着他寸步不离。眨眼之间他已走到凹洞尽头,发现去路被石墙挡住。他正傻乎乎地站在那儿发愣,我已用锁链把他锁在了那道花岗石墙上。原来石壁上嵌着两颗U形大铁钉,两钉平行相距约两英尺。一颗钉上垂着一条不长的铁链,另一颗上则悬着一把挂锁。将那根铁链绕过他腰间再把链端牢牢锁上,这不过是几秒钟内的事。他当时惊呆了,一点也没反抗。我抽出钥匙,退出了凹洞。

"伸手摸摸墙,"我站在洞口说,"你肯定会摸到硝石。这儿的确太潮了。请允许我再次求你回去。你不?那我当然得留下你了。不过我先得尽力稍稍侍候你一番。"

"蒙特亚酒!"我朋友脱口而出,他当时还没回过神来。

"当然,"我说,"蒙特亚酒。"

说着话我已经在我刚才提到的那个骨堆上忙活开了。我把骨骸一块块抛到一边,下面很快就露出了不少砌墙用的石块和灰泥。用这些材料并凭借我那把泥刀,我开始干劲十足地砌墙封那个洞口。

我连第一层石块都还没砌好,就发现福尔图纳托酒已醒了一大半。我最初知道这一点是因为凹洞深处传来一声低低的悲号。那不是一个醉汉发出的声音。接下来便是一阵长长的、令人难耐的寂静。我一连砌好了第二层、第三层和第四层。这时我听见了那根铁链猛烈的震动声。声音延续了好几分钟。为了听得更称心如意,这几分钟里我停止干活,坐在了骨堆上。等那阵当啷声终于平静下来,我才又重新拿起泥刀,一口气砌完了第五层、第六层和第七层。这时墙已差不多齐我胸高。我又歇了下来,将火把举过新砌的墙头,把一点微弱的光线照射到里边那个身影上。

突然,一串凄厉的尖叫声从那被锁住的人的嗓子里冒出,仿佛是猛地将我朝后推了一把。我一时间趑趄不前,浑身发抖。随后我拔出佩剑，伸进凹洞里四下探戳。但转念一想我又安下心来，伸手摸摸那墓洞坚固的结构，我完全消除了内心的恐惧。我重新回到墙跟前，一声声地回应那个人的尖叫。我应着他叫。我帮着他叫。我的音量和力度都压过了他的叫声。我这么一叫，那尖叫者反倒渐渐哑了。

此时已深更半夜，我的活儿也接近尾声。我已经砌完了第八层、第九层和第十层。现在最后的第十一层也快完工，只剩下最后一块石头没砌上并抹灰。我使劲儿搬起这块沉甸甸的石头，将其一角搁上它预定的位置。可就在这时，凹洞里突然传出一阵令我毛发倒立的惨笑，紧接着又传出一个悲哀的声音，我好不容易才听出那是高贵的福尔图纳托在说话。那声音说：

"哈！哈！哈！嘿！嘿！嘿！真是个有趣的玩笑，一个绝妙的玩笑。待会儿回到屋里，我们准会笑个痛快。嘿！嘿！嘿！边喝酒边笑。嘿！嘿！嘿！"

"蒙特亚酒！"我说。

"嘿！嘿！嘿！嘿！嘿！嘿！对，蒙特亚酒。可天是不是太晚了？难道他们不正在屋里等咱们吗？福尔图纳托夫人和其他人？咱们去吧。"

"对，"我说，"咱们去吧。"

"看在上帝分上，蒙特雷索！"

"对，"我说，"看在上帝分上。"

可说完这句话之后我怎么听也听不到回声。我渐渐沉不住气了，便大声喊道："福尔图纳托！"

没有回答。我再喊："福尔图纳托！"

还是没有回答。于是我将一支火把伸进那个尚未砌上的墙孔，并任其掉了下去。传出来的回声只是那些戏铃的一阵叮当。我开始感到恶心，由于地窖里潮湿的缘故。我赶紧干完我那份活儿，把最后一块石头塞进它的位置并抹好泥灰。靠着新砌的那堵石墙，我重新竖起了

"*FOR THE LOVE OF GOD! MONTRESOR!*" "YES," I SAID, "FOR THE LOVE OF GOD!"

原来那道尸骨组成的护壁。半个世纪以来没人再动过那些尸骨。愿亡灵安息!

(1846)

跳　蛙

我真不知有谁像国王这样如此酷爱玩笑。他活着似乎就仅仅是为了说笑开心。讲一个新鲜的笑话,并讲得妙趣横生,这便是得到他恩宠的可靠保证。于是他的七名大臣正好都是说笑逗趣的著名高手。同时他们全都效法国王,不仅调谑逗哏无与伦比,而且个个长得膀大腰圆,脑满肠肥。人到底是因为开玩笑才长得肥胖,还是肥胖中本身就含有某种说笑的元素,对这个问题我从来就不敢妄加评论,但有一点可以断言,一个瘦骨伶仃的说笑者肯定是件稀世珍宝。

这位国王很少劳神费心去咬文嚼字,按他的说法是不要那份"鬼"聪明。他格外赞赏把笑话讲得粗犷雄浑,而且为此往往得容忍不厌其详。过分的精妙令他厌烦。他宁愿读拉伯雷的《巨人传》也不愿读伏尔泰的《查第格》,而大体说来,恶作剧远比说笑话更对他的胃口。

在我这个故事发生的年代,职业小丑在宫廷中尚未完全过时,欧洲有好几个"大国"依然养着"弄臣",他们身穿杂色花衣,头戴系铃尖帽,随时准备着粉墨登场,插科打诨,以答谢御桌上赐下的几片面包。

我们的国王陛下当然保留着他的"弄臣",事实上他需要某种傻气痴态,以便能平衡他那七名贤臣了不起的智慧,更不用说弥补他自己那份天资。

他那位弄臣,或者说职业小丑,不仅仅是傻气十足,而且还是一个侏儒、一个瘸子,所以他在国王眼里便身价三倍。在当时的宫廷中,侏儒就和小丑弄臣一样寻常。若是既无小丑陪笑又无侏儒逗乐,许多君王就会觉得日子难挨(宫中的日子比外边稍微长一点)。但正如我刚才所说，所谓的小丑弄臣十之八九都膀大腰圆，呆头呆脑，所以眼见跳蛙（此乃该弄臣的名字）一人具有三种天赋，我们的国王陛下真是格外扬扬自得。

我相信"跳蛙"这名字并非是那个侏儒受洗礼时由其教父教母所命，而是因为他不能像常人一般走路，结果由那七名大臣一致同意后赐给。实际上跳蛙只能用一种穿花舞步行进，走起路来又像在跳，又像在扭。这种步态让国王看得乐不可支，当然也给了他极大的安慰，因为尽管他长得大腹便便，而且脑门上天生隆起一大块，可满朝文武都公认他有第一流的体态。

虽说跳蛙由于两腿畸形，走路得竭尽全力克服重重困难，但似乎是为了弥补其下肢的缺陷，造物主给了他双臂巨大的力量，使他能在树木绳索之类可攀缘的物体上进行各种异常敏捷的技艺表演。而在这种情况下，他无疑更像松鼠或小猴，而不像一只青蛙。

我没法准确地说出跳蛙当初是来自哪个国度。不过他肯定是来自某个闻所未闻的蛮荒之地，一个离我们国王的宫廷很远很远的地方。和他同时进宫的还有一位年轻姑娘，这姑娘差不多与他一般矮小（不过她身材匀称，擅长舞蹈）。他俩原本住在那遥远国度里两个毗邻的省份，后来国王麾下的一名常胜将军分别把他们掳来，作为礼物双双献给了国王。

在这种情况下，两个小俘虏之间产生亲密的友情当然不足为奇。事实上他俩不久就指天盟誓成了兄妹。跳蛙虽有一身本事供人取乐，但若不是为特丽佩塔帮忙的事几乎被他一手包揽，他在宫中绝不会深得人心。而特丽佩塔虽说身材矮小，但却容貌秀丽，举止优雅，所以在宫中受到了普遍的倾慕和宠爱，因此她具有很大的影响，而无论何时，只要可能，她都绝不会不为跳蛙的利益运用这种影响。

在一个盛大节日来临之际（我忘了是什么节日），国王决定举办一次化装舞会。而每逢我们宫中有化装舞会之类的活动，跳蛙和特丽佩塔的才干肯定都会被充分发挥。尤其是跳蛙在张罗舞会庆典，构想新鲜角色,以及安排服装面具方面都具有丰富的想象力,以至没他帮忙,似乎什么事也办不成。

为舞会指定的那个夜晚终于降临。一个豪华的大厅早已在特丽佩塔的监督下做好各种各样的安排。这些安排足以为化装舞会增色添光。宫廷上下都早已经迫不及待。说到穿什么衣服戴什么面具,可以认为每个人都拿定了主意。许多人早在一个星期乃至一个月前,就已经决定了他们要装扮成什么角色。实际上除了国王和他的七名大臣,宫中已几乎没人还在犹豫。我不可能知道国王和大臣为何犹豫不决,除非他们这样做是在开玩笑。但很有可能是因为长得太胖,所以他们才觉得很难拿定主意。可时间无论如何也照样飞逝,最后迫于无奈,他们召来了特丽佩塔和跳蛙。

当这一对矮小的朋友奉旨上殿面君,他们看见君王正和他的七名内阁大臣围着酒席而坐,不过君王看上去显得郁郁寡欢。他知道跳蛙不爱饮酒,因为这可怜的瘸子一沾酒就几乎要发疯,而发疯并非一种愉快的感觉。但那国王就爱恶作剧,并喜欢强迫跳蛙喝酒,按他的说法是"快活快活"。

"过来,跳蛙,"那小丑和他的朋友一进殿国王就对他说,"为你家乡朋友们的健康干了这杯(跳蛙闻言叹了口气),然后给我们出出主意。我们要角色,角色,伙计!要新鲜别致、与众不同的角色。没完没了的老一套我们已经厌了。喂,喝吧!这酒会使你头脑清醒。"

跳蛙像平时一样,尽力想说句笑话以答谢君王的隆恩,但这次实在太难为他了。那天碰巧是这位可怜侏儒的生日,那道为他"家乡朋友们"干杯的圣旨使他眼里一下子涌上了泪花。当他恭顺地从那暴君手中接过酒杯时,大颗大颗辛酸的眼泪滴进了杯中。

"哈!哈!哈!哈!"暴君狂笑,侏儒在狂笑声中勉强吞下了那杯苦酒,"看一杯美酒有多大的作用!瞧,你的眼睛都发亮了!"

可怜的家伙!他那双大眼睛与其说是发亮,还不如说是闪光,因为对他过敏的大脑来说,酒的作用与其说是强烈,不如说是立刻见效。他神经质地把空杯放到桌上,半痴半呆地扫视那君臣八人。他们似乎都为国王"玩笑"的成功而觉得非常有趣。

"现在说正事吧。"肥头大耳的首相说。

"对,"国王说,"喂,跳蛙,给我们出出主意。角色,我的好伙计,我们迫切需要角色,我们都需要角色。哈!哈!哈!"因为国王是在一本正经地说笑,所以他的笑声得到了七名大臣的一致附和。

跳蛙也笑了,尽管有气无力而且多少有点茫然。

"喂,喂,"国王不耐烦地问,"你就啥也想不出来?"

"我正在使劲儿想新鲜花样。"侏儒答得心不在焉,因为那杯酒把他给灌迷糊了。

"使劲儿想!"暴君怒然问道,"你这话是什么意思?啊,我明白了。你不高兴,想再来杯酒。来吧,把这杯喝了!"国王说着又倒满一杯酒凑到跳蛙跟前,跳蛙只是呆呆地盯着酒杯,一时间吓得透不过气来。

"喝呀,我说!"残忍的暴君厉声吼道,"不然就见鬼去!"

侏儒还是依违不决。国王气得脸色发紫。七名大臣嘿嘿干笑。这时脸色苍白的特丽佩塔移步走向御座,跪在了君王跟前,恳求他开恩饶了她的朋友。

那暴君盯着她打量了好一阵,显然是对她的大胆感到惊异。他似乎一时间完全不知所措,不知该如何最恰当地发泄胸中的怒火。最后他一声没吭,只是猛然把那姑娘从他身旁推开,并把满满一杯酒泼在了她脸上。

可怜的姑娘挣扎着从地上爬起,甚至连大气都没敢出一口,便重新站回到御桌的下端。

霎时间屋里一片死寂,静得连一片树叶或羽毛落地都可能被听见。可大约半分钟之后,这片静寂被一阵低沉但却刺耳的拖长的嘎嘎声打破,声音仿佛同时从那房间的每一个角落里传出。

"你,你,你,你干吗弄出这种怪声?"国王狂怒地转向侏儒,厉声问道。

后者此时看上去酒已醒了八成,他目不转睛但却从容不迫地盯着暴君的脸,矢口否认说:"我……我?这怎么可能是我?"

"这声音像是从外面传来的,"一名大臣对国王说,"依臣之见,是窗外那只鹦鹉在笼栅上磨它的喙。"

"不错,"君王应道,那名大臣的提醒似乎令他如释重负,"但以一名骑士的名誉担保,我完全可以发誓说是这个无赖在咬牙切齿。"

此时侏儒忽然放声大笑(国王说笑的立场是那么坚定,所以绝不会反对任何人的笑声),露出一口硕大的、有力的、极其丑陋的牙齿。更有甚者,他宣称他非常乐意喝酒,要他喝多少就喝多少。君王顿时息怒。而跳蛙果然把另一杯酒一饮而尽,并且没产生丝毫明显的恶果,接着他马上热心地谈起了他的化装计划。

"我不知怎么就想到了这个主意,"他说得非常平静,仿佛他压根儿就滴酒未沾,"但就在陛下您打了这位姑娘之后,就在您把酒泼在她脸上之后,就在陛下您干完这件事之后,而且正当窗外那只鹦鹉发出怪声之时,我突然想到了一个绝妙的玩法,我老家的一种游戏,我们那儿的人在化装舞会上常常这么玩。不过这种玩法在这儿倒绝对新鲜。可惜它无论如何得八个人同时玩,而且……"

"我们就在这儿!"国王嚷道,并为自己敏锐地发现了这一巧合而笑逐颜开,"不多不少刚好八个,寡人和这七名大臣。快说!那是种什么游戏?"

"我们管它叫'八只戴铁链的猩猩',"跳蛙回答说,"要是装扮得好,那真是妙不可言。"

"咱们就玩这个。"国王说着挺直了身子,眯缝起眼睛。

"这游戏的妙处就在于,"跳蛙继续道,"在女人堆里造成的惊恐。"

"妙!"君臣八人齐声狂笑。

"我会把你们装扮成猩猩的,"侏儒接着往下说,"一切都交给我吧。装扮后那股像劲儿真可谓惟妙惟肖,参加舞会的人肯定会把你们当成真正的猩猩。当然,他们不仅会惊得目瞪口呆,而且会吓得魂飞魄散。"

"哦,这真是太妙了!"国王大声嚷道,"跳蛙!朕日后会让你出人头地的。"

"拴上铁链是为了用其刺耳的声音来增加混乱。你们会被认为是从你们的饲养人那里一起逃出来的。陛下您简直难以想象其效果,化装舞会上突然闯进八只铁链拴着的猩猩,而大多数人都以为它们真是野兽。这些家伙会凶悍地号叫着横冲直撞,扑向那些衣冠楚楚或花枝招展的绅士淑女。那种显著的效果真是无可比拟。"

"肯定是这样。"国王说。(由于天色渐晚)大家匆匆起身开始实施跳蛙的计划。

跳蛙把那伙人扮成猩猩的方法非常简单,但装扮的效果却足以达到目的。在这个故事发生的年代,文明世界里很少有人见过我们所说的这种动物;而跳蛙化装出来的猩猩足够像野兽,并且比野兽还狰狞三分,所以它们的逼真可以被认为万无一失。

他先让国王和七名大臣穿上弹力紧身衬衣衬裤,然后将他们浑身上下涂满柏油。这时有人建议往柏油上粘上羽毛,但这一建议马上就被跳蛙否决,他随之就用明显的实例使君臣八人确信,用亚麻来装扮猩猩之类动物的棕毛,其视觉效果足以乱真。于是乎那层柏油上面又粘上了厚厚一层亚麻。接着取来一根长长的铁链。跳蛙先将铁链在国王腰间绕一圈并拴牢,然后又绕过一名大臣腰间并同样拴牢,此后便如法炮制,依次拴好其余六人。待这君臣八人被拴成一串之后,跳蛙又让他们尽可能地隔开站好。这样他们便站成了一个圆圈,而为了让一切都显得自然,跳蛙又按照当今婆罗洲人捕获黑猩猩或其他巨猿的方式,把剩下的那截铁链一横一竖直角相交,在圆圈内拴成了一个"十"字。

举行化装舞会的地方是个圆形大厅,大厅的屋顶很高,白天的采光全凭开在屋顶中央的一个天窗。在晚上（该厅尤其是为晚上使用而设计），大厅的照明主要靠一个巨大的枝形吊灯。吊灯由一条从天窗正中垂下的铁链悬吊，其升降则像通常一样由一个平衡装置操纵，但（为了雅观）这个平衡装置被装在穹顶之外的屋顶之上。

大厅的布置历来都是交由特丽佩塔监督，但在一些具体细节上，她似乎从来都是按她那位侏儒朋友的意见办理。这次在他的建议下，那盏枝形吊灯被取掉，因为在这么暖和的季节，吊灯里的烛泪难免会滴下，那样就会弄脏客人们华丽的衣裙，届时大厅里将会十分拥挤，不可能指望大家都避开大厅中央，不站到那盏吊灯下面。于是大厅里不碍事的地方都另外安放了烛台，沿墙一圈每个女像柱雕像的右手中都被插入了一支散发着香气的火炬，总共约有五六十支。

那八只猩猩依从了跳蛙的劝告，耐着性子等到半夜才入场（当时大厅里已挤满了来参加化装舞会的男男女女）。当夜半钟声一停，他们就一块儿冲进大厅，准确地说是滚进了大厅，因为那根碍事的铁链使他们多半都跌倒，所以他们进去时全都连滚带爬。

人群中那阵骚乱的确可惊，国王看在眼里乐在心头。果然不出所料，不少客人都把这几个相貌狰狞的怪物当作了某种真正的野兽，即便不是恰好当作猩猩。许多女士被吓得当场晕倒，而若不是国王有先见之明下令不准带武器入厅，他那伙人说不定很快就会为他们的恶作剧付出血的代价。事实上，当时大家都往门口冲去，可国王事先已下过命令，他一进入大厅各门便立即锁上，而且按照那侏儒的建议，钥匙全都交到了他手里。

当大厅里乱得不可开交之际，当每个人都只注意自身的安全之时（因为真正的危险实际上来自惊恐万状的人群之推推搡搡），说不定也有人看见那根摘除吊灯时早被拉上屋顶的铁链现在又徐徐垂了下来，直到链端的吊钩降到离地面三英尺的地方。吊链刚一降下，国王和他的七个伙伴磕磕绊绊地在大厅里东碰西撞了一圈之后，也终于转到大厅中央，当然也就恰好挨着垂下的灯链。就在此时，一直紧跟在他们身后替他们鼓劲儿的侏儒一把抓住了拴他们那根铁链圆圈内那个十字形的交叉之处,以飞快的动作将其挂在了平时挂吊灯的那个吊钩上。而几乎与此同时,灯链被一股无形的力量向上拉动,吊钩转眼之间就升到了伸手不及的位置。作为必然的结果,那八只猩猩被拉得面对面地挤成了一堆。

此时客人们才多少从惊恐中回过神来,并开始把整件事情看成是一幕精心设计的闹剧,于是那八只猩猩的狼狈相便引起了一阵哄笑。

"把他们交给我吧!"此时跳蛙大声喊道,他尖尖的嗓音在一片喧哗声中也不难听清,"把他们交给我吧。我想我认识他们。如果我能好好看看,我很快就能认出他们是谁。"

说着他爬过攒动的人头,设法挤到了墙边,从一根女像柱上取了一支火炬,然后他返回大厅中央,以猴子般的敏捷跳到国王头顶,再顺着灯链往上爬了几英尺,最后朝下伸出火炬打量那几只猩猩,嘴里依然大声喊道:"我很快就会认出他们是谁!"

正当大厅里的所有人(包括那几只猩猩在内)笑得正欢,跳蛙突然吹了一声尖厉的口哨,灯链应声猛然向上升了三十英尺左右,将八只狼狈不堪、拼命挣扎的猩猩吊在了天窗与地板之间的半空中。灯链上升之时跳蛙攀附于其上,依然与身下那八个戴假面具的人保持着一定距离,依然(像什么事也没发生一样)继续朝下伸着手中的火炬,仿佛正努力想看出他们是些什么人。

人们对灯链的上升感到非常惊讶,大厅里顿时鸦雀无声。可大约一分钟之后,这片静寂被一阵低沉刺耳的嘎嘎声打破,这声音听上去就像先前国王把酒泼在特丽佩塔脸上时与他的大臣们一道听见的那种声音。不过这一次声音发自何处倒不难确定,它发自跳蛙那犬牙般的齿间,因为此刻他正咬牙切齿、发指眦裂、横眉竖眼地怒视着那君臣八人朝上仰起的脸。

"啊哈!"怒不可遏的小丑最后开口说道,"啊哈!我现在开始看出他们是些什么人了!"说着他假装要把国王看得更加清楚,把手中

375

的火炬凑近裹在国王身上的那层柏油亚麻,后者顿时便蹿起了呼呼的火苗。不到半分钟,那八只猩猩已在人群的尖叫声中熊熊燃烧,观者一个个吓得发抖,谁也无力上前救助。

最后火焰突然高高腾起,迫使小丑顺着灯链再往上爬。而当他攀缘之时,下面的人群一时间又噤若寒蝉。他抓住这个机会再次开口。

"我这下可看清了,"他高声说,"这些化装者是些什么人。他们中的一位是个了不起的国王,另外七位则是他的枢密大臣。一个毫无顾忌地打一位弱女子的国王,七名撺掇煽惑、助纣为虐的大臣。至于本人,我就是跳蛙,专门说笑逗乐的小丑,而这是我的最后一次逗乐。"

由于粘在那八人身上的柏油、亚麻都是极易燃烧之物,所以跳蛙那番短短的演说话音未落,他的复仇计划已大功告成。八具尸体已被烧成臭气熏天、狰狞可怕、黑乎乎的一团,正吊在拴住他们的铁链上晃来荡去。跳蛙猛然将火炬丢向他们,接着不慌不忙地朝屋顶攀缘,最后穿过天窗悄然而逝。

人们猜测特丽佩塔当时就在大厅屋顶上,她实际上是她朋友报仇雪恨的同谋。人们还猜测他俩双双逃回了他们自己的国家,因为从此以后谁也没见过他俩的踪影。

(1849)

图书在版编目（CIP）数据

黑猫：爱伦·坡短篇小说集 /（美）埃德加·爱伦·坡著；(爱尔兰) 哈利·克拉克绘；曹明伦译. — 成都：四川文艺出版社, 2018.10（2022.11重印）
ISBN 978-7-5411-5130-9

Ⅰ.①黑… Ⅱ.①埃… ②哈… ③曹… Ⅲ.①短篇小说—小说集—美国—现代 Ⅳ.①I712.45
中国版本图书馆CIP数据核字（2018）第217023号

HEIMAO: AILUN PO DUANPIAN XIAOSHUOJI

黑猫：爱伦·坡短篇小说集

[美国] 埃德加·爱伦·坡 著
[爱尔兰] 哈利·克拉克 绘
曹明伦 译

出 品 人	张庆宁
责任编辑	李 博
封面设计	白 澍
封面绘图	ANI
内文设计	史小燕
责任校对	段 敏
责任印制	崔 娜

出版发行　四川文艺出版社（成都市锦江区三色路238号）
网　　址　www.scwys.com
电　　话　028-86361802（发行部）　028-86361781（编辑部）
排　　版　四川胜翔数码印务设计有限公司
印　　刷　四川华龙印务有限公司
成品尺寸　146mm×210mm　　开　本　32开
印　　张　12.25　　字　数　330千
版　　次　2018年10月第一版　印　次　2022年11月第八次印刷
书　　号　ISBN 978-7-5411-5130-9
定　　价　46.00元

版权所有·侵权必究。如有质量问题，请与出版社联系更换。028-86361795